William Boyd

Brennender Mond

Roman

Aus dem Englischen
von Ulrike Thiesmeyer

Kampa

Die englische Originalausgabe erschien 2024 unter dem Titel
Gabriel's Moon im Verlag Viking, Penguin Random House UK, London.

Für den Blick hinter die Verlagskulissen:
www.kampaverlag.ch/newsletter

Hegibachstrasse 2, CH-8032 Zürich
info@kampaverlag.ch
www.kampaverlag.ch
GPSR-Kontakt: Schöffling & Co. Verlagsbuchhandlung GmbH,
Kaiserstraße 79, D-60329 Frankfurt am Main
info@schoeffling.de

Lektorat: Birgit Schmitz
Covergestaltung: Emma Pidsley
Satz: Tristan Walkhoefer, Leipzig
Gesetzt aus der Stempel Garamond LT / 1. Auflage 2025
Druck und Bindung: GGP Media GmbH, Pößneck
Auch als E-Book erhältlich
ISBN 978 3 311 10148 2

Für Susan

Lepers of the moon
all magically diseased
we come among you
innocent
of our luminous sores.
/
Aussätzige des Mondes
alle magisch erkrankt
kommen wir unter euch
unschuldig
an unsren leuchtenden Wunden.

Mina Loy

Von einem gewissen Punkt an gibt es keine Rückkehr mehr.
Dieser Punkt ist zu erreichen.

Franz Kafka

PROLOG

Oxfordshire

1936

Gabriel verfolgte aufmerksam, wie seine Mutter das Nachtlicht neben seinem Bett anzündete. Dieses Ritual war ihm wichtig, es stand für Ordnung und Ruhe. Der Docht des Kerzenstummels entflammte, und sie stülpte vorsichtig den Glasballon darüber und pustete das Streichholz aus, das sie benutzt hatte. Der Mond – sein Nachtlicht war ein Mondglobus aus Glas – schien auf, ungleichmäßig pulsierend zunächst, vom Flackern der Kerzenflamme, das sich allmählich legte. Eingeätzte Gebirgszüge, Mondwüsten und Meteorkrater leuchteten in der kleinen Mondlandschaft auf. Gabriel konnte nur schlafen, wenn das Mondnachtlicht auf dem Tischchen neben seinem Bett brannte: aschgrau und golden, eine Welt, die ihm ebenso vertraut war wie der Garten draußen.

»So, mein Schatz. Bitte schön.« Seine Mutter setzte sich neben ihm aufs Bett. »Gabriels Mond, und die Welt ist in Ordnung.«

»Warum haben wir nicht jede Nacht Vollmond?«, fragte er. »Das verstehe ich nicht.«

»Ich auch nicht. Es muss einen Grund dafür geben. Einen astronomischen Grund, nehme ich an. Wir schauen morgen im Lexikon nach.«

Gabriel stellte diese Frage nicht zum ersten Mal und hatte immer ähnlich unbefriedigende Antworten erhalten.

»Ist Daddy auf dem Mond?«, fragte er.

»Nein. Daddy ist im Himmel. Das ist nicht dasselbe wie der Mond.«

»Vielleicht *ist* ja der Mond der Himmel.«

»Nun, falls er das ist, dann werden wir eines Tages alle mit ihm zusammen auf dem Mond sein«, erwiderte sie auf ihre munter-sachliche Art, als lasse sich alles in der Welt irgendwie begreifen, wenn man sich nur Mühe gab. Dann beugte sie sich vor, um ihn auf die Wange zu küssen. Er roch ihr Parfüm, das Lavendelwasser, das sie benutzte und das nicht ganz den Geruch von Zigarettenrauch überdecken konnte, der ihr anhaftete. Sie rauchte andauernd, seine Mutter.

»Sefton behauptet, es gibt keinen Himmel«, sagte Gabriel. Sein älterer Bruder, der im Internat war, war seit Neuestem glühender Atheist, und das mit vierzehn. »Und er sagt auch, es gibt keinen Gott.«

»Na ja, das ist bloß Seftons Meinung. Ein jeder hat das Recht auf seine Meinung, aber Sefton kann manchmal sehr dumm sein, um nicht zu sagen, äußerst albern, wie wir alle wissen.«

»Gibt es keinen Gott?«, fragte Gabriel. Die Vorstellung beunruhigte ihn auf unklare Weise.

»Zerbrich dir darüber nicht den Kopf, Master Gabriel Dax«, sagte seine Mutter mit Nachdruck. »Du hast morgen Schule. Da gibt es Wichtigeres, was dich beschäftigen sollte.«

Sie stand auf und strich sorgfältig die Bettdecke glatt.

»Nun schlaf schön, mein süßer Junge. Wir werden alle bei Daddy auf dem Mond sein, ehe du dich's versiehst.«

Sie knipste die Nachttischlampe aus, und das Zimmer versank im vertrauten Mond-Schummerlicht. Sie warf ihm noch eine Kusshand zu und schloss dann leise die Tür. Gabriel drehte sich auf die Seite und starrte sein leuchtendes Nachtlicht an. Eines Tages würde er zum Mond reisen und seinen Vater finden, sagte er sich. Ja, das würde er …

Es war der Geruch von Rauch, der ihn einige Zeit später weckte, kein Zigarettenrauch allerdings. Eher der Rauch eines Feuers, denn ihm brannten die Augen davon. Was war denn los? Das Zimmer war von Rauch vernebelt, und seinen Mond umgab ein wabernder Lichtkranz. Er schlüpfte aus dem Bett und öffnete die Tür – und wich zurück. Orangefarbenes Flammenlicht, das munter überall umhertanzte. Große, wirbelnde Rauchwolken, die vom Erdgeschoss die Treppe heraufquollen; dicke graue Rauchfoulards, die unter der Decke hingen. Er zog seine Schlafanzugjacke übers Gesicht, um seine Nase zu bedecken, und stürmte panisch die Treppe hinunter. Unten brannte alles, so schien es ihm – wo war seine Mutter?

Er rannte in das große Wohnzimmer und sah sie vor dem Spirituosenschrank liegen, mit dem Gesicht nach unten. Die Perserbrücken um sie herum standen in Flammen, kleine, identische Feuer, genährt vom dichten Flor der Teppiche.

»Mummy!«, schrie er. Aber sie reagierte nicht.

Da krachte ein Teil der Decke in die Tiefe, und heiße Luft fegte durch das schartige Loch nach oben, hinauf ins Obergeschoss, wo sie neuen Flammen Nahrung bot. Der Hitzeschwall an seiner Stirn ließ ihn zusammenzucken, er spürte, wie sein Haar austrocknete und verklebte, schmeckte den Rauch, der ihm aschig-heiß in der Kehle gerann.

Er kniete neben seiner Mutter nieder und schüttelte sie am Arm. Nichts. Er packte sie an der Schulter und drehte sie mühsam herum.

Als er ihre halb geöffneten Augen sah, wusste er, dass sie tot war. Wie konnte er das wissen? Er berührte ihr wunderschönes Gesicht.

»Mummy!«, schrie er ein weiteres Mal. »Mummy! Verlass mich nicht!«

Dann stürzte einer der großen Deckenbalken des Wohnzimmers ein. Gabriel taumelte in der Backofenhitze zurück, die in einer Welle auf ihn zurollte und ihn einhüllte. Seine Haare und Augenbrauen wurden versengt, er konnte es riechen, scharf und beißend. Er spürte, wie seine Stirn und die Wangen glühten und knisterten, geröstet vom Feuersturm.

Er wurde zu einem Tier. Flucht war die einzige Überlebenschance. Er hastete in die Küche, zu der Seitentür dort, aber sie war abgeschlossen. Wo war der Schlüssel? Wo bewahrten sie den Schlüssel auf? Er fühlte die Gluthitze hinter sich, die seinen Rücken umarmte, umfing, umklammerte und seinen Schlafanzug zu Pergament ausdörrte. Er versuchte das Bleifenster neben der Küchentür zu öffnen, doch der Riegel klemmte. Er zog den Tisch mit dem Telefon näher heran, kniete sich auf die Platte, hob den Apparat in die Höhe und benutzte den Hörer als Hammer, mit dem er auf den Griff des Riegels einschlug, bis er nachgab und sich öffnete. Wundervoll kalte Nachtluft fächelte ihm ins heiße Gesicht. Er schleuderte das Telefon aus dem Fenster, ehe er ihm nachfolgte, sich durch die Öffnung ins Freie hievte und zappelte, egal wie – er wollte nicht bei lebendigem Leib verbrennen. Er plumpste in die Rabatte, wälzte sich erleichtert auf dem feuchten Laub und der Erde, rappelte sich auf die Beine und stolperte auf den Rasen hinterm Haus.

Er rannte hinter den Fischteich, wo er sich hinhockte, als wäre er durch das trübe Wasser irgendwie geschützt, und blickte zum Haus zurück, dem Heim der Familie Dax, Yeomanswood Farm. Die Feuersbrunst hatte sich inzwischen voll ausgebreitet, das Strohdach brannte lichterloh, mit fleischig lodernden Flammen, fett und tosend, als ob im Inneren Bomben explodierten. Nur Sekunden später, so schien es, sah er das gesamte Dach mit einem dumpfen *Wuumpf* einstürzen, und ihr zweistöckiges Haus wurde zu einem riesigen einstöckigen Scheiterhaufen. Die Flammen schlugen weit in die Höhe, als würden sie von einem seltenen Brennstoff genährt, wärmten ihn sogar aus dieser Entfernung und färbten den Fischteich orange.

Dann hörte er die Glöckchen der Feuerwehrautos schrillen, sah ihre Lichter, als sie auf der Landstraße von Witney heranrasten. Sefton war in seinem Internat in Sicherheit – vielleicht könnten sie Mummy ja noch retten, dachte er unsinnigerweise, dabei wusste er – ohne jeden Zweifel –, dass seine Mutter schon tot war, aufgezehrt von dem Feuer. Fort, um von nun an bei seinem Vater zu sein, auf dem Mond.

Er blickte zum Himmel auf, verzagt und voller Angst, und hielt Ausschau nach dem Mond, aber vergebens, denn es war eine bewölkte Nacht. Wo war Gabriels Mond? Er heulte auf vor Jammer und Leid, ein Laut, der seiner kleinen, heißen Lunge entwich, hin- und hergerissen zwischen Nichtbegreifen und bitterer Einsicht. Wie war das geschehen? Was sollte nun aus ihm werden? Wie würde er jemals seine Mummy und seinen Daddy auf dem Mond wiedersehen?

ERSTER TEIL

Léopoldville
London
Madrid
Cádiz

1960–61

I

Diktatorenland

Es war ein feuchtheißer Augusttag in Léopoldville, in der seit Kurzem unabhängigen Republik Kongo. Gabriel Dax spähte über den gewaltigen, trüben Kongo-Fluss, hinüber in Richtung Brazzaville am anderen, meilenweit entfernten Ufer, dessen Gebäude nur verschwommen zu erkennen waren, wie verschleiert durch den Hitzedunst und die Ferne, einer mythischen Stadt im Hintergrund eines Renaissanceporträts nicht unähnlich. Der Fluss war grün wie Kanonenmetall, trotz des blassblauen, wolkenlosen Himmels. Er war tief, der Kongo, und seine Farbe änderte sich eigentlich nie, mochte der Himmel darüber nun azurblau sein oder dräuend grau.

Gabriel stand auf dem wimmelnden Boulevard, der entlang der Kais verlief, umgeben von Lärm und Trubel wie auf einem Jahrmarkt – beschleunigende Fahrzeuge, Hupen, Geschrei, Pfiffe. Wie breit war der Kongo hier?, überlegte er vage, gefolgt von dem Gedanken, dass er darauf eine genaue Antwort finden müsste. Zehn Meilen, fünfzehn? Eher ein See als ein großer Fluss, dachte er, während er den geschäftigen, rastlosen Schiffsverkehr betrachtete – Fischer in schmalen Holzkanus, brummende Schnellboote, die Fähren, die massig und schwerfällig zwischen den Ufern hin- und herpendelten, an denen sich die Zwillingshauptstädte gegenüberstanden.

Er sah auf die Uhr. Aus Nervosität war er früh dran. Thibault hatte diesen neutralen Treffpunkt vorgeschlagen, anstelle des Hotels, wo es womöglich nicht unbemerkt geblieben wäre, wenn er in ein Regierungsfahrzeug einstieg. Geh runter zu den Kais und warte dort an dem großen Frangipani-Baum in der Rue Victor Hugo, hatte Thibault ihm erklärt, ich hole dich dort um drei Uhr ab. Gabriel stand im getüpfelten Schatten des Frangipani, wo eine Brise sein Haar befingerte, wobei aber die Windstöße warm und feucht waren, verflüssigend beinahe, dachte er. Der Duft der sonnengewärmten Blüten umgab ihn so dicht und intensiv, dass er förmlich mit Händen zu greifen war. Hausierer und Straßenhändler hatten vergebens versucht, ihm Kulis, Kämme, Schlüsselanhänger, Talismane, Schnürsenkel, Armbanduhren, Obst und Zuckerwerk zu verkaufen, doch nun hatte er Durst. Zeit für ein kaltes Bier. Seine lederne Reisetasche mit dem Tonbandgerät hatte er zwischen seinen Füßen abgestellt, und er bereute bereits, dass er sich entschieden hatte, eine Krawatte umzubinden. Einen Premierminister allerdings interviewte man schließlich nicht alle Tage. Er fand, dass er so weit präsentabel aussah, in seinem kurzärmeligen weißen Aertex-Hemd, der Hose aus leichtem, tropentauglichem grauen Flanell und den frisch gebürsteten Wildlederschuhen – jeder Zoll der seriöse, verantwortungsbewusste Journalist für eine große britische Tageszeitung.

Dann sah er den schwarzen Citroën DS, der auf dem Boulevard gemächlich auf ihn zusteuerte. Der Wagen hielt kurz an, und die hintere Tür schwang auf. Gabriel griff nach seiner Tasche und stieg ein. Thibault erwartete ihn auf dem Rücksitz; am Steuer saß ein Soldat. Der Wagen fuhr wieder los, und er und Thibault schüttelten sich die Hände. Sie hatten sich zwei Tage zuvor im Hotel Memling zum Abendessen getroffen. Thibault N'Danza war ein alter Freund von ihm aus Studienzeiten, ein Arzt, jetzt Gesundheitsminister in der Regierung des neuen Staates. Thibault hatte erst das Interview mit Patrice Lumumba angeregt, dem Premierminister, und dann alles Weitere in die Wege geleitet. Es war alles sehr schnell gegangen.

»Hör zu, ich weiß aber nicht sehr viel über kongolesische Politik oder die sonstigen Vorgänge im Land«, hatte Gabriel gesagt. »Ich werde mir ein bisschen wie ein Hochstapler vorkommen.«

»Du brauchst noch nicht mal eine Frage zu stellen«, sagte Thibault. »Er möchte bloß reden. Er möchte, dass alles dokumentiert wird, in einer ausländischen Zeitung – die einen guten Ruf hat«, fügte er mit einem Lächeln hinzu. Thibault war ein schmaler, langgliedriger Mann, von seinem Charakter her wachsam und nachdenklich. Von amerikanischen Missionaren adoptiert, war er in den Genuss einer Ausbildung im Ausland gekommen, wie sie der überschaubaren kongolesischen Mittelschicht, den sogenannten *Évolués*, verwehrt geblieben war. Aber nun, da das Land unabhängig war, würde sich alles ändern. Kongo den Kongolesen – nicht den Belgiern.

»Dein Tonbandgerät hast du doch hoffentlich dabei«, fragte Thibault.

»Ja. Warum besteht er darauf, dass ich unser Interview aufnehme?«

»Weil seine Stimme dann auf deinen Bändern sein wird. Ungefiltert, nicht verfälscht durch die Deutung eines Journalisten – bei allem Respekt, Gabriel – oder redaktionelle Bearbeitungen. Was immer du schreibst – was immer in deiner Zeitung erscheint –, die Bänder wird es ewig geben.«

»Gut, in Ordnung«, sagte Gabriel. »Spricht er Englisch?«

»Ein wenig. Er versteht es gut. Er wird Französisch sprechen, und ich kann übersetzen, wenn du magst.«

»Mein Französisch ist gar nicht so übel«, sagte Gabriel. »Sehen wir mal, wie es klappt.«

Er lehnte sich auf dem breiten Sitz zurück und versuchte sich zu entspannen, weil ihm auf einmal fast schlecht war vor Aufregung. Diese Art hochrangiger Begegnung war Neuland für ihn – er war Reiseschriftsteller, kein Reporter. Allem Anschein nach war er jedoch der einzige Mann, ausnahmsweise, der zufällig zur richtigen Zeit am richtigen Ort war. Schalte dein Tonbandgerät ein, sagte er sich, stell die üblichen banalen Fragen und lass Lumumba dann reden, auch wüten und schimpfen, wenn ihm danach der Sinn steht. Wie schwierig konnte das schon sein?

Nach etwa fünfzehn Minuten bog der Citroën in eine Einfahrt ein. Vor ihnen erhob sich eine hohe Mauer mit einem Metalltor und zwei Wachhäuschen. Ein Soldat mit Maschinengewehr warf einen Blick in den Wagen, sah Thibault, und die Torflügel öffneten sich; man winkte sie zu einer großen Villa im Kolonialstil durch, aus weißem Stuck, mit ausladenden Seitenflügeln und einer hohen, überdachten Säuleneinfahrt. Hier waren weitere Soldaten in Bereitschaft, mit weiteren zur Schau gestellten Waffen.

Thibault führte ihn auf einem Fußweg seitlich ums Haus herum und in einen langen, gepflegten Garten, links und rechts von Hibiskus und einer hohen Adventsstern-Hecke gesäumt. Ganz hinten erhob sich ein geräumiges, pavillonartiges Bauwerk aus Holz mit einer Veranda, weiß getüncht, wie die Villa. Gabriel und Thibault schritten über das harte, federnde Gras des Rasens auf den Pavillon zu. Das Dach war üppig mit lila Bougainvillea überwuchert, und hinter dem bescheidenen Bauwerk standen drei gewaltige Palmen, Baumriesen, Wächtern gleich. Hier, weit abseits vom Fluss, fühlte sich der Tag womöglich noch schwüler und drückender an. Umso dankbarer war Gabriel, als er beim Näherkommen sah, dass es auf der Veranda einen elektrischen Deckenventilator gab, der sich oberhalb der drei Korbsessel drehte, die um einen runden Glastisch herum gruppiert waren.

Als sie fast beim Pavillon angelangt waren, kam aus dem Inneren ein groß gewachsener Mann zum Vorschein, in einem schwarzen Anzug, weißem Hemd und mit einer schwarzen Fliege. Eine gepflegte, geschmeidige Erscheinung in den Mittdreißigern, bebrillt, mit einem sauber gestutzten, kurzen Kinnbart.

»*Monsieur le Premier Ministre, je vous présente mon ami britannique, le journaliste, Monsieur Gabriel Dax*«, sagte Thibault.

Gabriel schüttelte Patrice Lumumba die Hand.

»*C'est un grand honneur, monsieur*«, sagte Gabriel. »*Merci infiniment.*«

»Haben Sie das Tonbandgerät dabei?«, erkundigte sich Lumumba auf Englisch, mit starkem Akzent.

Gabriel hielt seine Tasche in die Höhe.

»*Tout est préparé.* Alles fertig und parat.«

»Gut. *On peut commencer.*«

Gabriel packte sein Tonbandgerät aus und stellte es auf den Tisch. Er hatte die Zwillingsbandspulen bereits eingelegt und aufnahmebereit fixiert. Er schob ein Mikrofon in den kleinen Zweifuß-Ständer und stöpselte es ein.

»Funktioniert es auch?«, fragte Lumumba lächelnd.

»Machen wir einen Test«, sagte Gabriel.

Er schaltete das Gerät ein, drückte die Aufnahmetaste und zählte laut bis fünf. Er spulte das Band zurück und drückte auf Abspielen. Lumumbas Anspannung ließ sichtlich nach, als er Gabriels aufgezeichnete Stimme beim Zählen hörte.

Thibault war im Pavillon verschwunden und kehrte nun mit einem Diener zurück, der ein Tablett mit Erfrischungsgetränken trug. Gabriel entschied sich aus irgendeinem Grund für eine Fanta. Lumumba öffnete sich ein Fläschchen Perrier. Thibault nahm Platz – damit war das Triumvirat versammelt.

Lumumba beugte sich vor und flüsterte Thibault etwas ins Ohr. Thibault nickte, flüsterte zurück. Er wandte sich Gabriel zu.

»Es kann losgehen«, sagte er. »Jederzeit.«

Gabriel spulte das Band bis zum Anfang zurück und drückte auf Aufnahme. Die beiden Spulen in dem Gerät begannen sich träge zu drehen. Gabriel schlug sein Notizbuch auf, räusperte sich.

»Monsieur le Premier Ministre«, fing er an. *»Quels sont vos espoirs pour la République Démocratique du Congo?«*

*

Gabriel bewegte sich eilig den Gang in der ersten Klasse hinauf, ohne das soeben aufgeleuchtete Schild mit der Aufforderung »Bitte anschnallen« weiter zu beachten. Er schenkte der Stewardess von Sabena Air ein gewinnendes Lächeln, schlüpfte in die winzige Toilette und verriegelte die Tür. Er entleerte ausgiebig seine Blase. Seit dem Abflug aus Léopoldville hatte er einiges an Bier getrunken, während er die ganze Nacht über die Notizen durchging, die er während seines Gesprächs mit Lumumba zu Papier gebracht hatte, und den Aufbau des Artikels zu konzipieren begann, den er darüber verfassen würde. Womöglich hatte das Bier ihn zusätzlich aufgeputscht, ihn in dem Gefühl bestärkt, hier eine Art journalistischen Coup gelandet zu haben. Alle Augen waren auf das ehemalige Belgisch-Kongo und die Wirren dort gerichtet, die Anlass zu Besorgnis boten. Seine Notizen jedenfalls waren umfangreich. Nach dem Interview, zurück im Hotel, hatte er sie noch weiter ergänzt, um sämtliche Einzelheiten, die sich ihm von dem Mann selbst, Patrice Lumumba, eingeprägt hatten. Seine unverkennbare Brille, sein gepflegter Kinnbart, sein scheues Lächeln, bei dem viel Zahnfleisch zum Vorschein kam, die schuppige Trockenheit seiner Haut, als sie einander bei ihrem Kennenlernen die Hände geschüttelt hatten. Wie Sandpapier, fand Gabriel. Gleichwohl, welch ein Segen, dass er in weiser Voraussicht sein Tonbandgerät auf diese Reise mitgenommen hatte. Alles Wichtige war somit auf Band festgehalten, nicht bloß in seinem Gedächtnis, und konnte jederzeit in Ruhe konsultiert werden.

Er betätigte die Klospülung und entriegelte die Tür. Nachdem er das Bordpersonal passiert hatte, kam ihm ein weiterer Passagier entgegen. Während er kurz stehen blieb, um ihn vorbeizulassen, entdeckte er zu seiner eigenen Überraschung in der zweiten Reihe eine Frau, die eins seiner Bücher las. Ist ja verrückt, dachte er. Der leuchtend rote Umschlag und die gezackte Schrift des Titels waren ihm förmlich ins Auge gesprungen. Es war sein drittes Buch, genauer gesagt, sein neuestes, und ihm war bisher noch nie jemand begegnet, der es tatsächlich las. Was für ein Zufall.

Er warf der Frau im Vorbeigehen einen unauffälligen Blick zu. Sie hatte den Kopf über das Buch geneigt und las mit einem Stift in der Hand. In den Vierzigern, schätzte er; ein starkknochiges, blasses Gesicht; seltsam mädchenhaftes, unfrisiertes Haar, das durch einen Haarreifen aus violettem Samt zurückgehalten wurde. Vielleicht sollte er sich zu ihr hinabbeugen und fragen, ob das Buch gut sei. Nein. Sehr schlechte Idee.

Versonnen lächelnd kehrte er an seinen Platz ganz hinten in der Kabine zurück. Beim Einchecken war er aus irgendwelchen geheimnisvollen Gründen in die erste Klasse hochgestuft worden und hatte natürlich alle damit verbundenen Annehmlichkeiten und den vorzüglichen Service voll in Anspruch genommen. Während er sich anschnallte, dachte er über den Zufall nach, einer Fremden zu begegnen, die in sein Buch vertieft war. *Diktatorenland: Reisen durch Autokratien.* Spanien, Portugal, die Dominikanische Republik, die Tschechoslowakei, die Elfenbeinküste. Von den Kritikern war das Buch in den höchsten Tönen gelobt worden, hatte sich aber nicht gut verkauft – was er im Rückblick auf den etwas hochtrabenden Untertitel zurückführte. Zu spät, es ließ sich nicht mehr ändern – er arbeitete bereits an seinem nächsten Werk, oder war zumindest schon mitten in der Planungsphase. Was ihm vorschwebte, war eine Rückkehr nach Griechenland mitsamt der Ägäis – um einige der Inseln zu besuchen, die er noch nicht kannte, und so vielleicht an den Überraschungserfolg seines Erstlings anzuknüpfen, *Das weindunkle Meer* ... Er müsste sich einmal ernsthaft mit seinem Agenten unterhalten. Sein Lektor und Freund – Inigo Marcher, ebenso faul wie amüsant – war aus heiterem Himmel zu einem anderen, größeren Verlag gewechselt. Vielleicht könnten sie Kasse machen ...? Beim Gedanken an seine Bücher lächelte er erneut vor sich hin und spürte gleichzeitig, wie die Boeing leicht kippte und mit einem Heulen gedrosselter Motoren in den Landeanflug zum Flughafen Zaventem in Brüssel überging. Lustig, diese Frau, die gerade *Diktatorenland* las, dachte er abermals. Wenn sie wüsste, dass der Verfasser nur wenige Plätze von ihr entfernt saß.

*

Sechs Stunden darauf – der Anschlussflug von Brüssel nach Heathrow hatte Verspätung gehabt – stand er vor seiner Wohnungstür in Chelsea, mit dem Koffer zu seinen Füßen, und suchte seine Taschen nach dem Hausschlüssel ab. Unvermutet riss die dichte Decke dahinziehender Wolken kurz über ihm auf, und ein wenig Sonne schien ihm lauwarm auf den Kopf. Er merkte, dass er froh war, wieder zu Hause zu sein. Seine Wohnung, eine »Garten-Maisonette«, befand sich in der Redburn Street, auf halbem Weg zwischen der King's Road und der Themse. Die Wohnung war geräumig, zu groß eigentlich für seine Zwecke – zwei Schlafzimmer, ein Badezimmer, eine Küche mit Essbereich und ein großzügig dimensioniertes Wohnzimmer, das auf den kleinen Garten zum Innenhof hinausging. Links neben ihm wohnte ein mürrischer Polizist, Donald Enright, zu seiner Rechten ein Taxifahrer mit seiner lebhaften Familie, die Calhouns. Die Leute in der Wohnung über ihm, ein junges Paar mit einer dreijährigen Tochter, waren erst vor Kurzem eingezogen und hatten sich ihm noch nicht ordentlich vorgestellt. Seine Nachbarn waren alle höflich und respektvoll, wenn auch nicht übermäßig freundlich. Seinem Eindruck nach war er ihnen nicht ganz geheuer: ein alleinstehender Mann, der viel verreist war und dann, wenn er aus dem Ausland zurückkam, bei sich zu Hause arbeitete, zu jeder Tages- und Nachtzeit, irgendeine Art Autor, wie er behauptete.

Er fand die Schlüssel. In seiner Wohnung kehrte er mit dem Fuß die Post beiseite, die sich hinter der Tür angesammelt hatte, und schaltete das Licht an. Er wohnte gern in Chelsea. Es war günstig mitten in der Stadt gelegen und so schäbig – bis auf ein paar Inseln, wo die Immobilien Gold wert waren –, dass es billig war und er sich diese große Wohnung leisten konnte. Er brachte den Koffer in sein Schlafzimmer und ging ins Wohnzimmer. Seine Afrikareise war relativ kurz gewesen, gerade einmal drei Wochen, und dennoch roch es hier bereits muffig, wie seit Längerem verwaist – nach altem Zigarettenrauch, Staub, klamm irgendwie, feucht. Er müsste die Gaskamine zehn Minuten oder so brennen lassen und es bräuchte frischen Zigarettenrauch – vielleicht einige stark duftende Blumen …

Er schaltete die Tischlampen an und merkte sofort, dass etwas nicht stimmte. Gleich darauf sah er die Maus. Sie huschte an der Fußleiste entlang – verflixt, wie flink diese Winzlinge waren – und verschwand in die Küche. Ein kleiner Preis, dachte er, der für drei Wochen Abwesenheit zu zahlen war. Ein ungebetener Gast. Zu gegebener Zeit würde er das kleine Mistviech schon schnappen.

Er schob die Ablenkung durch die Maus vorerst beiseite und konzentrierte sich auf das, was ihm gerade intuitiv aufgefallen war. Sein Schreibsessel, der sonst immer exakt gegenüber vom Fernseher stand, war ein wenig beiseitegerückt. Auch die Bücherstapel auf seinem Schreibtisch, vor dem großen Fenster mit Blick auf den Garten, waren, wie er beim Nähertreten feststellte, nicht mehr so schnurgerade ausgerichtet, wie er sie hinterlassen hatte. Er ging weiter in die Küche. Auf dem Abtropfbrett neben der Spüle stand ein Glas. Vor seiner Abreise in den Kongo hatte er den Abwasch komplett erledigt. Fast schien es, als hätte ihn jemand darauf hinweisen wollen, dass ein heimlicher Besuch stattgefunden hatte.

Er sann kurz darüber nach, etwas beunruhigt. Bei ihm gab es eigentlich nichts, was sich zu stehlen lohnte: sein alter Fernseher, seine schwere Schreibmaschine, sein Hi-Fi-Plattenspieler und seine LPs, einige Dutzend … Er eilte mit großen Schritten in sein Schlafzimmer und riss die Schranktür auf – ja, er war noch da, sein schwarzer Ledermantel, pelzgefüttert, den er von seinem Großvater geerbt hatte, vermutlich das wertvollste Stück in der Wohnung. Wer also hatte hier herumgeschnüffelt und warum?

Er kehrte ins Wohnzimmer zurück und mischte sich einen Gin Tonic. Er zündete sich eine Zigarette an, entdeckte weitere Unregelmäßigkeiten – die umgeklappte Ecke eines Teppichs, ein leicht schief hängendes Bild. Es war jemand in seiner Wohnung gewesen, keine Frage. Lorraine womöglich?, überlegte er. Aber sie hatte natürlich keinen Schlüssel … Warum hatte er ihr eigentlich keinen Schlüssel gegeben?, fragte er sich unvermittelt. Sie war immerhin seine Freundin. Er drückte die Zigarette aus. Dann kam ihm der Gedanke, dass vielleicht Tyrone dahintersteckte, ihr Bruder, der sich damit brüstete, dass vor ihm kein verschlossenes Gebäude sicher war: ein Schlosser, der sich nebenher als

Einbrecher betätigte. Es war Lorraine, die ihm unter dem Siegel der Verschwiegenheit anvertraut hatte, dass Tyrone sein Einkommen als Schlosser durch gelegentliche Einbrüche aufbesserte – was er energisch abstritt. Vielleicht war er also der Eindringling und hatte hier irgendetwas gesucht. Aber was? Er mochte Tyrone, fand seine großmäulige Art amüsant, die schon fast an eine Parodie grenzte. Tyrone, hatte er entschieden, war ein Lorraine-Bonus; er war ein faszinierender junger Bursche.

Tatsächlich hatte Gabriel Lorraine erst über Tyrone kennengelernt. Einmal nämlich war wirklich jemand bei ihm eingebrochen – die Kellertür war eingetreten worden. Eine Armbanduhr und etwas Bargeld waren ihm gestohlen worden, außerdem, und das war am ärgerlichsten, eine heiß geliebte, oft getragene Wildlederjacke. Er hatte einen Schlüsseldienst angerufen, und daraufhin war Tyrone bei ihm aufgetaucht, um sein kaputtes Schloss zu ersetzen. Nach Erhalt der Rechnung hatte Gabriel versehentlich einen nicht unterschriebenen Scheck an Tyrone übersandt, woraufhin umgehend Lorraine losgeschickt wurde, um das Geld bei ihm persönlich einzutreiben. Er hatte die Tür geöffnet und eine junge Frau erblickt, die mit seinem nicht unterschriebenen Scheck vor ihm herumwedelte. Ein ebenmäßiges, leicht männlich angehauchtes Gesicht, schlank, aber breitschultrig, die Haarspitzen bogen sich nach außen, so wie es gerade in Mode war. Anfangs war sie ziemlich aggressiv gewesen. Der älteste Trick der Welt, hatte sie gesagt und dabei den Scheck geschwenkt. Halten Sie uns für so blöd? Er hatte auf der Stelle um Entschuldigung gebeten und die Unterschrift nachgeliefert, zugleich jedoch war da ein spontanes Kribbeln gewesen. Gabriel, dem sein Fehler furchtbar peinlich war, hatte vorgeschlagen, noch auf ein Glas in den Pub um die Ecke zu gehen, als weitere kleine Wiedergutmachung. Warum nicht?, sagte sie, von mir aus gern, und entschuldigte sich bei ihm für ihre »große Klappe«. An jenem Mittag nahm etwas seinen Anfang, das nach wie vor im stürmischen Gange war.

Er packte den Koffer aus und räumte seine Kleidung fort – Koffer nicht unausgepackt zu lassen war eine Marotte von ihm – und vergewisserte sich, ob er genug Geld bei sich hatte. Es war an der Zeit, ein paar Vorräte zu besorgen – verreisen würde er in nächster Zeit erst mal nicht. Er hatte ein Buch zu schreiben, wie auch immer das aussehen mochte. Er war schon unterwegs zur Wohnungstür, als ihn das laute Klingeln des Telefons stoppte.

»Hallo?«

Stille. Eine lange Stille.

»Hallo? Hier Gabriel Dax.« Er bot seinen Namen als Köder an, doch es blieb weiter still. Er sagte noch ein paar Mal »Hallo«, bis ein Klicken zu hören war; der unbekannte Anrufer hatte aufgelegt. Verwählt? Nein. Dazu war es am anderen Ende zu lange still geblieben, ein absichtsvolles, aufreizendes Schweigen.

Gabriel wählte Lorraines Nummer. Sie wohnte noch zu Hause bei ihrer verwitweten Mutter. Am Telefon jedoch meldete sich Tyrone.

»Nein, sie ist bei der Arbeit, Gabe. Spätschicht.«

Lorraine arbeitete als Kellnerin in einer Wimpy Bar, Teil der Fast-Food-Kette. Ihre Filiale befand sich in der Fulham Road, zwanzig Minuten zu Fuß von seiner Wohnung entfernt.

»Ich richte ihr aus, dass du angerufen hast, Kumpel.«

»Du bist nicht zufällig in meiner Wohnung gewesen, Tyrone, oder?«

»Machst du Witze? Was soll ich in deiner Wohnung? Hab doch selber eine.«

»Schon gut. Vergiss es. Sag Lorraine, dass ich aus Afrika zurück bin.«

Gabriel spazierte zum Lebensmittelladen auf der King's Road und stockte seine Vorräte auf: Brot, Eier, Milch, Cornflakes, Kartoffeln, Speck, Butter und noch eine Flasche Gin, aus dem Schnapsladen. Er war gerade, schwer beladen mit seinen Einkäufen, auf dem Heimweg den Radnor Walk entlang, als er eine Frau in einem rehbraunen Regenmantel sah, die vor ihm, an der Kreuzung Redesdale Street, etwa zwanzig Meter entfernt, die Straße überquerte. Sie tauchte unvermittelt zwischen zwei parkenden Autos auf und schritt eilig über die Straße. Er erkannte sie sofort wieder – es war die Frau aus dem Flugzeug, die sein Buch gelesen hatte. Das konnte er unmöglich auf sich beruhen lassen.

»Hallo!«, rief er laut. »Entschuldigung?«

Sie drehte sich nicht um und verschwand in die Redesdale Street. Gabriel folgte ihr hastig. An der Straßenecke war von ihr keine Spur zu sehen – es war, als hätte sie sich in Luft aufgelöst. Wo war sie denn abgeblieben? In ein Haus verschwunden? Er drehte sich einmal komplett um die eigene Achse, als könnte sie durch diese Bewegung irgendwie zurückgezaubert werden – aber nein ...

Er trottete heimwärts, ließ stirnrunzelnd die merkwürdigen Zufälle Revue passieren: die Frau im Flugzeug mit seinem Buch, dann ihr zweites Auftauchen. Dazu die sorgsam arrangierte Unordnung in seiner Wohnung und der stumme Anruf, was hatte es damit auf sich? Er wurde unruhig. Für sich genommen war keiner der Vorfälle weiter bemerkenswert. Er war nicht beraubt worden, und die Frau schien von der Anwesenheit des Autors, dessen Buch sie las, nichts geahnt zu haben. Manche Tage im Leben sind nun mal so, sagte er sich, schwer zu erklären, seltsame Omen, die von der Ambivalenz der Welt zeugen. Es gibt mehr Dinge zwischen Himmel und Erde, Gabriel, als jede Schulweisheit sich träumen lässt.

Er packte gerade seine Einkäufe aus, als das Telefon klingelte. Es war sein Bruder Sefton.

»Ah, du bist zurück«, sagte Sefton, ein wenig überrascht. »Wie war die Reise, gut?«

»Aufschlussreich.«

»Magst du am Sonntag zum Essen kommen? Victorias Geburtstag – das muss irgendwie begangen werden.«

»Hast du vorhin schon mal versucht, hier anzurufen?«, fragte Gabriel.

»Nein. Wieso?«

»Ach, nur so.«

»Bei dir alles in Ordnung, Gabriel?«

»Ja doch. Alles bestens.«

»Also, kommst du dann zum Mittagessen?«

Weil Gabriel auf die Schnelle keine überzeugende Ausrede einfiel, sagte er zu, verabschiedete sich und legte auf. Er dachte über seinen älteren Bruder nach. Die Beziehung zwischen ihm und Sefton war seltsam förmlich und nicht sonderlich eng – sie waren vom Wesen her zu verschieden –, trotzdem sahen sie sich relativ oft und telefonierten mindestens einmal in der Woche. Gabriel mochte Seftons Frau, Victoria, eine zierliche, zurückhaltende Person, die so wirkte, als lege sie es bewusst auf maximale Unscheinbarkeit an, fast bis hin zur Unsichtbarkeit. Sie machte rein gar nichts aus sich, dabei hätte sie durchaus attraktiv oder zumindest interessant aussehen können, und das ohne großen Aufwand. Amüsant fand er auch ihre Kinder, seine beiden Neffen im frühen Teenageralter, Nigel und Cyril, vierzehn und dreizehn, sie weckten seine Neugier. Von wem stammte noch der Ausspruch, es sei eine der Tröstungen des Älterwerdens, zu sehen, wie sich die Kinder von Freunden entwickelten? Die Kinder seines scheuen, sonderbaren Bruders eigneten sich dafür ebenso gut.

Er machte sich ein Corned-Beef-Sandwich, schenkte sich

ein Glas Bier ein und setzte sich dann an seine Schreibmaschine und den Artikel über Lumumba und die sich anbahnende Krise im Kongo. Lumumba war erst seit der Unabhängigkeit im Juni im Amt, doch in Léopoldville hatte kaum drei Monate später bereits eine fieberhaft angespannte Atmosphäre geherrscht. Der Staat Katanga im Süden – mit seinen riesigen Mineralvorkommen – hatte sich zornig abgespalten. Belgische sowie UN-Truppen waren eingetroffen, um eine Art Cordon sanitaire zwischen den Fraktionen einzurichten. Lumumba hatte um russische Militärhilfe ersucht, und damit schien die Möglichkeit eines Bürgerkriegs auf einmal sehr real; schon jetzt stand die junge Republik kurz davor, sich selbst zu zerfleischen. Während des Interviews hatte sich Lumumba vorsichtig optimistisch geäußert, aber alles an dieser Situation erschien zunehmend gefährlich.

Gabriel fing an, seine Notizen abzutippen, und hatte ungefähr tausend Wörter geschrieben, ehe er spürte, wie er allmählich schlappmachte. Er gähnte. Oh, ja, Müdigkeit, Ermattung, meine scheue, widerstrebende Freundin, dachte er. Er sah nach, wie es um seinen Tablettenbestand bestellt war: Es waren noch zwei übrig. Er rationierte die Seconal, weil er wusste, dass die Wirksamkeit von Schlaftabletten rasch nachließ, wenn man jede Nacht eine nahm. Also hatte er bewusst entschieden, mit seiner Schlaflosigkeit – seinen gestörten *nuits blanches* – zu leben, um dafür hin und wieder eine Nacht tief betäubt durchschlafen zu können. Heute würde er die vollen zehn Stunden benötigen, kalkulierte er, und machte sich im Geist einen Vermerk, seinen Arzt aufzusuchen, um sich ein neues Rezept ausstellen zu lassen.

Er putzte sich gerade die Zähne, als erneut das Telefon klingelte. Er kehrte ins Wohnzimmer zurück und ging ran.

»Hallo, Lorraine?«

Aber nein. Wieder Stille.

»Hören Sie«, sagte er ruhig, »Sie verschwenden Ihre Zeit, wer Sie auch sein mögen. Es verfängt nicht bei mir. Beunruhigt mich nicht im Geringsten. Okay? Und wenn Sie jede Stunde hier anrufen, juckt mich nicht. Wiedersehen.«

Er nahm seine Tablette, ging zu Bett und schüttelte das Kopfkissen auf. Dabei dachte er an die beiden Stunden zurück, die er mit Patrice Lumumba verbracht hatte, daran, wie Lumumba jedes Mal, wenn er seinen Worten Nachdruck verleihen wollte, die Hand ausgestreckt und ihm auf den Handrücken getippt hatte.

»Die wollen mich umbringen«, hatte Lumumba irgendwann mit starkem Akzent auf Englisch gesagt, mit leiser Stimme, als könnte ihn jemand belauschen.

»Wer?«

»Die Briten, die Amerikaner, die Belgier. Präsident Eisenhower wünscht meinen Tod.«

»Präsident Eisenhower? Doch sicherlich nicht?«

»Es gibt hier Leute, die hergeschickt wurden, um mich zu töten. *Élimination définitive.* Sie verstehen?«

»Ja. Aber anscheinend …«

»Ich nenne Ihnen drei Namen. Bitte merken Sie sich die.«

Gabriel war verwirrt, das Geständnis brachte ihn etwas aus der Fassung. Er nahm diese Behauptungen nicht ganz ernst. Es erschien paranoid, eine Wahnvorstellung.

»Warum? Welchen Nutzen sollte man sich von Ihrer Tötung versprechen?«

»Es geht um Uran, *c'est évident, c'est simple.*«

Lumumba hatte weiter über die Gefährdungen für seine Person gesprochen oder vielmehr geschwafelt, hatte auch Vorwürfe gegen die UN erhoben, weil sie insgeheim mit den Amerikanern und Belgiern zusammenarbeite.

Gabriel versuchte, sich noch an mehr zu erinnern, schlief aber über dem Thema Uran ein. Seine letzten wachen Gedanken fanden natürlich einen Grund: Atombomben. Uran für Atombomben.

*

»Was hat dich nach Léopoldville geführt?«, fragte Sefton.

»Bloß ein Auftrag für den Reiseteil, zunächst«, sagte Gabriel. »Eine Reportage über Léopoldville und Brazzaville. Du weißt schon, die beiden Hauptstädte, die nur durch den Kongo getrennt sind. Schon ungewöhnlich. Einzigartig sogar, dass zwei Hauptstädte so dicht beieinanderliegen.«

Sie waren im Garten von Seftons frei stehender roter Backsteinvilla in Highgate, nach dem traditionellen Sonntagsmahl – die Lammkeule, die Unmengen zerkochtes Gemüse, das Trifle zum Nachtisch und die Flasche guter Rotwein. Sefton nuckelte an seiner Verdauungspfeife und ließ Rauchwolken zu der Pergola aufsteigen, unter der sie standen und dabei zusahen, wie Cyril und Nigel auf dem Rasen einen Fußball herumkickten. Nicht direkt Sportskanonen, dachte Gabriel beim Anblick seiner Neffen, als Nigel den Ball in eine Blumenrabatte beförderte. Beide Jungen schienen ihm gleichermaßen unkoordiniert zu sein.

»Aber«, fuhr er fort, »die Sache war die, als ich in Léopoldville ankam, ergab sich die Gelegenheit, Patrice Lumumba zu interviewen, den Premierminister höchstpersönlich, unter vier Augen.«

»Großer Gott! Du? Wie denn das?« Sefton nahm die Pfeife aus dem Mund und deutete mit dem Stiel auf ihn, als wäre er die letzte Person auf der Welt, die dafür infrage kam. Gabriel legte ihm alles dar. Nach seiner Ankunft in Léopoldville habe er Verbindung zu einem alten Studienfreund aufgenommen, Thibault N'Danza, der sich als Gesundheitsminister in Lumumbas Regierung entpuppte. Es sei Thibault gewesen, der das Interview angeregt und alles

Weitere im Handumdrehen organisiert habe. Lumumba sei von der Idee begeistert gewesen, sagte Gabriel. Ebenso seine Zeitung. Alles sehr spannend.

»Und du weißt ja auch so viel über die Politik in Belgisch-Kongo, nicht wahr?«, merkte Sefton sarkastisch an.

»Also, ich weiß genug, um dich darauf hinzuweisen, dass es nicht länger ›Belgisch‹ Kongo heißt.«

»Es ist eine praktische Unterscheidung. Zwei Länder, die Kongo heißen, das ist verwirrend. Wie dem auch sei, du hast also Lumumba getroffen. Den Mann der Stunde. Bravo.«

»Die Zeitung war ganz aus dem Häuschen. Exklusiv, all das. Ein Coup. Vergessen Sie die Reisereportage, sagte man mir, Lumumba hat Priorität. Im Grunde habe ich ihm bloß das Mikrofon hingestellt und ihn seinen Monolog halten lassen.«

»Du hast ihn aufgenommen?«

»Aber ja«, sagte Gabriel. »Er hat darauf bestanden. Er wollte, dass alles dokumentiert wird, glaube ich. War sehr darauf erpicht, seinen Standpunkt darzulegen. Den Eindruck hatte ich jedenfalls.«

»Warum?«

»Na ja. Die Sonntagsausgabe einer großen, seriösen, britischen Zeitung, große Reichweite. Ich war rein zufällig in Léopoldville, für einen anderen Auftrag. Ein erstklassiges Forum für einen missverstandenen afrikanischen Politiker in bedrängter Lage.«

Sefton hantierte gerade mit einem Streichholz, um unter Schnaufen und Schnauben seine Pfeife neu anzuzünden.

»War dir der Mann sympathisch?«, wollte er wissen, wobei ihm dichter Rauch aus den Nasenlöchern strömte.

»Ja.« Gabriel rief sich die Begegnung noch einmal vor Augen. »Er hat mir gefallen. Instinktiv. Er schien mir … ein rechtschaffener Mensch zu sein. Dabei aber auch unsicher, eindeutig sehr besorgt, weißt du. Das klang durch. Dass alles sehr labil ist.«

Sefton brach in heftiges Gelächter aus, bis sein belustigtes Gebell in Husten überging.

»Bleib lieber bei der Reiseschriftstellerei, Gabriel.« Er klopfte sich mit der flachen Hand gegen die Brust. Dann wandte er sich seinen Kindern zu. »Ihr müsst aufpassen, wo ihr den Ball hinschießt, Jungs!«, rief er.

Victoria tauchte auf und bot mit leiser Stimme frischen Kaffee an. Sefton lehnte ab, aber Gabriel folgte ihr ins Haus. Für Anfang September war der Tag empfindlich kühl – mit einem kalten, unangenehm rauen Wind und einem Himmel voll schwerfälliger Wolken –, er war froh, wieder ins Warme zu kommen.

»Danke noch mal für das schöne Geschenk«, sagte Victoria.

Gabriel hatte ihr ein geschnitztes Figürchen überreicht, das er auf einem Markt in Léopoldville erstanden hatte, aus Ebenholz, knapp zwanzig Zentimeter hoch, eine Art Mischwesen aus Mensch und Tier mit Hörnern und Brüsten und einem Schwanz, das in der einen Hand eine Hacke hielt und in der anderen eine Kürbisflasche. Es sei ein Talisman, erklärte er, der seinem Besitzer zu Wohlstand, Gesundheit und Glück verhelfen solle.

»Damit gebe ich mich zufrieden«, sagte Victoria, während sie ihm Kaffee einschenkte. Sie schien über das Geschenk aufrichtig entzückt zu sein und hatte es bereits auf dem Kaminsims aufgestellt. »Sie kann unsere Schutzgöttin sein. Ich liebe sie. So wunderschön geschnitzt. Wie aufmerksam von dir, Gabriel. Und du hast meinen Geburtstag nicht vergessen.«

In Wahrheit hatte er bei dem Kauf an Lorraine gedacht, aber Victorias Begeisterung war so augenfällig, dass er sich nun freute, die Statuette stattdessen ihr geschenkt zu haben. Lorraine, das wurde ihm nachträglich klar, hätte wahrscheinlich eher ablehnend reagiert. Ein unnützes Kinkerlitzchen aus Afrika. Er bot Victoria eine Zigarette an – sie lehnte dankend ab, mit der Begründung, sie versuche gerade aufzuhören – und zündete sich selbst eine an. Er musterte sie unauffällig. Völlig ungeschminkt – nicht mal ein wenig Lippenstift an ihrem Geburtstag –, das dichte braune Haar straff zurückgekämmt und zu einem komplizierten Knoten frisiert.

Er mochte Victoria, weil er wusste, dass sie ihn mochte und nichts auf Sefton und seine herabsetzenden Spötteleien gab. Bei einem Besuch hatte er einmal mitbekommen, wie sie am Telefon mit einer Freundin über ihn sprach. Er hatte zufällig gehört, wie sein Name fiel, und dann, ein wenig ängstlich, die Ohren gespitzt.

»Gabriel, ja«, hatte sie zu ihrer Freundin gesagt. »Du hast ihn bei Seftons Party kennengelernt. Erinnere dich – der große, hagere, hübsche, der wie ein darbender Dichter aussieht. Ja, das ist er, Gabriel … Seftons jüngerer Bruder. Unglaublich, dass sie blutsverwandt sind, oder? Und er ist ein sehr guter Autor.«

Gabriel hatte sich leise zurückgezogen, schamrot darüber, sie bei ihrer Lobrede belauscht zu haben, aber auch erfreut. Nun saß sie ihm gegenüber auf dem Sofa und hielt ihren Kaffeebecher mit beiden Händen umfasst, und bei ihrem Anblick rätselte er insgeheim, warum und wie um alles in der Welt sie ausgerechnet Seftons Frau geworden war. Die meisten Ehen sind ein Rätsel, sagte er sich.

»Weißt du was, Gabriel«, sagte Victoria lächelnd. »Ich werde, glaube ich, doch mal eine von deinen französischen Zigaretten probieren.«

Als Gabriel sich später verabschiedete, sagte Sefton, er würde ihn noch zur U-Bahn-Station begleiten, er brauche etwas Bewegung.

Gemeinsam gingen sie die Archway Road hinunter, und Gabriel fiel wieder einmal auf, wie bei jeder Gelegenheit, wenn er mit seinem Bruder allein war, wie unähnlich sie einander waren. Sefton, kompakt und übergewichtig, mit schon grau meliertem Haar, in seiner weinroten Strickweste und dem Wochenendanzug aus Tweed, eine gestreifte Clubkrawatte um den Hals gebunden. Wie war es möglich, dass sie Brüder waren? Doch genau das waren sie, beide ohne Eltern aufgewachsen, nachdem sie viel zu früh im Leben dieselben Tragödien hatten verkraften müssen.

»Und, geht's jetzt wieder auf Reisen?«, fragte Sefton.

»Nein. Ich rühre mich eine Weile nicht vom Fleck.«

»Hättest du Lust auf einen Abstecher nach Kopenhagen? Um einen Brief für mich zu überbringen, persönlich.«

»Ist es für das Außenministerium?«

»Genau.«

»Nein, danke.«

Gabriel fühlte sich immer leicht unwohl, wenn Sefton ihn vorübergehend in seine Welt zu ziehen versuchte. Er hatte Sefton schon mehrfach »Gefallen« getan, wenn er im Ausland war. Hatte Briefe und kleine Päckchen überbracht, an unscheinbaren Adressen, in Geschäften und Apartmentblocks. Einmal hatte er eine Zeitung (*Le Monde*) auf einer Parkbank im Jardin du Luxembourg abgelegt. Ein andermal hatte er in einem Café in Lissabon lediglich »Nein« sagen müssen, zu einem Mann, der hereinkam und sich ihm gegenüber an den Tisch setzte. Woraufhin der Mann wieder aufstand und das Lokal verließ.

Er hatte Sefton beschuldigt, dem Secret Intelligence Service anzugehören, was Sefton lachend verneinte. Allein schon die Vorstellung, sagte er, sei zu drollig. Angehöriger des SIS? Ich, beim Auslandsgeheimdienst? Rede keinen Unsinn. Er arbeite schlicht und einfach im Außenministerium, stellte er klar, aber wir haben schon so einige Tricks auf Lager – o ja, du machst dir keine Vorstellung davon. Und dennoch war er Mitte der Fünfziger plötzlich für zwei Jahre an die Botschaft in Genf versetzt worden, wodurch die Familie hatte umziehen müssen, und als Gabriel nach ihrer Rückkehr bei Victoria nachhakte, was für eine Funktion Sefton in der Botschaft ausgeübt hatte, sagte sie, das wisse sie gar nicht so genau. »Irgendein Verwaltungsposten, der mit Pässen zu tun hatte«, besser konnte sie es nicht erklären. Und hier war er nun und bot ihm einen geheimnisvollen Abstecher nach Kopenhagen an.

»Auf unsere Kosten, Gabriel. Du wirst nichts draufzahlen müssen.«

»Ich bin sehr beschäftigt. Mit Schreiben.«

»Nun, denk darüber nach. Es eilt nicht. Kann warten, bis du so weit bist.«

Sefton wechselte das Thema.

»Hast du Onkel Aldous in letzter Zeit mal gesehen?«

»Lustig, dass du fragst. Er hat mich eingeladen, mal auf einen Drink vorbeizukommen.«

»Grüß den alten Mistkerl schön von mir, ja?«

Auf dem restlichen Weg zur U-Bahn tauschten sie Erinnerungen an Aldous Dax aus, fragten sich, wie er wohl mit dem Ruhestand zurechtkam, in den er erst vor Kurzem gewechselt war, und wer die neue Frau in seinem Leben sein mochte. Es gab viele Geschichten zu erzählen.

Lorraine glitt aus dem Bett und tapste durchs Zimmer, um »auf die Toilette zu gehen«, wie sie sagte. Als sie die Tür öffnete, wurde ihre schlanke, nackte Gestalt vom Licht in der Diele erhellt, und Gabriel spürte ein Ziehen in den Lenden, als seine sexuelle Energie von Neuem erwachte. Erstaunlich, denn erst zehn Minuten zuvor hatten sie einander heftig geliebt. Er ließ sich im Bett zurücksinken und dachte darüber nach, welch außerordentliche Wirkung

Lorraine auf seine Libido hatte. Dann meldete sich ein leises Schuldgefühl, das seine Lust im Nu überlagerte, und er schämte sich.

Er war sich darüber im Klaren, warum er Lorraine so sehr begehrte: Weil sie kein bisschen wie er war und nichts von seiner Welt wusste; weil sie mit sechzehn von der Schule abgegangen war; weil sie mit breitem Londoner Akzent sprach, so manchen Konsonanten verschluckte; weil sie in englischer Grammatik nicht immer ganz sattelfest war und in einer Wimpy Bar kellnerte – genau das erregte ihn so sehr. Sie war exotisch, fremdartig, hatte nichts mit den anderen Frauen gemein, die er in seinem Leben schon geliebt hatte. Briony, Maud, Janet und Annabel gehörten alle, mehr oder weniger, seiner gesellschaftlichen und bildungsmäßigen Klasse an. Lorraine war Terra incognita, wild, faszinierend.

Merkwürdigerweise kam er zunehmend zu der Überzeugung, dass es ihr mit ihm nicht viel anders erging. Anderen Leuten stellte sie ihn manchmal als »meinen vornehmen Freund« vor. Sie bat ihn oft, einzelne Wörter und Redewendungen zu wiederholen, ließ sich von ihm die Bedeutung erklären, amüsierte sich kichernd über seinen Akzent, als könne sie es kaum fassen, dass sie sich mit einem so schrägen Lebewesen wie ihm paarte. Ja, Fremdartigkeit war keine Einbahnstraße, sie konnte von beiden Seiten aus empfunden werden, dachte er ein wenig reumütig, als sie ins Zimmer zurückkam und sich neben ihm ins Bett kuschelte.

»Wer ist ein kleiner Lustmolch?«, fragte sie, während sie seinen Schwanz befühlte. »Du kriegst aber auch nie genug, Gabe, mal ehrlich.«

Am Montagmorgen suchte er die Zeitungsredaktion auf und überreichte dem Auslandsredakteur, Grant Muldoon, sein fertiggestelltes Interview mit Patrice Lumumba.

»Knapp dreitausend Wörter«, erklärte er Grant. »Sie haben ja gesagt, ich soll so viel schreiben, wie ich möchte. Ich habe noch massenhaft mehr, auf den Tonbändern.«

»Phantastisch.« Grant blätterte die maschinengeschriebenen Seiten durch und nickte. Für seine Verhältnisse wirkte er ungewöhnlich aufgeregt. »Das bringen wir übernächsten Sonntag – groß aufgemacht. Prima Arbeit, Gabriel. Da haben wir Glück gehabt. Dafür gebe ich Ihnen einen aus, oder auch drei.«

Am übernächsten Sonntag allerdings war sein Text nicht in der Zeitung, wie er verwirrt und enttäuscht feststellen musste. Entlohnt hatte man ihn schon, der Scheck war erfreulich rasch per Post eingegangen, doch er hatte nie eine Druckfahne gesehen, ebenso wenig wie redaktionelle Anmerkungen. Eigenartig. Er rief Grant an, der einen ausweichenden, entschuldigenden Tonfall anschlug.

»Der Lauf der Geschichte hat Sie überholt, alter Knabe«, sagte er.

»Wie ist das zu verstehen?«

»Im Kongo hat es eine Art Putsch gegeben. Ein Soldat, ein gewisser Oberst Mobutu, hat anscheinend das Ruder übernommen, er hat jetzt das Sagen. Ihren Mann Lumumba hat man gefeuert, seines Amtes enthoben – er steht wohl unter Hausarrest, nach allem, was wir wissen. Ist momentan nicht einfach, sich ein klares Bild zu verschaffen.«

»Aber, Augenblick mal, was Lumumba zu sagen hat, ist doch nach wie vor interessant.«

»Es *war* interessant«, sagte Grant. »Tut mir leid, es so ohne Umschweife sagen zu müssen, Gabriel, aber das ist nun auf einmal Schnee von gestern. Wäre blamabel für uns, wenn wir das jetzt noch abdrucken. Die Ansichten eines kürzlich gefeuerten Ex-Premierministers. Vielleicht könnten Sie ja etwas über den anderen schreiben, diesen Mobutu.«

»Über den weiß ich nichts. Nun ja, vielleicht bringe ich

den Text irgendwo anders unter – beim *New Statesman*, oder beim *Econommist* ...«

»Äh, nein, daraus wird leider nichts. Nochmals, so leid es mir tut, Gabriel. Wir haben Sie schon entlohnt, vergessen Sie das nicht. Der Text gehört nicht mehr Ihnen, sondern uns.« Grants Tonfall änderte sich, er klang auf einmal nervös. »Schauen Sie, es ist vielleicht ganz gut so. Ihr Text war, na ja, sagen wir mal – kontrovers. Der Chefredakteur war unschlüssig, er wollte zunächst mit dem Eigentümer sprechen. Dann kam dieser Putsch dazwischen.«

»Wieso um Himmels willen war er bitte schön ›unschlüssig‹?«

»Weil Ihr Text sehr Lumumba-freundlich war«, sagte Muldoon. »Und nicht jeder findet, dass er, ähm, der große, kommende Mann ist, als den Sie ihn dargestellt haben. Im Kongo herrscht Durcheinander. Großes Durcheinander. Eine Menge eigennütziger Interessen, eine Menge Unruheherde.«

»Die Sache mit den Sowjets, meinen Sie.« Gabriel hatte langsam das Gefühl, dass die Angelegenheit für ihn einige Nummern zu groß war.

»Ja, das war nicht hilfreich. Verbuchen Sie das Ganze als Erfahrung. Letzte Woche war Lumumba noch ein heißes Eisen – dann ist das Eisen von einem Tag auf den anderen abgekühlt. Und mit kalten Eisen kann niemand was anfangen. Lassen Sie die Sache auf sich beruhen.«

Widerstrebend folgte er der Empfehlung. Er war über die Episode ein wenig verbittert, zumal der Arbeit wegen, die er hineingesteckt hatte. Ihm kam der ärgerliche Gedanke, dass Sefton womöglich recht hatte – vielleicht sollte er wirklich besser bei der Reiseschriftstellerei bleiben. Er überlegte, ob er die ursprünglich geplante Reportage über Léopoldville und Brazzaville wieder in Angriff nehmen sollte – die beiden durch einen mächtigen Fluss getrennten Hauptstädte ...

Und dann stand ihm auch schon die Idee vor Augen, in verblüffender Deutlichkeit. Genau darüber würde er als Nächstes schreiben. Über mächtige Flüsse – den Kongo, den Nil, die Donau, den Amazonas, den Mississippi –, aber auf eine Art, die es so noch nie gegeben hatte. Er rief seinen Agenten an, Jeff Lockhart, der ihn um ein zweiseitiges Exposé bat. Gabriel lieferte wie bestellt. Eine Woche später kehrte Lockhart mit einem Vertrag von Inigo Marcher und seinem neuen Verlag, Mulholland & Melhuish, zurück. Damit war sein nächstes Buch, *Flüsse*, geboren. Auf manchen Kongo-Regen folgte eben doch Sonnenschein, sagte er sich.

Unterwegs zu seinem Onkel legte Gabriel einen Zwischenstopp bei seinem Arzt ein, Muir Kinross, weil er dieses Rezept für Schlaftabletten benötigte. Muir war in seinen Sechzigern, ein trockener, amüsanter Schotte aus Edinburgh. Er war ein kultivierter, gut gekleideter Mann – stets in eleganten dunklen Anzügen –, dessen Sprechzimmer etwas von einem Bühnenbild hatte: auf dem Boden Teppiche von den Omega Workshops, Bücherregale mit Glastüren, ein spiegelblank polierter Schreibtisch, viele geschmackvolle Bilder an den Wänden. Sogar die Untersuchungsliege stand hinter einem gestickten Paravent aus den Wiener Werkstätten, auf dem sich allerlei Fabeltiere tummelten.

Muir schraubte seinen Füllfederhalter auf und stellte Gabriel in seiner gestochenen Handschrift, lauter Schleifen in lila Tinte, ein neues Rezept aus.

»Damit sollten Sie einen Monat oder zwei auskommen.«

Gabriel schob das Rezept in seine Jackentasche.

»Ich nehme sie nur dann und wann. Wenn das Bedürfnis nach einer durchschlafenen Nacht, sagen wir mal, akut wird.«

»Dieselben Träume? Dasselbe Problem?«

»Ja. Feuer. Es sind immer Feuer«, sagte Gabriel müde.

»Kleine Feuer, die nicht ausgehen wollen.« Er legte eine Pause ein. »Ich schlafe ein, träume dann von Feuern und wache auf. Danach kann ich nicht mehr einschlafen.«

»Was ist mit Ihrer Mutter?«

»Sie kommt darin niemals vor – aber natürlich geht es eigentlich um sie. Um jene Nacht.« Er legte eine Pause ein. »Nehme ich an. An viel kann ich mich, ehrlich gesagt, nicht erinnern. Bruchstücke. Doch es geht immer um Feuer.«

Muir war mit den wesentlichen Einzelheiten von Gabriels Biographie vertraut – und er verschrieb ihm nun schon seit Jahren Schlaftabletten.

»Haben Sie schon mal eine Psychoanalyse in Betracht gezogen?« Muir lehnte sich in seinem Sessel zurück. »Nur so ein Gedanke.«

»Darüber nachgedacht habe ich schon«, sagte Gabriel. »Aber es gibt hier kein Rätsel – ich weiß ja genau, warum ich nicht schlafen kann und warum ich diese Träume habe. Da gibt es nichts, was mir irgendjemand erklären müsste.«

Muir zuckte mit den Schultern.

»Ich frage bloß, weil einer meiner Patienten, ebenfalls mit Schlafstörungen, mit einer speziellen Psychoanalytikerin herausragenden Erfolg erzielt hat. Sie ist in Hampstead ansässig. Ein Termin bei ihr könnte sich lohnen. Man kann nie wissen …«

Er griff nach seinem Füller und blätterte kurz in einem Notizbuch, bis er fündig wurde. Dann notierte er eine Telefonnummer und eine Anschrift auf einer Karteikarte, die er Gabriel aushändigte.

»Dr. Katerina Haas«, las Gabriel vor. »Klingt deutsch. Gefällt mir. Authentizität. Vielleicht rufe ich mal da an.«

Während der Busfahrt nach Kensington dachte er weiter über diese Katerina Haas nach. Gegen die Psychoanalyse hatte er keine Vorbehalte, solange sich niemand dazu verstieg, sie als Wissenschaft oder irgendwie wissenschaftlich zu bezeichnen. Vielleicht könnte sie ja als Placebo helfen – gemäß dem alten Sprichwort, geteiltes Leid ist halbes Leid. Er durfte nichts unversucht lassen, dachte er in einer jähen Aufwallung von Stress: Denn so konnte es unmöglich den Rest seines Lebens weitergehen – die durchwachten Nächte, die Benebelung tagsüber, die Energieschübe und die plötzliche überwältigende Müdigkeit – das mühsame Leben eines Menschen, der nicht schlafen konnte.

Aldous Dax lebte in einer großen Wohnung in einem Mietshaus hinter der Albert Hall. Er nahm Gabriel überschwänglich in Empfang, mit Küsschen links und rechts.

»Liebster Junge, wie schön, dich zu sehen! Geht es dir gut? Du siehst müde aus, Schatz. Hast du immer noch Probleme mit dem Schlaf?«

Mit seinem runden, rosaroten Gesicht und den halblangen grauen Haaren, die pomadig zurückgekämmt und hinter seine Ohren geklemmt waren, sah Aldous aus wie ein Schöngeist aus dem neunzehnten Jahrhundert. Verstärkt wurde dieser Eindruck noch dadurch, dass er ausschließlich helle Kleidung und schlapp herabhängende Fliegen trug. Heute hatte er sich für einen Anzug aus perlmuttfarbiger Seide und ein blassblaues Hemd entschieden, mit einer zitronengelben Fliege. Dazu trug er orientalische Lederpantoffeln mit Stickerei und hochgebogenen Spitzen. Er geleitete Gabriel durch den von der Fußleiste bis zur Decke mit Aquarellen geschmückten Flur und weiter in das geräumige Wohnzimmer, das zugleich als Büro fungierte. Auch hier hingen die Wände voller Bilder, und weitere Bilder lehnten an der Wand, stapelweise, bis zu zehn hintereinander. Zwischen hoch aufgetürmten Stapeln von Kunstbänden auf jeder verfügbaren Oberfläche waren Sofas und Sessel mit losen Überwürfen zu erkennen. Auf Sekretären und Beistelltischen standen Vasen mit großen Sträußen aus

Trockenblumen und Gräsern. Was für ein wüstes Durcheinander, dachte Gabriel, so wie jedes Mal, aber auch irgendwie betörend und absolut einzigartig.

An einem Ende des Zimmers saß eine junge Frau an einem Schreibtisch für zwei. Sie trug eine klobige schwarze Brille, und ihr Haar war leuchtend karottenrot gefärbt.

»Das ist Ariadne Vanderpoel«, stellte Aldous sie vor. »Meine rechte *und* meine linke Hand. Sie hilft mir seit der Schließung, den Bestand der Galerie zu katalogisieren.« Er deutete auf die Gemäldestapel am Boden. »Ein Augias-Stall – ich habe ja *keine* Ahnung, was ich besitze, keine Ahnung. Ariadne bringt Licht ins Dunkel.«

Gabriel schüttelte ihr die Hand. Sie hatte einen sehr festen, sachlichen Händedruck. »Was für eine Freude«, sagte sie. »Ich habe schon *so* viel von Ihnen gehört.«

Gabriel zeigte auf Aldous. »Glauben Sie ihm kein Wort, egal, was er sagt. Ein äußerst unzuverlässiger Erzähler.«

Ariadne lachte laut. Aldous schloss sich an.

»Sie können jetzt gehen, meine Süße«, sagte Aldous. »Bis morgen. Ich muss ein indiskretes Wörtchen mit meinem Jungen hier wechseln.«

Als Ariadne hinausgegangen war, um ihren Mantel zu holen, senkte Aldous die Stimme.

»Promoviert in Kunstwissenschaften, in Cambridge. Ein unglaublicher Intellekt.« Er schwieg kurz. »Nein, Sex haben wir nicht, falls dir die Frage auf den Nägeln brennt.«

»War mir gar nicht in den Sinn gekommen.«

Aldous küsste ihn noch einmal.

»Wie wunderschön, dich zu sehen. Ich habe leider nur Whisky da.«

Sie ließen sich, nachdem einige Bücherstapel beiseitegeräumt und so Platz geschaffen worden war, mit großen Gläsern Malt Whisky auf einem der langen Sofas nieder. Diese Wohnung, dachte Gabriel, während er den Blick umherschweifen ließ, war im Grunde mein Elternhaus. Wie hätte da aus mir etwas anderes werden sollen als ein Autor? Sie zündeten sich beide Zigaretten an und begannen zu plaudern und zu tratschen. Gabriel erzählte Aldous von dem sonntäglichen Mittagessen mit Sefton und Familie.

»Ist er immer noch so schrecklich langweilig?«, fragte Aldous.

»Ich halte seine Langweiligkeit mittlerweile für eine schlaue Tarnung«, sagte Gabriel. »Sie soll ihn uninteressant erscheinen lassen. Ich bin davon überzeugt, dass er eine Art Agent ist.«

»Möge der Herrgott dem britischen Geheimdienst beistehen.«

Mit Sefton war Aldous nie wirklich warm geworden.

»Apropos Agenten«, fuhr er fort, »ich hatte neulich einen sehr mysteriösen Anruf – jemand, der mir ein Bild abkaufen wollte.«

»Das ist doch dein Beruf, oder? Der Verkauf von Bildern?«

»Ich bin im Ruhestand, habe ich diesem Anrufer gesagt. Doch er ließ nicht locker. Er wollte ein Bild von einem gewissen Javier Agustín Montano kaufen, besser bekannt als ›Blanco‹. Den habe ich gleich nachgeschlagen. Und verflucht, der war noch am Leben!«

Aldous sagte, er habe dem Anrufer erklärt, dass er als Händler auf britische Aquarelle des achtzehnten und neunzehnten Jahrhunderts spezialisiert sei. An spanischen Surrealisten aus dem zwanzigsten Jahrhundert habe er kein Interesse.

»Aber dieser Mensch wollte mich nicht in Frieden lassen. Ob ich mit diesem ›Blanco‹ in Kontakt treten könne? Um mit ihm einen Preis auszuhandeln? Er soll sich verpissen, habe ich gesagt und dann aufgelegt.«

»Wie bizarr«, sagte Gabriel. »Hat er auch seinen Namen genannt?«

»Thompson oder Simpson, ich erinnere mich nicht mehr genau. Weil der mich so auf die Palme gebracht hat. Ein Allerweltsname jedenfalls.« Er nahm einen großen Schluck Whisky. »Aber irgendwas war da faul. Oberfaul. Ich glaube, man wollte mir irgendwie eine Falle stellen. Irgendeine Betrugssache, weißt du. Es geht sehr betrügerisch zu in der Kunstwelt.« Er schwieg kurz. »Bin ich paranoid? Manchmal frage ich mich, ob all diese Betrügereien mein Gehirn in Mitleidenschaft gezogen haben.«

»Apropos Gehirn«, sagte Gabriel. »Hör zu – das wird dir gefallen – ich denke darüber nach, wegen meiner Schlaflosigkeit zu einer Psychoanalytikerin zu gehen.«

»Großer Gott, davon musst du mir dann alles erzählen, in allen schmutzigen Einzelheiten. Wie faszinierend.« Aldous griff nach der Flasche. »Da bist du mutiger als ich, das steht mal fest.«

2

Ermordung

Als Sefton anrief, um ihn zum Weihnachtsessen nach Highgate einzuladen, log Gabriel und behauptete, er habe Grippe. Er verbrachte den Tag stattdessen mit Aldous. Sie aßen Sandwiches und tranken Single Malt Whisky, bis sie in fröhlicher Stimmung und sehr betrunken waren. Silvester feierte er mit Lorraine, Tyrone und einigen ihrer Freunde in einem Club unweit der Oxford Street, wo sie das Jahr 1961 einläuteten. Wieder war Gabriel am Ende schwer betrunken.

Ende Januar – an einem kalten, sonnenlosen, windigen Tag – wanderte er die King's Road hinauf, mit einem Bedürfnis nach Kohlehydraten und Rotwein. Der Anblick des Sternenbanners, das in einem Schaufenster aufgespannt war, erinnerte ihn daran, dass der neue, junge Präsident erst kürzlich in sein Amt eingeführt worden war. JFK. Lustig, wie solch ein frisches Gesicht und neue Energie einem wider alle Vernunft Hoffnung für die Welt gaben, dachte er, als er in den warmen, schläfrigen Mief des Café Matisse trat.

Das Matisse war ein großer, lang gezogener rechteckiger Raum mit einem Tresen am Eingang. An den Wänden dahinter zogen sich links und rechts gemütliche Sitznischen mit Platz für jeweils vier Personen entlang, und in der Mitte – dem Mittelschiff, gewissermaßen – standen Zweiertischchen. Irgendwo im Souterrain gab es eine Küche, und ganz hinten im Raum, zwischen den Türen der Damen- und Herrentoilette, hing die große Reproduktion eines Akts von

Matisse, aus seiner blauen Periode. Daher der Name des Cafés. Warum gerade Matisse? Warum dieses Bild? Warum die namentliche Identifikation mit dem Meister? Das Personal wusste darauf keine Antwort. Tatsächlich fragte kaum jemand danach. Als Gabriel den Inhaber – einen dunklen, rundlichen, abgehetzt wirkenden Italiener – ansprach und sich lächelnd nach der Herkunft des Namens erkundigte, ließ dessen Blick keinen Zweifel daran, dass er ihn für leicht übergeschnappt hielt. Dennoch war das Café Matisse eine feste Einrichtung in Chelsea, wo immer ein interessantes, vielfältiges und ausgefallenes Publikum anzutreffen war. Die Küche war im Wesentlichen italienisch, aber das Speisenangebot umfasste auch so manches Gericht, das in britischen Cafés Standard war – Fish and Chips, Lammkoteletts mit Bratkartoffeln, Bratwurst mit Kartoffelbrei – und, selbstredend, das englische Frühstück mit allem Drum und Dran, das es den ganzen Tag über gab. Außerdem hatte das Matisse eine Schanklizenz, wie ein Pub, was womöglich seine Beliebtheit erklärte. Wer wollte, konnte sich auf Getränke beschränken, ohne etwas zu essen zu bestellen.

Gabriel setzte sich in eine freie Nische und bestellte Spaghetti Bolognese und eine Halb-Liter-Karaffe Chianti. Er war froh, dass die Feiertage hinter ihnen lagen. So sehr er die Festlichkeiten auch zu ignorieren versuchte, konnte er sich der Stimmung um Weihnachten und Silvester herum doch irgendwie nicht entziehen, die ihn unerbittlich in ihren Strudel zog, seine Selbstdisziplin untergrub und zu Drückebergerei verleitete, vom hemmungslosen Essen und Trinken ganz zu schweigen. Eigentlich sollte er eine konkrete Reiseroute für sein *Flüsse*-Buch erstellen, hatte aber bisher nichts Greifbares zuwege gebracht. Wohin sollte es als Erstes gehen? Auf welche Orte sollte er sich konzentrieren? Wie ließ sich das Wesen eines mächtigen Flusses, seine Essenz, am besten erfassen? Nichts hatte wirklich zusammengefunden. Gedanken kamen, Gedanken gingen. Gute Ideen schienen an den Rändern seines Gehirns zu schweben, frustrierenderweise, ohne die Großhirnrinde je zu behelligen. Er erneuerte seinen guten Vorsatz für das neue Jahr, sich nun wirklich in die Sache reinzuknien.

Als seine Spaghetti-Portion annähernd verzehrt war, tauchte unvermittelt jemand bei seiner Nische auf und setzte sich ihm gegenüber.

»Darf ich, Mr Dax?«, sagte eine Frauenstimme.

Er sah überrascht auf. Und blinzelte dann verdattert, weil ihn eine noch größere Überraschung erwartete. Es war die Frau aus dem Flugzeug, vom Flug Léopoldville–Brüssel; die Frau, die sein Buch gelesen hatte; die Frau, die er gesehen hatte, als sie in die Redesdale Street einbog.

Sie streckte ihm über den Tisch die Hand entgegen. Gabriel schüttelte sie reflexhaft und schob dann seinen Teller beiseite.

»Sehr erfreut«, sagte sie. »Ich bin Faith Green.«

Obwohl sie ihn ja offenbar kannte, nannte Gabriel seinen Namen noch einmal, wie ein dummer Schuljunge. Er versuchte hektisch, sich auf die Verzweigungen dieser Begegnung einen Reim zu machen, aber vergebens. Ein weiterer Zufall? Nein. Diesmal nicht.

»Auf dem Flug von Léopoldville wusste ich natürlich, dass Sie es waren«, sagte sie. »Ich hatte Sie auf Anhieb erkannt. Ihr Buch hat mir sehr gefallen übrigens, faszinierend.«

»Wieso …?« Gabriel setzte zu einer Frage an, wusste sie aber dann nicht weiter auszuformulieren, weil ihm schon etwa ein Dutzend Fragen im Kopf herumschwirrten.

»Tatsächlich bin ich eben erst aus Léopoldville zurück«, sagte sie. »Was für ein Schlamassel.« Sie lächelte traurig. »Haben Sie die Entwicklungen verfolgt?«

»Nicht richtig, nein.«

»Darf ich fragen, warum Sie in Léopoldville waren?«

Gabriel erzählte ihr von dem Auftrag, eine Reportage über die beiden so dicht benachbarten Hauptstädte zu schreiben, die nur durch den gewaltigen Fluss getrennt wurden.

»Aber dann ergab sich für mich die Gelegenheit zu einem Exklusivinterview mit Patrice Lumumba, und meine Zeitung hat gesagt, vergiss die Reisereportage und mach das stattdessen.«

»Sie haben Lumumba interviewt? Wirklich?« Faith Green schien überrascht, sie sah ihn interessiert an.

»Ja. Ein langes Interview – zwei Tonbänder habe ich dafür verbraucht. Aber es ist nie abgedruckt worden. Schnee von gestern, wie man mir erklärte.« Er zuckte die Achseln. »Nicht direkt meine Stärke, die Politik. Aber ich fand ihn einen interessanten Mann.«

Faith Green runzelte die Stirn.

»Er ist tot.«

»*Was?*«

»Ja. Er ist von einem Erschießungskommando getötet worden. Vor ein paar Tagen erst.«

»Mein Gott! Scheiße, verdammt!« Gabriel war schockiert, unvermittelt überkam ihn ein heftiges Zittern. »Verzeihung, entschuldigen Sie bitte. Herrgott. Wer hat ihn denn erschossen?«

»Die Antwort auf diese Frage wüssten wir alle gern.«

Gabriel bemühte sich, das zu begreifen. Er schenkte sich Wein nach. Er fragte Faith Green, ob sie auch welchen wollte – ja, gern, danke –, woraufhin ein zweites Glas gebracht wurde, das er für sie mit Wein füllte. Dabei gingen ihm Bilder von Lumumba durch den Kopf, ein Wirrwarr von Erinnerungen an ihre Begegnung. Er dachte an jenen heißen, hellen Tag in dem Pavillon zurück, unter dem warmen, aber dennoch willkommenen Lüftchen des surrenden Deckenventilators. Die sich gemächlich drehenden Tonbänder, der übersüße Geschmack von Fanta in seinem Mund.

Lumumba beim Reden, voller Leidenschaft, wie er hin und wieder die Hand ausstreckte und Gabriel auf den Handrücken tippte, um seinen Worten Nachdruck zu verleihen. Dann ihr Abschied – ungekünstelt, freundlich, mit der zum Ausdruck gebrachten Hoffnung, sich in der Zukunft vielleicht noch einmal wiederzubegegnen. Es war ein offenes, freimütiges Interview gewesen – denkwürdig, seinem Empfinden nach.

Er trank noch mehr Wein. Aufgewühlt bei dem Gedanken, dass der Mann so grausig zu Tode gekommen war.

»Wie schrecklich«, sagte er, mit einem Gefühl von Hilflosigkeit. Dann fielen ihm Lumumbas Worte wieder ein. »Er hat gesagt, dass ihn Leute umbringen wollten. Das hat er so zu mir gesagt, ganz explizit. Dass es Pläne gebe, ihn zu ermorden.«

Faith Green sah ihn aufmerksam an.

»Hat er auch gesagt, wer das plante? Das würde mich sehr interessieren.«

Gabriel entschied sich spontan dagegen, ihr noch mehr zu verraten. Wer war sie denn überhaupt? Was hatte sie mit ihm zu tun? Warum er diesen Entschluss getroffen hatte, war ihm selbst nicht ganz klar, aber irgendwie wollte er nicht, dass diese Person noch mehr erfuhr.

»Einzelheiten hat er keine genannt«, log er. »Er sprach von allgemeinen Gefahren, wissen Sie.«

Sie tippte sich mit dem Zeigefinger seitlich ans Kinn und lehnte sich auf der Bank zurück. Offenbar dachte sie gerade eingehend nach. Er nutzte die Gelegenheit dazu, sie genauer zu mustern. Sie trug einen grünen Lodenmantel. Oben lugte der Stehkragen einer elfenbeinfarbigen Bluse heraus. Ein blasses, recht hübsches ovales Gesicht, stellte er fest, mit markanten, nicht gezupften Augenbrauen und einem auffallend tiefen Oberlippengrübchen, das den Eindruck erzeugte, sie würde leicht schmollen oder sei drauf und dran, zu sprechen, etwas auszuplappern. Das schulterlange, etwas zerzauste Haar wurde durch einen Haarreifen aus schwarzem Samt zurückgehalten. Anfang vierzig vielleicht? Zehn, zwölf Jahre älter als er? Ein ungewöhnliches Nebeneinander von reifer, selbstbewusster Schönheit und mädchenhafter Unbekümmertheit.

Sie beendete ihr Nachdenken und sah ihn mit strahlendem Lächeln an.

»Wie dem auch sei, Mr Dax. Da wären wir also wieder. Diesmal wenigstens von Angesicht zu Angesicht. Schön, Sie zu sehen.«

Sie hob ihr Glas, und er stieß mit ihr an.

»Freut mich übrigens, dass Ihnen mein Buch gefallen hat, Mrs Green.«

»Miss. Bitte, sagen Sie Faith zu mir.«

»Danke, Faith, und ich bin, wie Ihnen ja bekannt ist, Gabriel.«

»Gabriel Dax. In Frankreich gibt es eine Stadt namens Dax.«

»Ja. Wir vermuten, dass unsere Vorfahren von dort stammten. Bloß haben wir leider keine Belege dafür.«

Sie lehnten sich zurück und sahen sich an. Gabriel nippte an seinem Wein. Er sah sich nicht in der Pflicht, ein Gespräch in Gang zu halten. Faith Green lächelte schwach. Gabriel lächelte schwach zurück.

Er konnte sich nicht länger beherrschen. »Das Treffen hier ist offensichtlich kein Zufall«, sagte er.

»Es ist das Gegenteil eines Zufalls. Ich wollte unbedingt mit Ihnen sprechen. Also habe ich Sie aufgespürt.«

»Sie wollten mit mir sprechen? Worüber denn?«

»Ich kenne Ihren Bruder.«

»Sie kennen Sefton?« Das musste er erst mal sacken lassen.

»Ja. Und ich weiß, dass Sie ihm von Zeit zu Zeit kleine – wie sollen wir es nennen? – kleine ›Dienste‹ erweisen, kleine ›Gefälligkeiten‹. Da habe ich mich gefragt, ob Sie uns wohl einen ähnlichen kleinen Dienst erweisen würden, eine kleine Gefälligkeit.«

»Wer bitte ist ›uns‹, wenn ich fragen darf?«

»Der MI6.«

Gabriel gab sich betont gelassen, unbeeindruckt.

»Oh. Ach so.«

Eine Art luzider Panik stieg in ihm auf. Er winkte eine vorbeikommende Kellnerin heran und bestellte eine weitere Karaffe Chianti.

»Die Antwort lautet nein«, sagte Gabriel. »Tut mir leid.«

Faith Green verzog keine Miene.

»Es ist sehr unkompliziert«, sagte sie, »und wir würden Sie gut bezahlen. Sie sollen ja nicht umsonst für uns arbeiten.«

Der Wein wurde gebracht, und er schenkte ihnen beiden nach. Gabriel bot Faith Green eine Zigarette an – sie lehnte dankend ab, er aber zündete sich eine an.

»Worum genau geht es bei diesem gut bezahlten ›Dienst‹?«, fragte er.

»Wir hätten gern, dass Sie nach Spanien reisen und einem Künstler eine Zeichnung abkaufen. Und diese Zeichnung dann einer anderen Person übergeben.«

»Warum lassen Sie das nicht von einem Ihrer Agenten – Ihrer ›Agenten im Feld‹, so lautet doch wohl die Bezeichnung – erledigen?«

»Ich will ehrlich zu Ihnen sein – weil wir Abstreitbarkeit benötigen. Wir brauchen jemanden ohne jede Verbindung zu uns – jemanden, der sich glaubhaft als echter Kunsthändler ausgeben kann.« Sie trank ein Schlückchen von ihrem Chianti. »Herb, aber vollmundig«, sagte sie. »Meine Sorte Wein.«

»Ich bin kein Kunsthändler.«

»Aber Ihr Onkel, Aldous Dax, ist einer – und Sie haben mal für ihn gearbeitet, eine Zeit lang.«

In Gabriels Kopf ging es wieder mit jammernden Fragen los. Diese beiläufig eingestreuten Bemerkungen enthielten eine Vielzahl weiterer Implikationen. Sie wusste über Aldous Bescheid; war darüber informiert, dass er nach Abbruch seines Studiums etwa sechs Monate oder so bei ihm gearbeitet hatte. War Sefton die Quelle?

»Ist dieser Künstler unter dem Namen Blanco bekannt?«, sagte Gabriel, in der Hoffnung, sie auf dem falschen Fuß zu erwischen.

»Ja«, sagte sie. »Den Anruf bei Ihrem Onkel bitte ich vielmals zu entschuldigen. Einer meiner Kollegen war übereifrig.«

»Er dachte, Aldous könnte Ihnen Ihren Gefallen tun.«

»Das war die damalige Ausgangstheorie. Ein Missverständnis.« Sie lächelte ihm trocken zu. »Sie dagegen wären perfekt.«

Gabriel stieß die Luft aus.

»Wie dem auch sein mag, Faith« – die vertrauliche Anrede betonte er leicht – »daraus wird leider nichts. Ich schreibe an einem neuen Buch. Ich liege im Zeitplan zurück. Ich muss mich konzentrieren. Irgendwelche Reisen nach Spanien, um dem MI6 dort zweifelhafte Gefälligkeiten zu erweisen, kommen da nicht infrage.«

»Ihrem Bruder erweisen Sie doch auch Gefälligkeiten.«

»Aber die sind harmlos. Fürs Außenministerium.«

»Wir zahlen Ihnen hundert Pfund.«

»Ich habe gerade erst mein nächstes Buch verkauft. Ich bin so solvent, wie ich es mir nur wünschen kann.«

Er rief nach der Rechnung, ein wenig verunsichert durch Faith Greens Blick, der unverwandt auf ihm ruhte. Etwas verriet ihm, dass sie es nicht gewohnt war, sich einen Korb einzuhandeln.

Er beglich die Rechnung. Sie standen beide auf. Sie war ziemlich groß, wie ihm auffiel. Sehr vernünftiges

Schuhwerk – braune Schnürschuhe mit einem kleinen Absatz. Gabriel zog seinen Mantel an, dann verließen sie das Matisse und gaben sich draußen auf der King's Road zum Abschied die Hand.

»War mir ein Vergnügen, Sie kennenzulernen.«

»Bitte lassen Sie es sich durch den Kopf gehen, Gabriel.«

»Nein, ist nicht nötig. Sie haben meine Antwort. Meine endgültige Antwort.«

Sie wechselten ein letztes höfliches Lächeln, dann trennten sich ihre Wege. Gabriel fühlte sich seltsam benommen, während er heimwärts wanderte. Zu viele Narrative lagen in seinem Kopf im Widerstreit, er hatte ein unklares, widerlich galliges Gefühl von Unruhe und Besorgnis im Hals. Lumumba war tot. Zurück bei sich zu Hause holte er das Tonbandgerät aus dem Schrank. Suchte die Bänder heraus, legte die Spulen ein und spielte das Interview noch einmal ab. Es war unheimlich, Lumumbas körperlose, energiegeladene Stimme zu vernehmen, mit dem Wissen im Hinterkopf, dass man ihn inzwischen erschossen und für immer zum Schweigen gebracht hatte. Er lauschte Lumumbas Englisch mit dem starken französischen Akzent, hörte ein weiteres Mal die stille Leidenschaft in seinen Worten, die Dringlichkeit; und dann war er bei der Stelle angelangt, als Lumumba von den Leuten sprach, die ihn umbringen wollten.

»Wer?«

»Die Briten, die Amerikaner, die Belgier.«

Dann wurde seine Stimme sehr leise. Gabriel drehte die Lautstärke auf.

»Es gibt Leute hier – in den Botschaften –, die schon Pläne für meine Exekution schmieden. Ich weiß, wer die sind – ich kann Ihnen die Namen nennen.« Lumumba zählte drei Namen auf, eine Ex-und-hopp-Liste, unmöglich zu sagen, ob die Namen britisch oder amerikanisch waren, echt oder bloß Decknamen. Ein Name, vermerkte Gabriel, lautete Hillcrest. Der nächste Name war undeutlich ausgesprochen. Nur einer der Namen klang eindeutig belgisch: Dupetit, meinte Gabriel zu verstehen.

»Alle wollen mich aus dem Weg räumen, Monsieur Dax, das versichere ich Ihnen. Es kann sich nur um eine Frage der Zeit handeln«, hatte Lumumba mit grimmigem Humor festgestellt.

Gabriel erinnerte sich an diesen Austausch, aber nicht an die erwähnten Namen. Weil er nicht bei der Sache gewesen war.

»Warum?«, hörte er seine Stimme ungläubig fragen. »Welchen Nutzen sollte man sich von Ihrer Tötung versprechen?«

»Es geht um Uran.«

Er stoppte das Band. Jetzt fiel es ihm wieder ein: dieser Begriff hatte sich ihm eingeprägt – Uran –, und dann hatte er die Namen vergessen, Namen, die für ihn ja ohne Bedeutung waren. Aber er würde die Sache auf sich beruhen lassen. Er dachte ein Weilchen nach, dann kam ihm eine Idee, und er rief Grant Muldoon in der Auslandsredaktion an. Grant rief ihn zehn Minuten später zurück.

»Schon gehört?«, sagte Gabriel. »Patrice Lumumba ist getötet worden. Erschossen.«

»Was? Wie kommen Sie denn darauf? Er sitzt doch im Militärgefängnis. Man will ihn vor Gericht stellen.«

»Jemand, der gerade aus Léopoldville zurück ist, hat es mir erzählt.«

»Gerüchte, Gabriel. Das Land befindet sich in totalem, völligem Aufruhr. Niemand weiß irgendwas. Bei den Agenturen wird auch nichts gemeldet. Wäre irgendwas passiert, wüssten wir das.«

»Danke, Grant. Ich hatte bloß gerade ein bisschen Bammel, wissen Sie.«

Er glaubte nichts so richtig und wusste auch nicht recht,

was er denken sollte. Der Auslandsredakteur einer großen Tageszeitung tat es als bloßes Gerücht ab. Faith Green hatte es als nüchterne Tatsache geäußert. Er versuchte sein Hirn abzuschalten, was Patrice Lumumba und sein grausiges Schicksal betraf, wie auch immer es nun aussehen mochte. Am Morgen hatte er einen Termin bei einer Psychoanalytikerin.

3

Dr. Katerina Haas

Am Morgen besorgte sich Gabriel alle schwergewichtigen, einflussreichen Tageszeitungen – den *Manchester Guardian*, *The Times*, den *Telegraph*, den *Herald*, den *Express*. Es gab zwar Meldungen über den Kongo – Bildung einer neuen Regierung; eine Pattsituation in Katanga; Entsendung weiterer UN-Truppen –, doch zu Patrice Lumumba und seinem Tod war nichts zu finden. Vielleicht hatte Grant Muldoon recht, dachte Gabriel in der U-Bahn, die ihn nordwärts nach Hampstead beförderte: in einem von Unruhen und Gerüchten zerrissenen Land kann Desinformation zu einer nützlichen Waffe werden. Warum aber hatte Faith Green ihm die Neuigkeit so voller Überzeugung übermittelt?

Dr. Katerina Haas bewohnte ein gepflegtes Haus aus der Regency-Zeit am Frognal Way, zweigeschossig und aus weißem Stuck, inmitten eines großzügigen Gartens mit einer Mauer ringsherum. Es gab eine gewölbte Loggia, ein schweres Dachgesims sowie einen halbrunden Turm mit kleinen runden Fenstern und einem kegelförmigen Dach. Gabriel trat durch ein Tor auf das Grundstück und stieß an der Haustür auf ein Hinweisschild mit einem Pfeil, dem er auf einem kiesbestreuten Weg seitlich ums Haus herum folgte, zu einer weiteren Eingangstür mit der Aufschrift »Beratungen«. Eine Sprechstundenhilfe – eine stämmige Brillenträgerin mit einem Pony, der bis an die Wimpern reichte – führte ihn in ein Wartezimmer und erklärte, dass Dr. Haas ihn in Kürze empfangen werde. Das Zimmer war mit Holz getäfelt, helle Eiche. Es gab vier Ledersessel, für jede Ecke einen. Auf einem der Sessel lag eine gefleckte Katze und schlief. Ein Ticken war zu hören, von einer Reiseuhr auf dem Sims oberhalb des leeren Kamins, die pflichtbewusst die Sekunden heruntertickte. Er setzte sich und überlegte, ob er vielleicht einen Fehler beging, ob es rausgeschmissenes Geld war. Die erste Beratung kostete ihn zwanzig Pfund. Für jede weitere, je einstündige Sitzung würden zehn Pfund fällig. Billig waren Dr. Haas' Grübeleien nicht gerade.

Eine Tür ging auf, und eine große, schlanke Frau in einem weißen Laborkittel kam herein, mit kurzem, nach hinten frisiertem dunkelgrauen Haar und einem hageren, kultiviert wirkenden Gesicht. Sie mochte in ihren Sechzigern sein, Gabriels Schätzung nach. Sie trug juwelenfunkelnde Ohrringe und ein Halstuch aus maulbeerfarbener Seide. Eine kuriose Kombination, dachte Gabriel, pragmatisch und doch auch irgendwie glamourös.

»Mr Dax – freut mich, Sie kennenzulernen. Ich bin Katerina Haas.«

Gabriel erhob sich. Ihr deutscher Akzent war nicht zu überhören. Sie schüttelten sich die Hände, und dann führte sie ihn in ihr Sprechzimmer. Es war ein nüchterner weißer Raum, schmucklose Wände, hell ausgeleuchtet. Der Morgen hatte sich verdüstert, es regnete in einem fort. Gabriel blickte durch eine Glastür auf einen viereckigen Garten. Er sah einen kurz gemähten, regendurchweichten Rasen; gepflegte, rigoros beschnittene Blumenrabatten, die auf den Frühling warteten. Uralte, noch blattlose Lindenbäume bildeten den Hintergrund.

Auf einem beigefarbenen Teppich in der Mitte des Raums standen sich zwei kastenförmige Sessel mit cremefarbenen Überwürfen gegenüber, mit Beistelltischen aus Kiefer daneben, auf denen kleine Mikrofone auf Ständern platziert waren. Ihre Kabel führten zu einem großen, professionell aussehenden Tonbandgerät auf einem Rollwagen aus Edelstahl, der an die Wand geschoben war. Sie deutete auf einen Sessel, und Gabriel setzte sich. In einer Ecke entdeckte er eine Waage und einen Messstab zur Ermittlung der Körpergröße. Er fühlte, wie sich eine seltsame Stimmung von Weltferne auf ihn herabsenkte, als hätte sich die Zeit ein klein wenig verlangsamt. Die elegante, minimalistische Funktionalität des Raums vermittelte ihm das Gefühl, sich inmitten eines Bühnenbilds zu befinden, nicht im komfortablen Hampstead, sondern irgendwo im Ausland. Katerina Haas nahm auf dem Sessel gegenüber Platz und schlug die Beine übereinander. Gabriel musterte ihre Schuhe: schwarze Samtslipper mit einer Art goldgesticktem Wappen auf dem Schuhblatt.

»Ich zeichne meine Sitzungen gern auf«, sagte sie mit einem ungezwungenen Lächeln und deutete auf die Mikrofone. »Nicht, dass es obligatorisch wäre. So brauche ich allerdings keine Notizen zu machen – wenn wir das Gespräch aufnehmen. Ich finde es weniger ablenkend.«

»Hab nichts dagegen«, sagte Gabriel.

»Danach lasse ich die Sitzungen abschreiben, und Sie erhalten ein Exemplar per Post. Die meisten Analysanden finden die Abschriften sehr nützlich. Sie können vor der nächsten Sitzung durchlesen, was Sie gesagt haben. Das kostet übrigens nichts extra.«

»Aus irgendeinem Grund hatte ich damit gerechnet, auf einer Couch zu liegen«, sagte Gabriel.

»Ich bin Adlerianerin, keine Freudianerin«, erklärte sie. »Wir ziehen Gespräche von Angesicht zu Angesicht vor.«

»Hervorragend, ja«, sagte Gabriel vage.

Sie lächelte ihm zu, stand auf, schaltete das Tonbandgerät ein und setzte sich wieder.

»Also«, sagte sie. »Sie leiden unter Schlafstörungen.«

DR. HAAS: Sie haben Ihren Vater nie gekannt?

GABRIEL DAX: Er ist gestorben, als ich erst zwei war. 1932. Ich habe keine Erinnerungen an ihn, aber ich habe ihn auf Fotos gesehen. Anscheinend sehe ich ihm ähnlich. Denke ich jedenfalls gern.

DR. HAAS: Wie ist er gestorben?

GABRIEL DAX: Bei einem Flugzeugabsturz. In Persien. Er war als Arzt für die British Petroleum Company tätig – er war in leitender Stellung für die ärztliche Versorgung der Arbeiter auf den persischen Ölfeldern zuständig. Er befand sich auf dem Flug zu einer weit abgelegenen Bohrstelle, und das Flugzeug ist in einen Sandsturm geraten und abgestürzt. Alle Insassen an Bord kamen ums Leben. Die Arbeit war gut bezahlt, das hatte ihn überhaupt erst nach Persien gelockt, auf die Ölfelder. Aber sie war eben auch gefährlich, wie sich gezeigt hat. Tödlich.

DR. HAAS: Erzählen Sie mir vom Tod Ihrer Mutter.

GABRIEL DAX: Sie ist vier Jahre später gestorben, bei einem Feuer. Das Haus unserer Familie ist abgebrannt. Ich war auch im Haus, konnte mich aber irgendwie ins Freie retten. Was den Brand ausgelöst hat – hat jedenfalls die Feuerwehr behauptet –, war anscheinend die offene Flamme des Nachtlichts neben meinem Bett. Es war eine kleine Kerze mit einer runden Abdeckung aus Glas, die aussah wie der Mond. Ich konnte nur einschlafen, wenn dieses Nachtlicht brannte. Mein »Mond«. Ich hatte ja keine Ahnung …

DR. HAAS: Man hat doch wohl nicht Ihnen die Schuld gegeben.

GABRIEL DAX: Nein. Ich war sechs Jahre alt, aber so lautete das Ergebnis der Untersuchung, was den Brand verursacht hatte. Und damit auch den Tod meiner Mutter.

DR. HAAS: Und das sind die Träume, die Sie nachts aufwecken. Und Sie um den Schlaf bringen.

GABRIEL DAX: Ich schlafe ein, und dann träume ich von Feuer, von lodernden Bränden. Ich wache auf. Ich kann nicht wieder einschlafen.

DR. HAAS: Was erinnern Sie von jener Nacht, als es gebrannt hat?

GABRIEL DAX: Tja … so gut wie nichts. Ich versuche mich ja zu erinnern, aber alles, was ich vor meinem inneren Auge sehe, sind Flammen, Rauch und der Körper meiner Mutter. Ich weiß nicht mal, wie ich aus dem Haus gelangt bin. Ich muss unter totalem Schock gestanden haben. Die Feuerwehrleute haben mich offenbar in unserem Garten aufgefunden, verborgen hinter dem Fischteich. Verängstigt, völlig außer mir. Meine persönlichen Erinnerungen an diese Nacht habe ich, glaube ich, komplett ausgeblendet. Mein Verstand versperrt mir den Zugang dazu. Aber ich weiß, was geschehen ist. Das Haus ist abgebrannt, und meine Mutter war tot.

DR. HAAS: Entsetzlich, wenn einem so etwas zustößt, fürchterlich … Haben Sie noch Geschwister? Einen Bruder oder eine Schwester?

GABRIEL DAX: Einen älteren Bruder. Sefton. Er ist acht Jahre älter als ich. Bei dem Brand war er nicht dabei, er war weit weg, im Internat.

DR. HAAS: Gibt er Ihnen irgendwie die Schuld? Macht er Ihnen Vorwürfe?

GABRIEL DAX: Nein, ich glaube nicht. Alles in allem haben wir ein recht herzliches Verhältnis.

DR. HAAS: Wie ist das zu verstehen?

GABRIEL DAX: Nun, wir sind vollkommen unterschiedlich – unterschiedliche Persönlichkeiten. Aber irgendwie kommen wir trotzdem halbwegs miteinander aus.

DR. HAAS: Sie wurden also beide zu Waisen. Wie ging es nach dem Tod Ihrer Mutter mit Ihnen weiter?

GABRIEL DAX: Wir kamen danach bei verschiedenen Verwandten unter. Sefton bei der Schwester meiner Mutter, Mrs Daphne Roscommon. Ich beim Bruder meines Vaters, Aldous Dax.

DR. HAAS: Haben Sie unter der Trennung von Ihrem Bruder gelitten?

GABRIEL DAX: Eigentlich nicht. Er ist sogar von meiner Tante adoptiert worden. Sie hatte selbst drei Kinder. Sefton wurde von ihr und ihrem Mann adoptiert, wurde ein Teil der Familie und hieß fortan Sefton Roscommon. Wir sind Brüder, haben aber seltsamerweise verschiedene Nachnamen.

DR. HAAS: Aber Sie sind nicht adoptiert worden.

GABRIEL DAX: Nein. Es wurde ziemlich kompliziert, weil mein plötzliches Eintreffen in ihrem Haushalt der Frau meines Onkels nicht willkommen war. Die beiden hatten keine Kinder, und mit einem Mal war da ein sechsjähriger Junge und lebte bei ihnen, und zwar dauerhaft. Das hat zu ewigen Reibereien geführt. Letzten Endes ist sie dann ausgezogen und hat die Scheidung eingereicht. Im Wesentlichen wurde ich also von meinem Onkel großgezogen. Ohne es zu wollen, hatte ich das Ende seiner Ehe herbeigeführt.

DR. HAAS: Macht er Ihnen Vorwürfe deswegen?

GABRIEL DAX: Im Gegenteil. Die Scheidung hat er als gänzlich unverhofften Segen gesehen. Wir stehen uns sehr nahe, mein Onkel und ich. Für mich hat er denselben Stellenwert, als wäre er mein Vater. Ich liebe ihn innig.

4

Der Faith-Green-Vorschlag

Zu seiner leisen Verwunderung hatte Gabriel die Sitzung bei Katerina Haas als eigenartig befriedigend empfunden. Vielleicht war dies das große Geheimnis der Psychoanalyse. Zwei wildfremde Menschen, der eine redete ganz offen, und der andere hörte zu. All der Quatsch über kindliche Sexualität und Hass auf den Vater war ganz überflüssig. Es ging schlicht darum, ein gutes, ehrliches Gespräch zu führen. Äußerst wissenschaftlich.

Er dachte über Katerina Haas und ihre kühle, teutonische Fassade nach, während er in dem Pub in Whitehall saß und auf Sefton wartete. Vielleicht könnte sie seiner Schlaflosigkeit ja tatsächlich abhelfen – sie schien sehr zuversichtlich. Dann sah er eine wohlvertraute beleibte Gestalt durch die Schwingtüren aus Milchglas kommen und beobachtete, wie Sefton seine Melone abnahm und sich suchend umblickte. Er entdeckte Gabriel und kam herübergeschlendert. Er streifte seinen Mantel ab und setzte sich ihm gegenüber.

»Was verschlägt dich denn in die Gegend?«, fragte er.

»Ich habe später ein Treffen in der Tothill Street«, sagte Gabriel. »Da dachte ich mir, die Gelegenheit nutze ich und lade dich zu einer Pastete und einem Bier ein. Und ich habe eine Frage an dich.«

»Ich hätte gern einen großen Gin Tonic. Das Wichtigste zuerst.«

Gabriel zog los, um Seftons Drink zu besorgen. Auf dem

Tresen lagen in einer verschmierten Glasvitrine Pasteten, die einen ausgesprochen zweifelhaften Eindruck machten. Weshalb er stattdessen zwei Tütchen Chips kaufte und damit zum Tisch zurückkehrte.

Sefton stürzte einen tüchtigen Schluck Gin hinunter, ehe er sich über die Chips hermachte. Dabei achtete er sorgsam darauf, das separat verpackte Salz aus dem kleinen blauen Tütchen gleichmäßig zu verteilen.

»Ein bescheidenes Mahl für einen Montagmittag«, stellte er ein wenig verstimmt fest. »Hattest du nicht was von einer Pastete erwähnt?«

»Von den Pasteten würde ich abraten. Die sehen aus, als würden sie schon seit einer Woche vor sich hin gammeln.«

»Was hast du für eine Frage? Schieß los.« Sefton warf einen Blick auf die Uhr. »In einer halben Stunde muss ich den Minister instruieren.«

»Kennst du jemanden namens Faith Green?«

»Nein. War's das?«

»Sie sagt, sie kennt dich.«

»Hast du eine Ahnung, wie viele Leute im Außenministerium beschäftigt sind? Hunderte und Aberhunderte. Allein in meiner Abteilung arbeiten über achtzig. Ich kann mich an die Namen von etwa zehn Leuten erinnern – und Faith Green gehört nicht dazu.«

»Sie ist vom MI6.«

Sefton schien unbeeindruckt.

»Ich kenne ein paar Leute vom MI6 – selbstverständlich. Gehört zu meinem Job. Aber keine Faith Green.«

»Ach so. Na, trotzdem danke.«

»Was ist so wichtig an dieser Faith Green?«

»Sie hat einen Auftrag für mich. Ich soll ihnen eine kleine ›Gefälligkeit‹ erweisen, wie die kleinen Gefälligkeiten, die ich für dich erledige.«

Sefton nickte, dachte kurz nach.

»Aha. Es hat sich vielleicht rumgesprochen«, sagte er. »Sefton Roscommons Geheimwaffe. Sein kleiner Bruder.«

»Sie hat mir hundert Pfund dafür angeboten, nach Spanien zu fahren und einem Künstler ein Bild abzukaufen.«

»Für hundert Pfund würde ich das machen.«

»Genau das kommt mir suspekt vor.« Gabriel zündete sich eine Zigarette an.

»Weil es wahrscheinlich suspekt ist – aber das wirst du ja nie erfahren.«

»Suspekt wie die Aufträge, die ich für dich erledige.«

»Mit dem Unterschied, dass wir uns immer an Recht und Gesetz halten«, sagte Sefton rundheraus und reichte ihm sein leeres Glas. »Ich hätte gern noch so einen. Und über diese Faith Green werde ich mich mal umhören. Ich bringe dich dann auf Stand.«

»Danke, weiß ich sehr zu schätzen.« Gabriel stand auf.

»Und noch ein Tütchen Chips, bitte. Wenn das nicht die Bank sprengt.«

Gabriel und Sefton verabschiedeten sich wenig später und gingen in Whitehall ihrer getrennten Wege. Sefton, um den Minister zu instruieren, Gabriel zu seiner Verabredung. Er sah seinem Bruder nach, der in Richtung Außenministerium davonstolzierte, befeuert von seinen Gin Tonics und den Chips, ehe er sich verdutzt umwandte, um sich auf die Suche nach der Tothill Street zu machen.

*

Angesichts ihrer stramm linken, fast schon anarchistischen Ausrichtung fand er es eigenartig, dass die Redaktion der *New Interzonal Review* praktisch gleich um die Ecke der geballten Macht des Regierungsviertels ansässig war. Die Räumlichkeiten der Zeitschrift, die allmonatlich in voluminösen Heften erschien, befanden sich über einer Eisenwarenhandlung, und während er darauf wartete, vom Chefredakteur empfangen zu werden, sann Gabriel darüber nach, wie bemerkenswert nobel die Einrichtung war. Er saß auf einem langen Chesterfield-Sofa, in einem Raum mit schokoladenbraunem Teppichboden und gepflegten Zimmerpflanzen. Zugegeben, die Plakate an den Wänden entsprachen der kämpferischen Einstellung des Magazins – Bilder von Konflikten zwischen Links und Rechts aus dem zwanzigsten Jahrhundert –, wirkten aber ebenfalls teuer, da sie aufwendig gerahmt waren.

Er hatte einen Anruf von Bennet Strum erhalten, dem Chefredakteur, dem er schon einige Male begegnet war. Bennet – niemand nannte ihn je Ben – hatte um ein Treffen gebeten, hatte ihm einen Vorschlag zu unterbreiten, ob er mal in der Redaktion vorbeischauen könne, wann immer es ihm passe.

Bennet erschien an der Tür. Er war ein kleiner, drahtiger Mensch mit Bürstenhaarschnitt und einem akkurat gestutzten Bart. Gabriel wusste, dass er sehr gescheit und sehr ehrgeizig war. Die *New Interzonal Review* war für ihn nur ein Sprungbrett, er war zu Höherem berufen.

Sie setzten sich in sein großes Büro. Durch die Fenster war die obere Hälfte der Westminster Abbey zu sehen. Kaffee wurde serviert, sie tauschten Höflichkeiten aus. Brachten sich karrieretechnisch gegenseitig auf den neuesten Stand.

»Es ist ganz einfach, Gabriel«, sagte Bennet. »Wir möchten, dass du für uns schreibst. Ich bin ein Fan, wir alle hier sind Fans. *Diktatorenland* ist ein wunderbares Buch. Du würdest unserem Impressum zusätzlichen Glanz verleihen. Ende der Schmeichelei. Und wir würden dich bezahlen. Und zwar gut.«

»Also, da bin ich natürlich geschmeichelt«, sagte Gabriel. »Aber, weißt du – klar, politisch bin ich links der Mitte, wie alle vernünftigen Autoren, registrierter Labour-Wähler und so weiter –, aber doch eher lasch, alles in allem. Längst kein so eingefleischter Linker wie ihr hier.«

»Genau darum geht's ja«, sagte Bennet mit leicht gedämpfter Stimme, als habe er etwas streng Vertrauliches mitzuteilen. »Seit ich Chefredakteur bin, habe ich mich bemüht, den Gründungsprinzipien von *Interzonal* treu zu bleiben, wollte aber den Tonfall insgesamt doch ein wenig entschärfen, wenn du verstehst, was ich meine. Die dezenten Akzentverschiebungen hie und da wirst du ja bemerkt haben. Sieh dir nur an, wer inzwischen alles für uns schreibt.« Er nannte die Namen einiger Illuminaten der schreibenden Zunft. »Aber du wärst ganz was anderes.«

»Politik als Thema liegt mir nicht.« Gabriel schilderte ihm in kurzen Zügen das Fiasko, das er mit seinem Lumumba-Profil erlebt hatte.

»Du sollst auch nicht über Politik schreiben. Da haben wir genug Leute, die das können. Wir möchten, dass du übers Reisen schreibst.« Er breitete die Arme aus, wie um die ganze weite Welt zu umfassen.

»Unsere ›Haltung‹ – du weißt schon, unser Renommee«, fuhr Bennet begeistert fort, voller Zuversicht, »eröffnet dir Reisemöglichkeiten, die unsere Tagespresse nicht hat. Ostberlin, Kuba, Tschechoslowakei, Polen, Russland – dir würden sich Türen auftun, die anderen westlichen Journalisten verschlossen blieben. Du schreibst deine Reportagen, in deinem unvergleichlichen Stil – aber eben über Orte, wo niemand Reisereportagen drüber verfasst. Ist das grammatikalisch korrekt? Na, du verstehst schon, was ich meine.«

Das tat Gabriel, und er geriet in Versuchung, besonders, als Bennet das Honorar erwähnte: Zwanzig Pfund pro tausend Wörter. Kein Limit obendrein, was den Textumfang betraf. Er dachte an *Flüsse*. Malte sich spontan aus, über die Donau und Ungarn zu schreiben, oder die Donau und Rumänien oder Jugoslawien, weitere Länder, die sie durchströmte und die vollkommen anders waren als Deutschland und Österreich, die man zur Genüge kannte. Und ihm kam noch eine Idee: China und der Jangtse – schwer zugängliche Orte, an die ihn Bennet und seine engagierte linke Zeitschrift vielleicht mühelos befördern könnten – bereitwillig gewährte Visa, womöglich sogar ein herzlicher Empfang für einen Gesinnungsgenossen …

»Gib mir etwas Bedenkzeit, Bennet. Ich arbeite zurzeit an einem weiteren Buch, aber du rennst bei mir offene Türen ein.«

Bennet begleitete ihn hinaus. Auf dem Bürgersteig vor der Eisenwarenhandlung rauchten sie noch eine zusammen und unterhielten sich über gemeinsame Freunde.

»Übrigens«, sagte Gabriel, »hast du irgendwas vom Tod Patrice Lumumbas gehört?«

»Er ist nicht tot«, sagte Bennet. »Er ist in irgendeinem Militärlager in Gewahrsam, bis man über sein Schicksal entschieden hat. Eine Art Schauprozess, mit Sicherheit. Die Amis und die UN haben ihn übers Ohr gehauen.«

»Aha. Wobei, nein, mir hat jemand berichtet – jemand, der sich darauf berief, gut informiert zu sein –, er wäre erschossen worden.«

»Wenn da etwas dran wäre, wüsste ich davon«, sagte Bennet mit plötzlich ernster Miene. »Wir bei der *NIR* bewundern Lumumba. Wir hätten davon erfahren, wenn ihm etwas so beschissen Groteskes zugestoßen wäre. Ist das grammatikalisch korrekt?«

Er lächelte und schüttelte Gabriel die Hand.

»Heure an bei uns auf dem guten Schiff *Interzonal*, Gabriel«, sagte er. »Die Reise wird dir Spaß machen. *Venceremos!*« Er salutierte sogar mit geballter Faust.

Gabriel machte sich lächelnd auf den Weg. Es ging aufwärts. Unversehens hatte er eine Psychoanalytikerin und einen neuen, gut bezahlten Job. Ja, unverhofft kommt oft.

Er stellte neue Mausefallen in seiner Küche auf. Irgendwo hatte er gelesen, dass Erdnussbutter ein besserer Köder war als Käse, dass sie Mäuse unwiderstehlich anzog, daher versah er seine Fallen nun mit Erdnussbutter als neuem Lockmittel, die er zwischen den Fingern zu festen kleinen Kügelchen gerollt hatte. Das würde dem kleinen Mistvieh eine Lehre sein. Er platzierte die Fallen an der Fußleiste zu beiden Seiten des Gasherds, unter den er das furchtsame Tierchen hatte huschen sehen. Leider konnte er den Herd nicht von der Wand wegrücken, um nachzusehen, ob sich dort eventuell ein Mauseloch befand – dazu war das Teil einfach zu schwer.

Er stand mit in die Hüften gestemmten Händen da und betrachtete sein Werk. Der endlose Krieg zwischen Mensch und Maus, dachte er. Jahrhundertealt, jahrtausendealt. Nun wurde ein weiteres kleines Kapitel geschrieben, hier in Chelsea. Er ging ins Wohnzimmer zurück. Sefton hatte ihn gerade angerufen, nach zweitägiger Funkstille. Er hatte seine Kontakte beim SIS angezapft, und es gab tatsächlich eine Faith Green, die beim MI6 arbeitete – sie hatte ihn nicht angeschwindelt.

Gabriel überlegte, was hier vor sich ging. Ob Sefton ihn belog? Schwer zu sagen, wie üblich. Sefton gab nie irgendetwas preis. Der unergründliche, gutmütig-derbe, langweilige Sefton. Er setzte sich an seinen Schreibtisch, vor die Schreibmaschine, verscheuchte Sefton und seine Zweideutigkeiten aus seinen Gedanken und konzentrierte sich auf sein Buch. Er war jetzt endlich dabei, eine konkrete Reiseroute für *Flüsse* auszuarbeiten. Er wählte an seinen verschiedenen Lieblingsflüssen je einen Ort aus – Großstadt, Kleinstadt oder Dorf – und würde den jeweiligen Fluss ausschließlich aus der Perspektive dieser einen Örtlichkeit betrachten. Kein Flussauf und Flussab, keine geografische Gesamtschau, nur die Auswirkungen dieser berühmten

Flüsse auf einen einzigen, bestimmten Ort. Inzwischen hatte er auch Bennet Strums Angebot angenommen, für die *Interzonal* zu schreiben – weniger des Geldes wegen als wegen der neuen Möglichkeiten, die sich ihm dadurch eröffneten. Er hatte sich für ein Dorf an der Donau in Rumänien entschieden. Nun zog er in Betracht, über die Wolga in Russland zu schreiben. Für Bennets *Interzonal* zu arbeiten war, als würde man mit einem Diplomatenpass ausgestattet. Einem Laissez-passer. Es war befreiend.

Es schellte. Lorraine vermutlich, er erwartete sie. Er ging zur Wohnungstür und öffnete.

»Ich hoffe doch, du bist bereit für hemmungslosen …«

Er verstummte, ehe ihm das Wort »Sex« entschlüpfen konnte. Vor ihm stand Faith Green. In ihrem Lodenmantel, mit einer Art Pelzstola um den Hals. Es war schon fast dunkel, denn Ende Januar wurde es früh Abend.

»Hemmungslosen was?«, fragte sie, wobei ihr Atem zu Wölkchen kondensierte.

Er überging ihre Frage.

»Kommen Sie rein, es ist doch eiskalt. Woher zum Teufel wissen Sie, wo ich wohne?«

»Solche Dinge zu wissen gehört zu meinem Beruf«, sagte sie, während sie ihm ins Wohnzimmer folgte. Der Gaskamin brannte munter vor sich hin.

»Gemütlich«, sagte sie. »Was für eine hübsche Wohnung. Eine Schriftstellerwohnung.«

Er nahm ihren Mantel und die Stola entgegen und legte sie auf einen Sessel. Sie trug ein längeres Oberteil aus dickem, graubraunem Stoff, das er als Kasack-Bluse identifizierte, und einen Plisseerock mit Schottenkaro, in Grün- und Ockertönen, passend zu ihrem Mantel. Dazu schicke spitze Schuhe, gelbbraun, mit Fünf-Zentimeter-Absätzen.

»Möchten Sie eine Tasse Tee?«

»Haben Sie nichts Stärkeres?«

Er goss ihnen beiden einen Whisky mit Wasser ein.

Er hob sein Glas, um ihr zuzuprosten.

»Ich weiß, warum Sie hier sind«, sagte er. »Die Antwort lautet nein.«

»Zweihundert Pfund.«

»Warum ist das so wichtig? Warum bieten Sie mir so viel Geld dafür?«

»Die Antwort auf diese Fragen braucht Sie nicht zu interessieren«, erwiderte sie auf ihre kurz angebundene, leicht belustigte Art. »Ist besser so. Fahren Sie einfach nach Spanien, kaufen Sie die Zeichnung und leiten sie weiter. Dann kehren Sie wieder heim. Drei Tage Ihres Lebens. Wenn's hochkommt.«

»Ich habe meinen Bruder nach Ihnen gefragt. Er würde Sie nicht kennen, hat er gesagt.«

»Das habe ich auch nie behauptet. Ich habe gesagt, ich würde *ihn* kennen.«

»Ach so.«

»Sagen Sie Ja, Gabriel. Ich weiß, dass Sie das übernehmen wollen.«

»Warum gerade ich? Für so viel Geld würde das jeder machen.«

»Weil Sie glaubwürdig sind – und in meinem Gewerbe ist Glaubwürdigkeit mit Gold nicht aufzuwiegen.«

Er sah sie an und ließ sich durch den Kopf gehen, was sie von ihm verlangte. Sie nippte an ihrem Whisky. Was sie sagte, entsprach vermutlich der Wahrheit. Glaubwürdigkeit war das A und O, das war auch der Grund, warum Sefton ihn einspannte – keine Verbindungen. Doch er wurde das dumpfe Gefühl nicht los, dass hier noch andere Motive im Spiel waren. Er fragte sich, ob Sefton ihn womöglich für diesen Auftrag vorgeschlagen hatte – ein schlechter Scherz, der zu Sefton gepasst hätte. Vielleicht, weil er es abgelehnt hatte, nach Kopenhagen zu reisen … Er sollte zusagen, überlegte er nun, allein nur, um seinen Bruder auszutricksen und zu ärgern.

»Einverstanden. Ich mach's.«

»Freut mich sehr. Dürfte ich wohl noch einen Whisky haben? Das muss gefeiert werden.«

Er bereitete ihr einen weiteren Drink und schenkte sich selbst nach.

Sie kritzelte etwas in ein kleines Notizbuch, riss die Seite heraus und reichte sie ihm.

»Ich möchte, dass Sie ein paar Kollegen kennenlernen. Wenn Sie sich Donnerstagnachmittag um drei bei dieser Adresse einfinden könnten, wäre das ideal.«

Er überflog die Adresse. Long Acre, Covent Garden.

Sie lächelte.

»Dann haben wir auch schon Ihren Scheck parat.«

Sie trank ihren Whisky aus, und Gabriel half ihr in den Mantel.

Es schellte.

Oh, Scheiße, dachte Gabriel.

Er kehrte mit Lorraine ins Zimmer zurück.

»Darf ich bekannt machen, das ist Miss Green. Das ist Lorraine Rogan, eine Freundin von mir.«

Lorraine zog ihren Mantel aus. Sie trug noch ihre Arbeitskluft aus der Wimpy Bar, eine rote Schürze mit breiten weißen Nähten. Faith Green schüttelte Lorraine die Hand.

»Entschuldigung, dass ich so hereinplatze«, sagte Lorraine. »Ich störe doch hoffentlich nicht.«

»Bin gerade auf dem Sprung. Reizend, Ihre Bekanntschaft zu machen«, sagte Faith, ehe sie sich zu Gabriel wandte, mit völlig unbeteiligter Miene. »Bis Donnerstag dann, Mr Dax. Danke für den Whisky.«

Gabriel begleitete sie hinaus. Sie sagte nichts. An der Tür drehte sie sich noch einmal um und lächelte ihm zu. War es ein gönnerhaftes Lächeln, fragte er sich, nun, da sie Lorraine kennengelernt hatte? Vielsagend war dieses Lächeln auf jeden Fall.

»Ich freue mich sehr, dass Sie eingewilligt haben, Gabriel. Sehr. Wünsche einen angenehmen Abend.«

Er beobachtete, wie sie auf einen silbernen Sportwagen zusteuerte, einen Mercedes-Benz 190 SL, der auf der anderen Straßenseite geparkt war. Sie stieg ein und fuhr rasant davon. Voller Überraschungen, unsere Miss Green, dachte er. Dann kehrte er ins Wohnzimmer zurück. Lorraine hatte sich in der Zwischenzeit etwas zu trinken eingeschenkt.

»Wer war denn das?«

»Ach, ich arbeite mit ihr. Eine Lektorin.«

»Schien sehr nett zu sein. Hättest du vielleicht eine Zigarette für mich, Gabe? Ich komme um vor Schmacht.«

5

Der Auftrag in Cádiz

Eine Woche darauf fand Gabriel sich zu seiner zweiten Sitzung bei Katerina Haas im Frognal Way ein. Voller Vorfreude, seltsamerweise. Wer redet nicht gern über sich, eine ganze Stunde lang?, überlegte er. Ein weiterer Aspekt, der den Reiz der Psychoanalyse erklären mochte: Man durfte sich gehen lassen, ungeniert seinem Ego frönen, in totaler Selbstabsorption. Er übergab der Sprechstundenhilfe seinen Scheck und nahm in dem eichengetäfelten Zimmer Platz, um geduldig zu warten, bis er von Katerina Haas aufgerufen wurde. Ihr Halstuch war heute flammend orangerot, fiel ihm auf. Ihren Laborkittel zierte eine Achatbrosche.

AUSZÜGE AUS DER ABSCHRIFT VON SITZUNG 2

DR. HAAS: Erzählen Sie mir etwas von Ihrem Bildungsweg.

GABRIEL DAX: Verzeihung – aber was hat das bitte mit meiner Schlaflosigkeit zu tun?

DR. HAAS: Nichts, womöglich. Aber, aus meiner Sicht, je besser ich Sie und Ihre Vorgeschichte kennenlerne, desto besser kann ich Ihnen dann vielleicht helfen.

GABRIEL DAX: Gut, ja. Also, wissen Sie, es war insgesamt sehr typisch. Ich bin mit neun aufs Internat gekommen, eine Vorbereitungsschule. Mit dreizehn bin ich dann auf ein höheres Internat gewechselt, es hieß Abbeyhurst College. Beides ganz unspektakuläre, aber kompetent geführte

Privatschulen mittlerer Güte. Ich war ein intelligenter Junge. Ich schnitt bei meinen Prüfungen gut ab. Ich war wild entschlossen, Arzt zu werden, wie mein Vater, und wurde für ein Medizinstudium in Cambridge angenommen. So weit, so gut. Dann ist alles schiefgegangen.

DR. HAAS: Inwiefern?

GABRIEL DAX: Beim Anatomiestudium gibt es immer diesen einen Augenblick, wenn man zum ersten Mal den Seziersaal betritt. Jedem Studenten wird eine Leiche zugeteilt. Es ist schon ein entscheidender, um nicht zu sagen, lebensverändernder Moment – weil vorher niemand genau weiß, wie er auf das Sezieren einer Leiche reagieren wird. Die Leichen sind alle merkwürdig elfenbeingelb, wie die Tasten an einem uralten Klavier, von der Flüssigkeit, in der sie konserviert werden, wissen Sie, vom Formaldehyd. Ihre Haut ist glatt, jeder Fleck, jeder Makel tritt überdeutlich zutage, wie auf einer Tapisserie vom Leben des jeweiligen Körpers. Nach dem Zufallsprinzip – man schrieb seinen Namen neben eine Nummer – wurde mir die Leiche einer Frau zugeteilt. Weil mir klar war, dass es sich um eine Art Prüfung handelte, der ich mich zu unterziehen hatte, hatte ich mich mental vorbereitet und von daher ganz gut unter Kontrolle. Dachte ich zumindest. Ich ging auf den Körper zu, zog das gummierte Laken zurück, mit dem das Gesicht bedeckt war, und bin ohnmächtig umgekippt. Geschrien habe ich wohl auch, anscheinend. Ich hatte das Gesicht meiner Mutter gesehen. Es war natürlich nicht meine Mutter, doch es bestand wohl irgendeine Art Ähnlichkeit – die Tote war ungefähr im selben Alter wie sie bei ihrem Tod – Mitte dreißig. Meine Wahnvorstellung aber hatte dann einen totalen Nervenzusammenbruch zur Folge. Ich konnte mein Medizinstudium nicht fortsetzen und verließ die Uni ohne Abschluss. Man brachte mich in einer Anstalt unter, halb Pflegeheim, halb Nervenklinik, wo ich über mehrere Monate mit starken Medikamenten behandelt wurde. Als ich mich so weit erholt hatte, zog ich wieder zu meinem Onkel und fing an, als Assistent für ihn zu arbeiten. Eine Weile spielte ich mit dem Gedanken, auch Kunsthändler zu werden – es hätte ihn gefreut, wenn ich sein Geschäft später übernommen hätte, die Galerie in Mayfair –, aber es war dann doch nicht das Richtige für mich. Letzten Endes bewarb ich mich bei einer Buchhandlung in South Kensington, die einen Verkäufer suchte, einfach nur, um was anderes zu machen. Ich war glücklich dort. Ich las unermüdlich. Das war meine eigentliche Ausbildung, meine private Universität, und ich war drei Jahre dort beschäftigt. Reisebücher mochte ich ganz besonders gern, eigenartigerweise – es war, als würde es mich beruhigen, über fremde Länder zu lesen, unbekannte Orte weit weg von London und meinem eigenen Leben. Dadurch angeregt, fing ich an, selbst auf Reisen zu gehen. Ich empfand es als therapeutisch.

DR. HAAS: Wir nennen das auch Wanderlust.

GABRIEL DAX: Ja, genau. Danach habe ich mir gedacht, ich sollte selbst mal versuchen, über meine Reisen zu schreiben. Es schien gut anzukommen, und einige Reportagen von mir wurden in Zeitschriften abgedruckt. Und dann schrieb ich ein Buch namens *Das weindunkle Meer*. Es wurde ein Riesenerfolg, zu meinem eigenen Erstaunen. Plötzlich war ich ein Reiseschriftsteller. Ein junger, gefeierter Reisschriftsteller. Verlage rissen sich darum, mir Geld für mein nächstes Buch anzubieten, und der Rest ist, wie man so sagt, Geschichte.

DR. HAAS: Ich muss Ihre Bücher lesen.

GABRIEL DAX: Die kann ich Ihnen zur nächsten Sitzung mitbringen. Als kleines Geschenk.

DR. HAAS: Danke – aber erlauben Sie mir bitte, die Bücher selbst zu kaufen.

GABRIEL DAX [lachend]: Wenn Sie darauf bestehen.

DR. HAAS: Bedauern Sie es, nicht Arzt geworden zu sein?

GABRIEL DAX: In gewisser Weise schon. Aber ich kann mich nicht beklagen. Ich genieße mein Leben. Ich kann meinen Lebensunterhalt bestreiten. Übers Reisen zu schreiben fällt mir sogar ziemlich leicht. Und es zieht mich nach wie vor »in die Ferne«. Immer am selben Ort zu sein, mich nicht vom Fleck zu rühren, das liegt mir nicht. Ich muss in Bewegung sein, neue Landschaften sehen, neue Städte, Kulturen. Und darüber schreibe ich dann, und mein Verlag gibt mir Geld für meine Betrachtungen.

DR. HAAS: Das ist sehr hilfreich für mich, diese Einblicke in Ihre Lebensgeschichte zu erhalten. Fahren wir fort. Haben Sie in letzter Zeit Sex gehabt?

GABRIEL DAX: Was? Entschuldigung?

DR. HAAS: Haben Sie in letzter Zeit eine sexuelle Beziehung gehabt?

GABRIEL DAX: Äh, ja.

DR. HAAS: Wann?

GABRIEL DAX: Äh. Gestern Nacht, de facto.

DR. HAAS: Darf ich fragen, wer ihr Sexualpartner war?

GABRIEL DAX: Meine Freundin. Ich nehme an, dass sie meine Freundin ist. Wir kennen uns seit einigen Monaten. Sie ist die einzige Person, mit der ich zurzeit schlafe. Mit der ich Sex habe.

DR. HAAS: Was denken Sie, hat der Tod Ihrer Mutter – als Sie noch so jung waren – irgendwie Einfluss auf Ihre sexuelle Partnerwahl?

GABRIEL DAX [nach einer Pause]: Nein.

DR. HAAS: Haben Sie sich je homosexuell betätigt?

GABRIEL DAX: Was, ich? Nein, nein ... Wobei, an der Schule gab es einen älteren Jungen, der mich immer gezwungen hat, ihn zu küssen, als ich ungefähr zehn war.

DR. HAAS: Hat Sie das erregt?

GABRIEL DAX: Nein. Es war eine Art Erpressung. Wenn ich mich weigerte, ihn zu küssen, hat er mich bestraft.

DR. HAAS: Fühlen Sie sich von Homosexualität angezogen?

GABRIEL DAX: Ich denke nicht. Ich habe nichts dagegen – ich habe homosexuelle Freunde –, aber ich fühle mich nicht dazu verlockt, es selbst auszuprobieren. Sozusagen.

DR. HAAS: Sagt Ihnen der Begriff »Anamnese« etwas?

GABRIEL DAX: Nein.

DR. HAAS: In der Psychoanalyse versteht man unter Anamnese den Versuch, sich an Begebenheiten – Tatsachen – zu erinnern, die den von Ihnen erlebten Symptomen vorausgegangen sind. Ich fasse es gern unter dem Begriff, in Anführungsstrichen, eine Erinnerung, von der man nicht weiß, dass man sie hat. Wenn man sie ermitteln kann – wenn man diese Tatsachen, diese Geschehnisse er-innern kann –, dann ist das äußerst bedeutsam und nützlich in Hinblick auf die Heilung psychischer Störungen. Die Schlaflosigkeit, in Ihrem Fall. Wann, würden Sie sagen, ist es mit Ihrer Schlaflosigkeit losgegangen?

GABRIEL DAX: Na ja, seit ... seit dem Trauma des Feuers, seit dem Tod meiner Mutter bin ich immer ein schlechter Schläfer gewesen. Ein Leichtschläfer, könnte man sagen. Ich hatte immer Probleme, einzuschlafen – sogar im Internat, wenn ich hundemüde war. Als ich älter wurde, schien es noch schlimmer zu werden. Es lief immer nach demselben Muster: Ich schlief ein, träumte dann von Feuer, wachte auf und war außerstande, wieder einzuschlafen. Also nehme ich von Zeit zu Zeit eine Schlaftablette.

DR. HAAS: Sehen Sie, daraus ziehe ich den Schluss, dass die Anamnese bei Ihnen auf die Ereignisse in Ihrem Leben vor dem Feuer bei Ihnen zu Hause konzentriert sein sollte. Haben Sie den Brand je untersucht?

GABRIEL DAX: Ich war erst sechs Jahre alt, Dr. Haas. Ein Kind.

DR. HAAS: Haben Sie das Haus jemals wieder aufgesucht?

GABRIEL DAX: Es ist restlos zerstört worden. Niedergebrannt. Was noch übrig war, ist abgerissen worden. Das Grundstück – wir hatten einen großen Garten – ist verkauft worden. Von dem Erlös konnten die Schulgebühren für meinen Bruder und mich bezahlt werden. Ich bin seither nie mehr dort gewesen. Was sollte ich da? Das Land ist meines Wissens entwickelt worden, auf dem Grundstück stehen heute mehrere Häuser. Es ist keine Spur mehr übrig.

DR. HAAS: Es gibt immer Spuren. Die müssen Sie finden, Mr Dax. Sie haben sehr unvollständiges Wissen, und genau das ist Ihr Problem. Genau das. Ihre Heilung wird dadurch vorangetrieben, dass Sie mehr herausfinden. Anamnese ist die Antwort. Sie müssen jener Nacht auf den Grund gehen. Die Spuren finden. Die Erinnerungen entdecken, die Sie haben, ohne es zu wissen. Dieses Wissen wird Ihre psychische Störung beheben, und Sie werden Ihre Schlaflosigkeit los. Sie werden kuriert sein, glauben Sie mir.

Das felsenfeste Vertrauen, das Katerina Haas in dieses »Anamnese«-Verfahren setzte, hatte bei Gabriel seine Wirkung nicht verfehlt. Alles schön und gut, sagte er sich, aber wie sollte man auch nur anfangen, ein Ereignis zu untersuchen, das sich vor fünfundzwanzig Jahren zugetragen hatte, noch vor dem Zweiten Weltkrieg? Was für Spuren sollten von jener Nacht noch übrig sein?

Er war unterwegs auf der Long Acre, auf der Suche nach der Adresse, die Faith Green ihm gegeben hatte. Da war es – Nummer 112. Wieder Räumlichkeiten über einem Geschäft, einer Chemischen Reinigung diesmal. Neben der Haustür hing eine verschmierte Messingtafel: »Institut für Entwicklungsstudien«. Er drückte auf die Klingel, wartete und hörte dann Schritte auf der Treppe. Die Tür ging auf, und vor ihm stand Faith Green, mit einem Lächeln.

»Sehr pünktlich, Gabriel. Ich bin beeindruckt.«

»Pünktlichkeit ist eins meiner Laster, Faith«, sagte er, unter bewusster Verwendung ihres Vornamens.

»Nur ein Laster unter vielen anderen, zweifelsohne«, sagte Faith. »Folgen Sie mir.« Er stieg hinter ihr die Treppe hinauf. Unter ihren hauchdünnen, nahtlosen Strümpfen zeichneten sich muskulöse Waden ab. Wohlgeformte Beine, dachte er, eine scharf umrissene Achillessehne. An den Füßen trug sie heute flache Ballerinas aus Leder.

Von dem Treppenabsatz im ersten Stock gingen mehrere Türen ab, hinter denen er Schreibmaschinen klappern und Telefone klingeln hörte. Faith stieß eine Tür auf, und ein kleines Besprechungszimmer kam zum Vorschein: ein langer Tisch mit Stühlen ringsherum. Zwei Männer erhoben sich, und Faith stellte sie vor.

»Anatoly Sirin.« Graubärtig, mit schütterem Haar, in seinen Fünfzigern, Gabriels Schätzung nach.

»Harrison Lee.« Jünger. In seinem Alter, tippte er. Blond, eifrig, jugendlich frisch, Brillenträger. Lächelnd.

»Das hier ist Mr Gabriel Dax. Er wird in Spanien als unser Kunsthändler auftreten.«

»Wir sind sehr dankbar«, sagte Sirin mit unüberhörbarem russischem Akzent. »Sie an Bord zu haben macht einen entscheidenden Unterschied.«

Faith rückte einen Stuhl für Gabriel heraus. Er setzte sich, gegenüber von den drei anderen.

»Ich komme mir vor wie bei einem Vorstellungsgespräch«, sagte er.

»Sie haben den Job bereits«, sagte Faith und legte vor ihm einen Briefumschlag auf den Tisch. »Und hier ist Ihr Lohn.«

Gabriel rührte den Umschlag vorerst nicht an.

»Was genau hat man sich unter dem ›Institut für Entwicklungsstudien‹ vorzustellen?«, fragte er.

»Was immer Sie wollen, mehr oder weniger«, sagte Lee. »Das ist der ganze Sinn der Sache.«

»Nun, wir sind im Wesentlichen ›Termiten-Vertilger‹, wie wir es nennen«, sagte Faith Green. »Wir spüren Verräter, Doppelagenten, illoyale Mitarbeiter in unserer weiteren Organisation auf – MI6 und MI5. Das Wort ›Maulwurf‹ mögen wir hier nicht. Maulwürfe ruinieren einem vielleicht den Rasen, aber Termiten können ein Haus zum Einsturz bringen. Das können Maulwürfe nicht.«

»Bin ich also an einer Art Vorgang zur Termiten-Vertilgung beteiligt?«, fragte Gabriel.

»Vielleicht ja, vielleicht auch nein«, sagte Faith. »Selig sind die Unwissenden.« Sie lächelte. »Harry, du hast, glaube ich, den ganzen Krimskrams.«

Lee schlug eine Aktenmappe auf und entnahm ihr eine Reihe von Dokumenten.

»Hin- und Rückflugticket, Gutscheine für eine Autovermietung, Hotelreservierungen in Madrid und Cádiz. Die Adresse des Ateliers von unserem Künstler. Seine Telefonnummer.« Er lächelte. »Ich gehe mal davon aus, dass Sie einen gültigen Reisepass haben.«

Gabriel zog seinen Reisepass aus der Jackentasche und hielt ihn in die Höhe.

»Den habe ich immer dabei«, erklärte er. »Für den Fall, dass mich dieser plötzliche Drang packt, in ein Flugzeug zu springen und davonzudüsen.«

»Was ich noch erwähnt haben wollte«, setzte Lee hinzu. »*Reisen ohne Landkarte* fand ich hervorragend. Hat mich sehr beeindruckt.«

»Danke.« *Reisen ohne Landkarte* war sein zweites Buch gewesen. Es freute ihn, noch einen weiteren Leser im Raum zu wissen. Vielleicht hatte Faith ihn empfohlen, überlegte er.

»Könnte ich wohl ein Glas Wasser haben?«, fragte er.

»Eine Tasse Tee? Kaffee?«, bot Faith an.

Gabriel entschied sich für Tee. Ihm schwirrte ein wenig der Kopf, er hatte Herzklopfen angesichts der lächelnden, locker-kollegialen Art, mit der man ihn im Institut für Entwicklungsstudien willkommen geheißen hatte. Faith betätigte eine Klingel unter dem Tisch. Tee und Kaffee wurde bestellt und im Handumdrehen von einem jungen Mann mit einer terrakottabraunen Leinenschürze gebracht. Gab es in dem Institut so etwas wie eine Cafeteria? Vermutlich.

»Anatoly kann uns mehr über den Künstler erzählen«, sagte Faith, nachdem sie alle mit Getränken versorgt waren.

»Er heißt Javier Agustín Montano, benutzt aber das Pseudonym ›Blanco‹, um seine Bilder zu signieren«, sagte Sirin. »Seine größten Erfolge hatte er in den 1940ern. Seither sinkt sein Stern unaufhörlich. Er ist Surrealist. Wird oft auch als Salvador Dalí für Arme bezeichnet.«

»Er wird hocherfreut sein, Ihnen eine Zeichnung zu verkaufen – aber es muss eine Zeichnung sein: Tusche, Bleistift, Pastellkreide, kein Gemälde«, sagte Faith. »Sie können auch zu viel zahlen, um ihn bei Laune zu halten. Ihr Budget wird zweitausend Pfund betragen, aber mit tausend Pfund wird er vollauf zufrieden sein, garantiert. In Francos Spanien ist das viel Geld.«

Als Nächstes ging es um die Reiseroute.

»Sie fliegen nach Madrid, mieten einen Wagen und fahren nach Cádiz. Sie kaufen die Zeichnung und kehren nach Madrid in Ihr Hotel zurück, wo binnen ein, zwei Tagen jemand mit Ihnen in Kontakt treten wird«, sagte Faith.

»Wer genau?«, fragte Gabriel.

»Ich, wahrscheinlich«, sagte sie.

»Aha. Und dann?«

»Das besprechen wir, wenn wir uns in Madrid treffen, einverstanden?«

»Gut, meinetwegen.« Erneut verspürte er leise Anflüge von Panik, das Gefühl, hier in Komplexitäten und Komplizenschaften verwickelt zu werden, die er niemals durchschauen würde. Doch Faith hatte recht – je weniger er wusste, desto besser. Als Nächstes besprachen sie die Rolle, die er bei dem Treffen mit Blanco verkörpern sollte. Aldous Dax war ein angesehener, seriöser Kunsthändler in London. Gabriel, sein Neffe, könnte sich leicht als sein Mitarbeiter ausgeben, für den Fall, dass Blanco versuchen sollte, seine Echtheit zu überprüfen.

»Ihr Onkel wird doch wohl nichts dagegen haben?«, fragte Faith.

»Im Gegenteil. Er wird begeistert sein. Da wird es keine Probleme geben.«

Die Besprechung war zu Ende, und Sirin und Lee verließen den Raum.

»Noch etwas Tee?«, fragte Faith.

»Nein, danke.«

Gabriel nahm die Mappe mit den Dokumenten und den Umschlag mit seinem Scheck an sich.

»Jetzt freue ich mich irgendwie fast darauf«, sagte er, hauptsächlich, um sich selbst zu überzeugen. »In Cádiz war ich noch nie.«

»Eine bezaubernde Stadt«, sagte Faith, während sie ihn noch ins Erdgeschoss begleitete. »In Ihrem Dossier stehen Telefonnummern, falls Sie uns kontaktieren müssen. Zögern Sie nicht. Aber es dürfte eigentlich alles ganz unkompliziert sein.« Sie lächelte und öffnete die Haustür, die auf die Long Acre hinausführte. Während ihrer Besprechung war ein Schauer niedergegangen, und die Straße glänzte schmierig im regengeklärten Sonnenlicht. »Schön, dem winterlichen London entfliehen zu können«, sagte sie. »Andalusien wartet schon. Wir sehen uns dann in Madrid.«

»Soll ich Ihnen Bescheid geben, wenn ich abreise?«

»Das erfahren wir schon, keine Sorge.«

Sie schüttelten sich die Hände, und Gabriel trat hinaus

auf die Long Acre. Er hörte, wie die Tür hinter ihm zufiel, gefolgt von einem gut geölten Surren, als würde ein kompliziertes Schloss einrasten.

Er machte sich auf den Weg zur U-Bahn-Station und überlegte, ob diese Verpflichtung, diese »Gefälligkeit« wirklich so klug war. Er war um zweihundert Pfund reicher, schon wahr, das war ein starker Anreiz. Damit konnte er noch so manche Sitzung bei Katerina Haas finanzieren, das stand fest. Und es würde Sefton vermutlich nicht schmecken, dass er nicht seinen Job angenommen hatte, sondern diesen hier – ein weiterer Bonus. Trotzdem, ihm setzte die stille Sorge zu, dass er sich irgendwie kompromittieren könnte, nun, da er Faith Greens zweideutiger Macht ausgeliefert war …

Beim Zeitungskiosk am Eingang der U-Bahn-Station machte er kurz halt und kaufte einen *Evening Standard.* Sein Blick war an einer kleinen Schlagzeile hängen geblieben. Er hielt die Zeitung in die Höhe, um im schwindenden Nachmittagslicht etwas erkennen zu können.

»PATRICE LUMUMBA – TOD BEKANNT GEGEBEN.«

Leise Übelkeit stieg in ihm auf. Was zum Teufel ging hier vor?

6

Das Blanco-Komplott

Wie von Gabriel prophezeit, war Aldous entzückt darüber, an dem, wie er es nannte, Blanco-Komplott beteiligt zu sein.

»Aldous Dax Fine Art Ltd. steht zu deiner Verfügung, mein prächtiger Junge. Falls sich irgendwer meldet, um sich nach dir zu erkundigen – überlass das nur mir. Wie aufregend. Ich meine, es wirkt aufregend – dabei habe ich keinen Schimmer, was hier eigentlich gespielt wird.«

»Geht mir nicht anders«, sagte Gabriel.

»Hat nicht zufällig was mit Sefton zu tun, oder?«

»Nein. Ausnahmsweise nicht. Sieh mal, die habe ich mir drucken lassen.«

Gabriel reichte ihm eine edle Visitenkarte.

ALDOUS DAX FINE ART LTD.
Gabriel Dax
Geschäftsführer

»Ich hoffe doch, du hast gegen meine Beförderung nichts einzuwenden.«

»Etwas Schöneres könnte ich mir nicht wünschen.« Aldous schien den Tränen nahe. »Ich bin so stolz, mein lieber, bester Junge. So stolz.«

An jenem Abend eröffnete Gabriel Lorraine, dass er für ein paar Tage nach Spanien reisen würde – geschäftlich.

»Kann ich nicht mitkommen?«, fragte sie.

»Ach, leider nicht.«

»Ach, leider doch! Komm schon, Gabe. Ich hab noch ein paar Urlaubstage übrig, die ich nehmen könnte.«

»Das wird keine Urlaubsreise. Rein und raus. Viel Fahrerei. Es würde dir nicht gefallen. Wir fahren ein andermal zusammen in Urlaub.«

»Versprochen?«

»Versprochen.«

Lorraine stand auf und reckte und streckte sich.

»Ich hab gestern Abend eine Maus gesehen«, sagte sie.

»Ich weiß – das ist ein gerissenes kleines Biest. Will und will mir nicht in die Fallen gehen.«

»Fallen funktionieren nicht. Du brauchst Gift.«

»Gift ist der nächste Schritt.«

»Wieso hast du hier hunderte Zeitungen rumfliegen?«

Das Wohnzimmer war voller Zeitungspapier, in der Tat. Gabriel hatte eine Zeitung nach der anderen gekauft, um so viel wie möglich über den jetzt bekannt gegebenen Tod Lumumbas in Erfahrung zu bringen. Die Einzelheiten waren spärlich. Konsens schien zu sein, dass er tatsächlich Mitte Januar gestorben war, exekutiert von einem Erschießungskommando, ganz so, wie Faith Green ihm berichtet hatte. Die Täter schien niemand zu kennen, und von Lumumbas Leichnam fehlte jede Spur. Erst jetzt jedoch, einen Monat später, wurde diese Neuigkeit dem Rest der Welt mitgeteilt. Was für Geheimnisse kamen hier ans Licht?

Auf der Fahrt zum Frognal Way war Gabriel in nachdenklicher, aufgewühlter Stimmung. Es kam ihm seltsam vor, dass ihm die Bekanntgabe von Lumumbas Tod so naheging. Womöglich, weil er sich an jenen Nachmittag so klar und deutlich erinnern konnte: Wie er unter dem riesigen Frangipani gewartet hatte, dann die Fahrt zur Residenz des

Premierministers, wie Thibault ihn über den ausgedörrten Rasen hinter dem Haus zu dem weißen Holzpavillon geführt hatte. Lumumba, der ihn dort schon erwartete, freundlich lächelnd – liebenswürdig sogar. Er wollte reden; wollte diese Gelegenheit unbedingt nutzen. Gabriel nahm es beinahe als eine Art Hunger wahr, ein tiefes Bedürfnis, sein Anliegen zu erläutern. Man hatte ihm Cola oder Fanta zu trinken angeboten. Aus irgendeinem Grund entschied er sich für die Fanta, und mit dem übersüßen, perlenden Orangengeschmack des Getränks würde er nun für alle Zeit Lumumba assoziieren, wie ihm bewusst wurde, und jenen schwülen Nachmittag in Léopoldville. Stopp, ermahnte er sich – entwickle jetzt keine Obsession mit diesem Mann und seinem vorzeitigen Ableben. Du warst bloß ein Journalist mit einem Auftrag. Einem Auftrag, der dann sehr schnell auf Eis gelegt wurde, interessanterweise.

Ja, dachte er, während er in dem Zimmer mit der hellen Eichentäfelung wartete, aber – die Frage wollte ihm keine Ruhe lassen – wie konnte es sein, dass Faith Green einen Monat vor dem Rest der Welt von der Erschießung wusste? Vielleicht war die Antwort auf seinen Tonbändern zu finden …

Katerina Haas erschien in ihrem frisch gestärkten Laborkittel, diesmal mit einem Halstuch aus prächtig smaragdgrüner Seide mit Paisley-Muster. Sie trug auch einen anderen Lippenstift, wie Gabriel bemerkte, als er ihr in den weißen Raum folgte. Ein helleres Rosa, Bubblegum – hieß der Farbton so? –, oder vielleicht Fuchsia. Mensch, dachte er, krieg dich wieder ein. Hier soll es um deine Schlaflosigkeit gehen und nicht um einen Modereport über Katerina Haas.

AUSZÜGE AUS DER ABSCHRIFT VON SITZUNG 3

DR. HAAS: Erzählen Sie mir von Ihrer Mutter. Alles, woran Sie sich erinnern.

GABRIEL DAX: Sie war noch jung, als sie starb, gerade mal sechsunddreißig. Sehr liebevoll zu mir. Sie rauchte viel – hatte immer eine Zigarette in der Hand. Natürlich habe ich Fotos von ihr gesehen, aber wenn man klein ist, lagert man ja nicht gezielt Erinnerungen und Eindrücke ein. Das Leben spült eben über einen hinweg – es geschieht, ohne weiter kommentiert zu werden. Sie war meine Mutter, ganz einfach. Ehrlich gesagt kann ich sie mir heute überhaupt nicht mehr richtig vergegenwärtigen, so sehr ich mich auch bemühe. Und das setzt mir natürlich zu. Der Grundgedanke ist da – ich hatte eine Mutter, ich kannte sie, ich habe ihren Leichnam gesehen –, aber er ist sehr verschwommen, sehr undeutlich. Ich weiß nicht einmal, ob die Erinnerungen, die ich an sie habe, real sind – oder ob ich sie mir bloß ausgedacht habe, zum Ausgleich.

DR. HAAS: Ging sie mit Ihnen liebevoller um als mit Ihrem Bruder?

GABRIEL DAX: Das weiß ich nicht mehr. Ich war zu Hause, und mein Bruder war fort, im Internat. Also war ihre Aufmerksamkeit ganz auf mich gerichtet.

DR. HAAS: War das erdrückend? Einengend, irgendwie?

GABRIEL DAX: Nein.

DR. HAAS: War die Aufmerksamkeit ihrer Mutter für Sie irgendwie übertrieben? Des Guten zu viel?

GABRIEL DAX: Ich glaube nicht. Es war eine normale Mutter-Sohn-Beziehung, soweit ich mich erinnern kann. Ich weiß, ich wiederhole mich, aber ich war damals gerade sechs Jahre alt – da habe ich meine Erfahrungen nicht näher analysiert oder irgendwie eingelagert.

DR. HAAS: Denken Sie, dass Ihr Verhältnis zu Ihrer Mutter irgendwie auf Ihre Sexualität abgefärbt hat?

GABRIEL DAX: Was? Äh. Ich bin mir nicht sicher, ob ich ganz verstehe, was Sie jetzt von mir wissen wollen.

DR. HAAS: Ich meine, fühlen Sie sich zu einer bestimmten

Sorte Person hingezogen? Gibt es einen »Typ«, auf den Sie fliegen? Sind Sie gefühlvoll? Warmherzig? Unbekümmert? Oder sind Sie eher kalt und selbstbeherrscht? Eher ehrgeizig, fokussiert?

GABRIEL DAX: Ich denke nicht. Ich fühle mich zu attraktiven Menschen hingezogen. Wie die meisten Menschen. Ich glaube nicht, dass mein Liebesleben irgendwelche Besonderheiten aufweist, falls Sie darauf abzielen. Perversionen schon gar nicht, würde ich sagen. Ich bin ein junger Mann, ich habe Bedürfnisse, die ich …

DR. HAAS: Was erregt Sie, sexuell?

GABRIEL DAX: Keine Ahnung. Schönheit. Energie. Geist. Humor.

DR. HAAS: Treffen diese Attribute auch auf Ihre gegenwärtige Sexualpartnerin zu?

GABRIEL DAX: Äh … ja. In gewisser Weise. Wobei ich wohl erwähnen sollte, dass sie nicht aus meiner Gesellschaftsschicht kommt. Sie ist keine gebildete Person aus der Mittelschicht. Sie ist eher »Arbeiterklasse«. Was ich sexuell äußerst erregend finde, muss ich sagen – der Ehrlichkeit halber.

DR. HAAS: Woran liegt das, was meinen Sie?

GABRIEL DAX: Ich habe keine Ahnung. Vielleicht ist es ein Problem bei Engländern *meiner* Klasse. Sie müssen verstehen, Dr. Haas, dieses Land ist fixiert auf Klassenzugehörigkeit. Absolut fixiert. Vielleicht nehmen Sie das nicht so wahr wie ich, aber so gut wie alles an diesem Land, ob gut oder schlecht, ob groß oder klein, kann unter dem Gesichtspunkt der Klasse erklärt und verstanden werden. Einschließlich meiner Gefühle meiner Freundin gegenüber, muss ich bekennen. Tatsächlich schäme ich mich ein wenig, Ihnen das gebeichtet zu haben.

DR. HAAS: In diesem Raum gibt es keine Scham, Mr Dax. Nur Aufrichtigkeit.

GABRIEL DAX: Nun ja, hocherfreulich, das zu wissen.

7

Von Madrid nach Cádiz

Gabriel mochte Madrid – es war seine Lieblingsstadt in Spanien –, besonders im Winter. Seine Boulevards und breiten Prachtstraßen schienen wie gemacht für die kälteren Monate des Jahres, wenn eine Art wohliger Melancholie die dunklen, braunen, schäbigen Straßen erfüllte. Ein Teil von ihm sprach einfach auf den Ortswechsel an. Da gab es natürlich die stolze Erhabenheit ausstrahlenden Plätze und Rondelle mit ihren gewaltigen, palastähnlichen, reich verzierten Staats- und Handelsgebäuden sowie den dazugehörigen Springbrunnen, Statuen und gepflegten Blumenbeeten, die wirkliche Stadt aber, so schien es ihm immer, war heimlicher, verstohlener, mitgenommener, weniger grandios. Um sie zu finden, musste man um Ecken biegen und Seitenstraßen und Gassen erkunden – dort erst begegnete einem Madrids wahre Seele.

Er hatte am Flughafen weisungsgemäß ein Auto gemietet, einen Simca Aronde, und war damit zu seinem Hotel in der Madrider Innenstadt gefahren. Es war ein bescheidenes Drei-Sterne-Etablissement in zentraler Lage, für ihn ausgewählt vom Institut für Entwicklungsstudien, das Hotel Florida an der Plaza del Callao. Er bezahlte für eine Hochstufung in die einzige Suite des Hauses. »Auf Bequemlichkeit verzichten kann jeder Narr«, wie Lord Cardigan es am Vorabend der Attacke der Leichten Brigade ausgedrückt hatte, als er auf seiner Privatjacht im Hafen von Balaklava die Schlacht am kommenden Tag erwartete. Es war ein Bonmot, das Gabriel sich oft und gern in Erinnerung rief, vor allem, wenn er sein Budget strapazierte.

Nachdem er sich in seiner Suite eingerichtet hatte, zog es ihn hinaus in den Abend, um eine Mahlzeit und etwas zu trinken aufzutreiben. Er fand eine Art-déco-Bar – die Bar America –, in der es Cocktails und etwas zu essen gab. Er trank zwei trockene Martinis und verspeiste mehrere Stücke Tortilla, während er über die Lage nachsann, in der er sich befand. Wie üblich nahm er sein Notizbuch heraus, um etwas hineinzuschreiben. Schreiben stabilisierte Gedanken; es verhalf einem dazu, Verbindungen zu sehen, die man in Gedanken allein nicht zu fassen bekam. Er schrieb:

Patrice Lumumba
Dr. Katerina Haas
Faith Green
Blanco
Sefton Roscommon

Aber nein. Keine neue Erkenntnis, keine plötzliche Erleuchtung. Katerina Haas war ein anderes, separates Gefecht, nahm er an, etwas, das zwischen ihm und ihr nach und nach herausgearbeitet würde, während die Sitzungen weitergingen. Worin bestand die Verbindung zwischen Lumumba, Faith und Blanco? Gab es überhaupt eine? Er hatte keine Ahnung. Vielleicht sollte er Lumumbas Namen ausstreichen – er stand nur auf der Liste, weil Faith Green in jenem Flugzeug von Léopoldville nach Brüssel gesessen hatte. Sein Gehirn fühlte sich müde an, träge. Ihm war bewusst, dass er im Besitz von etwa zwei Prozent der Fakten war, die er benötigte. Wenn's hochkam. Dennoch, der Gedanke wollte ihm keine Ruhe lassen, wie ein lästiges Steinchen im Schuh. Faith Green hatte ihm fast einen Monat, bevor die Nachricht der Welt offiziell verkündet wurde, von Lumumbas Tod erzählt, und zwar in relativ präzisen Einzelheiten. Sie war in Léopoldville gewesen, mindestens zweimal. Und jetzt hatte Faith Green ihm eine äußerst großzügige Geldsumme dafür bezahlt, diesen recht anspruchslosen Auftrag auszuführen, diesen Gefallen à la Sefton. Bestand hier eine Verbindung? Oder sollte er keine weitere geistige Energie darauf verschwenden, eine zu finden?

Aber die Fragen hörten nicht auf. Warum hatte er sich auf ihren Auftrag eingelassen? Des Geldes wegen, redete er sich ein, doch er wusste, dass es etwas mit dem seltsamen Zauber Faith Greens zu tun hatte, mit ihrer verdeckten Macht, ihrem Einfluss. Er wollte es einfach nur deshalb tun, weil sie ihn darum gebeten hatte. Hatte er ihr irgendwie gefällig sein wollen, auf schwächliche Art? Wie Katerina Haas das wohl beurteilt hätte? Langsam verzweifelte er an sich selbst, an dem Puzzle zwiespältiger Gefühle, in das er verheddert war. Er sollte zu Hause in Chelsea sein und weiter sein Buch über die großen Flüsse der Welt planen.

Er zog einen dritten Martini in Erwägung, entschied sich aber dagegen. Wenn er morgen vor Einbruch der Nacht in Cádiz sein wollte, müsste er sehr zeitig losfahren. Viele Hundert Kilometer Fahrt lagen vor ihm. Er beglich seine Rechnung und wanderte hinaus in die nächtliche Stadt.

Draußen auf den dunklen Straßen, mit den vom kraftlosen, vanillegelben Lichtschein der Laternen kaum erleuchteten Bürgersteigen vor sich, spürte er das vertraute Herzklopfen, den Pulsschlag der Reisedroge. Es war aufregend – hier war er nun, allein in einer großen, fremden Stadt. Genau darum ging es doch, oder? Es war ein ihm wohlvertrautes Gefühl: diese Befreiung, dieses Potenzial, diese Aussicht des Neuen, des Unbekannten. Deswegen ging er auf Reisen – deswegen gingen vermutlich Menschen allgemein auf Reisen, auch ohne sich darüber im Klaren zu sein. Das alte Sprichwort aber hatte schon recht: Wer allein reiste, reiste am weitesten. Wäre zum Beispiel Lorraine mitgekommen, wäre seine Stimmung völlig anders gewesen, beeinträchtigt …

Er bummelte zum Hotel zurück. Unterwegs ließ er die nächtliche Stadt auf sich wirken, die Gerüche, den von gellendem Hupen untermalten Verkehrstrubel, die Stimmen der in unverständliche Gespräche vertieften Passanten. Ein hagerer Bettler bot ihm ein Sträußchen wohlriechenden Jasmin an, und er drückte dem zahnlosen Mann einen Geldschein in die Hand und ging weiter. Er hielt sich das dürftige Sträußchen an die Nase und atmete den süßen, mehligen Duft ein: ein Strauß Jasmin in Madrid. Jasmin hatte er noch nie gekauft.

Er verließ Madrid im Licht der Morgendämmerung, das filigran wie Spitze war, und nahm die Straße Nummer IV, eine der sechs großen, asphaltierten Fernstraßen Spaniens, wie er seinem Reiseführer entnahm. Madrid, Aranjuez, Toledo, Córdoba, Sevilla, Cádiz. Die berühmten Städte zogen vorüber. Zwischendurch hielt er nur an, um zu tanken. Die Straße war ruhig, mit sehr wenigen Autos oder Lastwagen. Mittags parkte er am Straßenrand – die Sonne zeigte sich nicht, sie wurde von einer Wolkenbank verdeckt, ungewöhnlich hoch oben am Himmel – und stärkte sich mit einem pappigen Käsesandwich und einer Flasche sprudelnder Coca-Cola. Er fuhr weiter, mit offenen Fenstern, um sich von der warmen Luft umfächeln zu lassen, durch riesige Olivenplantagen, endlose gedrungene Wälder aus Olivenbäumen. Neben der Straße IV waren immer wieder merkwürdige Dörfchen zu sehen, bestehend aus Hütten mit kegelförmigen Strohdächern, die Landarbeitern gehörten. Zeitweilig kam es ihm vor, als wäre er irgendwo in Afrika unterwegs.

Cádiz. Die Sonne ging eben unter, als er die Stadt erreichte und durch die Puerta de Tierra rollte. In dem Gewirr schmaler, schlecht beleuchteter Straßen der Altstadt brauchte er eine Weile, bis er sein Hotel gefunden hatte, das El Loreto an der Calle Sagasta, nur einen Block vom Meer entfernt. Sein Zimmer ging, wie auch alle übrigen Zimmer, auf einen Innenhof hinaus, mit einer großen Palme und einer riesigen, nicht gestutzten Kletterbegonie, die ein Spalier restlos überwucherte, oberhalb einer Terrasse mit einigen Tischen und Stühlen. Sein Zimmer war schäbig, es roch penetrant nach Mottenkugeln und altem Bettzeug, und das Badezimmer am Ende des Flurs roch, rundheraus gesagt, nach Scheiße. Danke, Institut für Entwicklungsstudien, dachte er. Gleich am Morgen würde er auschecken und sich eine gesündere Bleibe suchen. Das Hotel de France et Paris klang ideal: »sehr ordentlich«, seinem Reiseführer zufolge.

Er spazierte hinunter zur Strandpromenade. Es war ein stürmischer Abend, und mächtige Wellen krachten gegen die schrägen Mauern aus Naturstein, die dem Schutz der Promenade dienten. Schon nach etwa zwei Minuten war er von fünf schmutzigen, barfüßigen Kindern umringt, die ihm die Hände entgegenreckten und in greinendem Tonfall *»pesetas, pesetas«* von ihm forderten. Von seinen vielen Tankstopps hatte er etwas Kleingeld, und er überließ es den Bengeln, sich darum zu balgen, indem er die Münzen aufs Pflaster warf. Er setzte seinen Weg fort und hielt dabei Ausschau nach einem Café. Er fand eine große, gut beleuchtete Bar mit einer Außenterrasse bei den Arkaden eines Marktes, bestellte sich ein Bier und dazu Tapas. Zwei gebeugte, sehr alte Greisinnen versuchten, ihm Lotterielose zu verkaufen. Ein Mann mit einem scheußlich wabbelnden Kropf am Hals rasselte mit einem Zinnbecher vor ihm herum. Gabriel gab ihm einen Fünf-Peseten-Schein. Ein anderer Mann in einem billigen karierten Anzug bot an, ihn zu fotografieren. Er lehnte ab. Dann gab es ein Wiedersehen mit den Schmuddelkindern von der Promenade, die sich um seinen

Tisch scharten und erneut die Hände ausstreckten, und da entschied er, dass diese Stadt voller aufdringlicher Menschen zu anstrengend für seinen ersten Abend war. Er suchte Zuflucht im Hotel El Loreto und schlief sehr schlecht.

Am nächsten Morgen rief er von der Zelle im Hotelfoyer aus bei Blancos Atelier an.

»*Hola, digame*«, meldete sich eine Frauenstimme.

»*Buenas días. ¿Habla inglés?*«

»Ist dort Mr Dax?«

»Äh, ja. Ja, der bin ich. Woher wussten Sie das?«

»Wir haben Ihren Anruf schon erwartet.«

»Ach wirklich? Wie das, wenn ich fragen darf?«

»Ihre Galerie hat uns avisiert, dass Sie in Cádiz seien.« Sie sprach gutes Englisch, hörte sich fast wie eine Amerikanerin an.

»Ach so. Meine Galerie. Hat also …?« Faith Green bei der Arbeit, dachte er. »Schön. Ich wollte anfragen, ob …«

»Wissen Sie, wie Sie zum Atelier kommen?«

»Ich habe eine Adresse.«

»Es befindet sich an der Straße nach Algeciras, etwa zehn Minuten außerhalb der Stadt. Am Straßenrand steht ein Schild. Estudio de Blanco.«

»Wann würde es zeitlich passen?«

»Wollen wir sagen, mittags? Um zwölf?«

»Um zwölf, prima. Bis dann.«

Er checkte aus dem Loreto aus, warf seine Reisetasche in den Kofferraum des Simcas und verließ die Stadt in östlicher Richtung. Er kam an einer Stierkampfarena vorbei und fuhr dann eine schnurgerade Straße entlang, mit üppig grünen Orangenhainen zur einen Seite und den silbrigen Netzen von Salzwiesen auf der anderen. Als zu seiner Rechten das Schild »Estudio Blanco« auftauchte, bog er in einen Feldweg ein, der zwischen großen Sanddünen hindurch verlief und an dessen Ende ein klotziges modernistisches Haus aus Beton stand. Aus den 1930ern, schätzte er. Der Beton war an manchen Stellen notdürftig ausgebessert, hier und da bröckelte er sichtlich, vermutlich die zersetzende Wirkung der rauen Salzwinde vom Atlantik her, dachte er, der das Material nicht gewachsen war. Er parkte seinen Wagen neben einem rostigen Citroën-Lieferwagen, stieg aus und sah sich um. Er konnte das Meer hören – das nahe Dröhnen der Brandung –, zu sehen aber war es von hier aus nicht. Das Haus hatte eine Vielzahl Terrassen, und aus dem obersten Stock ragte ein Balkon weit hervor, wie ein Deck, abgestützt durch ein Gerüst. Das Estudio Blanco insgesamt machte einen baufälligen, heruntergekommenen Eindruck, die Auswirkungen eines ins Trudeln geratenen Renommees, wie er vermutete. Er zog den Knoten seiner Krawatte noch einmal straff und strich seinen knittrigen Anzug glatt. Das Stück bestand aus dunkelblauem Leinen, und er fand, dass er darin reichlich zerknautscht aussah. Sei's drum, er war ja ein »Kunsthändler«, und zu dieser Rolle passte sein Aufzug.

Die Haustür öffnete sich, und eine junge Frau kam zum Vorschein, in Jeans und einer Wildlederjacke, das lange dunkle Haar zu einem Pferdeschwanz zurückgebunden. In ihren späten Dreißigern, tippte Gabriel. Ein starkes, markantes Gesicht mit einer prägnant vorspringenden Nase.

»Mr Dax. Willkommen im Atelier. Ich bin Inès Montano.«

Das Hausinnere war in besserem Zustand. Dunkle Holzböden und weiß gekalkte Wände, die mit Gemälden von Blanco überfrachtet waren. Sie hatten alle mit Ungleichgewicht zu tun. Verrückte Gebäude, die aussahen, als würden sie im nächsten Moment umkippen. Landzungen in Gestalt dünner, lang gezogener Klippen, die kurz davor schienen, einzustürzen. Brücken mit widersinnig langen Bögen. Riesige Bäume mit unverhältnismäßigen Ästen. Sie waren seltsam anrührend, wie Gabriel sich eingestehen musste. Bei den übertriebenen, unrealistischen Proportionen überkam einen fast selbst ein wackliges Gefühl, ein Schwindelgefühl.

»Sind Sie Señor Blancos Gattin?«, fragte Gabriel.

Sie lachte, als wäre allein die Vorstellung absurd.

»Ich bin seine Schwester«, sagte sie. »Kommen Sie, lernen Sie den Meister kennen.«

Sie gingen hinauf ins Obergeschoss. Hier befand sich Blancos Atelier, das allerdings mehr einem Wohnzimmer ähnelte, mit Sofas und einem Couchtisch mit einer Vase voll gelber Blumen und einem dicken maurischen Teppich in Lila und Schwarz auf dem Boden. Bei ihrem Eintreten stand Blanco tatsächlich an einer Staffelei in der Zimmerecke und malte. Das Bild zeigte einen Mann auf einem unfassbar langen Sprungbrett, oder einen Piraten, der auf einer endlosen Planke dahinschritt – Gabriel vermochte es nicht genau zu erkennen.

In seinem dunkelblauen Nadelstreifenanzug und dem Hemd mit Krawatte sah Blanco eher aus wie ein Banker oder Buchhalter als wie ein Künstler. Er legte Pinsel und Palette beiseite, wischte sich die Hände an einem Lappen ab und kam durchs Zimmer, um sie zu begrüßen. Er war mittelgroß, ein schlanker, gepflegter Mann in den Fünfzigern mit dichtem Haar und grauen Schläfen. Er hatte klassische, ebenmäßige Züge: glatte, olivfarbige Haut, markanter Kiefer, gerade Nase, leuchtende, suchende braune Augen. Er musste als junger Mann sehr gut ausgesehen haben, dachte Gabriel – Filmstarmaterial, Typ Latin Lover. Doch hier stand er im Wohnzimmer seines modernen Hauses aus bröckelndem Beton und malte, in Anzug und Hemd und Krawatte – fast schon aufreizend bürgerlich und bescheiden.

Gabriel reichte ihm seine Visitenkarte von Aldous Dax Fine Art. Blanco betrachtete sie sorgfältig.

»Die Galerie ist in West Kensington? Diese Gegend von London bringe ich nicht mit Kunst in Verbindung.« Auch sein Englisch war ausgezeichnet, wie Gabriel feststellte, wobei er aber einen ausgeprägt spanischen Akzent hatte, anders als seine Schwester, die einen transatlantischen Tonfall hatte.

»Es ist eine Übergangslösung«, improvisierte Gabriel. »Solange wir nach größeren Räumlichkeiten suchen.«

Inès bot ein Getränk an. Sherry? Whisky? Wein?

Gabriel bat um ein Glas Weißwein und ließ dann seine einstudierte Geschichte vom Stapel. Ein Kunde von Aldous Dax Fine Art – ein anonymer Kunde – wünsche eine Zeichnung von Blanco zu kaufen. Ganz einfach. Er wolle direkt vom Künstler kaufen, nicht über eine Galerie in Spanien. Daher Gabriels Reise nach Cádiz.

Blanco wirkte nicht weiter beunruhigt. Inès kehrte mit Wein und einer Schale gesalzener Mandeln zurück. Sie nahmen Platz, tranken und knabberten Mandeln, während sie über die Kunstwelt und ihre ungeregelten Gaunereien plauderten. Blanco schien besonders verbittert zu sein. Er habe seine Galerie in Madrid verlassen, sagte er hitzig, spiele mit dem Gedanken, seinen Händler zu verklagen. Mit der spanischen Kunstwelt sei er fertig.

»Vielleicht könnte ja Ihre Galerie in London mich aufnehmen?«, sagte er. »Ich habe schon in London ausgestellt, 1948 und 1951. Sehr erfolgreich.«

»Das könnte man auf jeden Fall in Betracht ziehen«, sagte Gabriel. »Es wäre uns eine Ehre, Sie zu vertreten.«

Diese Aussicht munterte Blanco auf, und er führte Gabriel zu einem großen Tisch hinüber, am hinteren Ende des Ateliers. Dort lagen, in Vorbereitung auf seinen Besuch, zahlreiche kleine Zeichnungen parat. Studien, erklärte Blanco, für die größeren Bilder. Man hatte Gabriel über die ungefähren gewünschten Maße instruiert: Die Zeichnung sollte nicht größer sein als der standardmäßige Roman. Notfalls würde auch Postkartengröße reichen. Gabriel ließ seinen Blick über die versammelten Skizzen schweifen – ausnahmslos in Tusche ausgeführt, hastig hingekritzelt, voller Kleckse und Flecken. Eine fiel ihm ins Auge – ein Gebäude, das breiter wurde, je mehr es in die Höhe wuchs, im Widerspruch zu allen Regeln der Ingenieurskunst und allen Gesetzen der Architektur.

»Die da gefällt mir«, sagte er. »Sehr fesselnd.«

Blanco schob sie ihm hin und signierte sie geschwind: *»Blanco«.*

»Einhunderttausend Peseten«, sagte Blanco.

»Einverstanden.«

Ungefähr fünfhundert Pfund beim derzeitigen Wechselkurs, überschlug er im Kopf. Er sparte dem Institut eine Menge Geld.

»Ich kann Sie in bar bezahlen, mit Reiseschecks oder per Bankscheck«, sagte Gabriel. Bargeld sei vorzuziehen, erhielt er zur Antwort. Gabriel ging raus zu seinem Wagen und nahm den dicken Umschlag aus seiner Reisetasche. Er hatte Peseten im Wert von eintausend Pfund – in dicken Geldscheinbündeln. Er zählte einhunderttausend Peseten ab und kehrte damit ins Atelier zurück. Blanco war verschwunden – er hielt seine übliche Siesta, erklärte Inès. Sie nahm das Geld in Empfang und überreichte ihm die Zeichnung, die nun zwischen zwei Bögen aus steifem Karton gesichert war.

So einfach war das. Auftrag ausgeführt, dachte Gabriel im Stillen. Was in Gottes Namen mochte hier vorgehen? Doch es war nicht seine Aufgabe, sich über das Warum den Kopf zu zerbrechen. Er war nur der Mittelsmann, der Gefälligkeiten-Erweiser. Er wusste auch nie genau, was er für Sefton getan hatte, warum also sollte es bei Faith Green anders sein?

Inès Montano begleitete ihn noch zu seinem Wagen.

»Falls Sie noch mehr kaufen möchten«, sagte sie, »ist das

kein Problem.« Sie gab ihm eine Karte, auf die eine Telefonnummer geschrieben war.

»Sie können mich jederzeit erreichen. Ich lebe in Cádiz. Besser, als mit Javier zu sprechen.«

»Sehr gut zu wissen«, sagte Gabriel. »Ich werde die Information an meinen Kunden weiterleiten. Vielleicht trifft man sich mal wieder.«

Sie lächelten, schüttelten sich zum Abschied die Hände, und Gabriel stieg in seinen Simca und fuhr zu der Straße nach Algeciras zurück. Er entschied, nicht unmittelbar nach Madrid zurückzukehren – stattdessen würde er sich Zeit lassen. Vielleicht eine Nacht in Sevilla – dann womöglich eine weitere Nacht in Toledo. Er hatte seine Arbeit erledigt, da durfte er sich jetzt auch etwas gönnen.

8

Der nützliche Idiot

Er mäanderte nach Madrid zurück, ließ sich unterwegs Zeit, wie er es sich versprochen hatte, und fuhr von der Straße IV ab, wann immer er Lust bekam, das Hinterland zu erkunden. Er fand dunkle, enge Dörfer vor, die noch im neunzehnten Jahrhundert zu verharren schienen – wobei ihm allerdings auffiel, dass stets ein, zwei Polizisten umherschlichen, mitunter in verschiedenen Arten von Uniform, und überall, in jeder Bar, jedem Restaurant, jeder Bank, jedem Hotel, hing das Porträt des Caudillos, General Franco, wie um Zeugnis abzulegen vom wunderlichen Geltungsbedürfnis von Autokraten, die Wert darauf legten, mit ihrem Konterfei – der bildlichen Mahnung – absolut überall präsent zu sein.

Zurück in Madrid, zwei Tage später, tätigte er von seiner schäbigen Suite im Hotel Florida aus einen Anruf beim Institut in London, über die Nummer, die man ihm mitgegeben hatte.

»Ja?«, meldete sich eine Männerstimme.

»Bingo«, sagte Gabriel und legte auf. Damit folgte er lediglich den Anweisungen des Instituts. Und diesen Anweisungen nach sollte er in Madrid bleiben, bis er von – wie er annahm – Faith Green kontaktiert wurde. Er wartete weitere zwei Tage. Er besuchte den Prado. Er speiste in teuren Restaurants. Er streifte durch die Straßen und sah sich um, auf der Suche nach – ja, wonach? – Inspiration? Irgendwann war er so gelangweilt und frustriert, dass er das

Institut über die andere Nummer anrief, die Faith ihm gegeben hatte. Dort war endlos besetzt. Was für Spielchen trieb man hier mit ihm?, fragte er sich.

Eines Nachmittags kehrte er in seine Suite zurück und stellte fest, dass die Zeichnung, die er sicher in seiner Reisetasche aufbewahrt hatte, nun auf dem Schreibtisch am Fenster lag. Sie war leicht verändert worden. Unter Blancos Signatur stand die neue Botschaft *»Para mi amigo del alma«*. Für meinen Seelenfreund. Es war ein Signal – die Dinge gerieten in Bewegung. Gabriels Anspannung ließ etwas nach – Faith Green war in Madrid, eindeutig. Er brauchte bloß abzuwarten.

Im Florida gab es ein ordentliches Restaurant und eine gut ausgestattete, dunkle Bar, und diese entschied er an jenem Abend aufzusuchen, statt auszugehen, mit dem Gedanken im Hinterkopf, dass Faith vielleicht dort auftauchen könnte. Er fand einen Ecktisch am Fenster und bestellte einen Whisky mit Soda. Er war verwirrt – sein neuer, nahezu pausenloser Seinszustand, wie ihm auffiel –, aber so weit entspannt. Er verfügte über Geld; seine Pläne für *Flüsse* hatten greifbare Gestalt angenommen; und das vor ihm liegende Jahr hatte etwas fast Verlockendes. Ein Sommer auf Reisen an die Orte, die er ausgewählt hatte; weitere Sitzungen bei Dr. Katerina Haas möglicherweise, nun, da er sie sich locker leisten konnte; vielleicht würde er mit Lorraine in Urlaub fahren, wie er es ihr so vorschnell versprochen hatte. Er zündete sich eine Zigarette an. Jetzt, wo die Zeichnung von Blanco gesichert war, war mit seiner Welt alles relativ in Ordnung. Schön locker bleiben, sagte er sich.

»Entschuldigung, Sir, aber sind Sie zufällig Gabriel Dax?«

Er wandte sich um.

Vor ihm stand eine junge Frau. Der Akzent war amerikanisch. Sie war winzig, zerbrechlich und knochendürr, in ihren späten Zwanzigern, seiner Schätzung nach, mit langem, leicht fettigem blonden Haar.

»Ja, der bin ich, in der Tat.«

»Ich fasse es nicht!«, quietschte sie geradezu.

Sie streckte ihm eine Ausgabe von *Das weindunkle Meer* entgegen.

»Ich bin hier mit einem Freund verabredet und lese dieses Buch, und da kommen Sie in die Bar spaziert, irre!« Sie zeigte ihm das Foto – sein Foto, schattenhaftes Schwarz-Weiß, der gut aussehende, grüblerische Autor – auf der Buchrückseite. »Können Sie sich das vorstellen? Ich dachte, ich hätte Halluzinationen.«

»Nun, das bin tatsächlich ich. Vor ein paar Jahren, muss ich gestehen.«

»Würden Sie es mir signieren? Ich fasse es einfach nicht.«

Gabriel zückte seinen Füller.

»Soll ich einen Namen hinzufügen?«

»Nancy-Jo. Nancy-Jo Berndlinger. Das ›Jo‹ ohne ›e‹.«

Er signierte das Buch: »Für Nancy-Jo, mit allen guten Wünschen, Gabriel Dax, Hotel Florida, Madrid.«

»Ganz herzlichen Dank«, sagte sie. »Ist das Leben nicht seltsam? Wie solche Dinge passieren, einfach so? Mein Gott. Unglaublich.«

Sie kehrte an ihren Tisch zurück.

Sie hatte etwas von einem Straßenkind an sich, dachte Gabriel, etwas Bedürftiges. Sah aus, als könnte sie eine gründliche Säuberung vertragen, fieberhaft und hübsch, wie sie war. Zehn Minuten unter einer heißen Dusche … Er bremste sich. Er erkannte die Anzeichen seiner sich regenden Libido.

Er trank seinen Whisky, studierte die Speisekarte und begab sich dann zu seinem einsamen Mahl ins Restaurant, wobei er Nancy-Jo im Vorbeigehen zuwinkte. Er bestellte sich Schweinelende, Basturma. Einen herzhaften Eintopf mit

Schinken und Oliven, garniert mit Eierscheiben, was ihm recht eigenartig erschien. Er trank einige Gläser Rioja. Von Faith Green keine Spur, wie er vermerkte.

Als er auf einen Brandy als Absacker in die Bar zurückkam, saß Nancy-Jo noch immer dort. Ihr Freund sei nicht erschienen, sagte sie. Er fragte, ob sie noch ein Glas mit ihm trinken wolle. Klar doch, sagte sie, das sei sehr freundlich, es wäre mir eine Ehre. Sie saßen beisammen, tranken Brandy und rauchten, während sie ihm von ihrem Leben erzählte. Sie studierte hier in Madrid Kunst an der Universidad Complutense und wollte dabei zugleich ihr Spanisch vervollkommnen. Gabriel berichtete ihr ein wenig von seinen Plänen für das *Flüsse*-Buch. Es klang wirklich wahnsinnig faszinierend, fand sie. Sie kenne einen Abschnitt des Mississippi, gleich oberhalb von New Orleans. Es gebe dort eine Stadt namens Hattiesburg. Die könne sie ihm als Reiseziel empfehlen. Ziemlich seltsame Stadt, sagte sie, aber seltsam auf authentische Art. Könnte für Ihr Buch funktionieren.

Sie plauderten angeregt, trinkend und rauchend (seine französischen Zigaretten lehnte sie dankend ab – sie rauchte eine amerikanische Sorte namens Tareyton), doch während sie sich unterhielten, nahm Gabriel immer deutlicher den unausgesprochenen Subtext wahr – heftige, gegenseitige sexuelle Anziehung. Das kam ihm immer sonderbar vor, diese instinktive, nicht bewusst gesuchte Erkenntnis, die sich mitunter einstellte, wenn man jemanden kennenlernte. Ja, ich wähle dich – und es war eine Wahl, die auf beiden Seiten erwidert wurde. Muss wohl irgendein atavistischer Paarungstrieb sein, der noch in unserem urgeschichtlichen Hirn nistet, dachte er, während er diesen Trieb mit begrenztem Erfolg zu unterdrücken versuchte.

Sie tranken ihren zweiten Brandy aus. Nancy-Jo sagte, sie müsse langsam nach Hause, in ihr Apartment. Wie lange würde er noch in Madrid bleiben? Gabriel improvisierte eine Geschichte von einem Artikel, den er für die *New Interzonal Review* verfasse. Faschismus im Spanien der Nachkriegszeit. Entgleitet dem Caudillo seine Macht langsam? Er werde noch einige Tage hier herumlungern. Vielleicht könnten wir uns noch mal treffen, schlug er vor. Sehr gern, sagte sie. Sie schrieb ihm ihre Telefonnummer auf eine Papierserviette. Rufen Sie mich an. Sie lächelte – ich fasse es nicht, dass mir das passiert ist, sagte sie: *Das weindunkle Meer* – das glaubt einem doch keiner? Dauernd denke ich, ich wache gleich aus einem Traum auf.

Er begleitete sie noch zur Tür. Sie schüttelten sich zum Abschied die Hände – kein Kuss. Besser so, dachte er. Ich melde mich morgen bei Ihnen, sagte er, und zugleich ging ihm dabei durch den Kopf nein, Gabriel, tu's nicht.

Als er die Treppe zu seiner Suite hochstieg, spürte er die Wirkung des Rotweins und des Brandys. Womöglich würde er heute Nacht mal schlafen können.

*

Er schlief tatsächlich gut, für seine Verhältnisse, wachte nur vier- oder fünfmal auf. Am Morgen allerdings fühlte er sich verkatert und entschied sich für ein ordentliches Frühstück – ein »Amerikanisches Frühstück«, wie es vom Florida annonciert wurde. Rührei, Speck, gebratene Pilze, gebratene Tomaten, kleine frittierte Garnelen. Er hatte gerade aufgegessen und war im Begriff, seine erste Gitanes des Tages anzuzünden, als Faith Green in den Speiseraum kam.

Sie trug ein Kleid aus nilgrüner Seide mit einem passenden Bolero, der mit einem seitlich versetzten Knopf verschlossen war. Ihr Haarreifen aus silbrigem Samt sorgte dafür, dass ihr das offene Haar nicht ins Gesicht fiel. Sie sah frisch aus, ganz Herrin der Lage – förmlich platzend vor

Kraft und Elan, dachte Gabriel. Sie setzte sich und bestellte einen Kaffee.

»Nun«, sagte Gabriel. »Endlich, verflixt noch mal.«

»Wer war diese junge Frau, mit der Sie gestern Abend zusammen waren?«

»Ein Fan, eine Leserin«, sagte Gabriel. Mein Gott, wurde ihm klar, sie hatte ihn beobachtet – oder sich informieren lassen. »Eine sehr nette junge Amerikanerin, wie es schien. Begeistert von meinen Büchern.«

»Tja, schön für Sie«, sagte Faith und nippte an ihrem Kaffee. »Und gute Arbeit mit Blanco. Jetzt müssen Sie nur noch die Zeichnung übergeben, dann können Sie wieder nach Hause.«

»Mir sind die Hinzufügungen aufgefallen«, sagte er.

»Die Hinzufügungen sind entscheidend.«

»Und ich vermute, Sie werden mir nicht erklären, warum.«

»Sie vermuten richtig.«

Sie erläuterte ihm, wohin er sich begeben sollte, heute Abend um sechs Uhr. Es war eine berühmte Café-Bar, das Café Gijón am Paseo de Recoletos, Nummer 21.

»Jemand wird Sie ansprechen, und ihm geben Sie die Zeichnung. Dann können Sie nach London zurück.«

Sie sahen einander an.

»Bitte, rauchen Sie ruhig Ihre Zigarette. Es stört mich nicht«, sagte sie.

Gabriel zündete sich die Zigarette an.

»Was geht hier eigentlich vor, Faith?«

»Das kann ich Ihnen nicht verraten. Das wissen Sie. Es genügt wohl, zu sagen, dass Sie ein sehr wichtiges Rädchen im größeren Getriebe gewesen sind.«

»Ein kleines Rädchen. Mein Schicksal.«

»Sarkasmus passt nicht zu Ihnen, Gabriel. Im Institut sind wir alle sehr dankbar für Ihre Arbeit.«

Er neigte leicht den Kopf, wie zum Dank für das Kompliment. Doch er machte sich nichts vor. Ein Kompliment war es eigentlich nicht, mehr eine routinemäßige Floskel der Anerkennung, das beiläufige Lob für einen Dienstboten, der eine Aufgabe erledigt hatte, ohne es zu vermasseln. Er tröstete sich mit dem Gedanken an seine großzügige Entlohnung. Faith Green rief nach einem weiteren Kaffee.

Das Café Gijón war um sechs Uhr gut besucht. Ein blauer Dunst aus Zigarettenqualm hing in der Luft, und der Geräuschpegel lebhafter Unterhaltungen war hoch. Gabriel sah sich um und registrierte einen Fußboden in Schachbrettmuster, geriffelte, getäfelte, lasierte Wände und rote Sitzbänke, dazu die üblichen Bugholzstühle und Tische mit Marmorplatten. Es herrschte die souveräne Atmosphäre all dieser großen, alteingesessenen Grand Cafés und Brasserien – ob nun in Frankreich, Deutschland, Österreich oder Italien. Die Kellner waren ernste, seriöse Männer im reiferen Alter; das Essen wurde unverzüglich gebracht und ohne viel Trara serviert; das gesamte Unternehmen bestand schon seit weit vor der Jahrhundertwende und funktionierte reibungslos. Hier verstand man sein Fach.

Gabriel fand einen Platz im hinteren Bereich und bestellte ein Bier. Er trank es schnell aus und bestellte ein weiteres. Er verspürte eine gewisse Aufregung. War das gut? Er überlegte, ob er vielleicht deswegen diese geheimen, unerklärlichen Aufträge für Sefton und nun für Faith Green übernahm. Es war ein Abenteuer – aber ein Abenteuer ohne Risiken, wie es schien. Es knüpfte an Szenarien an, die er sich als Halbwüchsiger zurechtphantasiert hatte – fremde Länder, verdeckte Einsätze, Privatdetektive, Spionage auf dem Kontinent.

»Hallo. Mr Dax, nehme ich an?«

Gabriel sah auf und erblickte einen Mann späten mittleren Alters – mit einem schmalen Gesicht, das von einem ausschweifenden Leben gezeichnet war. Fleckig, scheckig, von tiefen Falten gefurcht. Das Lächeln jedoch, mit dem er ihn ansah, war herzlich und voller Wärme. Eine hitlermäßige graue Haartolle fiel ihm in die Stirn, die er, als er sich setzte, mit einer raschen Kopfbewegung zurückschüttelte.

»Ich kann kein Bier trinken«, sagte er. »Grässliches Zeug, zu viel Kohlensäure. Ich warne Sie.«

Ein Kellner trat heran, und der Mann bestellte eine Flasche Rotwein, in gutem Spanisch, aber mit starkem englischem Akzent. Der Wein wurde gebracht, der Mann goss zwei Gläser ein. Er kippte seinen Wein ruck, zuck hinunter und schenkte sich umgehend nach.

»Hab einen entsetzlichen Durst«, sagte er und streckte dann die Hand aus. »Christopher Caldwell. Alle sagen Kit zu mir. Erfreut, Sie kennenzulernen.«

»Ich habe etwas für Sie«, sagte Gabriel. Und brachte die Zeichnung in ihrer Kartonhülle zum Vorschein. Caldwell zog sie heraus und betrachtete sie.

»*Para mi amigo del alma.* Ach, der Gute.« Caldwell lächelte liebevoll. »Haben Sie Javier getroffen?«

»Ja. In seinem Atelier in Cádiz.«

»Außerordentlicher Mensch.« Caldwell legte eine kurze Denkpause ein. »Wir waren ein Liebespaar, fünf Jahre lang. Daher die überschwängliche Widmung, falls Sie sich gewundert haben. Er war ohne Frage der schönste und verführerischste Mensch, der mir je begegnet ist.«

»Aha.« Gabriel speicherte diese Information ab, ein wenig verblüfft über Caldwells unbefangenes Eingeständnis.

»Haben Sie eine Ahnung, wer ich bin? Hat Faith Green das irgendwie erklärt?«

»Äh. Nein. Meine Arbeit ist jetzt erledigt, Mr Caldwell. Ich habe Ihnen die Zeichnung übergeben, und nun kehre ich nach London zurück.«

»Nun, ich denke, es wäre für Sie gut zu wissen – unter den

allgemeinen Gegebenheiten –, dass ich der Stationsleiter des britischen Auslandsgeheimdienstes hier in Madrid bin. Nicht irgendein alter Trunkenbold vom anderen Ufer, der gern ein Andenken an einstige Glanzzeiten hätte.«

»Verstehe. Oder vielmehr, ich verstehe nur Bahnhof.«

»Stimmt, es ist kompliziert und hat noch einen gewissen Weg vor sich.«

Während ihrer Unterhaltung hatte Caldwell es irgendwie fertiggebracht, die Flasche Wein zu leeren. Er bestellte Nachschub.

»Und wer genau sind Sie?«, fragte er, während er zwei frische Gläser einschenkte.

»Ich bin wohl, was man einen ›nützlichen Idioten‹ nennen könnte«, sagte Gabriel. »Ich werde dafür bezahlt, diese Botendienste zu übernehmen. Und zwar sehr gut. Aber Näheres weiß ich nicht. Ich tappe komplett im Dunkeln.«

»Gute Vorgehensweise, wie man so sagt«, bemerkte Caldwell ein wenig spöttisch. »Was machen Sie im wirklichen Leben?«

Und so verlagerte sich ihr Gespräch auf Gabriels Bücher und seine literarischen Ambitionen. Caldwell war ein vorzüglicher Zuhörer, der stichhaltige Fragen stellte, kultiviert und wohlunterrichtet, und Gabriel kamen Zweifel daran, ob er wirklich so betrunken war, wie es den Anschein hatte. Er mochte ihn auf Anhieb, instinktiv – seine durchtriebene, subversive Art gefiel ihm, seine entwaffnende Offenheit. Und er wusste nun, dass Caldwell und Blanco ein Paar gewesen waren und dass er eine bedeutende Rolle im britischen Geheimdienst spielte. Ob das klug war?, überlegte er. Warum sollte er mir das erzählen?, rätselte er. Langsam wurde er anscheinend auch von der Paranoia angesteckt, zu der Geheimagenten neigten, von dem Hang, alles und jeden zu hinterfragen. Höchste Zeit, dass er nach Hause kam.

Sie schwatzten noch eine halbe Stunde lang, dann stand Caldwell auf.

»War mir eine echte Freude, Sie kennenzulernen, Mr Dax. Danke, dass Sie mir die Zeichnung übergeben haben. *Hasta la vista.*«

Sie schüttelten sich die Hände, und dann schlängelte sich Caldwell zwischen den dicht besetzten Tischen des Café Gijón hindurch in den Abend hinaus.

Gabriel blieb noch eine Weile sitzen und zählte im Geist zusammen, was er nun erfahren hatte. Sehr weit kam er nicht. Hier gingen ernsthafte Geheimdienstangelegenheiten vor sich, das war die kümmerliche Summe seiner Erkenntnisse. Faith Green, das Institut, Kit Caldwell, Blanco. Irgendein verwickelter Plan ging über die Bühne, so viel war klar. Worauf mochte das Ganze hinauslaufen?

Ein Kellner brachte ihm eine Speisekarte. Jawohl, er hatte Hunger. Da kam Gabriel ein Einfall. Er ging zu dem öffentlichen Telefon am Eingang und rief Nancy-Jo an.

Sie waren beide etwas betrunken, zugegeben. Wobei er um einiges beschwipster war, dank Caldwells Beitrag zu seinem Alkoholkonsum des Abends, aber wen juckte das? Sie hatten im Café Gijón gut gespeist, auf Kosten des Instituts, was Gabriel ungeniert ausnutzte. Er bestellte den teuersten Wein. Sie aßen eine herzhafte *huevos fritos a la andaluza* – Spiegeleier mit Knoblauchsoße und Bratkartoffeln – und danach *crema italiana*. Nancy-Jo war hübsch zurechtgemacht diesmal, als hätte sie seine stillen Gedanken vom letzten Mal auf geheimnisvolle Weise erraten. Sie war geschminkt und trug Lippenstift, ihr dichtes blondes Haar glänzte; ihr ultramarinblaues Kleid hatte ein eng anliegendes Mieder, das ihre Oberweite zur Geltung brachte. Ihre Augen strahlten; sie amüsierte sich. Gabriel dachte, zu dir oder zu mir?

Wie sich erwies, war es vom Gijón aus näher zu ihrer

Unterkunft als zum Hotel Florida. Sie wanderten durch die kalten, dunklen Straßen des mitternächtlichen Madrid, Arm in Arm, wobei Gabriel sie weit überragte, diese Mädchenfrau, während sie von ihrem Vorhaben erzählte, nun, da ihr Semester so gut wie zu Ende war, für ein paar Wochen nach London zu kommen, ehe sie in die Staaten zurückkehrte.

Gabriel ermunterte sie. Ich habe ein Gästezimmer in meiner Wohnung, sagte er. Du könntest bei mir wohnen. Ich kann dir alles zeigen, sagte er; es ist eine großartige Stadt. Er gab ihr seine Karte von Aldous Dax Fine Art Ltd. und schrieb seine Telefonnummer auf die Rückseite. Das wäre so unfassbar toll, sagte sie.

Vor ihrem Wohnblock blieben sie stehen.

»Ich werde dich nicht mit reinbitten«, sagte sie. »Ich teile mir die Wohnung mit drei anderen Mädchen. Es wäre falsch. Warten wir lieber bis London.«

Er gab ihr einen Gutenachtkuss, der sich zu einem weit leidenschaftlicheren Kuss entwickelte. Mit Zungen, Speichel, Kurzatmigkeit. Er küsste ihre Wangen, küsste ihren Hals. Aufeinanderprallen von Zähnen. Er fühlte, wie sich ihr winziger Körper fest an ihn schmiegte.

Keuchend nahmen sie Abschied voneinander. Bis dann, in London.

»Hey, da fällt mir was ein. Darf ich dich um einen Gefallen bitten?«, sagte sie. »Kannst du für mich ein kleines Päckchen nach London mitnehmen? Und es für mich dort bei der Post aufgeben? Meine Cousine hat Geburtstag, und ich bin spät dran.«

»Klar doch«, sagte er. »Ist mir eine Freude.«

Sie flitzte ins Haus, und er zündete sich eine Zigarette an, leicht schwankend, weil er so viel getrunken hatte. Sie hatte vermutlich recht, dachte er: Ihr Liebesspiel sollten sie sich besser für einen geeigneten, ungestörten Moment aufsparen, wenn sich alles passend arrangieren ließ, zu ihren Bedingungen. Besser als eine hastige, unbefriedigende Nummer, während drei neugierige Mitbewohnerinnen die Ohren spitzten und horchten, was da vor sich ging.

Sie kehrte mit einem kleinen wattierten Umschlag zurück.

»Das ist nur Seife. Die wird sie lieben. Du solltest sie kennenlernen. Sie lebt in Cambridge.«

Sie küssten sich noch einmal, mit derselben Inbrunst wie zuvor.

»Ich kann nicht fassen, dass ich dich kennengelernt habe, Gabriel«, flüsterte sie, beinahe tränenerstickt. »Es ist wie ein unglaubliches Karma, als wäre es irgendwie vorherbestimmt, weißt du?«

»Du hast recht«, sagte er. In seiner Trunkenheit teilte er ihre Empfindung. Ja, Karma, auf jeden Fall.

Sie trennten sich, und er kehrte langsam zu seinem Hotel zurück, mit ihrem Päckchen in der Hand. Er atmete ein, atmete aus, in dem Bemühen, wieder nüchtern zu werden. Was ging da in seinem Leben vor sich? Es geschah zu viel. Und jetzt kam auch noch Nancy-Jo nach London. Schalte ab, sagte er sich. Schalte ab.

*

Gabriel steuerte den Simca in eine freie Parkbucht und betrat die Hertz-Niederlassung, um seine Rechnung zu begleichen und die Schlüssel zurückzugeben. Während er auf den Minibus wartete, der ihn zum Terminal bringen würde, ließ er die Geschehnisse vom Vorabend Revue passieren. Er dachte an den Kuss – die Küsse –, die er mit Nancy-Jo gewechselt hatte. Komisch, dass sie bei ihrer ersten Begegnung nichts davon erwähnt hatte, dass sie nach London kommen würde – vielleicht hatte sie es vergessen vor lauter Aufregung darüber, dem Autor ihrer Lektüre leibhaftig über den Weg zu laufen. Gleichwohl, nun kam ihm Lorraine in den Sinn. Was für ein Doppelspiel es bedeuten würde, Nancy-Jo bei sich wohnen zu lassen. Diese Zusage war womöglich unüberlegt gewesen, um nicht zu sagen treulos ... Er klappte seine Reisetasche auf und nahm Nancy-Jos Päckchen heraus, das dick mit Klebeband umwickelt war, wie er bemerkte. Terri-Ann Berndlinger, St Magdalene's College, Cambridge. Er schmunzelte über den fehlerhaften Namen – und dann erinnerte er sich. Das Magdalene College war ausschließlich Männern vorbehalten, wie die meisten anderen Colleges in Cambridge auch. Ein leises Zittern der Besorgnis durchfuhr ihn.

Nach der Ankunft im Terminalgebäude suchte er sich eine stille Ecke, um dort Nancy-Jos Umschlag aufzureißen. Er enthielt keine Seife. Stattdessen kamen zwei Plastikpäckchen zum Vorschein, prall gefüllt mit einem sandbraunen Pulver. Ein eisiger Schauer rieselte ihm über den Nacken, ihm wurde speiübel. Er steckte das Heroin in den wattierten Umschlag zurück und warf diesen dann in einen Abfallbehälter. Der nützliche Idiot, dem Drogenschmuggel angehängt werden sollte. Seine Übelkeit schlug um in Zorn, unbändigen Zorn, bei dem ihm fast die Tränen kamen. Was führte Faith Green eigentlich im Schilde? Er begab sich zum Check-in und sah zu, wie seine rauschgiftfreie Tasche auf dem Gepäckband davongetragen wurde.

Er setzte sich in die Abflughalle und versuchte zu begreifen, was er da aufgedeckt hatte; versuchte sich zu beruhigen und zu analysieren, was es hier für denkbare Motive geben könnte. Aber es war frustrierend. *Cui bono*, wem nützte es? Die alte Frage ...

»Señor Dax?«

Vor ihm stand ein großer Mann in einem kastanienbraunen Anzug, mit einem uniformierten Polizisten an seiner Seite, an dessen weißem Gürtel eine Pistole im Halfter hing.

»Ja?«

»Ich bin Inspektor Campos. Würden Sie mir bitte folgen?«

Gabriel folgte ihm brav durch die Halle und wurde durch eine nicht beschriftete Tür und dann eine Treppe hinunter geführt. In einem kahlen Raum – ein Tisch, zwei Stühle – wurde seine Reisetasche zum Vorschein gebracht und auf den Tisch gestellt.

»Dürfte ich Ihr Gepäck in Augenschein nehmen?«, fragte Inspektor Campos höflich. Er war ein dicklicher, gut aussehender Mann, der in seiner Jugend offenbar schlimm unter Akne gelitten hatte. Auf den Wangen und am Kiefer waren seine ebenmäßigen Züge von kleinen Narben übersät, dicht an dicht, wie ein Golfball.

Gabriel sperrte das kleine Vorhängeschloss aus Messing auf, das am Reißverschluss hing, und Inspektor Campos filzte seine Tasche – und wurde natürlich nicht fündig. Es gelang ihm nicht ganz, seine Enttäuschung zu verbergen. Er verließ ohne Erklärung den Raum – vermutlich, um ein wütendes Telefonat zu führen – und kehrte nach fünf Minuten zurück. Er rang sich ein schmallippiges Lächeln ab.

»Sie können wieder gehen.«

»Dürfte ich fragen, was das genau sollte?«

»Ist Routine. Diese Kontrollen führen wir *al azar* durch.«

Aufs Geratewohl, dachte Gabriel. Stichprobenartig. Gewiss doch. Es bescherte ihm ein merkwürdiges Hochgefühl, diesem Mann und Faith Green einen Strich durch die Rechnung gemacht zu haben. Wenn man das Rauschgift gefunden hätte, so viel war klar, wäre er im Gefängnis gelandet. Also – war Nancy-Jo für den MI6 aktiv? Wollte Faith Green ihn irgendwie aus dem Weg räumen, ihn ein paar Jahre in einem spanischen Knast verschimmeln lassen? Wusste er zu viel – war er kompromittiert, weil er von Caldwell und Blanco und der Zeichnung wusste? Aber was hatte das zu bedeuten? Die Teile wollten sich nicht in ein größeres, sinnvolles Bild einfügen lassen, so sehr er sich abmühte. Auf dem Heimflug trank er zu viel und merkte, wie ihn von Neuem der Zorn packte. Er freute sich schon darauf, Nancy-Jo Berndlinger in London wiederzusehen – sie hatte ihm einige ernste Fragen zu beantworten –, vorausgesetzt, dass sie sich je dort würde blicken lassen.

9

Die Lumumba-Bänder

Auf seinem Sofa befand sich Mäuse-Kot – harte schwarze Kügelchen, unverkennbar –, und eine Kissenecke war angenagt worden, sie war ganz ausgefranst. Keine seiner Fallen hatte zugeschnappt. Kleines Mistviech. Morgen früh gibt's Gift, dachte er.

Er rief im Institut an, in der Absicht, so zu tun, als sei alles normal. Wieder ging niemand an den Apparat – es läutete und läutete nur in einem fort. Man würde wissen, dass er wieder da war, dessen war er sich sicher, und Faith Green würde bei ihm auftauchen, wann es ihr in den Kram passte. Er packte seine Sachen aus, zog los, um Lebensmittel zu besorgen, suchte seinen Stamm-Pub auf, das Goat and Crow, und bestellte sich ein Pint Lager. Auf einmal fühlte er sich seltsam zittrig, als hätte er einen schweren Verkehrsunfall überlebt oder es mit knapper Not vermieden, von einem Auto überfahren zu werden – verzögerter Schock, wie er vermutete. Er setzte sich in den kleinen Extraraum und zwang sich, sein Notizbuch zu lesen – voll hingekritzelter Pläne für *Flüsse*. Er hatte beschlossen, auch die Themse in sein Buch aufzunehmen, ebenso den Shannon in Irland und den River Tweed in Schottland. Zunächst vor der eigenen Haustür anfangen, ehe es dann ins Ausland ging. Die Beschäftigung mit seinem Projekt beruhigte ihn. Er hatte seine Aufgabe erledigt – seine »Gefälligkeit« –, und das war's nun, einerlei, mit was für Summen man ihn zu locken versuchte. Es war an der Zeit, dass er in sein altes Leben zurückkehrte.

Vor dem Goat gab es eine Telefonzelle. Er ging raus, betrat die Zelle, wählte die Nummer, warf seine Pennys ein und drückte den Knopf. Er betete, dass Lorraine rangehen würde. So geschah es.

»Hi, Lorraine, ich bin's. Ich bin wieder da.«

»Hast du mir ein Geschenk gekauft?«

»Selbstverständlich. Hast du Lust, vorbeizukommen, in einer Stunde? Ich koche dir Abendessen.«

Sein altes Leben ging weiter wie gehabt. Grant Muldoon rief an, und Gabriel dachte, es ginge um einen neuen Auftrag, aber das war ein Irrtum.

»Wissen Sie noch, dieses Lumumba-Interview, das Sie geführt haben?«

»Ja, sicher. Das Interview, das Sie auf Eis gelegt haben. Wie könnte ich das vergessen, Grant?«

»Tut mir leid, aber der Chefredakteur will all Ihre Notizen haben – und die Tonbänder. Sie haben mir doch erzählt, dass Sie es aufgenommen haben, ja?«

»Ja, natürlich. Wieso?«

»Nun, gemäß Vertrag gehören die Tonbänder uns. Wenn Sie mal einen Blick auf das Kleingedruckte in Ihrem Vertrag werfen. ›Zusätzliche Materialien‹ – Notizen, Fotografien, Tonbandaufnahmen. Kommt alles in unser Archiv.«

»Ich versuche, nicht zu lachen, Grant. Was reden Sie denn da für einen Müll?«

»Den Boten trifft keine Schuld, Gabriel. Ich führe nur Befehle aus.«

»In Ordnung. Tja, ich war so stinksauer, dass ich alles weggeworfen habe. Tut mir leid.«

»Ich werde es weiterleiten. Und, was treiben Sie so dieser Tage?«

Sie plauderten noch ein wenig, durchaus freundlich. Bei Gabriel jedoch schrillten zunehmend die Alarmglocken.

Er suchte sein Tonbandgerät heraus und ließ die Bänder noch einmal abspielen. Er kannte die Stelle, die ebenso prophetisch wie strittig war – als Lumumba seinen Tod vorhergesehen hatte. Die Aufnahme knisterte ein wenig, und am Himmel war ein Flugzeug vorbeigeflogen, genau in dem Moment, als Lumumba ihn ins Vertrauen zog.

»Man will meinen Tod.«

»Wer?«

»Die Briten, die Amerikaner, die Belgier.«

Hier senkte er die Stimme.

»Es gibt Leute hier – in den Botschaften –, die schon Pläne für meine Exekution schmieden. Ich weiß, wer die sind – ich kann Ihnen die Namen nennen.« Wieder hörte er sich die Namen an, die Lumumba aufzählte – ex und hopp –, nur eine Liste von Nachnamen, unmöglich zu sagen, ob sie britisch oder amerikanisch waren, ob echt oder bloß Decknamen.

Der erste Name lautete eindeutig Hillcrest, dachte er diesmal, dann kam ein Name, den Lumumba anscheinend falsch aussprach. »Ssieköss« sagte er mit seinem französischen Akzent. Und dann folgte, ja, Duplessis? Nein, Dupetit. Ja, Dupetit, ganz deutlich. Gabriel spulte zurück und drückte erneut auf Abspielen. Wieder hörte er Lumumba so etwas wie »Ssieköss« sagen – könnte Sykes gemeint sein …? Es schien einleuchtend. Er notierte sich Hillcrest, Sykes und Dupetit. Gabriel wurde neuerlich mulmig zumute, er fröstelte und spürte ein Prickeln im Nacken. Irgendwie ahnte er, dass diese drei Namen entscheidend waren, dass sie in irgendeiner Weise für ernsthafte Schwierigkeiten standen, Anlass zu Besorgnis gaben. Obendrein kam ihm der Verdacht, dass irgendwer die Zeitung als Mittel benutzte, um »ganz unschuldig« in den Besitz der Lumumba-Bänder zu gelangen. Allzu überzeugend hatte Grant Muldoon nicht geklungen. Keine Zeitung, für die

Gabriel gearbeitet hatte, hatte von ihm je das Quellenmaterial für ein Interview erbeten, geschweige denn behauptet, dass es ihr Eigentum sei.

Er steckte die Tonbänder in eine Plastiktüte, die er fest verknotete und dann in eine weitere Tüte steckte. Er nahm eine Handschaufel, ging in seinen Garten und hob ein Loch unter einer dichten Stechpalme in der Ecke aus, in dem er das Päckchen vergrub. Er stampfte die Erde wieder fest. Eine Art Absicherung, dachte er. Jetzt wusste nur eine Person auf dem Planeten, wo sich die Lumumba-Bänder befanden.

Er drehte eine kleine Runde und musterte dabei beiläufig seine Umgebung – es hatte ihn niemand gesehen, da war er sich sicher. Nun drängte sich ihm die Frage auf, ob zwischen den Tonbändern und der Rauschgiftfalle in Madrid irgendein Zusammenhang bestand. Er spürte, wie seine Paranoia stetig zunahm. Am nächsten Tag ließ er Tyrone vorbeikommen und seine Schlösser auswechseln, vorn an der Wohnungstür ebenso wie nach hinten raus.

Tyrone überreichte ihm seinen Satz neuer Schlüssel.

»Es sind die besten Schlösser, die es aktuell auf dem Markt gibt, Gabe. Aber, wie dir jeder ehrliche Schlosser bestätigen wird, wenn es jemand wirklich darauf abgesehen hat, in dein Haus zu gelangen – schafft er das auch.«

»Nur eine Vorsichtsmaßnahme. Bin dir sehr dankbar. Scheck in Ordnung?«

»Bargeld wär mir lieber, Kumpel. Wenn's dir nichts ausmacht.«

Die Rückkehr in den Frognal Way wurde nun zu einem Zeichen dafür, dass sein Leben wieder in der richtigen Spur lief. Dr. Katerina Haas war makellos wie gewohnt in ihrem frischen weißen Laborkittel, diesmal mit einem petrolblauen Halstuch, Perlenohrringen und einem neuen, dunkleren

Lippenstift – der Farbton, entschied Gabriel, erinnerte an Rote Grütze.

Er nahm in seinem Sessel Platz und wartete, während sie das Tonbandgerät einschaltete. Er war seltsam erleichtert darüber, wieder mit ihr in diesem Raum zu sein. Vielleicht hatte ihr Wahnsinn ja Methode – sie war sein Beichtstuhl. Er hatte das Gefühl, dass er ihr jetzt alles erzählen konnte und auch sollte. Also hielt er nicht hinterm Berg.

AUSZÜGE AUS DER ABSCHRIFT VON SITZUNG 4

DR. HAAS: Sie haben also diese Zeichnung dem Mann übergeben, Caldwell. Was, glauben Sie, war der Zweck des Ganzen?

GABRIEL DAX: Keine Ahnung. Irgendein Komplott vom MI6. Man wollte mir nichts Näheres verraten. Ich habe nur meine Anweisungen erhalten.

DR. HAAS: Warum haben Sie den Auftrag angenommen?

GABRIEL DAX: Man hat mir viel Geld geboten – zweihundert Pfund –, aber ich glaube, es war mehr deswegen, weil ich es für diese Frau tun wollte, Faith Green. Die, die mich angesprochen hat, meine »Betreuerin«, nehme ich an. Ich glaube, ich bin ein bisschen von ihr besessen. Ehrlich gesagt, ich wollte ihr gefällig sein.

DR. HAAS: Ist es eine sexuelle Besessenheit?

GABRIEL DAX: Ich denke nicht. Sie ist erheblich älter als ich, dabei aber eine attraktive Frau. Ich glaube, es hat eher zu tun mit ihrer seltsamen Ausstrahlung von Macht. Sie hat so ein Selbstvertrauen, wissen Sie, eine Art ruhiger Entschlossenheit, eine Bestimmtheit, die fast wie eine Kraft ist. Man möchte ihr nachgeben. Na ja, mir zumindest ging es so. Diesen Auftrag anzunehmen war eine Möglichkeit, mit ihr Umgang zu haben, sie zu sehen. Ich wollte tun, was sie von mir verlangte. Ich verstehe es selbst nicht ganz – und vielleicht erkläre ich es nicht besonders gut.

DR. HAAS: Nein, ich verstehe schon. Manche Menschen verfügen über ein solches Charisma, eine solche Persönlichkeit. Neigen Sie von Natur aus zur Unterwürfigkeit, was meinen Sie?

GABRIEL DAX: Was? Nein, ich denke nicht. Ich glaube, das war bloß meine Reaktion auf diese bestimmte Persönlichkeit.

DR. HAAS: Dr. Freud war ein bisschen so. Er war von einer eigenartigen Aura konzentrierter Intensität umgeben. Obwohl er, wenn er einen analysierte, sehr unbeteiligt blieb. Wie ein Stein.

GABRIEL DAX: Sie waren bei Freud in der Psychoanalyse?

DR. HAAS: Ja. Ich hatte eine … eine persönliche Tragödie. Mein Mann hat 1933 in Wien Selbstmord begangen. Ich war verzweifelt – meinerseits dem Selbstmord nahe. Die Sitzungen bei Dr. Freud haben mir nicht nur geholfen, sondern mich zu der Überzeugung gebracht, dass ich selbst Psychoanalytikerin werden sollte. Ich bin »Dr. Freud von der Couch gesprungen«, wie man so sagt.

GABRIEL DAX: Unglaublich. Haben Sie in Wien Psychologie studiert, an der Uni?

DR. HAAS: Nein. Ich wurde einfach Psychoanalytikerin. Das geht durchaus, wissen Sie, ganz unkompliziert. Man trifft die Entscheidung selbst – viele Menschen spüren, dass sie dafür eine Befähigung haben.

GABRIEL DAX: Und wo haben Sie dann Medizin studiert?

DR. HAAS: Ich habe nicht Medizin studiert. Meine Erfahrung mit Dr. Freud war ausreichend. Selbstverständlich habe ich viele Bücher gelesen und mich darüber mit anderen …

GABRIEL DAX [unterbricht Dr. Haas]: Aber, Entschuldigung mal, Sie bezeichnen sich selbst als »Doktor«. Sie nennen sich »Dr. Haas«.

DR. HAAS: Nun, ich denke, der Titel übt auf Menschen

eine beruhigende Wirkung aus; steigert das Vertrauen, das sie mir entgegenbringen.

GABRIEL DAX: Sie sind also gar keine Doktorin?

DR. HAAS: Nein. Ich habe entschieden, mich »Dr.« zu nennen. Es ist bloß ein Präfix zu meinem Namen. Wie »Madame« oder »Fräulein«. Es ist nicht wichtig, nicht weiter von Belang.

GABRIEL DAX: Doch, ich fürchte schon. Es ist Betrug.

[An dieser Stelle hat der Analysand, Gabriel Dax, die Sitzung abgebrochen und den Raum verlassen.]

Gabriel kehrte in einem Pub in der Finchley Road ein, bestellte sich einen großen Whisky und versuchte, sich zu beruhigen. Was, zum Kuckuck, war sie? Was ging hier vor? Litt sie an einer Art Geisteskrankheit? War sie eine Hochstaplerin? Eine Phantastin? Er verspürte eine Art galligen, zähflüssigen Zorn im Hals. Er trank noch etwas Whisky, stierte auf ein Sonnenmuster auf dem Teppichboden des Pubs und fühlte sich gefangen in einem ebenso delikaten wie beunruhigenden Gleichgewicht der Unentschlossenheit. Vielleicht neigte er ja wirklich zur Unterwürfigkeit – aber dann wäre er wohl kaum so wütend davongestürmt, im Gegenteil, als unterwürfiger Typ wäre er geblieben, um sich mehr vom selben bieten zu lassen. Hinzu kam, dass er aufrichtig enttäuscht war. Er hatte gehofft, »Dr.« Haas könne ihn tatsächlich von seiner Schlaflosigkeit kurieren. Und er hatte die Sitzungen genossen, wie er zugeben musste, hatte Gefallen an der neuen Vertrautheit gefunden, die sie hergestellt hatten, und an der schonungslos ehrlichen Art ihrer Unterhaltungen. Mit all dem war es nun vorbei, dachte er mit leisem Bedauern. Zurück also zum Seconal.

Wie dem auch sei, einen guten Rat hatte sie ihm gegeben. Anamnese. Es erschien ihm lohnend, das weiter zu vertiefen, auf eigene Faust. Außerdem hatte er alle Abschriften ihrer

Sitzungen. Sie gingen ihm zuverlässig per Post zu, pünktlich zwei Tage später. Vielleicht würde ja die Ansammlung von Tatsachen etwas in seinem Hirn entsperren. Bloß, wo sollte er anfangen?

Auf dem Heimweg machte er Station in einer Eisenwarenhandlung und kaufte ein Nagetiergift. Es sah aus wie eine Art blauer Reis. Sie fressen es, erläuterte der Eisenwarenhändler, dann kehren sie in ihre kleinen Nester zurück und sterben zwei Stunden später. Qualvoll. Unter Garantie. Was ist mit der Verwesung?, fragte Gabriel. Nun, das ist ein anderes Problem, sagte der Mann. Ein paar Tage lang mag da ein gewisser Geruch sein, aber wenigstens hat man die Genugtuung der Gewissheit, dass der kleine Quälgeist tot ist.

Als Gabriel wieder zu Hause war, faltete er kleine Näpfe aus Alufolie, die er mit dem blauen Reis füllte und strategisch in der Wohnung verteilte. Möge die Schlacht beginnen, dachte er.

Er rief Grant Muldoon an und teilte ihm mit, er habe nun doch noch die Notizen für das Lumumba-Interview gefunden. Die Tonbänder allerdings blieben futsch. Leider weggeworfen.

»Die Notizen werden schon reichen, vielen Dank, Gabriel. Um den Chef bei Laune zu halten, Sie verstehen schon.«

Gabriel regte ein Treffen in einem Pub unweit der Fleet Street an, dann würde er ihm die Aufzeichnungen aushändigen. Er habe außerdem eine Bitte – dazu müsse er Grant ein paar Fragen stellen.

»Also, fragen können Sie mich schon, aber es könnte sein, dass Sie da recht dürftige Ergebnisse erzielen. Sei's drum, schießen Sie los. Ich bin Ihnen was schuldig.«

Gabriel präzisierte, um was für einen Gefallen es ging.

Zwei Tage darauf rief Nancy-Jo Berndlinger an. Sie war in London. Ihre Stimme klang zittrig, weinerlich.

»Wusstest du, was in diesem Päckchen war, das du mir gegeben hast?«, fragte Gabriel wie ein Staatsanwalt vor Gericht, vorwurfsvoll und mit tonloser Stimme. Er hatte ihr erzählt, was zum Vorschein gekommen war, als er das Päckchen am Madrider Flughafen aufgerissen hatte.

»Nein. Hör mal, ich gebe zu, ich hatte so ein Gefühl, dass da irgendwas nicht stimmte, aber ich wusste es eben nicht mit Sicherheit. Gott sei Dank, dass du mir nicht vertraut hast. Es tut mir so leid, Gabriel. Ich mag dich wirklich gern, aber man hat mich dazu gezwungen.«

»›Man‹? Wer soll das sein?«

»Das kann ich dir am Telefon nicht sagen. Können wir uns treffen? Schau, es würde mich nicht überraschen, wenn du mir einfach sagst, ich soll mich verpissen. Du hättest jedes Recht dazu – aber ich möchte dich wirklich gern sehen.«

Sie sei in einem Hotel in einer Nebenstraße der Oxford Street abgestiegen, sagte sie, dem Cumberland. Gabriel schlug ein Treffen in der Wallace Collection vor, ganz in der Nähe. Das sei ein berühmtes Kunstmuseum, erklärte er ihr, sehr diskret. Dort seien sie in Sicherheit. Morgen Mittag.

Gabriel streifte durch die Räume der Wallace Collection, auf der Suche nach Nancy-Jo, ohne die Meisterwerke an den Wänden eines näheren Blickes zu würdigen. Er entdeckte sie vor einem Rembrandt, *Titus, der Sohn des Künstlers*, und schlenderte lässig hinüber, um sich neben sie zu stellen.

»Es ist ein echter Rembrandt«, sagte er. »Urkundlich verbürgt.«

Sie wandte sich um. Bei seinem Anblick füllten sich ihre Augen mit Tränen. Reue oder Dankbarkeit?, überlegte Gabriel.

»Er sieht ein bisschen aus wie du, finde ich«, sagte sie.

»Ich sehe keine Ähnlichkeit. Wollen wir uns ein Café suchen und einfach plaudern, als wollte ich dich aufgabeln?«

Sie verließen das Museum und fanden eine Sandwichbar in der Robert Adam Street, wo sie beide Kaffee bestellten und sich eine Zigarette anzündeten. Sie sah wie ausgewrungen aus, dachte er, mit dunkel umschatteten Augen und einem kleinen Grind am Mundwinkel.

»Also, wer ist ›man‹?«, fragte Gabriel. »Wer hat dich dazu angestiftet? Wer hat dir das Päckchen gegeben und dich gebeten, es mir auszuhändigen? War es eine Frau?«

»Nein. Ein Mann. Ein Amerikaner, ein älterer Typ, in seinen Fünfzigern. Er nennt sich Raymond Queneau. Das ist übrigens nicht sein richtiger Name.«

»Aber es zeigt, dass er Sinn für Humor hat«, sagte Gabriel mit einem schmalen Lächeln.

»Wie meinst du das?«

»Raymond Queneau gibt es wirklich. Ein französischer Schriftsteller.«

»Bist du sicher?«

»Absolut.«

Gabriel dachte einen Augenblick nach.

»Warum hast du das für ihn getan, für diesen ›Raymond Queneau‹? Wie kommst du dazu, mir eine solche Falle zu stellen?«

Sie zog ein unglückliches Gesicht und knibbelte an dem Grind an ihrer Lippe herum.

»Aus dem üblichen Grund: Geld. Schulden. Ich hab Geld gebraucht. Einen Weg aus der Klemme, in der ich steckte.«

»Was für eine Klemme?«

»Schwierigkeiten wegen Drogen.« Sie musste sich sichtlich einen Ruck geben, ehe sie weitersprach. »Weißt du, ich bin verhaftet worden und hatte etwas H bei mir. Man hat mich beschuldigt, mit Drogen zu dealen. Dann hat mich dieser Raymond Queneau irgendwie aus dem Gefängnis geholt. Also stand ich tief in seiner Schuld. Er hat gesagt, mach dich an diesen englischen Typen ran. Gib ihm dieses Päckchen, damit er es bei der Post aufgibt. Er hatte alle Informationen über dich. In welchem Hotel du wohntest, alles. Er hat mir deine Bücher gegeben. Deswegen habe ich in deiner Hotelbar gesessen – mit deinem Buch.« Sie strich sich mit den Fingern durchs Haar, schüttelte es über die Schultern zurück. Sie war sehr aufgewühlt, das war nicht zu übersehen.

»Hat er je eine Frau namens Faith Green erwähnt?«

»Nein. Ich habe ihn nur allein getroffen. Ich vermute, er war von der CIA oder dem FBI oder was auch immer.«

»Warum sollte die CIA ein Interesse an mir haben?«

»Ich habe ihn gefragt. Er hat gesagt, du hättest einige Tonbänder, die sie haben wollten. Mehr hat er nicht gesagt.«

Gabriel hätte beinahe gelacht. Du lieber Himmel. Die sagenumwobenen Lumumba-Bänder.

»Wie sollte es ihm dabei helfen, an die Bänder zu kommen, wenn ich wegen Drogen in einem spanischen Gefängnis gelandet wäre?«

»Er hätte ein Druckmittel gehabt«, sagte sie. »Ray hätte dich aus dem Gefängnis geholt. Dann hättest du in seiner Schuld gestanden. Also würdest du ihm die Tonbänder geben. Er arbeitet mit diesem spanischen Bullen zusammen, Inspektor Campos. So ist das bei mir gelaufen.«

»Ja. Den habe ich kennengelernt, Campos.«

Er sah Nancy-Jo an – vielleicht doch keine so hilflose, vom Pech verfolgte Süchtige. Eher eine ausgebuffte Person, dachte er, etwas lädiert und mit allen Wassern gewaschen. Ein Druckmittel – ja, das ergab schon irgendwie Sinn, und Faith Green hatte mit der Sache womöglich gar nichts zu tun, wie er mit einer gewissen Erleichterung schlussfolgerte.

»Weiß dieser ›Ray‹, dass du in London bist?«

»Nein. Er denkt, ich bin in den Staaten. Dorthin zieht mich aber nichts mehr zurück. Ich gehe nach Amsterdam. Oder nach Stockholm vielleicht.«

Sie sah ihn an, und wieder kamen ihr die Tränen.

»Es hätte alles so anders kommen sollen, Gabriel, nicht wahr?«

»In einem Paralleluniversum.« Es klang ein wenig kalt, und er sah, wie ihr die Tränen über die Wangen rollten. Armes, zugrunde gerichtetes, verlorenes Kind. Er griff nach ihrer Hand. »Tut mir leid, Nancy-Jo. Ich habe mich auch darauf gefreut, dich hier in London wiederzusehen.«

»Was hast du mit den Drogen gemacht, nachdem du sie gefunden hast?«

»Ich hab sie weggeworfen. In einen Abfallbehälter am Madrider Flughafen.«

Sie brach in bitteres Gelächter aus. Wischte sich mit den Daumen an den Augen herum.

»Vielleicht schickt dir die CIA eine Rechnung dafür. Zwanzig Riesen, locker.«

Woher wusste sie das?, fragte er sich.

»Übrigens, hast du diese Bänder?«, fragte sie. »An deiner Stelle würde ich zusehen, dass ich die loswerde.«

»Ich habe sie gelöscht«, log er. »Die Aufnahme existiert nicht mehr.« Vielleicht würde sie das ja an Raymond Queneau weiterleiten.

Draußen vor der Sandwichbar trennten sich ihre Wege. Gabriel küsste sie auf die Wange und konnte schwach das salzige Aroma ihrer Tränen schmecken.

»Sieh dich bloß vor«, sagte sie. »Diese Leute sind übel. Rücksichtslos.«

»Gib mir Bescheid, was dein nächstes Ziel ist«, sagte er. »Ich habe jede Menge Kontakte – in ganz Europa.«

Sie machte zum Abschied eine kleine winkende Bewegung mit den Fingern und sah ganz so aus, als würde sie gleich wieder losweinen – die Wimpern schimmernd von neuen Tränen –, dann drehte sie sich unvermittelt um und marschierte davon.

Du lieber Himmel, dachte Gabriel, als er sich auf den Weg zur U-Bahn machte. Worauf, in Gottes Namen, habe ich mich hier eingelassen?

Grant Muldoon trug ein Tablett mit drei Pints Bier herüber, die er an Gabriel und einen Kollegen namens Hugh Summerbee verteilte, dem Kriminalreporter der Zeitung. Summerbee war ein stabil wirkender, energiegeladener Mann in seinen Vierzigern mit einem kleinen nervösen Tick in der linken Wange; das beständige Zucken wirkte so, als versuche sich da etwas unter der Haut ins Freie zu wühlen. Er hatte ein dünnes Oberlippenbärtchen, und Gabriel fiel auf, dass er seinen Pork-Pie-Hut aus Tweed aufbehielt. Vielleicht hatte er eine Glatze. Dieses Treffen mit Hugh Summerbee war der Gefallen, um den Gabriel Grant Muldoon gebeten hatte. Gabriel hegte die Hoffnung, dass Summerbee der Schlüssel sein könnte, um die Rätsel um den Brand im Haus seiner Familie zu lösen, Yeomanswood Farm. Dazu wollte er sich Summerbees Expertise als Kriminalreporter zunutze machen.

»Ehe ich's vergesse.« Gabriel reichte Muldoon einen großen Umschlag mit seinem Notizbuch, den Notizen, die er sich im Flugzeug über das Interview gemacht hatte, sowie den ersten groben Entwürfen zu seinem späteren Artikel. Alles vollkommen harmlos. Und unnütz, wie er vermutete.

»Danke, Gabriel«, sagte Muldoon. »Ich weiß es zu schätzen. Das hilft mir sehr weiter.« Er schien ihm aufrichtig dankbar zu sein – wobei Gabriel jetzt zu ermessen vermochte, unter welchem Druck er gestanden haben musste. Auf einmal interessierte sich alle Welt für sein Lumumba-Interview. Die Namen – es war wohl wegen der Namen, dachte er.

»Also, wann genau war dieser Brand?«, fragte Summerbee.

Gabriel hatte die Art und den Schauplatz des Feuers umrissen, bei dem seine Mutter ums Leben gekommen war.

»1936«, sagte er.

»Wie alt waren Sie da?«

»Sechs.«

»Und Ihre Mutter ist dabei leider gestorben.«

»Ja.«

»Also, da dürfte es eine amtliche Untersuchung gegeben haben, wegen des Todesfalls. Und der Bericht darüber wird sich irgendwo in irgendeinem Aktenschrank befinden. Es war ein großer Brand, nehme ich an.«

»Das Haus ist vollständig niedergebrannt.«

»Lokalzeitung?«

»Die *Oxford Mail*.«

»Haben Sie es mal in deren Archiv versucht?«

»Nein.«

»Der Zeitung und dem Untersuchungsbericht wird sich entnehmen lassen, welche Feuerwachen beteiligt waren«, sagte Summerbee. »Es ist ja gerade mal, was? Fünfundzwanzig Jahre her, plus-minus. Da werden ja wohl noch welche am Leben sein von denen, die damals als junge Feuerwehrleute bei diesem Brand dabei waren. So würde ich das angehen. Einen dieser Knaben ausfindig machen und nach seiner Version befragen. Feuerwehrleute vergessen keinen einzigen ihrer Brände – ganz erstaunlich, eigentlich.«

Aha, dachte Gabriel. Angewandte Anamnese. »Vielen Dank, Hugh. Wunderbar hilfreich.«

»Es ist langweilige Arbeit – aber sie trägt Früchte, in der Regel.« Summerbee lächelte.

»Gut gesprochen, mein Sohn«, warf Muldoon ein. »Hugh ist der Beste darin, Licht an die Schweinereien zu bringen. Ich meine natürlich, Schweinereien ans Licht zu bringen.«

»Tatsächlich kenne ich sogar jemanden bei der *Oxford Mail*«, sagte Summerbee, ohne Muldoon weiter zu beachten. »Ich werde ihm Bescheid geben, dass Sie mal vorbeikommen könnten.«

Sie tranken ihr Bier aus, und Gabriel machte sich eine Notiz zu Summerbees Freund bei der *Oxford Mail.* Auf dem Weg zur U-Bahn fiel ihm auf, dass er sich nicht allzu weit von Covent Garden entfernt befand, nicht allzu weit von der Long Acre. Ihm kam eine verrückte Idee. Sand ins Getriebe zu streuen – das war mitunter die beste Handlungsoption.

Er drückte auf die Klingel des Instituts für Entwicklungsstudien.

Die Gegensprechanlage neben der Haustür summte.

»Ja bitte?«

»Ich wollte anfragen, ob ich Miss Faith Green sehen könnte. Es ist ziemlich dringend.«

»Miss Green ist in ihrem Jahresurlaub.«

Gewiss doch, dachte Gabriel.

»Würden Sie ihr bitte ausrichten, dass Gabriel Dax sie zu sehen wünscht? Vielen Dank.«

Er ging davon, sonderbar beflügelt von seiner Unverfrorenheit. Er konnte sich lebhaft ausmalen, wie wütend Faith reagieren würde, wenn sie erfuhr, dass er dagewesen war. Schlechte Vorgehensweise.

Am Abend entfaltete Gabriel seine große Landkarte von Südengland und überlegte, wo genau am langen und gewundenen Verlauf der Themse er seinen beispielhaften Ort, seinen *locus classicus*, postulieren sollte. Erstes Kapitel, dachte er, fang vor der eigenen Haustür an, ehe es in die Ferne geht, an den Jangtse oder den Amazonas.

Er folgte mit dem Blick der sich schlängelnden Reise der Themse, von Oxford aus stromaufwärts, bis er bei Newbridge anlangte, das ihm auf Anhieb zusagte. Der Ort war interessant, weil hier ein Nebenfluss, der Windrush, in die Themse mündete. Dort gab es auch eine alte Brücke aus dem Mittelalter, das wusste er. Dann sprang ihm auf der Karte ein Dorf ins Auge, nicht weit entfernt: Eastwell

Marsh. Eastwell Marsh war das Dorf, das dem Heim der Familie Dax, Yeomanswood Farm, am nächsten lag. Als er klein war, hatte er sich im Postamt des Dorfes Süßigkeiten gekauft. Von zu Hause aus konnten sie es bequem zu Fuß erreichen, in zehn Minuten … Anamnese. Es war vorherbestimmt: Newbridge war sein Ort an der Themse. Es war an der Zeit, dass er nach Oxfordshire zurückkehrte, an der Zeit, dass er vor Ort Informationen für sein Buch sammelte und außerdem anfing, den Brand von Yeomanswood zu untersuchen. Womit er dem Ratschlag von Katerina Haas folgte, wie ihm mit einem Anflug von Reue auffiel.

Das Telefon klingelte. Faith Green wahrscheinlich, die ihm nun die Leviten lesen würde.

Er nahm den Hörer ab und meldete sich.

»Gabriel, ich bin's, Nancy-Jo.«

Sie war sehr verängstigt, das hörte er ihrer Stimme an.

»Was ist los?«

»Queneau ist in London. Er hat mich gerade angerufen. Scheiße, was mach ich denn jetzt? Wie hat er mich ausfindig gemacht?«

»Du musst Ruhe bewahren. Unternimm gar nichts. Check vor allem nicht aus dem Hotel aus. Verlass das Haus einfach durch einen Seiteneingang und komm zu mir. Du kannst erst mal hierbleiben. Wir lassen uns irgendwas einfallen.« Er nannte ihr seine Adresse, beschrieb ihr genau den Weg.

»Erst muss ich ein paar Anrufe erledigen«, sagte sie.

»Okay. Ich bin hier. Ich warte auf dich. Klopf einfach an die Tür.«

Er legte auf, mit einem sonderbar leeren, ausgehöhlten Gefühl in der Brust, als hätte man ihm die Lunge entfernt. Das lief alles ein bisschen aus dem Ruder. Und dann kam ihm der Gedanke, oder steckt sie etwa mit diesem Raymond Queneau unter einer Decke? Ist das ein Kniff, um sie in meine Wohnung einzuschleusen? Um auf diese Weise heimlich Zugriff auf meine Lumumba-Bänder zu erlangen? Er verwarf den Gedanken. Die Angst in ihrer Stimme, das war nicht gespielt gewesen. Er sah, wie ein Leben voller Doppelspiele einen im Nu verderben konnte. Nichts war einfach und unkompliziert, immer gab es noch andere Motive, man konnte den Menschen nicht trauen, niemand war, was er zu sein schien.

Er blieb lange auf und wartete, aber sie kam nicht. Wie abzusehen, hatte er danach eine sehr unruhige Nacht, weil er jeden Moment damit rechnete, ihr Klopfen an der Tür zu hören, und jedes Mal aus dem Schlaf schreckte, wenn draußen ein Auto vorbeifuhr. Am Morgen fühlte er sich gereizt und schwindelig. Jetzt gab es nur noch eins, was er tun konnte.

An der Rezeption des Cumberland bat er darum, bei Miss Berndlinger gemeldet zu werden, die zurzeit Gast im Hotel sei. Sein Ansinnen löste sofortige Unruhe aus, das entging ihm nicht. Der Empfangsmitarbeiter ließ einen Manager kommen.

»Dürfte ich fragen, in welcher Beziehung Sie zu Miss Berndlinger stehen, Sir?«

Was hat sie angestellt?, dachte er. Warum ist sie nicht einfach zu mir gekommen? Ist sie getürmt, hat sie ihre Rechnung nicht bezahlt?

»Ich bin ein Freund«, erklärte er. »Sie ist in London zu Besuch. Sie hat mir erzählt, dass sie hier im Hotel wohnt. Wir hatten uns für heute verabredet.«

Der Manager war ein junger Mann mit einer Teddyboy-Schmalztolle, der auffallend angespannt wirkte; der Schweiß perlte ihm auf der Oberlippe, als stünde er unter großem Druck. Er zog Gabriel mit in eine Ecke der Lobby, wo sie ungestört waren.

»Zu meinem tiefen Bedauern muss ich Ihnen mitteilen, dass Miss Berndlinger gestern Nacht verstorben ist«, sagte er leise. »Sie ist heute früh in ihrem Zimmer aufgefunden worden.«

Seine Bestürzung brauchte Gabriel nicht vorzutäuschen.

»Was? Du lieber Himmel! Was ist denn passiert?«

Der Manager blickte sich rasch um.

»Die Polizei ist beteiligt, Sir. Es scheint, als wäre sie an einer …« Er verstummte kurz und senkte die Stimme. »Einer Überdosis Drogen gestorben. Das, ähm, Drogenzubehör in ihrem Zimmer war nicht zu übersehen.«

Gabriel atmete tief ein und wieder aus.

»Das ist ein fürchterlicher Schock«, sagte er formelhaft. »Ich fasse es nicht. Wir haben gestern Abend noch telefoniert.«

Der Manager dämpfte seine Stimme noch weiter.

»So was kommt immer mal vor, Sir, wenn man, ähm, harte Drogen konsumiert.« Er sah sich um. »Wenn Sie sich für heute verabredet hatten, muss es ein Unfall gewesen sein. Ein tragischer Unfall.«

Gabriel stimmte ihm zu, trotz seiner Kenntnis darüber, dass Raymond Queneau in der Stadt gewesen war, und was für schreckliche Angst Nancy-Jo gehabt hatte.

»Dürfte ich Ihren Namen wissen, Sir? Für den Fall, dass die Polizei mit Ihnen sprechen möchte.« Der Manager zückte ein kleines Notizbuch.

»Selbstverständlich. Harrison Lee, Institut für Entwicklungsstudien, Long Acre 112, Covent Garden.«

Der Manager setzte das obligatorische grimmige Lächeln auf. Seine Zähne erinnerten an einen Kühlergrill.

»Mein aufrichtiges Beileid, Mr Lee.«

*

Faith Green nahm innerhalb vierundzwanzig Stunden mit ihm Kontakt auf. Als Gabriel anderntags am späten Nachmittag mit seiner Wäsche nach Hause zurückkam, erwartete sie ihn schon in ihrem silbernen Mercedes 190, vis-à-vis auf der anderen Seite der Redburn Street. Sie öffnete die Beifahrertür, und er stieg ein, mit seiner Tasche voller Bettwäsche und Handtücher auf dem Schoß. Er konnte ihr Parfüm riechen – Lavendel –, vermischt mit dem Duft von teurem, neuem Leder, von den Sitzbezügen.

»Das muss aufhören, Gabriel.«

»Das muss aufhören, Faith.«

Sie seufzte.

»Hören Sie zu, Sie dürfen nur nach vorheriger Einladung zum Institut kommen. Sie dürfen der Polizei nicht einfach so die Namen unserer Leute nennen. Es war sehr …« Sie dachte nach. »Sehr ärgerlich.«

»Einverstanden. Aber ich wollte Ihnen etwas mitteilen, und zwar dringend.«

»Was denn?«

»Dass man mir in Madrid eine Falle gestellt hat. Ich sollte wegen Rauschgiftschmuggel am Flughafen hopsgenommen werden.« Er berichtete ihr in kurzen Zügen, was geschehen war und wie er der Verhaftung entgangen war. Er behielt sie aufmerksam im Auge, während er die Einzelheiten seiner Begegnung mit Nancy-Jo in Madrid schilderte – und ihren unvermuteten Tod in einem Londoner Hotel. Faith Green verzog keine Miene.

»Eins verspreche ich Ihnen«, sagte sie. »Damit hatten wir nichts zu tun. Warum sollten wir in so etwas verwickelt sein? Ihr Job für uns war doch bestens erledigt.«

»Wer hat mir dann diese Falle gestellt, wenn Sie es nicht waren?«

Sie sah ihn mit traurigem Lächeln an.

»Schauen Sie, Gabriel, es tut mir ja leid, dass sich diese junge Frau umgebracht hat, aber wenn man sich mit Drogenabhängigen abgibt, kommt so etwas andauernd vor. Diese Leute sind eiskalt. Nutzen andere Menschen skrupellos aus. Sie waren nun einmal verfügbar, also hat sie Sie als ihr ›Muli‹ benutzt. Mit diesem Wort bezeichnet man …«

»Der Ausdruck ist mir bekannt.«

Sie blickten einander an. Warum glaube ich dir?, dachte Gabriel im Stillen. Warum glaube ich dir nicht?

»Sagt Ihnen der Name Raymond Queneau etwas?«, fragte er.

»Das ist ein französischer Schriftsteller. Er hat *Zazie in der Metro* geschrieben.«

»Es ist ein Deckname, der von einem amerikanischen CIA-Agenten verwendet wird. Einem Mann in seinen Fünfzigern.«

»Nein. Von dem habe ich noch nie gehört.«

Er wagte einen weiteren kühnen Schritt.

»Es geht hier um Lumumba, stimmt's?«

»Was? Sind Sie verrückt geworden?« Sie verzog keine Miene. Sehr realistisch.

»Um dieses letzte Interview, das ich mit Lumumba geführt habe. Es hängt alles zusammen. Deswegen haben wir uns kennengelernt, Sie und ich. Deswegen waren Sie in dem Flugzeug von Léopoldville nach Brüssel. Deswegen ist Nancy-Jo Berndlinger nun tot.«

»Was? Das ist ein Hirngespinst. Ein völliges Hirngespinst.«

»Weswegen waren Sie in Léopoldville?«

»Ich habe in der britischen Botschaft gearbeitet.«

»Sie sind aber keine Diplomatin.«

»Mein Job am Institut bringt es mit sich, dass ich dauernd in Botschaften zu tun habe. Rund um die Welt. Reisen ohne Ende.«

»Ach so. Ja, okay. Verstanden.«

Eine Zeit lang saßen sie schweigend da, in ihrem schicken

Auto. Wie ein sich streitendes Pärchen, dachte Gabriel abstruserweise. Er sah sie an. Sie sah ihn an.

»All Ihre Verschwörungstheorien sind lächerlich«, sagte sie. »Hirngespinste. Lassen Sie nicht die offensichtlichen Erklärungen außer Acht, die es für Geschehnisse, Dinge, Situationen gibt. Deswegen sind sie ja offensichtlich.«

»Natürlich, was sollen Sie auch sonst sagen. Ich habe nicht damit gerechnet, von Ihnen etwas anderes zu hören. Ich bin ja nur ein nützlicher Idiot.«

»Nun stellen Sie Ihr Licht mal nicht untern Scheffel.«

»Tu ich gar nicht. Es ist nur so, ich kann es nicht leiden, wenn mit mir – wie sagt man so schön? – ›gespielt‹ wird wie mit einer Schachfigur.«

»Sie taugen nicht als bloße Schachfigur, Gabriel, dafür sind Sie zu intelligent. Falls wir nützliche Idioten brauchen, von denen haben wir einen ganzen Stall voll. Nur Sie allerdings hätten Blanco überzeugen können. Hat wunderbar geklappt.«

Ausflüchte, dachte er. Dass sie ihm schmeichelte, passte nicht zu ihr. Sie war verunsichert, das spürte er. Er öffnete die Tür.

»Nun, ich kehre in mein langweiliges Literatenleben zurück. War mir eine Freude, Ihre Bekanntschaft zu machen, Faith. Alles Gute.«

Sie schüttelten sich die Hände.

»Auch Ihnen alles Gute. Tut mir leid wegen Ihrer Freundin.«

Er war drauf und dran, etwas zu erwidern, begnügte sich dann jedoch mit einem halben Lächeln.

»Sayonara«, sagte er, bückte sich dann nach seiner Wäschetasche und stieg vorsichtig aus ihrem Mercedes aus.

10

Eastwell Marsh

Für die Fahrt nach Oxford lieh Gabriel sich Tyrones Wagen aus, einen Ford Prefect. Oder vielmehr, er mietete ihn. Tyrone verlangte fünf Pfund von ihm, mit der Begründung, dass mit »Abnutzung und Verschleiß« zu rechnen sei. »Ach ja, und tanken solltest du wohl auch. Hat kaum noch Benzin.«

Hugh Summerbees Freund bei der *Oxford Mail* war ebenfalls Kriminalreporter, ein umgänglicher Mann namens Tony Building mit einer aufwendigen Überkämmfrisur, die seine Glatze nur notdürftig kaschierte. Er stieg mit Gabriel hinunter ins Archiv der Zeitung, wo sie die riesigen schwarzen Mappen aufstöberten, in denen der gesamte Jahrgang 1936 aufbewahrt wurde.

Sie blätterten ein Weilchen, um das betreffende Datum zu finden – und da stand es auch schon: »TÖDLICHES FEUER AUF DER YEOMANSWOOD FARM.« Gabriel las weiter, völlig gefesselt, erfuhr von seinem eigenen »wundersamen« Überleben und dem tragischen Tod der Witwe Rosalind Dax (36), einer zweifachen Mutter. Das entscheidende Detail stand im dritten Absatz. »Löschwagen der örtlichen Feuerwehren von Witney, Woodstock, Abingdon und Oxford kämpften gegen die Feuersbrunst.« Gabriel notierte sich die Orte. Oxford war fraglos der größte. Dort sollte er sich umhören, um festzustellen, ob es dort Feuerwehrleute im Ruhestand gab, die sich noch an den Brand auf der Yeomanswood Farm erinnerten.

Auf der Weiterfahrt nach Newbridge war er in gedrückter Stimmung. Durch die Realität des Berichts in der *Oxford Mail* waren bei ihm die wenigen Erinnerungen wachgerufen worden, die er an diese grässliche Tragödie hatte – aufblitzende Erinnerungsfetzen an sein Mond-Nachtlicht, an einen herabstürzenden Deckenbalken, die schrillenden Glocken der Feuerwehrwagen, den orangefarbenen Widerschein der Flammen auf dem Fischteich. Er hatte den starken Verdacht, dass er die eine oder andere Seconal benötigen würde, um die Nacht zu überstehen.

Es gab Pubs an beiden Enden der gleichnamigen Brücke aus dem dreizehnten Jahrhundert, welche die Themse bei Newbridge überspannte. In dem einen genehmigte er sich ein halbes Pint Radler und in dem anderen ein weiteres halbes Pint sowie ein Sandwich mit Käse und sauren Gurken. Er machte sich Notizen zum Zusammenfließen von Windrush und Themse – ein bescheidener Fluss noch an dieser Etappe ihrer Reise nach London, dem Mündungsgebiet und der Nordsee – und befand, dass er sein erstes Kapitel für *Flüsse* so gut wie fertig konzipiert hatte. Newbridge war perfekt, ebenso eigentümlich wie repräsentativ, und dieses Wissen hob seine Stimmung, da ihm das Grundkonzept hinter dem Buch nunmehr als absolut praktikabel erschien. Er verspeiste sein Sandwich, bestellte sich ein drittes halbes Pint Radler und konsultierte seine Karte. Er musste den Schauplatz aufsuchen, keine Frage, jetzt, da er ganz in der Nähe war; er musste sehen, was aus der Yeomanswood Farm geworden war, aus seiner Vergangenheit.

Seine Erinnerungen an Eastwell Marsh hatten wenig Ähnlichkeit mit dem Dorf, wie es heute aussah. Das Postamt mit dem dazugehörigen Laden existierte nicht mehr, wo es sich einst befunden hatte, gab es nun einen kleinen Spar-Supermarkt und einen Waschsalon. Das Dorf war gewachsen, an der Straße nach Standlake standen nun massenhaft neue Sozialbehausungen. Er fuhr die Straße entlang, die nach Yeomanswood führte, und parkte sein Auto neben einem Schild aus geschnitztem Holz mit der Aufschrift »Sutton Court«.

Er zündete sich eine Zigarette an und schritt durch ein Eingangstor aus kunstvoll geschmiedetem Eisen, als beträte er ein mittelalterliches Landgut; die Torflügel standen weit offen, und irgendwie rechnete er damit, dass seine Kindheit und Vergangenheit nun auf ihn zugebrandet kämen wie eine Flutwelle. Stattdessen fand er eine Gruppierung von sechs großen Häusern aus den späten 1930ern vor, erbaut im tudorbethanischen Stil mit allem, was dazugehörte, nachgeahmtem Fachwerk, Fensterkreuzen und polygonalen Kaminen, so angeordnet, dass jedes Haus ein Maximum an Privatsphäre hatte, mit großen Rasenflächen, die zu den Haustüren emporführten, und weitläufigen Gärten nach hinten hinaus. Zu jedem Haus gehörte eine Doppelgarage, und da und dort waren verschiedene Nadelbäume angepflanzt worden, die nun, nach einem knappen Vierteljahrhundert, vollständig ausgewachsen waren. Sehr bürgerlich, sehr erstrebenswert. Die geparkten Autos, die er sehen konnte, waren Rovers und Armstrong Siddeleys, Jaguare und Wolseleys. Ein Sportwagen fiel ihm ins Auge, ein knallroter Austin-Healey Sprite. Es gab eine Koppel mit einigen Hindernissen, grasenden Ponys. Das gute Leben à la Oxfordshire. Von dem Zuhause seiner Kindheit war keine Spur mehr zu entdecken.

Er warf seine Zigarette fort und kehrte zu Tyrones Auto zurück. Er war nicht niedergeschlagen, sagte er sich, nein, er war beruhigt, und sei es nur, weil es hier, in »Sutton Court«, nichts gab, das ihn hätte heimsuchen können, keine Spuren – keinen robusten Baum, auf den er geklettert war, keine mit Blumen übersäte Wiese, auf der er mit seinem Schmetterlingsnetz umhergestreift war, keinen murmelnden Bach, an dem er nach kleinen Fischen geangelt hatte. Das Feuer, dem Yeomanswood Farm zum Opfer gefallen war, hatte auf seine Art ganze Arbeit geleistet: Es hatte eine neue Landschaft erschaffen, eine neue Welt – eine, die nichts mit ihm zu tun hatte. Keine Anamnese hier.

Auf der Rückfahrt nach London überlegte er, wie er als Nächstes vorgehen sollte. Er brachte den Prefect zu Tyrone zurück, der den Wagen sorgfältig nach Kratzern und Beulen absuchte und strahlend seine fünf Pfund in Empfang nahm. Lorraine sei in der Wimpy Bar, sagte Tyrone, bei der Spätschicht. Ob sie später bei ihm vorbeikommen solle? Nein, sagte Gabriel, ich habe heute Abend zu tun. In Wahrheit wollte er gern mit seinen Gedanken allein sein. Erinnerungen regten sich in ihm, an jene letzte Nacht in Yeomanswood, und da wollte er nicht abgelenkt werden.

Als er wieder bei sich zu Hause war, verfasste er einen Brief an den Oberbrandmeister der Feuerwache in Oxford, in dem er vorgab, an einem Memoirenband zu arbeiten. Er sei als kleiner Junge im Jahr 1936 vor einem verheerenden Hausbrand gerettet worden, und nun wolle er höflich anfragen, ob es Feuerwehrleute im Ruhestand gebe, die sich womöglich noch an jenes Feuer auf der Yeomanswood Farm erinnerten und die er dazu befragen könnte. Er suchte eine Ausgabe von *Das weindunkle Meer* heraus und steckte das Buch mit dem Brief zusammen in den großen Umschlag, zum Zeichen seiner ehrlichen Absichten.

Er merkte, wie ihn neue Zuversicht durchströmte, und auch ein reumütiges Gefühl von Dankbarkeit Katerina Haas gegenüber, schließlich hatte sie ihn zu dieser Erkundung seiner Vergangenheit überhaupt erst angeregt. Vielleicht war es etwas überzogen gewesen, so schroff davonzustürmen. Wenn es stimmte, dass ein jeder auf eigenes Geheiß Psychoanalytiker werden und eine Praxis eröffnen konnte, warum sollte sie dann dafür bestraft werden? Die Welt war voller Scharlatane – daran gemessen war sie harmlos, eine Scharlatanin, die immerhin Gutes bewirkt hatte. Tja, nun war es zu spät.

Er verspürte ein plötzliches Bedürfnis nach Musik und ging seine Schallplattensammlung durch. The King Cole Trio? Dave Brubeck? Die Goldberg-Variationen? Maria Callas? Er brauchte etwas, das klangvoll und erhebend war. Brahms, Zweite Sinfonie – ja. Auf Brahms war immer Verlass, dachte er, als er die LP aus der Hülle gleiten ließ und vorsichtig auf den Plattenteller legte. Er schaltete die Hi-Fi-Anlage an und goss sich einen Malt Whisky ein.

Er machte es sich in seinem Sessel bequem und ließ die Musik ans Werk gehen. Vielleicht bräuchte er heute Nacht keine Seconal.

11

Sommer 1961

Im Juni reiste Gabriel nach Peebles in den Scottish Borders, dem Städtchen, das er für sein Kapitel über den River Tweed ausgewählt hatte. Er blieb eine Woche dort, in der er ausgiebig durch die Straßen streifte und eine kleine Wanderung den Fluss hinauf unternahm, zum Neidpath Castle. William Wordsworth hatte die Halbruine 1803 besucht und sogar ein Gedicht darüber geschrieben. Dieser Teil des Tweed Valley war außerdem Walter-Scott-Territorium gewesen, der Fluss hatte also eine literarische Geschichte, die er auswerten konnte. Bei Peebles war der Fluss klar, seicht und schnellfließend, seine Farbe erinnerte an Tee ohne Milch. An den Ufern und im Wasser selbst standen zu jeder Tageszeit Angler in ihren Wat-Hosen und warfen ihre Fliegen aus. Er machte Fotos, er befragte den Bürgermeister, er kaufte sich einen himmelblauen Wollpullover mit V-Ausschnitt direkt beim Hersteller, er flirtete mit einer Rezeptionistin in dem Hotel, in dem er abgestiegen war, dem Tontine. Noch vor Ort verfasste er einen Großteil des Kapitels und kehrte in positiver, optimistischer Stimmung nach London zurück. Die Themse war erledigt, der Tweed war fast erledigt. Blieb also noch der Shannon, ehe er aufbrach zu den weiter entfernten Zielen. Wo sollte er zuerst hin? In die Vereinigten Staaten, des Mississippis wegen, dann hinunter nach Brasilien, zum Amazonas? Er bekam Herzklopfen vor lauter Wanderlust.

Als er, zurück in London, seine Post durchsah, stieß er auf

eine Karte von Bennet Strum, der ihn für eine Reise nach Kuba anfragte. Er sollte für *Interzonal* über die Nachwirkungen des Fiaskos in der Schweinebucht berichten, wo kürzlich erst, im April, eine Invasion durch von der CIA unterstützte Exil-Kubaner blamabel gescheitert war. Sogar Zugang zu Fidel Castro persönlich könne er ihm ermöglichen, behauptete Strum, da die *Interzonal* eine redaktionelle Linie vertrat, die amerikanisches Abenteurertum aufs Schärfste verurteilte. Gabriel fand das Angebot zwar verlockend, wusste aber, dass er ablehnen würde. Die Arbeit an *Flüsse* ging vor, und, wichtiger noch, es gab einen weiteren Brief, vom Oberbrandmeister in Oxford, der um Entschuldigung dafür bat, dass er erst so verspätet antwortete, Gabriel für das faszinierende Buch dankte, das er als Lektüre für seinen Sommerurlaub vorgemerkt habe, und ihm die Namen von drei Feuerwehrleuten zur Verfügung stellte, die an dem Einsatz 1936 beim Brand von Yeomanswood Farm teilgenommen hatten. Die, wie er betonte, alle gern dazu bereit seien, Gabriel bei seinen Memoiren zu helfen. Nur bei einem der drei Namen allerdings, Henry Bullen, inzwischen Rentner und wohnhaft in Thame, war außer der Adresse auch eine Telefonnummer angegeben. Gabriel rief an und vereinbarte einen Termin mit ihm. Donnerstagnachmittag, vier Uhr. »Wir können Ihnen eine ordentliche Tasse Tee anbieten«, fügte Henry Bullen hinzu.

Gabriel fragte an, ob er sich Tyrones Auto noch einmal ausleihen könne, aber Tyrone entschuldigte sich und sagte, der Tarif sei zwischenzeitlich gestiegen – er betrage jetzt zehn Pfund am Tag. Gabriel winkte ab und mietete sich stattdessen bei Avis einen Ford Anglia. Das kam ihn erheblich günstiger, und der Wagen war obendrein vollgetankt.

*

Henry Bullen war ein großer, bulliger Typ, passend zu seinem Nachnamen, in seinen frühen Sechzigern, der langsam Bauch ansetzte. Er hatte einen dichten Schopf drahtartiger, grauer Haare und kleine, weit auseinanderstehende blaue Augen in seinem breiten, strahlenden Gesicht. Er und seine Frau bewohnten einen schmucken Bungalow am Stadtrand von Thame, an der Aylesbury Road.

Gabriel und Bullen setzten sich ins Wohnzimmer, und Mrs Bullen goss ihnen Tee ein, stellte einen aufgeschnittenen Biskuitkuchen auf den Tisch und zog sich dann zurück.

Bullen zeigte mit dem Finger auf ihn.

»Nicht zu fassen. Sie – Sie waren also der kleine Junge, den wir gefunden haben, versteckt hinter dem Fischteich.«

»Ganz recht. Das war ich. Meine Erinnerungen an jene Nacht sind natürlich sehr wirr und undeutlich.«

»Überrascht mich nicht. Ich habe Sie gesehen. Sie konnten kaum sprechen, standen unter einem schweren Schock.« Er schüttelte den Kopf. »Ein schreckliches, schreckliches Feuer. An die großen Brände können wir uns alle erinnern, wir Feuerwehrleute. Aber einen Brand, bei dem jemand ums Leben kommt, den vergessen wir nie. Niemals.«

»Das kann ich verstehen.«

»Ein kleiner Knirps wie Sie damals – verdreckt, vor Kälte bibbernd, in einem Schlafanzug, der überall angesengt war. Und Ihre Mutter in dem Haus. Das war ein höllisches Feuer. Am Morgen waren wir immer noch mit Löschen beschäftigt.«

Gabriel nahm sich ein Stück Biskuitkuchen.

»Haben Sie irgendeine Ahnung, wie es dazu gekommen ist?«, fragte er.

»Nun, der Bericht, der geschrieben wurde, als der Brandsachverständige kam, war sehr eindeutig.« Bullen kratzte sich am Kopf; das Geräusch dabei war erstaunlich laut, fast so, als würde Sandpapier über Holz gerieben. »Wir haben die Überreste eines Nachtlichts gefunden – einen zerbrochenen Glasglobus –, und einen Kerzenstummel. Im Erdgeschoss. Andere Geschosse gab es nicht mehr, das Gebäude war komplett eingestürzt. Aber das war eindeutig eine offene Feuerquelle. Auf den Kaminrosten hatte kein Feuer gebrannt. Es schien ganz einfach, wissen Sie, Ursache und Wirkung. Das Nachtlicht kippt um. Der Teppich gerät in Brand. Wuumpf.«

Gabriel dachte sorgsam nach.

»Warum sollte es in einem Wohnzimmer ein Nachtlicht geben?«

»Sie würden staunen, wie leicht so ein Feuer um sich greifen kann. Selbst über heißes Wachs, das durch Bodendielen tropft.« Bullen zuckte die Achseln. »Aber, unserer Vermutung nach brach das Feuer im Obergeschoss aus und hat sich dann nach unten ausgebreitet. Wobei, das Haus war eine Ruine, wissen Sie. Restlos zerstört. Es war ein verheerendes Feuer, verheerend.«

»Woran ich mich dunkel erinnere, ist, dass ich aufgewacht bin, Rauchgeruch wahrgenommen habe, mein Zimmer verlassen und gesehen habe, dass es unten im Erdgeschoss bereits brannte.«

»Mit allem Respekt, Mr Dax. Wie zuverlässig sind Ihre Erinnerungen? Sie waren noch klein, standen massiv unter Schock. Es wundert mich, dass Sie sich überhaupt an etwas erinnern können.«

Dem konnte Gabriel nicht widersprechen. Wie konnte er sicher sein, dass seine Erinnerungen auch nur annähernd dem wirklichen Geschehen entsprachen? Das Gedächtnis ist ein Hund, der seinem Herrchen gefällig sein möchte. Wer hatte das noch mal gesagt? Womöglich passte ihm ja die »Erinnerung«, dass das Feuer im Erdgeschoss ausgebrochen war, einfach in den Kram … Was würde Katerina Haas nun sagen? Anamnese. Sie müssen Fakten sammeln.

Konnte vermutlich nicht schaden, sich die Abschriften ihrer Gespräche noch einmal vorzunehmen. Zu seiner Überraschung hatte sie ihm sogar noch die Abschrift ihrer so unschön geendeten letzten Sitzung übersandt. Gewissenhaft war sie jedenfalls.

Er stand auf und dankte Mr Bullen. Die Begegnung mit ihm war äußerst nützlich gewesen – sogar erlösend, auf ihre Art, dachte er.

»Nicht zu aufwühlend, hoffentlich«, sagte Bullen, als hätte er seine Gedanken erraten.

»Es ist ja so lange her«, sagte Gabriel. »Offen gesagt, es ist fast so, als wäre das alles jemand anderem passiert.«

Sie blieben noch kurz zusammen an der Haustür stehen. Gabriel verlangte es dringend nach einer Gitanes, er kramte in seinen Taschen nach der Zigarettenpackung. Bullen kratzte sich erneut lautstark am Kopf.

»Da war ein Mann«, sagte er. »Jetzt erinnere ich mich. Ist mir eben wieder eingefallen. Ja. Von der Versicherung. Ein Schadensabwickler. Der war mit unserem Brandbericht nicht einverstanden. Kein bisschen. Ein aggressiver kleiner Knilch, das weiß ich noch. Aber«, er zuckte mit den Schultern, »gegen die Feuerwehr ziehen Schadensabwickler immer den Kürzeren. Damit musste er sich wohl oder übel abfinden.«

»Wissen Sie noch, wie er hieß? Oder den Namen der Versicherung?«

»Nein, tut mir leid. Die Versicherung dürfte diejenige gewesen sein, bei der das Haus Ihrer Familie versichert war. Die werden dann den Schadensabwickler geschickt haben.«

»Natürlich«, sagte Gabriel. »Ich werde meinen Onkel fragen. Er hatte damals sämtliche Unterlagen.«

Er und Bullen gaben sich die Hand.

»Ich melde mich bei Ihnen, falls mir noch irgendwas einfällt – oder falls sich welche von meinen alten Kollegen besser erinnern können«, sagte Bullen. »Irgendwie habe ich das Gefühl …« Ihm fehlten kurz die Worte. »Ich sehe Sie noch vor mir, ein verängstigter kleiner Bursche, und dazu das brennende Haus. Und heute sehen wir uns wieder, Jahrzehnte später, und sitzen bei Tee und Kuchen beisammen.«

»Das Leben geht seltsame Wege, Mr Bullen. Es hat mich nach all diesen Jahren zu Ihrer Tür geführt, und dafür bin ich sehr dankbar.«

»Ja, genau. Wer hätte das gedacht, was? Ich freue mich auf Ihr Buch, Mr Dax. Ach, und mein Beileid noch, was immer es wert sein mag, nach so langer Zeit.«

»Vielen Dank. Sie sind sehr liebenswürdig gewesen.«

»Meine Güte«, sagte Aldous. »Das war vielleicht eine Sucherei. Aber ich habe die betreffenden Unterlagen gefunden. Schon ein nettes Sümmchen, was die uns ausbezahlt haben, selbst für die Dreißigerjahre. Es war sehr klug von deinem Vater, den Wert des Hauses so hoch anzusetzen.«

»Wie heißt denn die Versicherung?«

Aldous warf einen Blick auf die Akte.

»Ah. Blackhill & Broadstairs Ltd. Ob die wohl noch im Geschäft sind? Es ist ja lange her.«

»Steht irgendwas von einem Schadensabwickler in den Unterlagen?«

»Nein. Anscheinend haben sie einfach nur das Geld abgeliefert. Das dabei geholfen hat, deine kostspielige Erziehung zu finanzieren, mein Lieber.« Aldous reichte ihm die Akte. »Hier. Sie gehört dir.«

Gabriel rief Hugh Summerbee an, um ihm die Neuigkeiten zu berichten.

»Diese Versicherung hat einen Schadensabwickler geschickt, der die Beurteilung der Brandursache durch die Feuerwehr in Zweifel gezogen hat«, erklärte Gabriel dem Kriminalreporter. »Ich habe mit einem Feuerwehrmann gesprochen, und der hat gesagt, der Schadensabwickler habe die Ereignisse völlig anders bewertet. Er wurde aber überstimmt – der Abwickler, meine ich.«

»Faszinierend«, sagte Summerbee. »Ist ja wie in einem Krimi von Agatha Christie. Da fange ich doch gerne an, zu graben.«

»Ich schicke Ihnen die Akte. Ich brauche den Namen und die Adresse des Schadensabwicklers, das ist ganz wichtig.«

»Vorausgesetzt, er weilt noch unter uns.«

»Das gebe Gott.«

Gabriels Reise nach Irland im August war eine Enttäuschung. Die Stadt am River Shannon, die er ausgewählt hatte, Mountallen, entpuppte sich als Reinfall, ganz anders als Newbridge oder Peebles, ohne das gewisse Etwas, ohne größeres Potenzial. Einfach nur eine triste, graue Stadt an einem Fluss, sonst nichts. Er müsste sich etwas anderes einfallen lassen. Vielleicht wären Dublin und die Liffey für sein Projekt eher geeignet. Es läuft eben nicht immer alles glatt und reibungslos, tröstete er sich. Aber zumindest waren zwei Kapitel schon geschrieben.

Zurück in London musste er feststellen, dass während seiner Abwesenheit wieder jemand in seiner Wohnung gewesen war. Zwei der Alunäpfchen mit Mäusegift waren von achtlosen Füßen platt getrampelt worden. Schubladen waren teilweise geöffnet. Auf dem Abtropfbrett neben der Spüle stand diesmal kein Glas, sondern ein Becher. Tyrone, der nach Geld gesucht hatte? Oder jemand, der hinter den Lumumba-Bändern her war? Ansonsten aber fehlte nichts, soweit er es überblicken konnte. Was zum Teufel ging hier vor?

Eine Woche später rief Hugh Summerbee an und berichtete, dass er den Schadensabwickler aufgespürt hatte.

»Er heißt Manley Dryden. Inzwischen Rentner, in seinen späten Sechzigern. Lebt in einem Dorf in East Sussex namens Claverleigh.« Summerbee nannte ihm die genaue Adresse. »Halten Sie mich bitte auf dem Laufenden«, sagte er. »Ich kann das nächste Kapitel kaum erwarten.«

Gabriel dankte ihm herzlich.

Er wählte wieder dieselbe Herangehensweise. Einen Brief, in dem er sich vorstellte und sein Anliegen schilderte – dass er für einen Memoirenband Menschen befragen müsse, die Kenntnis von dem verheerenden Brand hatten, bei dem seine Mutter zu Tode gekommen sei. Auch ein Buch legte er wieder bei, diesmal *Reisen ohne Karte*. Nun war er auf Mr Drydens Antwort gespannt: Er hatte so eine Ahnung, dass der Mann sehr darauf erpicht sein würde, zu reden, und sei es nur, um sich zu rehabilitieren.

Er nahm seine gewohnten Abläufe wieder auf. Lorraine kam an einigen Abenden in der Woche vorbei, sie gingen zusammen essen und kehrten dann in die Wohnung zurück, um lebhaften, einfallsreichen und immer befriedigenden Sex zu haben. Er fand sich bei Bennet Strum in der *Interzonal*-Redaktion ein, und sie erörterten mögliche Projekte. Er verfasste eine lange Besprechung einer Rosa-Luxemburg-Biographie für die Zeitschrift. Er zog in Erwägung, einen Flug nach Irland zu buchen, für November, da er inzwischen entschieden hatte, das »Dörfchen« Chapelizod am Rande von Dublin als Ort für sein Kapitel über die Liffey zu verwenden. Schon die Nähe zum Phoenix Park und die Verbindung zu *Finnegans Wake* und James Joyce versetzten ihn in bessere Stimmung. Hier bot sich eine Unmenge an potenziellem Material – die Liffey war die Rettung. Wenn es ihm gelang, das dritte Kapitel vor Jahresende abzuschließen, würde 1962 der Moment gekommen sein, in weiter entfernte Regionen aufzubrechen.

Nicht lange, nachdem er den Brief und das Buch an Manley Dryden auf die Post gegeben hatte, beschlich ihn das

Gefühl, dass ihn jemand beschattete. Vielleicht war er auch nur übertrieben wachsam, überlegte er, weil er wegen des ganzen Abenteuers mit Caldwell und Faith Green so nervös und überreizt war. Nach ein paar Tagen allerdings begriff er, dass der kräftige, bärtige Ernest-Hemingway-Verschnitt, den er dauernd überall sah, in der King's Road, auf der Post, im Supermarkt, in der U-Bahn, es sogar darauf anlegte, von ihm bemerkt zu werden. War das einer von Faith Greens lästigen Tricks?, fragte er sich.

Gabriel saß gerade im Café Matisse und aß eine Lasagne, mit seiner üblichen Karaffe einfachem, kräftigem Rotwein dazu, als er den Hemingway-Verschnitt hereinkommen sah, der sich, ein ganzes Stück von ihm entfernt, in einer Essnische niederließ. Er blickte kein einziges Mal in Gabriels Richtung, sondern schlug eine *New York Times* auf, in die er sich vertiefte. Natürlich, dachte Gabriel. Er beendete seine Mahlzeit, trank den Wein aus und beglich die Rechnung. Dann steuerte er quer durchs Matisse auf die fragliche Nische zu und nahm gegenüber von dem Mann Platz. Jetzt hob dieser den Blick.

»Raymond Queneau, nehme ich an«, sagte Gabriel.

»Sagen Sie ruhig Ray zu mir, Mr Dax. Hab mich schon gefragt, wie lange es noch dauern würde.«

»Was ist Nancy-Jo zugestoßen?«

»Sie hat sich umgebracht. Sie war eine Drogenabhängige. Ein liebes Mädchen – aber völlig verkorkst.«

Gabriel hörte bei Raymond Queneau einen leicht näselnden Südstaaten-Tonfall heraus. Der Mann hatte etwas von einem Bären, stämmig und kompakt, als wäre er sogar noch schwerer, als seine raumfüllende Gestalt vermuten ließ. Sein Bart war angegraut, aber sauber in Form gestutzt. Er hatte sehr helle, umbrabraune Augen.

Gabriel bot ihm eine Gitanes an, und sie zündeten sich beide eine an.

»*Vive la France*«, sagte Queneau mit einem haarsträubenden Akzent. »*Je suis follement francophile.*«

»Daher also die Anspielung auf den Verfasser von *Zazie in der Metro*, nehme ich an.«

»Neunundneunzig Komma neun-neun Prozent der Weltbevölkerung können mit dem Namen nichts anfangen. Es ist ein Insiderwitz. Trotzdem nett, einen gebildeten Menschen kennenzulernen.«

»Waren Sie es, der in meine Wohnung eingebrochen ist?«

»Nein, Sir. Nicht mein Stil.«

Gabriel glaubte ihm nicht.

»Warum beschatten Sie mich?«

»Weil Sie im Besitz sehr wertvoller geheimer Informationen sind. Wie wertvoll allerdings, das können Sie, glaube ich, gar nicht ermessen. Nur deswegen sind Sie noch am Leben.«

Die Drohung versetzte Gabriel einen Schock.

»Die Tonbänder von meinem Interview mit Patrice Lumumba, meinen Sie.«

»Bingo. Sie haben es erfasst.«

Gabriel drückte seine Zigarette aus.

»Warum sind diese Bänder so wichtig? Und veralbern Sie mich bitte nicht.« Er blickte Queneau so finster an, wie er nur konnte. »Ich merke sofort, wenn Sie lügen. In dem Fall stehe ich auf, gehe zur Polizeiwache hier in Chelsea und lasse Sie verhaften, weil Sie mir gedroht haben, mich umzubringen.«

Ray schloss die Augen und nickte.

»Okay, Mr Dax. Ich lege die Karten auf den Tisch. Das bleibt übrigens unter uns, damit wir uns klar verstehen. Sie sind ein Schriftsteller, kein Akteur, also habe ich nichts gegen Sie.«

»Gut, einverstanden.« Gabriel gab einer Kellnerin Zeichen, eine weitere Karaffe Wein zu bringen. Er ahnte, dass nun ein längeres Gespräch bevorstand. Und er hatte seinerseits ein paar Fragen an Monsieur Queneau.

»Wir glauben, dass die Bänder in Ihrem Besitz einen ehemaligen Präsidenten der Vereinigten Staaten mit einem Mordkomplott in Zusammenhang bringen«, sagte Ray mit tonloser Stimme.

»Ex-Präsident Eisenhower.«

»Genau.«

»Lumumba hat mir gesagt, ganz offen, dass Eisenhower seinen Tod wünschte.«

»Viele haben Lumumba den Tod gewünscht. Er war ein Kommunist. Und er saß auf den weltweit größten Vorkommen von Roh-Uran.«

»Na und?«, sage Gabriel. »Lumumba hätte auch behaupten können, dass Harold MacMillan seinen Tod wünschte. General de Gaulle. Der belgische König. Der Verdacht eines einzelnen Mannes ergibt noch keinen schlagenden Beweis.«

Der Wein wurde gebracht. Gabriel schenkte ihnen beiden ein Glas ein.

Queneau trank.

»Schlicht, aber lecker. Schön scharfes Bukett. Ganz nach meinem Geschmack.« Er dachte eingehend nach, mit gerunzelter Stirn. »Wie heißt es so schön: Ehrlich währt am längsten. Bin mir nicht sicher, ob das immer funktioniert, aber ich probier's mal.« Er deutete mit einem Finger auf Gabriel. »Das bleibt unter uns. Das konnten Sie unmöglich wissen, aber in diesem Interview kamen noch andere Namen zur Sprache, und das macht die Dinge …« Er legte eine Pause ein. »Extra kompliziert.«

»Hillcrest und Sykes. Und natürlich Dupetit.«

Nun war Ray etwas verdattert, das sah Gabriel.

»Ah. Ja. Diese Namen.«

»Wieso?«

»Glauben Sie mir, Mr Dax …«

»Ehrlich währt am längsten.«

»Diese Namen. Diese Individuen, sagen wir mal, führen auf direktem Wege zu Präsident Eisenhowers Tür. Es ist sehr bedauerlich, aber wir wollen nicht, dass diese Fährte, diese Spur draußen durch die Welt geistert. Daher unser Wunsch, diese Bänder sicherzustellen. Daher meine Befehle von meinen Vorgesetzten. Daher unser Beisammensein in diesem entzückenden Café.« Er lächelte schwach. »Geben Sie sie mir bitte, Mr Dax. Das ist der Weg des geringsten Widerstands. Dann ist sofort alles vorbei. Sie werden mich nie wiedersehen.«

»Sie können sich beruhigen. Zum Glück für Sie habe ich die Aufnahmen gelöscht.«

»Das nehme ich Ihnen keine Sekunde lang ab.«

Sie sahen einander an. Gabriel setzte seinerseits ein schwaches Lächeln auf und sagte nichts. Schweigen konnte mitunter so viel beredter sein. Er merkte langsam, wie viel er dazulernte.

Gabriel füllte ihre Gläser neu auf.

»Kennen Sie jemanden namens Faith Green?«

»Nein.«

»Sind Sie sicher?«

»Sicher wie nur sonst was.«

»Sie ist beim MI6. Ich arbeite für sie.«

»Dann sind Sie also doch ein Akteur.«

»Ja. Auf eine fallspezifische, vorübergehende, provisorische Art bin ich das wohl.«

»Was hat Faith Green mit der Sache zu tun?«

»Sie war in Léopoldville, als ich Lumumba interviewt habe.«

Gabriel behielt Queneau aufmerksam im Auge. Sofern er über so etwas wie Menschenkenntnis verfügte, dachte Gabriel, kam diese Information nicht überraschend.

»Und?«

»Ich muss also mit ihr reden«, sagte Gabriel. »Über diese Situation. Über Sie.«

»Warum?«

»Weil sie in die Sache verwickelt ist. Genau wie Hillcrest, Sykes und Dupetit.«

Um seine Aufregung zu kaschieren, zündete Gabriel sich noch eine Zigarette an. Es war der sprichwörtliche Schuss ins Blaue – doch es war eine Art Offenbarung, die ihm eben gekommen war, während ihres Gesprächs. Das war das Problem. Lumumba war tot – grausig hingerichtet, seine sterblichen Überreste hatte man verschwinden lassen –, und eine ganze Menge Leute, die aktiv seinen Tod und den anschließenden Regimewechsel geplant hatten, war auf einmal sehr bemüht, in Deckung zu gehen, um nicht beschuldigt zu werden. Besonders der General und Kriegsheld, Präsident Dwight D. Eisenhower …

Queneau leerte sein Glas. Betrachtete eingehend seine Hände, die er flach und mit gespreizten Fingern auf den Tisch gelegt hatte, und blickte dann auf.

»Also gut. Wir machen es so, wie Sie meinen. Reden Sie mit Ihrer Miss Green, dann unterhalten wir uns später noch mal.«

Er stand auf.

»Danke für den Wein.«

»War mir ein Vergnügen.«

»À bientôt.« Er sprach das stumme »t« am Wortende aus. Gabriel atmete auf, als der Mann das Café verließ. Woher wusste Queneau, dass sie »Miss« Green war? Alle logen. Raymond Queneau hatte natürlich Nancy-Jo instruiert, ihm diese Drogen unterzujubeln, und er sollte natürlich am Madrider Flughafen verhaftet werden. Er dachte daran, was Nancy-Jo gesagt hatte. Ray holt dich aus dem Knast, dann stehst du in seiner Schuld. Plan A war fehlgeschlagen. Plan B war in London ein bisschen schwieriger zu orches-

trieren – daher wohl die ungewöhnliche Offenheit, folgerte Gabriel. Jetzt wusste er, was auf dem Spiel stand. Es war an der Zeit für ein weiteres Gespräch mit Faith Green.

»Das kann so nicht weitergehen, mit diesen Treffen«, sagte Faith Green mit vor Ironie triefender Stimme.

Sie saßen in ihrem Mercedes 190, draußen vor seiner Wohnung. Gabriel war zur Long Acre gefahren und hatte einen Brief für sie in den Briefkasten geworfen. Der Inhalt war denkbar knapp gehalten: »Wir müssen reden. Gabriel.« Und da war sie nun in ihrem silbernen Sportwagen, vierundzwanzig Stunden später.

Sie sah ihn an und blinzelte.

»Sie haben sich die Haare schneiden lassen. Lässt Sie jünger aussehen.«

»Ich hab leider nicht aufgepasst, zu viel geredet. Er ist ein bisschen Amok gelaufen.«

»Nein, steht Ihnen irgendwie, dieser kürzere Schnitt.«

»Um die Ecke gibt es einen Pub«, wechselte Gabriel eilig das Thema, um nicht länger seine Frisur erörtern zu müssen. »Das Goat and Crow. Ist sehr nett dort. Wir könnten was trinken, während wir unseren interessanten Plausch fortsetzen.«

»Na gut, Sie haben gewonnen.«

Der kleine Extraraum im Goat war voll besetzt, daher machte er für Faith und sich im großen Schankraum einen Tisch in einer Ecke ausfindig. Sie bat um einen Gin Tonic. Für sich bestellte er einen doppelten Whisky mit Wasser – er konnte einen Schluck gebrauchen.

Sie nahmen Platz, gegenüber voneinander. Wie bei einer romantischen Verabredung, kam ihm albernerweise in den Sinn. Sie trug einen schwarzen Mantel und darunter einen Lincoln-grünen Pulli mit Wasserfallausschnitt, der ihr blasses Gesicht einzurahmen schien, als wäre es eine Porträtbüste. Sie neigt nicht zu Gefühlsausbrüchen, dachte Gabriel. Bei einem Gespräch mit Faith Green gab jede winzige Regung ihrer Gesichtsmuskeln Anlass zum Rätselraten. Belustigung? Geringschätzung? Unverständnis? Sie erinnerte an eine sehr gescheite ältere Schwester, die ihren kleinen Bruder tolerierte. Oder eine junge Tante, die genötigt war, mit ihrem Neffen essen zu gehen. Verflixt und zugenäht, dachte er, ich werde sie schon wachrütteln.

»Ein Mann hat gestern damit gedroht – eher indirekt, zugegeben –, mich umzubringen. Aus dem Grund musste ich mit Ihnen reden.«

»Was hatten Sie ihm denn getan?« Sie wirkte vollkommen ungerührt.

»Es ging um die Lumumba-Bänder.«

Sie schloss die Augen. Schlürfte ihren Gin.

»Stört es Sie, wenn ich rauche?«, fragte Gabriel.

»Hier rauchen doch alle – warum sollte es mich stören?«

Gabriel zündete seine Zigarette an.

»Es war dieser Typ, dieser Raymond Queneau, der die indirekte Drohung ausgesprochen hat. CIA, vermute ich mal«, sagte er.

»Wie gesagt – der ist mir noch nie untergekommen.«

»Sie müssen doch mit der CIA zu tun haben.«

»Andauernd.«

»Könnten Sie sich dann mal umhören?«

»Nein.«

Sie stellte ihr Glas ab. Druckte mit seiner Unterseite versonnen Ringe aus Kondenswasser auf die Tischplatte, während sie nachdachte.

»Die Lumumba-Bänder sind Ihr Problem, Gabriel«, sagte sie, ein wenig müde, fand er. Nettes Detail. »Das hat mit mir oder dem Institut nichts zu tun. Sie haben Lumumba doch für Ihre Zeitung interviewt. Um mich zu wiederholen, das hat mit mir oder dem Institut nichts zu tun. Wenn dieser

Mann die Bänder haben will – warum auch immer –, wieso geben Sie sie ihm dann nicht einfach? Welchen Nutzen haben Sie denn davon?«

Ah ja, dachte Gabriel: die gleichgültige Tour, sehr beeindruckend. Er würde es anders angehen.

»Nur, damit Sie Bescheid wissen«, sagte er. »Vielleicht könnten Sie das an die CIA weiterleiten. Die Bänder sind sicher bei meiner Bank hinterlegt, in einem Schließfach. Sollte mir irgendwas zustoßen – was auch immer –, wird mein Anwalt die Bänder zusammen mit meiner Analyse des Inhalts an die *Times*, den *Daily Telegraph*, den *Manchester Guardian* und den *Observer* schicken.«

»Du meine Güte!« Es war sarkastisch gemeint.

»Es besteht eine Verbindung – eine ungeheuer peinliche, entscheidende Verbindung zwischen der Ermordung Lumumbas und Ex-Präsident Eisenhower«, fuhr Gabriel fort. »Deswegen ist das für die CIA ein solches Problem, ein so heißes Eisen. Queneau hat es mir selbst erklärt. Ich weiß, was denen Kopfzerbrechen bereitet. Lumumba nennt auf dem Band Namen, die Namen wirklicher Leute. Lumumba hatte seine eigenen Agenten, er wusste, was los war. Und hier handelt es sich um Individuen, die man identifizieren könnte.« Er schwieg kurz. »Hillcrest und Sykes und Dupetit.«

Diesmal zeigte sie eine Reaktion. Sie erstarrte, legte den Kopf schief. Gabriel sah es mit Freuden.

»Sind Sie ganz sicher?«, fragte sie.

»Ich habe es mir mehrmals angehört. Immer wieder. Ich habe mir die Namen aufgeschrieben.«

Sie stieß die Luft aus. Nippte mit undurchdringlicher Miene an ihrem Gin und dachte nach. Das hatte bei ihr einen tieferen Eindruck hinterlassen, so viel war klar.

»Queneau hat mir gesagt«, fuhr er fort, »dass diese Namen direkt zur Tür des ehemaligen Präsidenten Eisenhower führen.« Er freute sich über seine Redegewandtheit. »Es gab einen Plan – von Eisenhower persönlich genehmigt –, einen rechtmäßig gewählten Staatschef zu ermorden. Patrice Lumumba. Ihn zu beseitigen. Zu töten. ›*Élimination définitve*‹ – so hat es Lumumba mir gegenüber ausgedrückt. Daher das ganze Durcheinander. Deswegen werde ich beschattet und bedroht, deswegen wird bei mir eingebrochen und meine Wohnung durchsucht. Damit muss Schluss sein, Faith. Ich hab meinen Auftrag für Sie erledigt. Zu Ihrer Zufriedenheit, haben Sie gesagt. Pfeifen Sie Ihre Hunde zurück.«

»Es sind nicht meine Hunde! Menschenskind, geben Sie dem Mann doch die Bänder. Problem gelöst.«

Sie so aufgebracht zu erleben war sehr merkwürdig.

»Nein«, sagte er.

»Warum denn nicht? Was liegt Ihnen daran?«

»Die Bänder sind meine Lebensversicherung.« Zu seinem Verdruss hörte Gabriel ein leises Zittern in seiner Stimme. »Ich habe gesehen, wie es Nancy-Jo Berndlinger ergangen ist. Ich weiß jetzt zu viel. Was ihr passiert ist, wird mir nicht passieren.«

»Das reinste Hirngespinst, Gabriel. Sie war eine Drogenabhängige. Ein wandelndes Katastrophengebiet, klarer Fall. Sie sind Reiseschriftsteller. Ein sehr guter noch dazu, hoch angesehen. Du lieber, gütiger Himmel, es wird Ihnen niemand ein Haar krümmen. Bleiben Sie realistisch.«

»Dann geben Sie denen einfach Bescheid, Faith. Um mehr bitte ich Sie nicht. Leiten Sie die Botschaft weiter.«

Sie sahen einander an. Tick, tack. Die Sekunden verstrichen, ohne dass sie etwas sagte.

»Noch einen Drink auf den Weg?«, fragte Gabriel.

12

Serenital

Manley Dryden schrieb zurück. Er dankte Gabriel für sein hochinteressantes Buch und fügte hinzu, dass es ihm eine große Freude wäre, über den Brand auf der Yeomanswood Farm zu sprechen, an den er sich noch lebhaft erinnern könne. Im Briefkopf stand eine Telefonnummer. Gabriel rief ihn an, und sie vereinbarten einen Besuchstermin.

Tyrone sagte, der Tagestarif für seinen Wagen betrage inzwischen fünfzehn Pfund. Gabriel lachte und sagte, dann kannst du ihn behalten. Es gibt Autos, die ich für fünfzehn Pfund kaufen könnte. Letzten Endes mietete er einen Morris Minor, in dem er wohlbehalten nach Claverleigh in East Sussex gelangte – ein hübsches Dörfchen in der Nähe von Lewes mit einer breiten, von georgianischen Häusern gesäumten Hauptstraße mit einer sehr alten Kirche am einen Ende und einem Marktplatz mit einer recht imposanten Getreidebörse.

Dryden wohnte in einer Seitenstraße der High Street, in einem kleinen Reihenhaus aus dem neunzehnten Jahrhundert. Es war ein kühler Tag mit einem ersten Hauch von Herbst in der Luft. Gabriel stieg aus dem Morris aus und spürte beim Luftholen die stechende Kälte in seiner Lunge. Er atmete ein paar Mal tief durch, um wieder einen klaren Kopf zu kriegen – die Fahrt von London hierher war überraschend lang gewesen. East Sussex hörte sich nah an, doch beim Anblick der sanft gewellten, grünen Landschaft der

South Downs, die er hinter den schiefergrauen Dächern des Dorfes ausmachen konnte, fühlte er sich auf einmal sehr weit weg, wie in einem anderen Land. Er öffnete das Törchen zum Vorgarten, legte auf dem gepflasterten Weg die paar Schritte bis zur Haustür zurück und klopfte an.

Dryden war ein schlanker Mann, der in Tweedsakko und Cordhose eine gepflegte Erscheinung abgab, grauhaarig, mit Brille, glatt rasiert und mit einer nicht angezündeten Pfeife, die er zwischen die Zähne geklemmt hatte. Seine Schuhe waren auf Hochglanz poliert, wie Gabriel auffiel. Er geleitete Gabriel quer durch sein Haus und in den Garten, bis zu einem stattlichen Schuppen, der dort am hinteren Ende stand. Von einer Mrs Dryden, auch das registrierte Gabriel, war nichts zu sehen oder zu hören.

»Hier bewahre ich mein Archiv auf«, erklärte er. »All meine Akten von all meinen Schadensfällen.«

Mit einem stummen Dankgebet für die neurotische Veranlagung eines Schadensabwicklers im Ruhestand ließ Gabriel sich auf einem recht ramponierten Korbsessel von Lloyd Loom nieder. An der Rückwand des Schuppens standen nebeneinander zehn identische Aktenschränke aus Holz, und auf einen davon steuerte Dryden zielstrebig zu, zog eine Schublade auf und kehrte mit einer Akte zurück. In dem Schuppen stand ein Schreibtisch, an dem Dryden Platz nahm. Er schlug die Akte auf, nahm die Pfeife aus dem Mund und legte sie neben sich auf den Tisch.

»Ich muss gestehen, Mr Dax – ich sollte Sie wohl warnen –, das ist einer der Fälle, die mir bis heute keine Ruhe lassen. Er war sonnenklar, aber ich wurde von der Feuerwehr überstimmt. Blackhill & Broadstairs hat, glaube ich, die Schadenssumme voll ausbezahlt.«

»Ja, so ist es mir auch erzählt worden. Anscheinend gab es da keine …« Gabriel suchte nach dem richtigen Wort. »Zweideutigkeiten.«

»Es hätte aber Zweideutigkeiten geben müssen«, sagte Dryden mit einiger Heftigkeit. Er schob sich die Pfeife wieder in den Mund. Gabriel hatte den Eindruck, dass er daran nuckelte wie an einer Zitze. Warum füllte er sie nicht einfach mit Tabak und rauchte sie?

»Es gab zwei Aspekte an dem Fall, die mich sofort aufhorchen ließen«, sagte Dryden, während er in seiner Akte blätterte. »Wussten Sie, dass es einen Notruf gegeben hat? Jemand hat die 999 angerufen.«

»Ich war damals erst sechs, Mr Dryden. Wer hätte mir solche Dinge erzählen sollen? Ein Nachbar wird wohl die Flammen und den Rauch gesehen und daraufhin die Feuerwehr verständigt haben.«

»Falsch. Der Anruf erfolgte von der Yeomanswood Farm selbst.«

»Was? Wie?«

Gabriel fühlte sich von dieser Tatsache zunächst heillos überfordert. Er dachte angestrengt nach – ein Notruf von der Farm aus …

»Es muss also meine …«

»Ja. Wir müssen davon ausgehen, dass der Notruf von Ihrer verstorbenen Frau Mutter getätigt worden ist. Sehr traurig.«

»Sie meinen, sie hat gesehen, dass es im Haus brannte, und daraufhin die 999 angerufen.«

»Das wäre eine triftige Erklärung. Aber nicht die einzige.«

Gabriel sah, dass Drydens Eifer auch nach fünfundzwanzig Jahren längst nicht erloschen war. Nun war sein großer Moment vor Gericht gekommen.

»Wussten Sie, dass Sie einen Kühlschrank hatten? Ihre Familie, meine ich?«, fragte Dryden.

»Nein. Oder, ich erinnere mich zumindest nicht daran.«

»Sehr ungewöhnlich, muss ich sagen, für die 1930er-Jahre, in einem britischen Haushalt«, sagte Dryden. »Aus dem

Grund fiel er mir bei meiner Besichtigung auch sofort auf. Es war ein amerikanisches Gerät. General Electric.«

»Vielleicht hatte mein Vater – der beruflich viel im Ausland war – mal so einen gesehen und dann selbst einen gekauft. Ich wiederhole mich, ich war …«

»Ja, Sie waren erst sechs Jahre alt, Mr Dax. Ich hab's begriffen.«

Dryden stand auf und fing nun an, in seinem Schuppen langsam auf und ab zu gehen, mit einer Hand gestikulierend, als würde er eine Vorlesung halten.

»Das Erstaunliche an Kühlschränken ist, dass sie nicht nur Lebensmittel kühl halten, sondern auch großer Hitze standhalten können«, sagte er in geduldigem Tonfall, als wären seine imaginären Studenten etwas schwer von Begriff. »Wussten Sie, dass man nach dem Abwurf der Atombombe in Hiroshima einen rußgeschwärzten Kühlschrank gefunden hat, unweit der Einschlagsstelle, dessen Inhalt, darunter ein halbes Dutzend Eier und ein Kopfsalat, vollständig erhalten war?«

»Nein, das wusste ich nicht. Wie erstaunlich.«

»Auch der Kühlschrank Ihrer Familie hat das schreckliche Feuer auf der Yeomanswood Farm überstanden.« Dryden kehrte zu seinem Schreibtisch zurück und steckte seine kalte Pfeife wieder in den Mund. Er wirkte ein wenig angespannt. »In dem Kühlschrank – ich habe ihn eigenhändig geöffnet – fand ich drei leere Pillenfläschchen Serenital vor.«

»Und was ist das? Serenital?«

»Es handelt sich um ein Medikament, ein sogenanntes Phenobarbital. Serenital ist der Markenname. Ist bis heute allgemein gebräuchlich – wird zur Behandlung von Angstzuständen und Depressionen eingesetzt.«

Nun stand auch Gabriel auf, fieberhaft nachdenkend.

»Was genau wollen Sie mir mitteilen, Mr Dryden?«

»Das bereitet mir keine berufliche Genugtuung, Mr Dax. Meine Schlussfolgerungen wurden überstimmt, mein Gutachten wurde zurückgewiesen. Der Fall wurde abgeschlossen und die Versicherungssumme ausbezahlt. Sie haben den Fall nun gewissermaßen wieder aufgerollt. Ich kann Ihnen jetzt nur darlegen, was für mich damals offensichtlich war.«

»Und zwar?«

»Dass Ihre Frau Mutter viel zu viele Serenital-Tabletten eingenommen hatte. Sie hatte sich nicht mehr im Griff.« Dryden ruderte vage mit den Armen. »Wahrscheinlich stand sie sogar vollkommen neben sich. Irgendwas muss angefangen haben zu brennen, auf die eine oder andere Weise. Unbeabsichtigt vielleicht, versehentlich. So lautete eine Theorie. In der Küche? Ein nicht abgestellter Gasbrenner? Der Versuch, eine Kerze anzuzünden? Ein brennendes Streichholz, das auf den Teppich gefallen ist? Das Feuer brach aus, griff um sich. Sie war allerdings noch so weit bei Sinnen, die Feuerwehr zu rufen, und ist dann, infolge der vielen Medikamente, die sie eingenommen hatte, bewusstlos zusammengebrochen.«

Anamnese, dachte Gabriel, und wiederholte das Wort im Geist noch einmal. Fakten, gesegnete Fakten. Er spürte, wie er plötzlich feuchte Augen bekam, und wandte sich ab, um seine Tränen vor Dryden zu verbergen. Er atmete tief durch und versuchte, dieses neue Szenario zu begreifen. Er drehte sich wieder um. Er wusste, was Dryden andeuten wollte.

»Eine meiner wenigen deutlichen Erinnerungen – von den wenigen, die ich zurückbehalten habe – ist, dass meine Mutter tot war, als ich sie gefunden habe.«

»Vermutlich infolge ihrer Überdosis Serenital. Ja.«

»Halten Sie es für denkbar, Mr Dryden, dass meine Mutter das Feuer absichtlich gelegt hat?«

»Derartige Vermutungen fallen nicht in meinen Zuständigkeitsbereich, Mr Dax.«

Gabriel zwang sich, dieser Logik zu folgen.

»Sie hatte Depressionen, die sie mit diesem Medikament bekämpfte, Serenital«, sagte Gabriel. »Sie nahm eine Überdosis und hat dann das Haus in Brand gesteckt. Eine Art Wahnsinnstat, mit anderen Worten, eine selbstmörderische Tat.«

»Bloß«, warf Dryden ein, »dass Sie, ihr kleiner Sohn, sechs Jahre alt, oben in Ihrem Zimmer lagen und schliefen.«

Gabriel nickte. Versuchte, sich seine Mutter – dieses amorphe, mythische Wesen – in ihrer Not vorzustellen, ihrem tiefen Unglück. Wie ihr undeutlich die Folgen ihrer Verzweiflungstat zu Bewusstsein kamen.

»Vielleicht ist ihr das in ihrem verworrenen Zustand noch eingefallen – dass ich ja oben in meinem Zimmer war –, und daraufhin hat sie dann die Feuerwehr gerufen«, sagte er. »Sie wollte, dass ich gerettet werde.«

»Mag sein. Das werden wir nie erfahren. Wir haben nur den Notruf und die leeren Serenital-Fläschchen, das ist alles. Meine Aufgabe war es, zu analysieren. Eins und eins zusammenzuzählen und darauf zu achten, dass dabei zwei herauskam.« Er seufzte, und aus dem tüchtigen Fachmann mit seiner Armada mustergültig geordneter Aktenschränke wurde unversehens ein Mensch. »Das muss für Sie alles furchtbar, furchtbar erschütternd sein, Mr Dax.«

»Es ist erschütternd, natürlich, ja. Aber ich muss den Ereignissen jener Nacht ins Auge sehen. Muss versuchen, die Tatsachen herauszufinden. Mich der Wirklichkeit stellen. Von Ihnen habe ich bereits einiges erfahren, was mir vollkommen neu war.« Gabriel hatte aus irgendeinem Grund das Gefühl, dass er mit diesem peniblen, förmlichen Menschen offen reden konnte. »Wissen Sie, Mr Dryden, ich habe meine eigenen Schwierigkeiten – psychische Probleme, schon mein Leben lang, mehr oder weniger. Alle verursacht durch die Ereignisse in jener Nacht. Heilung wird es für mich erst geben, wenn ich verstehe, oder eine Art von Verständnis erlangen kann – oder zu einer Hypothese gelange –, was sich genau zugetragen hat, als Yeomanswood Farm niedergebrannt ist.«

Auf einmal wusste Gabriel, dass er nach London zurück musste, in den Frognal Way, um mit Katerina Haas zu reden.

»Ja. Sie hat dauernd Pillen genommen«, sagte Sefton. »Das weiß ich noch.«

Es war bereits dunkel in Highgate. Schon jetzt, am späten Nachmittag, zog die Nacht herauf, ein Anzeichen des nahenden Winters. Gabriel sah aus dem Fenster in den Garten, wo die Bäume und Sträucher nur noch undeutliche, massige Schatten in der Düsternis waren und einzelne Blätter zu amorphem Laub verschmolzen. Er war unterwegs zu einem Abendtermin bei Dr. Haas im Frognal Way und hatte beschlossen, auf gut Glück bei Sefton vorbeizuschauen, in der Hoffnung, ihn zu Hause anzutreffen.

»Denkst du, sie war …« Gabriel überlegte, wie er es am besten ausdrücken sollte. »Bei vollem Verstand?«

Sefton sah ihn ein wenig misstrauisch an.

»Nun«, sagte er. »Heute bin ich der Auffassung – im Nachhinein, natürlich –, dass sie etwas hysterisch war. Sie ist bei mir immer so in Wut geraten. Aber eine Wut, die in keinem Verhältnis zu meinen kleinen Vergehen stand, egal, was ich nun ausgefressen hatte.« Er stand auf, um sich an dem großen Spirituosenschrank, der zur Wohnzimmereinrichtung gehörte, noch einen Whisky einzuschenken. Gabriel begnügte sich mit einem Tonicwater – er wollte Dr. Haas keine Fahne ins Gesicht pusten –, merkte allerdings, dass er wegen dem bevorstehenden Treffen ein wenig nervös war. Nach seinem wutentbrannten Abgang beim letzten Mal musste er einiges an zerschlagenem Porzellan kitten. Immerhin, einen Termin hatte sie ihm nicht verweigert. Er konnte etwas Alkohol vertragen.

»Hast du auch Wodka?«

»Ja, klar doch. Ich habe alles hier.«

»Kipp mir einen Schluck hier rein, ja?«

Er ging mit seinem Glas zu Sefton hinüber, und Sefton fügte dem Tonicwater einen großzügigen Schuss Wodka hinzu.

»Warum fragst du mich das alles?«

»Ich habe Nachforschungen zu dem Brand angestellt. Zu unserem Brand. Ich habe Neues herausgefunden.«

Er lieferte Sefton eine kurze Zusammenfassung von Drydens zurückgewiesenem Gutachten.

»Heiliges Kanonenrohr«, sagte Sefton. »Mir hat man immer gesagt, das Feuer wäre durch dein Nachtlicht verursacht worden. Diese Leuchte, die du hattest, die aussah wie der Mond.«

»Ja, so lautet die offizielle Geschichte. Aber dieser Mann, den ich aufgesucht habe, der Schadensabwickler der Versicherung, glaubt – ist davon überzeugt –, dass unsere Mutter es verursacht hat, versehentlich. Oder …« Er schwieg kurz. »Absichtlich …«

»Absichtlich! Du warst doch auch im Haus, um Himmels willen. Willst du damit andeuten, dass sie dich umbringen wollte?«

»Nicht nur mich, uns beide. Ich glaube, sie war nicht mehr zurechnungsfähig, wegen dieser Beruhigungsmittel. Diesem Serenital.«

»Eine etwas steile These, oder? Eine äußerst gewagte Vermutung?«

»Keine Ahnung. Aber es passt schon irgendwie zu meinen Erinnerungen, soweit vorhanden. So wirr und verrückt sie auch sein mögen …«

Sie setzten sich wieder.

»Stimmt schon, nach Dads Tod ist sie ein bisschen aus der Spur geraten«, sagte Sefton und nickte vor sich hin. »Wem würde es nicht so gehen?«

»Natürlich. Vielleicht möchte man sich sogar umbringen – aber würde man auch das eigene Kind mit in den Tod nehmen wollen?«

»Es muss ein Unfall gewesen sein«, sagte Sefton stirnrunzelnd. »Ein Unfall. Keine Frage.«

Dr. Katerina Haas führte ihn zu seinem gewohnten Sessel. Es war seltsam, abends hier zu sein, fand Gabriel. Die Vorhänge aus beigefarbenem Leinen waren zugezogen; der Raum war spärlich beleuchtet. So war es besser, in gewisser Weise – intimer, weniger klinisch.

»Ich möchte Sie um Entschuldigung bitten, Dr. Haas.« Er verwendete den Titel ganz bewusst. »Es war sehr ungehörig von mir – sehr unhöflich –, einfach so davonzustürmen. Schließlich wollen Sie mir ja nur helfen.«

»Machen Sie sich keine Gedanken darüber, Mr Dax. Ich habe schon wesentlich schlimmere Reaktionen erlebt. Einmal hat ein Patient mich zu erwürgen versucht.«

»Also, so weit werde ich nicht gehen, versprochen«, sagte Gabriel und brachte sie beide zum Lachen. Damit ist das Eis gebrochen, dachte Gabriel: Status quo ante. Ihm fiel ein Stein vom Herzen, denn diese Sitzungen, das begriff er nun, bedeuteten ihm inzwischen sehr viel. Die Beziehung zwischen ihnen, zwischen Analytikerin und Analysand, hatte etwas Beruhigendes. Im Gespräch mit ihr empfand er eine Art Freiheit. Vielleicht war das schon alles, was erforderlich war. Dr. Haas schaltete das Tonbandgerät ein.

AUSZÜGE AUS DER ABSCHRIFT VON SITZUNG 5

DR. HAAS: Serenital ist ein sehr starkes Beruhigungsmittel.

GABRIEL DAX: Ich hatte noch nie davon gehört.

DR. HAAS: Hat Ihre Mutter Alkohol getrunken?

GABRIEL DAX: Ja, natürlich. In Maßen. Wie alle Angehörigen ihrer Klasse, nehme ich an. Mittags Gin Tonic. Abends ein paar Brandys mit Soda, vermutlich. Ich war zu klein, um auf so was zu achten. Ich weiß es von meinem Bruder. Bei meinem Vater war es nicht anders. Sprit tanken gehörte damals einfach dazu.

DR. HAAS: Sprit?

GABRIEL DAX: Whisky, Gin, Brandy. Wein oder Bier weniger. Wein zum Essen, vielleicht, aber ansonsten Gin Tonic, Brandy Soda.

DR. HAAS: Tja, wenn sie getrunken und gleichzeitig Serenital genommen hat, kann das sehr destabilisierend gewirkt haben.

GABRIEL DAX: Der Schadensabwickler hat mir berichtet, dass sich im Kühlschrank drei leere Serenital-Fläschchen befunden haben.

DR. HAAS: Das wäre mehr als genug, um sich umzubringen. Falls sie das beabsichtigte.

GABRIEL DAX: Seit dem Treffen mit Mr Dryden, dem Schadensabwickler, habe ich viel zurückgedacht. Mich auf die paar wenigen kohärenten Erinnerungen zu konzentrieren versucht, die ich habe. Ich bin überzeugt, absolut davon überzeugt, dass das Feuer im Erdgeschoss brannte.

DR. HAAS: Aber natürlich, es passt Ihnen in den Kram, das zu denken. Das bedeutet ja, dass Ihr Nachtlicht, Ihr Glasmond, den Brand nicht verursacht hat.

GABRIEL DAX: In gewisser Hinsicht wollte ich aber, es wäre so. Ursache und Wirkung. Ganz einfach. Aber, nein: Mir ist jetzt wieder etwas eingefallen, was sie zu mir gesagt hat. Ich habe sie nach meinem Vater gefragt – der ja bei diesem Flugzeugabsturz ums Leben gekommen war, nur vier Jahre zuvor –, und ich wollte wissen, ob er im Himmel sei. Und in meiner kindlichen Naivität habe ich gefragt, ob der Himmel nicht vielleicht in Wahrheit der Mond sei. Und darauf hat sie so was gesagt wie »Wir werden alle bei Daddy auf dem Mond sein, ehe du dich's versiehst«.

DR. HAAS: Sie können sich an die genauen Worte erinnern? Wie ist das möglich?

GABRIEL DAX: Ich kann es eben plötzlich – durch das Gespräch mit Mr Dryden, dem Schadensabwickler. Anamnese in Aktion. Und natürlich auch wegen des Schocks und des Traumas durch das Feuer, die immer noch fortdauern. Gewisse Aspekte jener Nacht haben sich mir eingeprägt – unverrückbar, dauerhaft –, sie bleiben immer gleich. Man kann so was nie vergessen. Nur leider schaffe ich es nicht, sie irgendwie chronologisch zu ordnen.

DR. HAAS: Nehmen wir mal an, Ihre Erinnerungen sind zutreffend. Was besagen diese Worte, Ihrer Meinung nach?

GABRIEL DAX: Ich sage es wirklich ungern, aber auf mich macht es jetzt stark den Eindruck, als hätte sie vorgehabt, uns beide umzubringen. Sie wollte, dass wir beide im Feuer umkommen.

DR. HAAS: Oder könnte es nicht sein, dass sie einem kleinen Jungen vor dem Einschlafen einfach noch etwas Nettes, Phantasievolles mit auf den Weg geben wollte?

GABRIEL DAX: Ja. Natürlich. Stimmt, jetzt, wo Sie es sagen ... Aber dann ist das Haus abgebrannt. Ich weiß es nicht! War sie wahnsinnig vor Schmerz, weil ihr Mann tödlich mit dem Flugzeug verunglückt war? War sie von Brandy und Serenital benebelt? Ich weiß, alle denken, dass mein Nachtlicht das Feuer verursacht hat, mein Mond, aber jetzt, wo ich mit zwei Zeugen gesprochen habe, glaube ich langsam, dass meine Erinnerungen doch zutreffend sind. Im Großen und Ganzen zumindest. Ich bin aufgewacht. Unten im Erdgeschoss hat es lichterloh gebrannt, da bin ich mir sicher. Dann habe ich eine Erinnerung an meine Mutter, die auf dem Boden liegt – tot. Von dem Serenital – nicht von dem Feuer. Ich glaube, sie hat es so gewollt. Eine Art Abschluss. Und dabei wollte sie mich mitnehmen.

DR. HAAS: Warum sollte sie dann noch die Feuerwehr rufen?

GABRIEL DAX: Das ist das einzige beruhigende Element in dieser Erzählung. Eine letzte Geste – oder doch noch die Einsicht, wie entsetzlich der Plan war, den sie da in die Tat umsetzte. Wie unverzeihlich.

DR. HAAS: Anamnese, Mr Dax, wie Sie schon sagen. Ich kann das nicht kommentieren. Sie sammeln die neuen Informationen, die das Trauma umgeben. Neue Fakten, mehr Fakten. Je mehr Sie davon sammeln, desto mehr werden sich Ihre Erinnerungen verfestigen, glauben Sie mir. Das ist ausgezeichnet. Sie sind dort gewesen, nicht ich. Mit diesen neuen Fakten überprüfen Sie Ihre Erinnerungen. Womöglich sind wir auf dem Weg zu einem neuen Verständnis.

ZWEITER TEIL

Madrid
Cádiz
Southwold
Warschau

1962

1

Ein neues Jahr

Gabriel hatte die leise Sorge, dass sich das langsam zu einer Silvestertradition entwickelte. Der Abend begann im Goat and Crow, mit Lorraine, Tyrone und einigen ihrer Freunde, und als der Pub schloss, gingen sie noch zu ihm, um weiter zu bechern und zu feiern. Dann verabschiedeten sich alle, bis auf Lorraine. Danach noch volltrunkener, alberner, vergnüglicher Sex.

Am Neujahrstag gegen Mittag brachte Gabriel Lorraine einen Becher Tee. Sie lag halb nackt auf dem Bett, die Laken und Decke beiseitegeschleudert, und las in einer Zeitschrift. Mit ihrer Nacktheit ging sie völlig unbefangen um – das war ihm seit ihrer ersten sexuellen Begegnung aufgefallen. Mitunter kam es vor, dass sie den ganz Morgen nackt in der Wohnung herumspazierte. Er hatte einen leichten Brummschädel, fand aber ihren Anblick, aufs Bett hingegossen, trotzdem erregend. Lorraine, die Odaliske. Sie bemerkte ihn und stellte ein Bein auf.

»Ein nettes Tässchen Tee, danke schön«, sagte sie.

Er streifte seine Unterhose ab und ließ sich neben ihr auf dem Bett nieder, küsste sie auf den Hals.

»Hättest du Lust auf ein bisschen …«

»Können wir uns mal ernsthaft unterhalten, Gabriel.« Sie stellte den Becher ab. »Ausnahmsweise.«

»Selbstverständlich.«

»Seit vor Weihnachten warte ich drauf, es dir zu sagen.«

»Mir was zu sagen?«

Ach du Scheiße, nein, schoss es ihm durch den Kopf. Sie ist schwanger.

»Ich hab meinen Job verloren.«

»Oh. Gott … Was? Verfluchter Mist.«

Lorraine verschränkte die Arme vor der Brust.

»Sie schließen das Restaurant an der Fulham Road.«

»Die Wimpy Bar? Warum?«

»Nicht genug ›Kundenfrequenz‹, so lautet das Wort. Wir sind freigestellt worden, die gesamte Belegschaft. Jeder hat 'ne Abfindung bekommen, wenn man es so nennen kann. Hundert Pfund, nach drei Jahren.«

»Aber das ist doch skandalös. Unerhört. Dagegen solltet ihr klagen.«

»Och, klar. Tolle Idee.«

»Was sagt eure Gewerkschaft dazu?«

»Welche Gewerkschaft?«

»Ach ja. Richtig. Ganz schön üble Sache.«

Lorraine drehte sich auf die Seite, um ihn anzusehen. Er kam nicht umhin, das zarte Herumschwingen ihrer Brüste bei diesem Positionswechsel zu bemerken. Mitfühlend legte er ihr die Hand auf die kühle Schulter.

»Die Sache ist, Gabriel, jetzt, wo ich keine Arbeit mehr habe und den ganzen Tag zu Hause bin, halte ich es nicht mehr aus. Meine Mum geht mir dermaßen auf den Wecker. Ich drehe noch durch.«

»Du solltest ausziehen. Du bist dreiundzwanzig – höchste Zeit für eine eigene Wohnung.«

»Zweiundzwanzig, genauer gesagt.«

»Das ändert nichts. Irgendwann musst du das Nest mal verlassen – warum nicht jetzt?«

»Weil ich's mir nicht leisten kann.«

»Du findest bald einen neuen Job. Es gibt sicher noch andere Wimpy Bars, die dich einstellen würden.«

»Ha, ha, sehr komisch. Nein, ich hatte da diese Idee …«

Sie drehte sich zur anderen Seite, um ein Schlückchen Tee zu trinken, und wandte sich dann wieder ihm zu. »Ich dachte nur, ähm, ich könnte vielleicht hier bei dir einziehen. Wo ich doch sowieso schon zwei-, dreimal die Woche hier übernachte.«

Gabriel schlüpfte aus dem Bett und stieg wieder in seine Unterhose, während ihm alle möglichen schlimmen Vorahnungen durch den Kopf gingen.

»Hör zu, Lorraine, die Idee ist großartig, aber es würde einfach nicht funktionieren. So verrückt ich auch nach dir bin. So gut wir uns auch verstehen.«

Er zog sein Hemd und die Hose an.

»Warum denn nicht?«, sagte sie.

»Weil … weil ich hier *arbeite*. Das hier ist meine Wohnung und zugleich mein Arbeitsplatz. Mein Büro, wenn du so willst. Ich muss allein sein – den ganzen Tag, vollkommen allein –, um zu schreiben.«

»Ich wäre ja nicht den ganzen Tag hier. Ich wäre in der Stadt unterwegs, zum Shopping, würde mich mit meinen Freundinnen treffen. Vielleicht finde ich einen neuen Job. Ich wäre stundenlang fort.«

Sie hatte sich inzwischen im Bett aufgesetzt.

»Und ich leide an Schlaflosigkeit«, sagte Gabriel. »Du weißt doch, dass ich nicht schlafen kann – nicht mal, wenn du hier bist. Du müsstest im Gästezimmer schlafen. Ich würde dich in den Wahnsinn treiben. Dir das Leben zur Hölle machen.«

»Es würde mir nichts ausmachen, im Gästezimmer zu schlafen.«

»Außerdem, dieses Jahr werde ich viel auf Reisen sein, wochenlang, monatelang vielleicht.«

»Dann kann ich die Wohnung hüten, solange du weg bist. Phantastisch.«

Sie erhob sich vom Bett, sah sich suchend nach seinem Bademantel um und streifte ihn dann über.

»Es ist die perfekte Lösung, Gabe. Und wir können uns andauernd sehen. Das würde dir doch gefallen, oder?«

Sie kam zu ihm herüber und drückte ihm einen Kuss auf den Mund.

»Ich hab dich wirklich gern, Gabe. Jemand wie du ist mir noch nie begegnet. Noch nie. Hab mich mit einem Typ noch nie so – ähm – so verbunden gefühlt. Wir passen einfach zusammen. Ich glaube, es wäre ganz toll, wenn ich hier bei dir leben würde, wir zwei zusammen. Meinst du nicht?«

Er nahm sie in die Arme. Schwach, schwach, schwach, hallte es ihm durch den Kopf.

»Lass mich darüber nachdenken.«

»Was gibt's da noch nachzudenken?«

Er küsste sie. Mit Zunge.

»Es wäre eine riesige Veränderung in meinem Leben. In jeder Hinsicht.« Er zwang sich, von ihr wegzutreten.

»Eine Veränderung zum Guten möglicherweise. Vielleicht würdest du etwas ruhiger werden. Entspannter. Könntest endlich mal durchschlafen.«

»Ja, also ... Gib mir etwas Bedenkzeit, Lorraine, okay? Ist eine große Entscheidung. Da darf man nichts überstürzen.«

Als Gabriel den Radnor Walk hinunterkam, sah er den silbernen Mercedes 190, wie üblich auf der anderen Straßenseite geparkt, aber Faith Green saß nicht am Steuer. Sie stand vor der Eingangstür seiner Wohnung. Sie trug einen dunkelblauen Mantel, wadenlang, der sehr teuer wirkte, irgendwie. Es musste etwas mit dem Schnitt zu tun haben, der feinen Textur des dunklen, schweren Stoffs.

Er freute sich, sie zu sehen, wie er zu seiner leisen Überraschung feststellte. Warum? Sie hatten sich seit Wochen nicht mehr gesehen, seit Monaten – und hier war sie nun, mit ihrem blassen, wissenden Gesicht und in einem teuren Mantel, dessen reiche Förmlichkeit in seltsamem Kontrast zu ihrem gewohnt zerzausten Mädchenhaar stand, in dem diesmal ein indigoblauer Haarreifen steckte.

»Unheimlich, dass Sie offenbar wissen, wann ich nach Hause komme«, sagte er.

»Ja, nicht wahr? Man könnte fast glauben, ich würde Sie beschatten lassen.«

Er ließ sie eintreten, und nachdem er ihr aus dem Mantel geholfen hatte, nahm sie im selben Sessel Platz wie beim letzten Mal. Er legte den Mantel auf der Sofarückenlehne ab. Kaschmir? Alpaka? So weich und schwer in seinen Händen.

»So eine hübsche Wohnung«, sagte sie. »Das Zuhause eines Schriftstellers.«

»Das haben Sie schon letztes Mal gesagt.«

»Weil es mir jedes Mal wieder auffällt. Haben Sie diese Bücher alle gelesen?«

»Nicht alle, nein. Aber diejenigen, die ich noch nicht gelesen habe, habe ich zumindest schon mal zurate gezogen, oder werde sie mal zurate ziehen. Irgendwann, eines Tages. Sie sind absolut essenziell, alle.«

Er setzte sich ihr gegenüber.

»Tee vielleicht?«

»Gibt's auch was Stärkeres?«

Er goss ihnen beiden einen Whisky mit Wasser ein. Er bot ihr eine Zigarette an – ihm war entfallen, dass sie nicht rauchte. Er fragte, ob es sie störe, wenn er rauche – was sie verneinte –, und zündete sich dann eine Gitanes an.

»Waren Sie nur zufällig in der Gegend?«, fragte er.

»Natürlich nicht. Ich bin dienstlich hier. Wir hätten gern, dass Sie noch mal nach Spanien fahren, nach Cádiz. Sie sollen eine weitere Zeichnung von Blanco kaufen.«

»Tut mir leid. Ausgeschlossen. Ich stecke mitten in einem neuen Buch.«

»Die gleiche Entlohnung.«

Gabriel sah sie an. Was war es nur, das ihm an ihr so gegen den Strich ging? Ihre unaufdringliche Arroganz? Ihre leicht gönnerhafte Art ihm gegenüber? Ihre unerschütterliche Selbstsicherheit? Dumm war nur, dass ihm zweihundert Pfund gerade sehr gelegen kämen, wie er zugeben musste, denn langsam wurde das Geld knapp. Doch er machte sich nichts vor, das Geld war Nebensache. Sie wollte, dass er nach Spanien fuhr. Also würde er nach Spanien fahren. Das musste er dringend mal mit Katerina Haas besprechen.

»Darf ich fragen, warum Sie eine weitere Zeichnung benötigen?«

»Fragen dürfen Sie, aber erwarten Sie keine Antwort. Wir benötigen sie nun mal. Punkt.«

»Wann?«

»So bald wie möglich.«

Ihm kam der eigennützige Gedanke, dass ihm dies Aufschub in Sachen Lorraine und ihrem vermeintlichen Einzug verschaffen würde – dadurch konnte er wertvolle Zeit gewinnen.

»Na schön. Ich bin einverstanden.«

»Oh. Gut. Sehr netter Whisky. Was für ein Blend?«

»Überhaupt kein Blend. Es ist ein Speyside-Malt: Glenfeshan.«

Sie lächelte. Schwenkte den Whisky in ihrem Glas.

»Manchmal beneide ich Sie um Ihr Leben, Gabriel. So als Ein-Mann-Orchester. Das ultimative Ein-Mann-Orchester. Sie und Ihre Schriftstellerei. Sie leben genau so, wie Sie leben möchten. Die Welt liegt vor Ihnen ausgebreitet und wartet nur darauf, dass Sie ihr auf Ihren Reisen begegnen.«

»Na ja, es hat auch seine Höhen und Tiefen – so ein Leben.« Gabriel lächelte. »Es kann mitunter etwas prekär sein, etwas unsicher, aber das geht für mich in Ordnung. Der Hinweis möge genügen, Faith, dass ich Sie um Ihr Leben nicht beneide.«

Sie stand auf und nahm ihren hochwertigen Mantel von der Sofalehne.

»Ach, es hat auch seine kleinen Vorzüge«, sagte sie, während sie den Mantel anzog. »Wie sonst käme ich in den Genuss, jemanden wie Sie kennenzulernen?«

»Was für ein Bonus.«

»Können Sie morgen Mittag in der Long Acre vorbeikommen? Dann regeln wir das mit dem Papierkram. Und dem Scheck.«

»Um zwölf stehe ich auf der Matte.«

Er begleitete sie zur Tür. Sie schüttelten sich die Hände, und er blickte ihr nach, als sie zu ihrem teuren Auto ging, drüben auf der anderen Straßenseite. Was geht hier eigentlich vor, verdammt? Die Worte standen ihm vor Augen wie in greller, aufdringlicher Neonschrift. Warum nur tat er alles, was sie von ihm verlangte?

2

Der Blanco-Deal

Madrid. Der Simca. Das Hotel Florida. Es kam ihm langsam alles beunruhigend vertraut vor. Er packte seine Tasche in derselben bescheidenen Suite im obersten Stock des bescheidenen Hotels aus. Ein Laufbursche, dachte er – ist es das, was ich für diese Leute bin? Eine Art harmloser, abzuleugnender, vielleicht sogar entbehrlicher Kurier? Es musste ein größeres Bild geben, so viel war klar; etwas in größerem Maßstab ging vor sich, etwas Gefährliches, und er war unwissentlich daran beteiligt. Vielleicht würde Caldwell ihm mehr verraten.

Bei dem Treffen in der Long Acre hatte er seine Instruktionen und die gleiche Sammlung von Gutscheinen wie beim letzten Mal erhalten. Faith war dabei gewesen und Harrison Lee, und ein älterer Mann wurde ihm vorgestellt – ein Mr Fuller. Fuller machte während ihrer Unterredung Notizen – ein Umstand, den Gabriel etwas befremdlich fand. Faith war forsch und geschäftsmäßig; Lee strahlte über das ganze Gesicht und war die Freundlichkeit selbst. Gabriel erhielt die Anweisung, im Hotel Florida einzuchecken und zu warten, bis Caldwell Kontakt herstellte.

»Ich dachte, ich sollte nach Cádiz, zu Blanco?«, sagte Gabriel.

»Da fahren Sie auch hin«, sagte Faith. »Aber erst nach Ihrem Treffen und der Unterredung mit Kit Caldwell. Er wird Ihnen Informationsstückchen liefern, die nützlich sein könnten.«

»Stückchen?«

»Teile, Segmente, Elemente – suchen Sie sich ein Synonym aus.«

Gabriel beschloss, auf stur zu schalten.

»Warum sollte er mir diese Informations-›Teile‹ liefern?«

»Weil sie Ihnen bei den Verhandlungen mit Blanco von Nutzen sein könnten, deswegen.« Sie legte eine Pause ein. »Blanco und Caldwell haben eine – wie soll ich sagen? – ›romantische‹ Vorgeschichte. Sie stehen sich noch immer nahe, glaube ich.«

Gabriel speicherte die Tatsache ab, dass sie das wusste. Er entschied, ihr zu verschweigen, dass Caldwell auch zu ihm ganz offen gewesen war.

»Um eins klarzustellen«, sagte er. »In Cádiz möchte ich diesmal im Hotel de France et Paris absteigen, wenn Sie nichts dagegen haben. Das Hotel, in dem Sie mich letztes Mal untergebracht hatten, war völlig unzumutbar.«

»Das liegt ganz bei Ihnen, Gabriel«, sagte Faith mit einem Lächeln. »Sie haben doch Geldmittel. Mieten Sie sich eine Villa, wenn Ihnen das lieber ist.«

Ja, dachte er, sie war nicht so leicht aus der Ruhe zu bringen. Nerven hatte sie nur gezeigt, als er über Lumumba redete, bei der Gelegenheit wirkte sie verunsichert, aus dem Gleichgewicht gebracht – die berühmte kühle Gelassenheit war ernstlich herausgefordert. Diese Sache mit Caldwell und Blanco konnte doch unmöglich etwas mit dem Kongo und Lumumba zu tun haben, oder? Inwiefern? Er merkte, dass er allmählich unter »Agenten-Paranoia« litt, wie er diese Symptome getauft hatte. Dabei suchte man nach Verbindungen, wo es keine gab; schöpfte immerzu Argwohn, und das ohne jede Ursache; traute Menschen nicht über den Weg, obwohl sie völlig unschuldig und vertrauenswürdig waren. Es war wie eine ansteckende Krankheit.

Er ging nach unten in die Bar und bestellte sich einen Whisky Soda. Er rauchte zwei Zigaretten und dachte dabei über sein Leben nach. Er sollte jetzt zu Hause in Chelsea sein und an *Flüsse* schreiben, statt sich auf Faith Greens Geheiß in Spanien herumzutreiben. Beim Gedanken an seine Wohnung in Chelsea kam ihm dann Lorraine in den Sinn und damit das ungelöste Lorraine-Problem. Unmöglich, dass sie bei ihm einziehen würde. Unmöglich, bei aller sexuellen Befriedigung oder Verfügbarkeit. Wie sollte er die Sache bereinigen, ohne Gefühle zu verletzen oder sich anhaltenden Groll einzuhandeln …? Er mochte Lorraine. Er hatte sie gern um sich. Sie war amüsant, aufgeweckt. Und natürlich fand er sie unglaublich verführerisch, unwiderstehlich. Aber mit ihr zusammenleben, das wollte er nicht. Was machte das aus ihm? Eine Art Sex-Gewinnler; einen notgeilen Schuft, der nur an sich dachte? Sie ist deine Freundin, meldete sich eine andere Stimme in seinem Kopf, nicht mehr und nicht weniger. Du liebst sie nicht. Du willst nicht den Rest deines Lebens mit ihr verbringen. Also sieh zu, dass du die Sache mit ihr klärst, und zwar möglichst freundlich und einfühlsam. Er seufzte. Probleme, Probleme. Immerhin, er war froh, wieder bei Katerina Haas zu sein. Wenigstens hatte er seine Psychoanalytikerin, obwohl er natürlich noch immer keinen Deut besser schlief, bei all dieser neuen Unruhe in seinem Leben. Er bestellte sich noch einen Whisky.

»So einen nehme ich auch, danke«, sagte Kit Caldwell, als er sich im Sessel gegenüber niederließ. Sein Haar war fettig, er hatte dunkle Augenränder. Die Fliege hing ihm locker um den Hemdkragen, der dreckig und speckig war – kurz, er sah aus wie jemand, der die Nacht über tüchtig auf den Putz gehauen hatte.

Der Whisky schien ihn jedoch neu zu beleben. Er machte mit gedämpfter Stimme einige trockene, spöttische Bemerkungen über ein paar Touristen in der Bar, und Gabriel stellte erneut fest, wie sehr er Caldwells Gesellschaft schätzte: weltgewandt, belustigt, zynisch – aber nicht im Übermaß und auch nicht verbittert – mit sich irgendwie im Reinen, trotz seines unübersehbaren Alkoholproblems.

»Wie wär's, wollen wir einen Happen essen gehen?«, fragte Caldwell. »Ich kenne ein gutes kleines Lokal, gleich um die Ecke.«

Das Lokal entpuppte sich als beengte, dunkle Bodega in einer Seitenstraße unweit vom Hotel. Caldwell wurde vom Inhaber und den Kellnern lautstark begrüßt, und man führte sie umgehend an einen Tisch. Eine Flasche Rotwein wurde gebracht und Gläser wurden gefüllt. Nach und nach trafen die Speisen ein. Eine Schale mit frittierten Jungaalen als Appetithappen, gefolgt von einer dampfenden Terrakottaplatte mit Reis und Garnelen, und dann einem Rindfleischeintopf mit Markknochen, Räucherwurst und Kichererbsen. Zu dem Zeitpunkt stand die zweite Flasche auf ihrem Tisch, und sie wurden beide immer gesprächiger und bekenntnisfreudiger. Gabriel erzählte Caldwell von dem Feuer, bei dem seine Mutter umgekommen war, und von seinen Bemühungen, seine quälende Schlaflosigkeit loszuwerden. Caldwell hörte teilnahmsvoll zu.

»Man muss im Leben seine Prioritäten setzen, darum geht es«, sagte er. »Wenn ich so sagen darf. Mit den richtigen Prioritäten – wenn man genau weiß, was einem wirklich wichtig ist – wird man dann auch mit all dem anderen Mist fertig, der einem im Leben unvermeidlich begegnet.«

Caldwell schenkte ihnen beiden Wein nach und rief nach einer dritten Flasche.

»Sehen Sie, Gabriel, in meinem Fall habe ich diese Lektion sehr früh im Leben gelernt. 1917 habe ich an der dritten Ypernschlacht teilgenommen, als neunzehnjähriger Unterstabsoffizier. Stellen Sie sich das vor – direkt von der

Schulbank, mehr oder weniger. Irgendwie bin ich am Leben geblieben.«

»Mein Gott«, sagte Gabriel. Natürlich, dachte er dann, Caldwell war in seinen frühen Sechzigern, ein Veteran des Ersten Weltkriegs.

»Und nachdem ich überlebt hatte, wusste ich, was im Leben wirklich zählte und was nur Kokolores war, Schaum, Dampf und Kondensation. Nichts, womit man sich unnötig aufhalten müsste. Es war eine entsetzliche Art, diese harten Fakten über das Menschsein zu lernen, aber die Erfahrung in den Schützengräben war eigenartigerweise eine bessere Ausbildung als jene, die ich nach dem Krieg in Cambridge erhalten habe.«

Gabriel fragte Caldwell weiter zu seinem Leben nach dem Krieg aus. Cambridge. Reisen. Aufenthalte in Deutschland, Frankreich, Spanien – zum Erlernen der Sprachen, um sich um eine Stelle im Außenministerium zu bewerben. »Eine der Möglichkeiten, die übermäßig gebildeten, wurzellosen jungen Männern damals offenstand. Ansonsten hieß es, ab in die Kolonien.«

»Und, wie ging es weiter?«

»1933 wurde ich vom Auslandsgeheimdienst angeworben. Und hier wäre ich nun, fast dreißig Jahre später, noch immer an den Mast gefesselt.« Er schmunzelte. »Ich kann mich nicht beklagen. Es ist äußerst interessant gewesen – obwohl es schon nett gewesen wäre, über die Jahre etwas mehr Geld zu verdienen.«

Im Zweiten Weltkrieg, erzählte Caldwell, hatte er in London Dienst getan: Funkverkehr übersetzt, Dokumente entschlüsselt, deutsche Kriegsgefangene verhört. 1947 dann wurde er nach Buenos Aires versetzt – »Um abgetauchte Nazis aufzuspüren« –, danach folgte eine Zeit in Washington, D.C., dann wurde er Stationsleiter in Lissabon und schließlich hier in Madrid.

»Seit mittlerweile fast acht Jahren«, sagte er. »Wird langsam Zeit, glaube ich, den Job an den Nagel zu hängen.«

Gabriel merkte, dass er angenehm angesäuselt war: in jenem Stadium der Trunkenheit, wenn man vor Selbstvertrauen strotzt und Risiken eingehen kann.

»Da klafft eine gewisse Lücke in Ihrem Lebenslauf, Kit.«

»Ach ja?«

»Spanien. Der Bürgerkrieg. Wo waren Sie Ende der 1930er-Jahre?«

»Nun, ich bin hier gewesen, das stimmt. Gut aufgepasst. Ich war eine Zeit lang in Barcelona, 37, 38. Als sich dann aber abzeichnete, dass Franco siegen würde, hat man mich abgezogen. Hatte ein bisschen Ärger.« Er schmunzelte. »Und alles darüber hinaus behalte ich für mich. Wie sieht's aus, noch ein Dessert? Um den Wein aufzusaugen?«

Eine Art Flan wurde serviert, dann kleine Honigkrapfen und schließlich ein Stück trockener Torte mit Mandeln. *Tarta Valenciana*, wie Caldwell erklärte. Die Desserts erzielten die gewünschte Wirkung – sie wurden beide etwas nüchterner und bestellten noch Brandy.

»Haben Sie wieder Ihr kleines Auto?«, fragte Caldwell.

»Ja. Ich muss ja irgendwann nach Cádiz fahren.«

»Dann komme ich morgen früh um zehn vorbei. Ich habe Ihnen etwas Interessantes zu zeigen – außerhalb der Stadt.«

Caldwell begleitete ihn noch zum Hotel zurück. Am Eingang umfasste er Gabriels Hand mit beiden Händen, um sie zu schütteln. Herzlich, voll echtem Gefühl, dachte Gabriel, ein wenig überrascht.

»So gut habe ich mich seit Jahren nicht mehr amüsiert«, sagte Caldwell. »Ist das nicht fabelhaft? Zwei Menschen, man kennt sich kaum, und versteht sich trotzdem auf Anhieb. Ganz spontan, einfach so. Was für ein Spaß.«

»Mir hat's auch gefallen«, sagte Gabriel. »Wirklich ein vergnüglicher Abend. Und es war mir auch ein Vergnügen,

Sie näher kennenzulernen, Kit. Was für ein bemerkenswertes Leben Sie geführt haben.«

»Und wo mag es mich wohl als Nächstes hinführen? Tja-ja.« Er klopfte Gabriel leicht auf die Schulter. »Schlafen Sie gut, mein Junge. Bis morgen.«

Er wandte sich zum Gehen. Gabriel sah ihm nach, wie er sich die Straße hinauf entfernte, ein wenig gebeugt, ein wenig schwankend. Caldwell hob zum Abschied den Arm, ohne sich umzusehen, als wüsste er, dass Gabriel ihm nachblickte. Was für Rätsel und Geheimnisse mochten in diesen Individuum verborgen sein?, überlegte Gabriel, während er durch die Eingangstür ins Foyer des Florida trat. Morgen erwarteten ihn sicherlich weitere Rätsel.

3

H-Bomben

Caldwell sah bemerkenswert frisch aus – das Haar mit Öl zurückgekämmt, strahlende Augen, penibel rasiert, in einem schneeweißen Hemd mit einer Krawatte der Royal Artillery. Gabriel seinerseits fühlte sich nach den Mengen Alkohol vom Vorabend ein wenig elend. Zum Frühstück hatte er nicht weniger als drei Croissants, zwei Spiegeleier mit vielen *buñuelitos de jamón* und mehreren Scheiben Toast verdrückt, das alles hinuntergespült mit schwarzem Kaffee ohne Zucker. Jetzt war er zumindest satt und fühlte sich etwas besser, wenn auch noch nicht in Topform.

Sie verließen die Stadt in Richtung Süden, auf einer kaum befahrenen Straße. Was Gabriel zu der Bemerkung veranlasste, dass es in Spanien wenige Autos zu geben schien, verglichen mit anderen Ländern in Europa, von den USA gar nicht zu reden.

»Ja, sehr wenige Autos – und sehr wenige Waschmaschinen, sehr wenige Kühlschränke, Fernsehgeräte, Klimaanlagen und all so was«, sagte Caldwell. »Spanien ist ein bitterarmes Land heutzutage – obwohl es eine jahrhundertealte, reiche Geschichte hat, nicht weniger reich als andere Nationen Europas, wenn man darüber nachdenkt. Und doch sieht es hier mancherorts fast aus wie in der Dritten Welt, vollkommen verarmt.«

»Ich habe diese Orte gesehen«, sagte Gabriel. »Noch wie im neunzehnten Jahrhundert.«

»Dass hier ein faschistischer Diktator regiert, hat das Land nach Kriegsende nicht direkt populär gemacht. Würden Sie Ihr Geld im faschistischen Spanien investieren wollen? *No, gracias.*«

»Wie kommt's, dass der Caudillo überhaupt noch an der Macht ist? Wir haben doch den Krieg gewonnen, Hitler und Mussolini besiegt. Warum haben wir ihn nicht ebenso abserviert?«

»Warum? Das werde ich Ihnen jetzt gleich zeigen.«

Nach etwa dreißig Kilometern verließen sie die Hauptstraße bei Navalcarnero und fuhren nach Westen. Nach weiteren zehn Minuten deutete Caldwell nach vorn.

»Der Weg dort, da biegen Sie rechts ab.«

Sie bogen auf eine nicht asphaltierte Piste ein, die einen kleinen Hügel hinaufführte. Oben auf dem Gipfel sah Gabriel zu seiner Verblüffung ein Dutzend Autos, ordentlich nebeneinander geparkt.

»Mein Gott. Was machen die denn hier?«

»Flugzeuge beobachten. Als Hobby.«

Gabriel steuerte den Simca rückwärts in eine Lücke, dann stiegen sie aus und begaben sich hinüber zu einer Gruppe von etwa dreißig Leuten. Auf der anderen Hügelseite ging es vom Kamm aus steil in die Tiefe, und hier an diesem Rand hatten die Leute mit Klappstühlen und Picknickdecken ihr Lager aufgeschlagen. Man schien sich untereinander zu kennen, es wurde viel geflachst und gelacht, Bierflaschen wurden geöffnet. Fotokameras und leistungsstarke Ferngläser standen parat, montiert auf Stative, alle in dieselbe Richtung weisend. Jenseits von ihnen erstreckte sich ein riesiger Luftwaffenstützpunkt, groß wie eine Stadt, so schien es. Gabriel konnte silberne Bomberflugzeuge sehen, die auf dem Vorfeld der Flughalle aufgereiht standen. Kleine Kampfjets, geparkt auf einer grasbewachsenen Böschung, wie Metallvögel in ihren passgenau gefertigten Nestern; große monochrome Blocks gewaltiger grauer Hangars; einen schwankenden

Kontrollturm. Dann war, wie aufs Stichwort, das lärmende Aufheulen von Düsentriebwerken zu hören, und ein sechsmotoriger B-47-Bomber rollte, allmählich schneller werdend, über die Hauptstartbahn des Stützpunkts und erhob sich mit einer Art angestrengten, unbarmherzigen Eleganz langsam in die Lüfte, hinter sich schwarze Rauchfahnen, die träge aus seinen Triebwerken quollen. Das Fahrwerk wurde eingezogen, und der Bomber stieg immer höher, bis er verschwunden war. Einige der Zuschauer klatschten Beifall.

Caldwell deutete auf den Stützpunkt.

»Der Luftwaffenstützpunkt La Frontera. Ein kleines Stückchen USA mitten in Spanien.«

»Das war ein B-47 Stratojet, wenn ich mich nicht irre.«

»Ja – Sie könnten sich den Leutchen hier anschließen –, dazu imstande, bis zu vier Atombomben an Bord mitzuführen. H-Bomben, wie die neue Spielart heißt.«

Gabriel ließ seinen Blick umherschweifen.

»Hat man nichts gegen die Leute hier, die die Flugzeuge beobachten?«

»Keine Bange, die können nichts Wichtiges sehen.« Caldwell umfasste mit einer Armbewegung die riesige Fläche der Basis, die sich vor ihnen ausdehnte. »In Spanien gibt es noch zwei weitere solche Stützpunkte. Diese Maschinen können bis nach Moskau fliegen, wissen Sie. Sehr praktisch.«

Gabriel nickte, nun dämmerte ihm einiges. Caldwell lieferte eine Erklärung: Der sogenannte »Pakt von Madrid«, geschlossen 1953, erlaubte den USA die Errichtung von drei Luftstützpunkten sowie einem Marinestützpunkt in Spanien.

»Also«, sagte Gabriel. »Immer noch besser, in Spanien einen antikommunistischen, faschistischen Diktator an der Macht zu haben – als eine sozialistische Regierung, die mit den Sowjets sympathisiert.«

»Haargenau. Realpolitik. Er mag ein Faschist sein, aber

wenigstens ist er unser Faschist. Wollen wir was essen gehen irgendwo?«

Sie fanden eine kleine Stadt, nicht allzu weit weg, namens El Réal de San Martín. Die Sonne schien, und es war warm genug, um draußen auf der Terrasse des großen Restaurants am zentralen Platz der Stadt zu sitzen. Im etwas diesigen Sonnenschein wirkten die Schatten der Gebäude rings um den Platz fast blau. Hin und wieder wehte ein leichter Wind und bewegte die Wimpel am Fahnenmast des Cafés, während die Stadt zu entspannen schien, versunken in die behagliche Trägheit einer Mittagsstunde im Vorfrühling. Ein dreibeiniger Hund humpelte über den Platz, quer über das Kopfsteinpflaster. Eine Schar Straßenkinder warf mit Steinchen nach ihm, doch er setzte seinen Weg unbeirrt fort, leise hechelnd, den Blick nach vorn gerichtet, und ließ sich schließlich in einem schattigen Hauseingang nieder. Gabriel bestellte sich ein Bier, Caldwell seine übliche Flasche Rotwein. Sie bedienten sich ab und zu an einem Teller mit Garnelen, bevor ihre Tortillas gebracht wurden.

»Wir befinden uns nicht im Krieg mit der UDSSR, streng genommen«, sagte Caldwell nachdenklich. »Aber man könnte es wohl eine Art angespannten, zeitweilig ausgesetzten potenziellen Kriegszustand nennen. Ich meine, nehmen wir doch nur mal Kuba und diese Katastrophe in der Schweinebucht. Es ist, als wären wir in dauernder Anspannung. Immerzu auf das Schlimmste gefasst.« Er zuckte mit den Schultern. »Wir – damit meine ich die freie Welt, den Westen, die USA – haben Stützpunkte in England, Spanien, der Türkei und Italien. Nur ein paar Stunden vom Eisernen Vorhang entfernt. Sehr nützlich. Eine deutliche Warnung.«

»Wie viel Geld erhält Spanien? Für diesen *Pakt von Madrid*?«, fragte Gabriel.

»Keine Ahnung. Denken Sie an einen großen Betrag und

verdreifachen Sie ihn dann. Dutzende Millionen Dollar im Jahr? Dürfte ungefähr hinkommen. Für Spanien lohnt es sich auf jeden Fall.«

»Wie Sie schon sagten: *Realpolitik*. Wieso gibt es dafür eigentlich keinen englischen Ausdruck?«

»Es gibt schon einen, denke ich. Pragmatismus.«

»Indifferenz. Heuchelei. Zweckdenken.«

»Vorsicht. Sonst werden Sie noch verhaftet.« Caldwell gluckste vergnügt vor sich hin. Er schien bester Dinge zu sein, dachte Gabriel, während er einen Schluck Bier nahm.

»Ich wusste nichts von diesen Stützpunkten«, sagte Gabriel. »Ganz erstaunlich. Allein schon die Größenordnung, meine ich. Die Anzahl von Bombern und Flugzeugen auf dieser Basis.«

»Tja. Warum mit seinen Absichten hinter dem Berg halten. Alles völlig offen.« Caldwell lächelte. »Drauf schauen kann man zwar von dem Hügel aus, aber hinein kommt man nicht. Alles schwer gesichert. Ein Zaun ringsherum, viereinhalb Meter hoch, Tag und Nacht bewacht.«

»Wegen der H-Bomben.«

»Genau.«

Caldwell nahm dankend eine von Gabriels Gitanes an. Sie zündeten ihre Zigaretten an.

»Warum sind Sie mit mir hergekommen?«, fragte Gabriel. »Rein interessehalber.«

»Faith Green hat mich darum gebeten.«

»Ach ja? Wieso?«

»Ist mir auch schleierhaft, ehrlich gesagt. Sie hat mich eben darum gebeten.«

»Inwiefern sollte dieser amerikanische Stützpunkt etwas mit dem Ankauf einer Zeichnung von Blanco zu tun haben?«

Caldwell schenkte sich frischen Wein nach.

»Ende vergangenen Jahres ist hier etwas passiert, das alle

in Angst und Schrecken versetzt hat. Vielleicht besteht hier ein Zusammenhang. Vielleicht möchte sie, dass Sie von diesem Zwischenfall Kenntnis haben.«

»Mein Gott, Faith Greens Wege sind aber auch unergründlich.«

Caldwell deutete ein Achselzucken an, wie um zu sagen, so ist das eben in unserem Geschäft.

»Vergangenen November«, fuhr er fort, »befand sich einer dieser wundervollen, glänzenden Bomber auf einer Übungsmission. Dabei kam es zu ernsthaften Problemen mit den Triebwerken, und man musste mit einem Absturz rechnen.« Caldwell trank einen großen Schluck Wein. »Das Dumme war nur, es befanden sich zwei H-Bomben an Bord. Leer zwar – ohne spaltbares Material, es war ja ein Übungsflug –, aber es waren die neuesten H-Bomben-Modelle. Sehr kostspielig. Also hat der Pilot sie abgeworfen. Gemäß Standardanweisung.«

»Über Spanien.«

»Jawohl. Beide Bomben hatten übrigens einen Fallschirm. Für eine weiche Landung – ›sanfter Abwurf‹, so nennt sich das. Damit man sie bergen konnte.«

»Was ist aus dem Flugzeug geworden?«

»Sie haben es dann doch noch zum Stützpunkt zurück geschafft.«

»Gott sei Dank. Gut. Und, hat man die Bomben geborgen?«

»Sie haben eine geborgen. Die andere blieb verschollen. Eine Woche lang.«

Gabriel nickte.

»Ah ja. Alarmstufe Rot.«

»O ja. Und wie. Eine verschollene H-Bombe?«

Caldwell schilderte, wie es weiterging. Es wurde eine riesige Suchaktion gestartet – Hunderte spanischer Soldaten waren im Einsatz –, aber das Gebiet, wo die Bombe hätte gelandet sein können, war nicht gerade klein, eine in weiten Teilen unwegsame Wildnis.

»Letzten Endes hat man sie dann gefunden, in der Scheune eines Bauern, in der Nähe eines Dörfchens namens Las Monteras. Deswegen spricht man heute vom ›Las-Monteras-Zwischenfall‹. Woran sich ablesen lässt, wie groß der Schrecken und die allgemeine Panik gewesen war – dass der Vorfall sogar einen Namen hat. Jedenfalls, die Bombe war mit ihrem Fallschirm im Maisfeld dieses Bauern gelandet. Er hatte sie rausgeschleift und in seine Scheune geschafft – ohne irgendjemandem davon zu erzählen, wie er behauptete. Er hat Geld verlangt – einen Finderlohn.«

»Aber ...«

»Aber es war klar, als die Techniker und Bombenleute von der US Air Force eintrafen, dass die Bombe untersucht worden war. Sie war sogar geöffnet worden. Man hatte ihre innersten Geheimnisse enthüllt. Der Bauer – ein alter Mann, der sich von niemandem mehr Angst einjagen ließ – sagte, er sei es nicht gewesen. Er wollte nur die Belohnung. Trinken Sie jetzt auch ein Glas Wein mit?«

»Warum nicht?«

Caldwell bestellte noch eine Flasche, außerdem *croquetitas de camarones* und *bolitas de oro*.

»Goldbällchen, die mag ich am liebsten«, sagte er. Er amüsierte sich offenbar glänzend, und Gabriel beschloss, sich von seiner Heiterkeit anstecken zu lassen.

»Und, wer war es?«, hakte Gabriel nach. »Wer war als Erster an der Bombe dran gewesen?«

»Wer könnte ein Interesse an der neuesten Atombombentechnologie der Amerikaner haben?« Caldwell lächelte vielsagend, während er Wein einschenkte. »Liegt ja wohl auf der Hand. Oder natürlich irgendein Mittelsmann, der die Absicht hatte, die Informationen weiterzuverkaufen.«

»Wie hätte irgendjemand erfahren sollen, wo sich diese

Bombe befand – in der Scheune eines Bauern, irgendwo in der Pampa?«

»Sie würden staunen, wie schnell sich so etwas in diesem Land herumspricht. Zumal, wenn Geld im Spiel ist.«

Caldwell sprach noch weiter über den Las-Monteras-Zwischenfall, während sie ihre Krabbenkroketten und Goldbällchen verzehrten. Irgendwann stand Caldwell auf, um zur Toilette zu gehen. Gabriel blieb am Tisch zurück, im angenehm warmen, diesigen Sonnenschein des Vorfrühlings. Er dachte über diese neue Information nach und rätselte, was der wahre Sinn dieses Ausflugs sein mochte, während er sein letztes Glas Wein leerte. Er nahm sein Notizbuch heraus und erstellte eine seiner Listen.

Caldwell
Faith Green
Las-Monteras-Zwischenfall
Blanco
Patrice Lumumba
Gabriel Dax

Wo war die Verbindung? Gab es überhaupt eine Verbindung? Oder war es eine neue Art von Irrsinn, hier nach einer Verbindung zu suchen? Er sah sich um und entdeckte Caldwell, der drinnen am Tresen einen schnellen, heimlichen Brandy hinunterkippte. Als er zum Tisch zurückkam, lächelte er.

»Wollen wir zahlen?«, sagte Caldwell. Er breitete die Arme aus und hielt sein Gesicht der sanft leuchtenden Sonne entgegen, mit geschlossenen Augen, einatmend und ausatmend. »Was für ein reizendes Mittagessen.«

Tags darauf brach Gabriel im Morgengrauen zu seiner langen Autofahrt auf, mit den Gedanken bei dem, was Caldwell ihm gezeigt und erzählt hatte. Eins stand fest: Faith Green wollte, dass er von dem Las-Monteras-Zwischenfall erfuhr, und hatte Caldwell entsprechend instruiert. Bloß, warum? Fragen, auf die weitere Fragen folgten, während er zu ergründen versuchte, inwiefern die Namen auf seiner Liste miteinander verbunden waren – und wie er in dieses Bild passte. Und, dachte er, es könnten noch weitere Namen hinzugefügt werden: Nancy-Jo Berndlinger und Raymond Queneau, beispielsweise. Er zwang sich, nicht weiter darüber nachzudenken. Konzentrier dich besser auf den bevorstehenden Job.

Manchmal, dachte er, während er auf der Fahrt nach Cádiz all die verschiedenen Probleme und Schwierigkeiten im Kopf wälzte, die ihm das Leben schwer machten, manchmal wäre es leichter, ein Leben als Kuh zu führen, oder, besser noch, als Hund. Er dachte dabei an den dreibeinigen Hund, den er auf dem Platz in El Réal de San Martín gesehen hatte – irgendein Tier ohne Ichbewusstsein, das nur seinen Instinkten und Bedürfnissen folgte. Eine Kuh, die auf einer Weide graste, oder ein Haushund, der ein Dach über dem Kopf hatte, gefüttert und spazieren geführt wurde. Wäre die eigene Existenz, die Zeit, die man auf Erden hatte, so nicht viel leichter und einfacher zu bewältigen? Beneidenswerter? Erträglicher und ohne Sorgen? Ja, kein Zweifel – doch fast umgehend meldete sich die Einsicht, dass er dabei war, eine unmögliche, um nicht zu sagen, unsäglich dumme Schimäre zu erschaffen. Diese vagen Spekulationen waren bloß ein Spiegelbild seiner Stimmung und der gegenwärtigen Verwicklungen in seinem Leben. Ein Leben, eine Existenz als Kuh oder Haushund wäre natürlich einfacher, aber auch viel weniger interessant und anregend. Ichbewusstsein war Fluch und Segen zugleich, wie die meisten Dinge im Leben: Familie, Arbeit, Freunde, Geld, Sex, Gesundheit, Liebe. Er riss sich von seinen Hirngespinsten über Kühe und Hunde los und zwang sich, über sein aktuelles literarisches Projekt nachzudenken. Wenn er wieder in London war, würde er endlich diesen Flug nach Dublin buchen: Chapelizod und die Liffey erwarteten ihn schon. Eine Aussicht, die ihn umgehend fröhlich stimmte. Er setzte seine Fahrt nach Cádiz fort, mit einem Mal zufriedener, als er seit langer Zeit gewesen war. Eigenartig.

Das Hotel de France et de Paris an der Plaza de Loreto war viel eher nach seinem Geschmack: elegant und altmodisch, mit ein paar Macken da und dort. Er ließ sich wieder in eine Suite hochstufen und packte dort seine Sachen aus. Wie lange er bleiben würde, wusste er nicht. Er dürfe Cádiz erst wieder verlassen, hatte Faith ihm eingeschärft, wenn sie ihm grünes Licht gab. Ja, Ma'am – während er sich insgeheim vornahm, dass dies der letzte Kurierdienst war, den er für sie übernehmen würde. Wobei er einräumen musste, dass sie ihn vorzüglich entlohnte. Also, besser niemals nie sagen.

Am nächsten Morgen rief er Inès Montano an.

»Ah ja, Mr Dax. Willkommen zurück in Cádiz. Mein Bruder freut sich schon sehr darauf, Sie zu sehen.«

»Tatsache? Woher wusste er denn, dass ich komme?«

»Ihre Galerie war so freundlich, uns davon in Kenntnis zu setzen, dass Sie unterwegs sind.«

Sie fragte, ob er sie zum Atelier mitnehmen könne, da ihr Wagen zurzeit in der Werkstatt sei, und sie trafen eine Verabredung für später im Hotel. Als er zu der vereinbarten Uhrzeit nach unten kam, saß sie bereits in der Lobby und erwartete ihn. Sie schüttelten sich die Hände. Sie trug ein schlichtes, eng anliegendes weißes Kleid, sehr gut geschnitten. Ihr Haar war zu einem lockeren Knoten frisiert, und sie war recht stark geschminkt, mit auffallend klobigen Goldohrringen. Sie wirkte mondän und verführerisch, was ihm bei seinem letzten Besuch gar nicht so richtig aufgefallen war. Während sie die Stadt auf der Straße Richtung Algeciras verließen, erzählte sie ihm von einer Blanco-Retrospektive, die in Paris geplant sei. Vielleicht käme ja auch eine Schau in London in Betracht, ausgerichtet von Aldous Dax Fine Art. Das sei durchaus im Bereich des Möglichen, sagte Gabriel. Sie schien von der Vorstellung recht angetan.

»Sie sind für uns ein sehr guter Freund, Mr Dax. Ein Mann, der Dinge in Bewegung bringen kann. Das wissen wir sehr zu schätzen.«

Blanco trug einen olivgrünen Anzug aus Baumwolldrillich, dazu eine dunkel orangerote Krawatte. Auch er machte einen gepflegteren Eindruck. Vielleicht hatten sich die Dinge zum Besseren gewendet seit seinem letzten Besuch, überlegte Gabriel, während er die neuen »Studien« für *Desequilibrio*-Bilder betrachtete, die auf dem großen Tisch ausgebreitet lagen. Er entschied sich für einen Baum, eine Schirmpinie mit einer gewaltigen Krone und einem unfassbar dünnen Stamm.

Blanco signierte die Zeichnung und reichte sie ihm.

»Sie gehört Ihnen, Mr Dax. Für zehntausend Dollar.«

»Das muss doch wohl ein Scherz sein.«

Blanco geleitete ihn nach draußen auf die Terrasse. Dort stand ein Tisch mit zwei Stühlen, platziert in einem spitzen, schiefen Rechteck aus dunklem Schatten. Das Licht hier am Meer hatte eine mehr mineralische Art von Klarheit. Schatten schienen einem ureigenen, beinahe dinglichen Element anzugehören, dachte Gabriel, als er im Halbdunkel Platz nahm, wo es angenehm kühl war und einen das Licht nicht blendete. Auf dem Tisch stand ein Eiskübel mit einer Flasche Weißwein parat, außerdem zwei Gläser. Gabriel sammelte sich, während Blanco ihnen Wein eingoss.

»Ich werde Ihnen die Zeichnung schenken, Mr Dax, aber nur, wenn Sie mir dafür ein Geheimnis abkaufen. Es ist das

Geheimnis, das die zehntausend Dollar kostet. Und zwar nur Dollars bitte, keine Peseten oder englische Pfund.«

»Warum sollte ich Ihnen ein Geheimnis abkaufen wollen?«, fragte Gabriel argwöhnisch. »Ich bin Kunsthändler.«

»Ich weiß genau, wer Sie sind und für wen Sie arbeiten.« Blanco lächelte entschuldigend. »Von Kit Caldwell, er hat es mir verraten. Ihre ›Leute‹ – Ihre Auftraggeber – werden an meinem Geheimnis sehr interessiert sein. Das garantiere ich.«

Gabriel kippte einen großen Schluck Wein hinunter. Verdammt. Scheiße. Was sollte das jetzt? Wie kam Caldwell dazu, ihn zu enttarnen?, rätselte er. Vielleicht hatte Blanco Verdacht geschöpft – na gut, es war wohl ein bisschen eigenartig, wie die »Galerie« ihm immer vorab Gabriels Kommen ankündigte, und seine Legende war ein bisschen fadenscheinig, wie Gabriel einräumen musste. Und da war natürlich noch die Vorgeschichte von Caldwells sexueller Beziehung zu Blanco. Gabriel stellte sein Glas auf dem Tisch ab und seufzte. Eine weitere Komplikation.

»Ich muss ein paar Anrufe tätigen.« Er hielt Blanco die Zeichnung hin, um sie ihm zurückzugeben.

»Nein, nein, nehmen Sie sie ruhig mit. Zum Zeichen meines Vertrauens. Meiner Aufrichtigkeit. Sagen Sie denen, dass mein Geheimnis eine Bombe ist, kurz vor der Explosion.«

Zurück im Hotel rief Gabriel im Institut an. Diesmal ging jemand ans Telefon, zu seiner Überraschung, und er wurde zu Faith durchgestellt.

»Wie sieht's aus in Cádiz? Hier in London ist es trüb und nieselig.«

»Sonnig, aber kompliziert.« Er zündete sich eine Zigarette an. »Blanco will mir irgendeine Information verkaufen. Oder Ihnen, vielmehr. Für zehntausend Dollar. Sie werden sehr daran interessiert sein, sagt er. In seinen Worten, ›eine Bombe, kurz vor der Explosion‹. Er verlangt Bargeld, Dollars.«

Am anderen Ende blieb es still. Gabriel wartete.

»Übrigens, Caldwell hat meine Tarnung auffliegen lassen.«

»Ja. In meinem Auftrag.«

»Danke, dass Sie mich aufklären.«

Erneut blieb es still.

»Hallo?«

»Bieten Sie ihm fünf«, sagte sie. »Er braucht das Geld. Suchen Sie sich eine Bank in Cádiz und übermitteln Sie mir die Details. Dann lasse ich die Summe überweisen.«

Gabriel legte den Hörer auf, gereizt und verärgert. Er war wie ein Mann in einem immer größer werdenden, immer verschlungeneren Irrgarten, entschied er, aber einem, aus dem es keinen Ausweg gab. Er wurde immer tiefer in die Sache hineingezogen, und das beunruhigte ihn. Blanco wusste also nun, dass er ein Mittelsmann des MI6 war, dass er Caldwell kannte, dass seine »Tarnung« als Kunsthändler ein Witz war; kurzum, er war als Lügner entlarvt worden. Er drückte seine Gitanes aus und zog los, um in der Stadt nach einer Bank zu suchen. Schon einen Häuserblock weiter wurde er fündig, dort befand sich die Banco Hispano-Americano. Für seine Zwecke müsste sie reichen.

Nachmittags fuhr er nach Jerez de la Frontera, einfach nur, um Zeit totzuschlagen. Er war Reiseschriftsteller, und er war auf Reisen, da bot es sich an, über seine Wanderungen in Andalusien zu schreiben. Vielleicht könnte er den Artikel bei der *Interzonal* unterbringen, überlegte er, dazu müsste er nur scharf genug gegen Franco vom Leder ziehen.

Jerez indes erwies sich als ungewöhnlich Franco-frei. Kein einziger Polizist begegnete ihm dort. Er bestieg einen Glockenturm und ließ seinen Blick über die hügelige, bewaldete Landschaft schweifen. Er beschirmte seine Augen mit der Hand und sah dichte, sonnengewärmte, staubig grüne Wäldchen, umbrabraune Felsnasen, einen brackig wirkenden See, dessen Umriss an eine Sanduhr erinnerte, die von der Zeit geformten Windungen und Verflechtungen uralter Feldwege, armselige Felder, die gegen die ausgedörrten Rippen zerbröckelnder Böschungen gefurcht waren. Später dann, in einer Nebenstraße, stieß er auf ein altes Plakat, auf dem der Mann höchstpersönlich prangte, darunter in Fettdruck die Worte »FRANCO. *Caudillo de Dios y de la Patria. El primer vencedor en el mundo del bolchevismo en los* –« Der Rest des Plakats fehlte. Bennet Strum wäre davon begeistert gewesen, dachte Gabriel. Warum hatte er seinen Fotoapparat nicht mitgenommen? Er hätte das Plakat zu gern fotografiert.

Ein freundlicher Kerl führte ihn zu einer großen Bretterbude, wo man verschiedene Sorten Sherry kosten konnte, direkt vom Fass. Ihm wurden genaue Angaben zum Jahrgang und den spezifischen Nuancen und Qualitäten des jeweiligen Sherrys geliefert, den er gerade süffelte, aber er hörte nur mit halbem Ohr hin, weil er sich lieber auf die Wirkung des kostenlosen Alkohols konzentrierte. Seine Verärgerung über Faith Green war noch immer nicht ganz abgeklungen. In dieser gereizten Verfassung Likörwein zu trinken war keine gute Idee, und schon bald stellte sich bei ihm ein kleiner, dumpfer Kopfschmerz ein. Er fand eine Bodega am Marktplatz und aß dort *pescadillas Cecilia* – ein Fischgericht, Seehecht in heller Soße, wieder einmal, zu seinem Befremden, mit reichlich Eierscheiben garniert. Er trank Bier, aber sein Sherry-Kopfschmerz wurde schlimmer. Also eine Seconal einwerfen, dachte er, und dann früh zu Bett. Morgen müsste sein Geld da sein, und dann würde er Blancos explosives Geheimnis erfahren.

»Vielleicht würden Sie eine Einladung zum Abendessen annehmen, Mr Dax«, erkundigte sich Inès, als sie ihn die Treppe zu Blancos Atelier hinaufführte. Sie trug heute ein auffälliges Kleid, indigoblau, mit einem irgendwie ölig schillernden Schimmer, dazu hohe Absätze, die metallisch über die Terrakottafliesen klickten.

»Mit Vergnügen, selbstverständlich. Hier im Atelier?«, fragte er.

»Nein, in Cádiz. Mit mir. Nur mit mir. Allein.« Sie sah sich lächelnd zu ihm um. »Wenn Ihnen das nichts ausmacht.«

»Das wäre reizend, danke.« Gabriel grinste unsicher.

»Ich rufe Sie im Hotel an.« Sie blieb auf dem Treppenabsatz stehen und ließ ihn eintreten. Blanco saß draußen an dem Tisch auf der Terrasse, und Gabriel gesellte sich zu ihm.

Gabriel hatte eine schwere Einkaufstüte dabei, voll blockweise gebündelter Dollarscheine. Er machte sich daran, sie vor Blanco auf dem Tisch aufzustapeln.

»Man will Ihnen nur fünftausend bieten«, sagte er. »Ist immer noch viel Geld.«

»Dann kommen wir nicht ins Geschäft«, sagte Blanco.

»Tut mir leid, das zu hören.« Gabriel fing an, das Geld wieder in die Tüte zu packen.

Blanco blickte ihn an und lächelte traurig.

Gabriel stand auf.

»Dann will ich mal los. Um das Scheitern unserer Verhandlung zu melden«, sagte er.

»Also gut. Ich bin einverstanden.«

Gabriel reichte die Tüte über den Tisch. Blanco warf einen Blick hinein und stellte sie dann am Boden ab, neben seinen Füßen.

»Ich hätte zwanzigtausend verlangen sollen. Dann hätten Sie mir zehntausend gegeben.«

»Nein. Man wollte nicht mit sich reden lassen. Fünf Riesen, das war ihr letztes Wort.« Wein gab es heute nicht, wie

Gabriel auffiel. »Verraten Sie mir Ihr Geheimnis mündlich, oder ist es irgendwie aufgeschrieben?«

»Sie wissen, dass Kit Caldwell ein besonderer Freund von mir ist. Ein alter und sehr lieber und enger Freund.«

»Ja, das weiß ich tatsächlich. Er spricht mit großer Wärme von Ihnen.«

Blanco zog kurz den Kopf ein, wie um einem Schlag auszuweichen. Dann sah er wieder auf, mit einem kleinen, bitteren Lächeln.

»Er war letzte Woche hier in Cádiz, um mir einen Vorschlag zu machen. Und um mir diesen Vorschlag zu machen, musste er ein Geständnis ablegen.«

»Wie lautete denn der Vorschlag?«

»Dass wir nach Moskau gehen und zusammen leben.«

Gabriel versuchte, sich seine Überraschung nicht anmerken zu lassen, mit mäßigem Erfolg, wie er befürchtete. Er dachte fieberhaft nach.

»Moskau? Heißt das, Sie denken ...«

»Ich weiß es sogar. Ja. Christopher ›Kit‹ Caldwell, Ihr Stationsleiter in Madrid, ist ein Agent, der für die Sowjetunion arbeitet.«

»Also, ich bitte Sie. Das ist doch vollkommen lächerlich.«

»Man hat ihn schon in Verdacht. Die Schlinge zieht sich immer enger, das hat er mir selbst gesagt. Also will er sich absetzen, von Cádiz aus, auf einem polnischen Frachter. Am Fünfzehnten dieses Monats.«

»Das ist ja schon in fünf Tagen.«

»*Precisamente.*«

»Du lieber Himmel.« Gabriels Kopf war plötzlich wie ein Vogelhaus, in dem es drunter und drüber ging: eine gackernde, tschilpende, schnatternde Kakophonie von Fragen. Diesmal versuchte er nicht, seine Bestürzung zu verbergen.

»Sind Sie hundert Prozent sicher?«

»Ich kenne ihn, Mr Dax, extrem gut. Wir waren ein Paar,

früher mal, in einer Zeit, als es für Liebende wie uns sehr schwierig und gefährlich war. So etwas schmiedet einen regelrecht zusammen. Er hat mich angebettelt, mit ihm nach Moskau zu gehen. Dort können wir ein neues Leben beginnen, hat er gesagt. Wir werden reich sein, geehrt, wir werden im Luxus leben. Ich habe natürlich abgelehnt.«

»Und warum verraten Sie ihn nun an mich?«

»Weil er *uns* verraten hat, und das schon seit Jahren. Ich mag zwar gegen Franco sein und gegen die Falange, aber das heißt nicht, dass ich für die Sowjetunion bin, für den Kommunismus. Nein, nein.« Blanco zeigte mit dem Finger auf ihn, seine Hand zitterte. »Sie müssen ihn schnappen. Sagen Sie das Ihren Leuten. Schnappen Sie ihn, ehe er entkommt.«

Gabriel tigerte ziellos auf der Terrasse umher. Er konnte es nicht glauben. Er mochte Caldwell, mochte ihn wirklich gern … Wie konnte das sein? Aber genau das ist ja der Punkt, hielt er sich ein wenig säuerlich vor Augen. Natürlich. Bei einem erfolgreichen Spion schöpft man nie Verdacht, geschweige denn bei einem erfolgreichen Doppelagenten. Das ist ihre ganze Daseinsberechtigung, daran maß sich ihr Können.

»Das sollte ich wohl besser umgehend melden«, sagte er.

Blanco begleitete ihn noch zur Tür, mit der Tüte voll Geld, die er im Vorbeigehen auf einem Sideboard abstellte.

»Ich finde, dieses Geheimnis war seine fünftausend Dollar wert. Sie nicht, Mr Dax?«

Gabriel sagte nichts darauf. Bedachte ihn nur mit einem Blick. Blancos selbstgefällige Rechtschaffenheit hatte etwas Abstoßendes, fand er – zumal er sich diese Rechtschaffenheit teuer bezahlen ließ. So viel also zu seinen liberalen, demokratischen Werten. Weitere Genugtuung würde Gabriel ihm nicht verschaffen.

Faith Green blieb einige Sekunden lang stumm, nachdem Gabriel ihr dargelegt hatte, worin das Geheimnis bestand, das er für ihre fünftausend Dollar gekauft hatte.

»So, so«, sagte sie dann. »Wir werden morgen in Cádiz sein. Halten Sie sich bereit.«

»Meinen Sie, es stimmt?«

»Mal so gesagt, sehr überraschend kommt es nicht ... Es hat zu viele Warnsignale gegeben. Hinweise auf ›Termiten‹. Wir waren sehr beunruhigt. Diese ganze Affäre um den ›Las-Monteras-Zwischenfall‹ war beinahe eine Bestätigung.«

»Inwiefern?«

»Wir denken, dass Caldwell derjenige war, der die Bombe in der Scheune gefunden und untersucht hat. Der Fotos davon gemacht hat.«

»Was? Mein Gott!«

»Ja, er ist sehr gut. Wirklich, sehr gut. Aber wir kriegen ihn, keine Angst. Erstklassige Arbeit, Gabriel. Bleiben Sie, wo Sie sind.«

Gabriel legte auf.

Erstklassige Arbeit? Was für eine Rolle genau hatte er gespielt? Was hatte er mit diesem Doppelspiel zu tun – diesem Doppelspiel, das nun aufgeflogen war? Nebenher fiel ihm auf, dass Inès Montano sich nicht gemeldet hatte, um ihre Einladung zum Abendessen zu bestätigen. Unglücklich war er nicht darüber; womöglich blieb ihm so eine potenzielle weitere Komplikation erspart, und er hatte wahrlich schon genug um die Ohren. Wahrscheinlich zog sie es vor, mit ihrem Bruder zu feiern.

Er aß im Hotel zu Abend und trank zu viel. Er schlief schlecht.

Am nächsten Tag hatte Faith Green nachmittags im Hotel angerufen, ihn aber nicht angetroffen, weil er gerade einen

Streifzug durch die Stadt unternahm und dabei zunehmend Gefallen an ihrer einzigartigen Atmosphäre fand – geprägt durch die mächtigen Ufermauern, die schön gepflasterten, schön angelegten Straßen, gesäumt von hohen weißen Häusern, die Einblicke in üppig begrünte Innenhöfe und auf Dachterrassen gewährten. Schade nur, dass es keinen Fluss gab, sonst wäre diese Stadt für sein Buch ideal gewesen. Aber Cádiz war tatsächlich wasserlos; sämtliches Wasser musste auf die Landzunge gepumpt werden. Bei der Rückkehr ins Hotel stellte er fest, dass der Portier eine Gesprächsnotiz mit Faith Greens Kontaktdaten unter seiner Zimmertür hindurchgeschoben hatte. Sie logierte im Hotel Continental an der Calle Duque de Tetuán – ein paar Blocks entfernt.

Er rief im Hotel an und bat darum, mit ihrem Zimmer verbunden zu werden.

»Gibt es in Ihrem Hotel eine Bar?«, fragte sie – ein wenig barsch, wie Gabriel fand; vielleicht, weil ihr der Druck nun doch langsam zusetzte.

»Ja. Eine ziemlich nette sogar. Sehr …«

»Wir sehen uns dort, in einer halben Stunde.« Sie legte auf.

Gabriel begab sich nach unten und machte einen Ecktisch ausfindig, wo man ungestört war. Er bestellte einen Whisky Soda und zündete sich eine Zigarette an. Die Wandtäfelung in der Bar war hell pistaziengrün gestrichen, und vergoldete, etwas schief hängende Wandleuchter sorgten für schummriges Licht. Die Sesselbezüge aus grobem scharlachrotem Samt waren abgewetzt, und ein sehr alter Barmann mit einem prachtvollen weißen Schnäuzer – der perfekt zu seiner gestärkten, doppelreihigen Jacke passte – war damit beschäftigt, alles zu polieren, was es nur zu polieren gab. Glas funkelte, Flaschen waren mustergültig angeordnet. Ein junger Kellner in einer kirschroten Jacke drehte wachsam seine Runden zwischen den Tischen, ein Silbertablett auf steifen Fingern balancierend.

Faith fand sich pünktlich in der Bar ein, in einem Aufzug, der ihn etwas verblüffte, einer dunkelblauen Caprihose mit einem dazu passenden kurzen Blouson. Er hatte sie noch nie zuvor in Hosen gesehen. Sie hatte ein Seidentuch um ihr Haar geschlungen, ordentlich unter dem Kinn verknotet, als ob sie auf die Rennbahn wollte. Sie nahm es ab – es war passenderweise mit Pferdemotiven gemustert, wie Gabriel bemerkte –, faltete es sorgsam zusammen und legte es neben sich auf dem Sessel ab. Etwas angespannt wirkte sie schon, Gabriels Eindruck nach, dem ihre Bestürzung insgeheim Freude machte.

»Caldwell ist verschwunden«, sagte sie mit leiser Stimme. »Seine Wohnung ist durchsucht worden. Nichts Interessantes, außer Unmengen leerer Flaschen. In den SIS-Büros in der Botschaft fehlt auch nichts.«

»Ja, er trinkt ganz gern mal einen Schluck, unser Mr Caldwell.«

»Wie kam er Ihnen bei dem Abstecher zum Luftwaffenstützpunkt vor?«

»Völlig entspannt«, sagte Gabriel. »Locker. Wobei, ich habe ihn eigentlich immer nur als sehr entspannt erlebt.«

»Das macht seinen Charme aus. ›Der gute alte Kit.‹ ›Ein famoser Bursche.‹ Alle mögen ihn.« Sie lächelte schmal. »Das Dumme ist, er gehört dem Dienst schon seit den Dreißigern an. Kennt jeden, weiß alles.«

»Was hat ihn verraten?«

»Letzten Endes verraten sie sich immer, alle. Der Druck ist ungeheuer, unvorstellbar. Deswegen hat er auch so viel getrunken. Das hat erste Alarmglocken läuten lassen.« Sie blickte sich suchend um, gab dem jungen Kellner Zeichen und bestellte einen Dubonnet, mit Eis. Sie wartete, bis das Getränk vor ihr stand, und bat Gabriel dann, ihr sein Treffen mit Blanco zu schildern, möglichst detailliert. Gabriel erzählte ihr alles, woran er sich erinnern konnte.

»Es war der Fünfzehnte – da sind Sie sich sicher«, sagte sie.

»Ja, absolut. Er hat sich sehr präzise ausgedrückt. Ein polnischer Frachter, vom Hafen Cádiz aus, am Fünfzehnten. Caldwell wollte, dass Blanco mitkommt, verstehen Sie. Weil er ihn wahrscheinlich immer noch liebt, denke ich.« Gabriel zuckte mit den Schultern. »Es war außerordentlich riskant, ihm das alles anzuvertrauen. Aber die beiden hatten ja ein langjähriges Verhältnis, wie Sie wissen.«

»Ja, das ist mir bekannt.« Faith runzelte die Stirn, als würde sie nachdenken. »Ich habe Ihnen davon erzählt.«

»Allerdings. Und Caldwell hat's mir auch erzählt. Und dann noch Blanco.«

Das schien sie kurz zum Schweigen zu bringen. Sie rührte die Eiswürfel in ihrem Dubonnet mit dem Zeigefinger um, die dabei leise klirrten und klimperten. Dann leckte sie sich den Finger ab, eine Geste, bei der Gabriel ein kleines Aufzucken von sexuellem Interesse verspürte. Es war das erste Mal, dass Faith Green ihn auf diese Weise erregt hatte. Äußerst sonderbar.

»Sie können jetzt nach London zurück«, sagte sie unvermittelt. »Wir kümmern uns um Caldwell. Haben Sie die Zeichnung?«

»Ja. Möchten Sie sie haben?«

»Behalten Sie sie. Als Andenken.«

»Wozu brauchen Sie diese Zeichnungen? Wenn ich fragen darf?«

»Das kann ich Ihnen nicht verraten. Aber diese hier brauchen wir nicht mehr. Sie gehört Ihnen.«

»Hat es was mit Caldwell zu tun?«

Sie legte den Kopf schief und sah ihn eindringlich an.

»Dumm sind Sie nicht, Gabriel. Belassen wir es dabei, ja?«

Gabriel orderte noch einen Whisky, erkundigte sich, ob er rauchen dürfe, und erhielt die Erlaubnis.

»Wie geht es nun mit Caldwell weiter?«, fragte er.

»Die spanische Polizei wird ihn am Fünfzehnten verhaften. Vorausgesetzt, er taucht auf. Die Kollegen weihen wir natürlich erst in letzter Minute ein. Wir wollen ja nicht, dass irgendwas durchsickert. Ich bin mir ziemlich sicher, dass an Bord des Frachters KGB-Leute warten, um ihn eingehend zu befragen, wir müssen also sehr vorsichtig sein. Wir lassen das Dock weiträumig umstellen. Sollte er uns entwischen, stoppen wir das Schiff, wenn es ausläuft.« Sie kippte ihren restlichen Dunbonnet in einem großen Schluck hinunter. »Keine Sorge, er entgeht seiner gerechten Strafe nicht.« Sie stand auf und streckte ihm die Hand entgegen. »Vielen Dank für alles, Gabriel. Sie können jetzt in Ihr Leben zurück. Ihr Buch fertig schreiben. Wir im Institut sind Ihnen alle sehr dankbar.«

Gabriel erhob sich ebenfalls, und sie schüttelten sich die Hände. Er spürte einen Stich bei dem Gedanken, ob dies wohl das letzte Mal sein würde, dass er in Faith Greens faszinierender, aus dem Gleichgewicht bringender, seltsam aufreizender Gesellschaft war.

»Schön. Dann reise ich morgen früh ab«, sagte er. »Auf Wiedersehen, und alles Gute.«

Er blickte ihr nach, als sie mit großen Schritten die Bar verließ. Er setzte sich wieder, rauchte seine Zigarette zu Ende und überlegte, ob er später losziehen sollte, um sich ein vernünftiges Restaurant fürs Abendessen zu suchen. Dann sah er, dass sie ihr Seidentuch vergessen hatte.

Er nahm es vom Sessel und hielt es sich an die Nase. Lavendel – der Duft, die Fährte von Faith Green. Er ließ sich vom Portier den Weg zum Hotel Continental beschreiben und brach auf, um ihr das Tuch zu bringen. Ein letzter kleiner Dienst von ihrem Chef-Kurier.

Das Hotel Continental war zu Fuß kaum fünf Minuten entfernt, seine Neonschrift leuchtete hell im sanften Licht der Abenddämmerung. Der uniformierte Türsteher tippte sich grüßend an seinen Dreispitz, als Gabriel durch die Drehtür trat und Ausschau nach der Rezeption hielt. Da war sie ja, am Ende einer langen Eingangshalle: Marmorfußboden in schwarz-weißem Schachbrettmuster, Palmen in glänzenden Messingkübeln, Kronleuchter, deren Licht für sein Empfinden eine Spur zu grell war.

Und da war sein Bruder, Sefton Roscommon.

Gabriel machte auf dem Absatz kehrt und verzog sich in ein kleines Lädchen am Eingang, wo es Souvenirs und Zeitungen aus aller Welt für die Gäste gab. Er nahm sich eine *Herald Tribune* und bezahlte sie. Er schlug die Zeitung auf und lugte vorsichtig darüber hinweg.

Er fühlte sich einem Herzinfarkt nahe. Sefton war hier in Cádiz. Er und Faith Green arbeiteten zusammen. Sein Puls hämmerte wie wild, er konnte ihn in den Ohren hören, tosend wie die Brandung, wie die Wellen, die gegen die Ufermauern von Cádiz krachten. Sefton hatte ihn nicht bemerkt, gottlob; er war weiterhin in ein Gespräch mit dem Empfangsmitarbeiter vertieft. Dann tauchte Faith auf, gefolgt von Harrison Lee und zuletzt noch Anatoly Sirin. Die vier unterhielten sich eine Weile, ehe sie sich gemeinsam in den Speiseraum begaben. Gabriel kam vor Übelkeit die Galle hoch.

Er verließ das Hotel und machte sich auf den Weg zur Strandpromenade, im Kopf die inzwischen so vertraute Kakophonie offener Fragen. Sefton? Was zum Teufel ging hier bitte vor? Sefton mit Faith und den anderen? Mein Gott. Sefton war wohl hier, mutmaßte Gabriel, um bei der Verhaftung Caldwells dabei zu sein, des Verräters, der eben noch rechtzeitig aufgeflogen war, ehe er sich absetzen konnte. Er listete im Geist all die Lügen auf, die Sefton und Faith ihm aufgetischt hatten. Zugleich beschlich ihn ein Gefühl von Verbitterung, das seine Übelkeit fast noch steigerte. Er ging die Promenade entlang, ohne die Bettelkinder weiter zu beachten. Als dann ein Kind an seiner Jacke zupfte, drehte er sich um und herrschte die Bande wutentbrannt an, NO PESETAS! Das jagte ihnen einen solchen Schrecken ein, dass sie davonrannten.

Er betrat eine Bar, bestellte sich eine Flasche Rotwein und trank das erste Glas, während er über alles nachdachte. Klar, überlegte er, Sefton hatte ihn zuerst als perfekten Kurier für Faith vorgeschlagen, das lag auf der Hand. So hatte alles angefangen, wie sonst. Mein Bruder führt diese kleinen Aufträge für mich aus. Er ist Reiseschriftsteller, die perfekte Tarnung. Aber warum log er dann? Warum stritt er das ab? Es musste irgendein anderes Motiv geben, folgerte er. Dass es einen weiter gespannten Plan gab, ein größeres Bild, hatte er immer gewusst, ohne je dahinterzukommen, worum es eigentlich ging. Nun fragte er sich, ob das alles durch Caldwells Vorhaben, sich abzusetzen, zunichtegemacht worden war.

Er schenkte sich neuen Wein nach und dachte zugleich, mal sachte, Junge – seine Abreise stand morgen an, zurück nach London, da wollte er nicht mit einem Brummschädel am Steuer sitzen. Die Gedanken kamen und gingen, rempelten sich gegenseitig an. Gehörte Sefton auch dem Institut an? Oder repräsentierte er bei dieser potenziell ungeheuer peinlichen Krise den MI6 oder das Außenministerium? Ein Stationsleiter, seit dreißig Jahren beim Geheimdienst, der im Begriff war, zur Sowjetunion überzulaufen. Ging es um Caldwell, letzten Endes? Aber welche Rolle spielten die Zeichnungen? Warum wurde er auf diese spezielle Mission geschickt und dafür so üppig entlohnt? Wie würde es mit Caldwell weitergehen, wenn er verhaftet wurde? Würde danach alles vertuscht werden? Und wie genau, rätselte er, passte der Tod Patrice Lumumbas in dieses Puzzle?

Er bremste sich, in der Einsicht, dass diese Grübeleien nicht nur sinnlos waren, sondern ihn im Nu in den Wahnsinn treiben würden. Komm, lass gut sein. Er hatte sein eigenes Leben zu leben, und außerdem hatte er ein Buch zu schreiben. Als er in seinen Taschen nach Geld kramte, um den Wein zu bezahlen, stieß er auf Faith' Tuch. Er hob es an die Nase und sog den Duft ihres Lavendelparfüms ein. Er würde es behalten, dachte er, als Andenken an einen Verrat.

»Hoffentlich hatten Sie einen angenehmen Aufenthalt im Hotel de France, Señor Dax. Wir wünschen Ihnen eine sichere Heimreise nach London.«

Gabriel dankte dem Rezeptionisten und beglich seine Rechnung, in bar. Die Morgensonne, die stechend durch die Fenster hereinfiel, zeichnete orangefarbene Parallelogramme auf die Terrakottafliesen. Er sann über seine nächsten Schritte nach, jetzt, wo seine Arbeit getan war: vielleicht eine gemächlich mäandernde Fahrt zurück nach Madrid, über Granada, Murcia, Valencia – um das meiste herauszuholen, wenn er schon mal unvermutet hier …

Kit Caldwell kam in die Lobby geschlendert und grüßte ihn mit erhobener Hand.

»Gabriel, wie schön, Sie zu sehen. Checken Sie gerade aus? Da bin ich ja froh, dass ich Sie noch erwische.«

Sie gingen in die Bar, wo Caldwell einen Sherry bestellte. Gabriel bat um ein Mineralwasser. Vor Schreck verspürte er noch immer ein leises Zittern. Er überspielte es, so gut es ging.

Caldwell hob sein Glas.

»Das erste Getränk des Tages, hat mir mal ein alter spanischer Schriftsteller erklärt, sollte Sherry sein. Nur morgens. *Solo por la mañana.*«

Gabriel nippte an seinem Wasser und hoffte sehr, dass ihm die Anspannung nicht anzumerken war. In seinem Anzug aus knittrigem, cremefarbenem Baumwolldrillich sah Caldwell aus, als wollte er in die Tropen aufbrechen. Seine hellgraue Krawatte war fleckig, offenbar Essensspuren. Ansonsten aber schien er bestens in Form zu sein – weder verkatert noch übernächtigt oder irgendwie missgestimmt.

»Haben Sie Blanco gesehen?«, fragte er.

»Ja.«

»Wie ging es ihm?«

»Besser, meinem Eindruck nach. Als hätte er irgendwie wieder Aufwind.«

»Ja …« Caldwell blickte kurz ernst drein. »Diese Schau in Paris hat ihn, glaube ich, wieder aufgemuntert. Hat für ihn so ziemlich alles verändert. Haben Sie die Zeichnung gekauft?«

»Ja.«

»Ich würde mir schon wünschen, dass er mit diesen ›unausgewogenen‹ Bildern aufhört. *Desequilibrio*, wie er das nennt. Anfangs ist es irgendwie ganz interessant, aber das ›Konzept‹ hat man ja im Handumdrehen durchschaut. Wenn man dann zwanzig oder dreißig davon zusammen sieht, ist die Wirkung …«

»Reisen Sie morgen ab. Warten Sie nicht bis zum Fünfzehnten.«

Gabriel war mit den Worten herausgeplatzt, ohne lange darüber nachzudenken.

Caldwell erstarrte. Sein heiteres Lächeln war mit einem Mal wie weggewischt, seine Züge verhärteten sich.

»Was zum Teufel …«

»Blanco hat Sie verraten«, sagte Gabriel hastig. »Er hat Ihr Geheimnis verkauft, für fünftausend Dollar. Sie sind hier, in Cádiz – Faith Green, das Team vom MI6. Man will Sie bei Ihrer Abreise verhaften lassen, durch die spanische Polizei. Der Hafen wird umstellt, Sie haben nicht den Hauch einer Chance.«

Caldwell sah ihn scharf an.

»Warum verraten Sie mir das?«

»Keine Ahnung. Ich habe nur das Gefühl ...« Gabriel hielt inne, ordnete seine Gedanken und setzte neu an, in betont ruhigem, vernünftigem Tonfall. »Ich weiß inzwischen, dass ich von Faith Green – und anderen – zu Zwecken benutzt worden bin, die ich nicht ganz durchschaue. Und das geht mir gegen den Strich. Kolossal. Und alles Weitere ist mir egal. Es schert mich einen Dreck.« Er zuckte die Achseln. »Und, ähm, ach, was soll's. Ich mag Sie einfach.«

Caldwell nickte lächelnd, sichtlich erfreut.

»Na schön, Gabriel, alter Freund. Das scheint mir doch ein sehr guter Grund zu sein. Wer A sagt, muss auch B sagen. Es gibt ein Dorf, etwa zehn Meilen außerhalb der Stadt, an der Straße nach Jerez, namens Aznal del Campo. Dort gibt es ein absolut annehmbares altes *parador*. Sie haben doch noch Ihren kleinen Simca, oder?«

»Ja.«

»Gut. Das macht einen großen Unterschied. Das wird helfen.« Er kippte seinen restlichen Sherry hinunter. »Fahren Sie nach Aznal. Buchen Sie ein Zimmer für eine Nacht. Ich stoße dann später zu Ihnen.« Er lächelte sein breites Lächeln und schüttelte seine Haartolle zurück. »Entschuldigung, ich gehe einfach so davon aus, dass Sie dazu bereit sind. Sie müssen das nicht tun – Sie haben ja schon mehr als genug getan, dadurch, dass Sie mir diese Information geliefert haben.«

Habe ich den Verstand verloren?, dachte Gabriel. Leiste ich gerade einem feindlichen Agenten tätige Beihilfe? Die Antwort lautete vermutlich Ja, aber das juckte ihn nicht weiter. Er unternahm einen weiteren Anlauf, sich das, was er da gerade getan hatte, vernunftmäßig zu erklären, und scheiterte. Der Auslöser war wohl die Sache mit Sefton gewesen – die völlige Verblüffung darüber, ihn hier in Cádiz zu sehen. Und dann kam die rückblickende Analyse, die ihm blitzartig dafür die Augen öffnete, wie alle, besonders

Faith Green, ihn benutzt hatten – als wäre sein Mitwirken eine Selbstverständlichkeit –, eine Erkenntnis, die seinen Unmut befeuert hatte. Es war wie bei der Entdeckung eines Ehebruchs. Für den gehörnten Ehemann ergab damit alles in seinem Leben im Nachhinein schlagartig einen bitteren, verletzenden Sinn: die Abwesenheiten, die Ausreden, die Lügen, all das wurde unbarmherzig als das entlarvt, was es war. Diese neue Klarheit – das gesamte zurückverfolgte Narrativ des Verrats – war ungeheuer schmerzhaft. Und dafür, überlegte er, hatte er ihnen wohl umgekehrt wehtun wollen, durch irgendeinen Racheakt, eine aktive Vergeltung – und Caldwell hatte ihm die perfekte Gelegenheit dazu geboten, deswegen hatte er ihn gewarnt, spontan und ohne jede Überlegung. Er spürte, wie sein Herz klopfte, fühlte das Pulsrasen seiner Wut und seiner Scham. Die konnten ihm mal gepflegt den Buckel runterrutschen, alle. Er würde für sie nicht länger den nützlichen Idioten abgeben.

»Einverstanden, ich bin dabei. Sie haben recht, wer A sagt, muss auch B sagen.«

Caldwell stand auf.

»Braver Mann. Ich muss noch dies und das erledigen. Bis später dann.«

Er verließ die Bar. Gabriel blieb noch einige Momente sitzen, gefangen in einer Art existenziellem Dilemma. Was war nur in ihn gefahren? Worauf ließ er sich da ein? Aber, sagte er sich, seinen Instinkten sollte man vertrauen – und er hatte instinktiv den Impuls verspürt, Kit Caldwell zu helfen. Also hatte er ihm geholfen. Wieso jetzt auf halbem Weg haltmachen?

4

Kit Caldwell setzt sich ab

Aznal del Campo war nicht mehr als eine Ansammlung ärmlicher, heruntergekommener Häuser zu beiden Seiten der Straße nach Jerez. Es gab eine verschlossene Kirche, einen Supermarkt mit halb leeren Regalen und ein altes *parador*, in dem Gabriel ein Zimmer für die Nacht buchte. Sein Zimmer enthielt ein Bett, einen Tisch und einen Stuhl sowie einen Nachttopf. Es gebe eine Toilette neben dem Speiseraum, die er benutzen könne, wenn ihm das lieber sei. Falls er sich waschen wolle, könne er sich aus der Küche einen Topf mit heißem Wasser kommen lassen.

Gabriel brach zu einem Spaziergang auf. Er versuchte, sich nicht auszumalen, wie es nun weitergehen könnte. Versuchte, nicht über die Folgen nachzudenken, die ihm drohten, wenn er Caldwell bei der Flucht behilflich war. Nein, nicht bei der Flucht, berichtigte er sich, sondern beim Überlaufen zum Feind. Noch war es vermutlich nicht zu spät, nach Cádiz zurückzufahren, Faith Green alles zu beichten und sich reinzuwaschen. Aber was würde ihm das für ein Zeugnis ausstellen? Er wäre keinen Deut besser als Blanco, der zum Wendehals mutierte Liebhaber. Irgendwie war er sogar stolz auf seine verwegene Tat – so etwas hätte ihm wohl niemand zugetraut. Und allein das schien ihm gegenwärtig Rechtfertigung genug zu sein.

Er ließ das Dorf hinter sich und bog dann von der Hauptstraße auf einen ausgetretenen Pfad ab, der eine kleine Anhöhe hinaufführte, zu einem uralten Olivenhain mit geradezu greisenhaft knorrigen Bäumen, deren Stämme hart wie rissiger Stein waren; belaubt waren sie nur noch hier und da, trugen kleine und dürftige Früchte. Wann dieser Hain wohl angepflanzt worden war? Es musste Jahrhunderte her sein, mutmaßte er, während er mit der Hand über die schwieligen, zerfurchten Stämme fuhr. Er ließ seinen Blick über die Bäume ringsumher schweifen – sie muteten an wie eine von der Natur geschaffene Ruine, eine Art Stonehenge aus Holz, mit einem ganz eigenen, feinen Zauber. Hier oben konnte er die Brise spüren, angenehm kühl an seinem Rücken, der vom Aufstieg verschwitzt war, und die sanften Böen fuhren wie ein Kamm durch das blonde Gras im Olivenhain. Zikaden ließen ihr schrilles, einförmiges Zirpen vernehmen, wie eine rituelle Musik beinahe, die diesem Ort vorbehalten war. Er nahm den numinosen Geist der Stätte wahr und empfand eine seltsame Rührung. Dass er diesen sterbenden Hain gefunden hatte, das spürte er, war ein gutes Omen für den aufrührerischen Akt, den zu begehen er im Begriff war. Er nahm seine Gitanes heraus und ließ sich vor einem der Bäume nieder, den Rücken an seinen ehrwürdigen Stamm gelehnt. Mit einem Lächeln im Gesicht rauchte er seine Zigarette. Er hatte richtig gehandelt, das wusste er.

Bei Anbruch der sanften, nebligen Abenddämmerung war er bereits wieder auf seinem Zimmer. Er versuchte es mit Lesen, konnte sich aber wegen seiner wachsenden Anspannung nicht konzentrieren. Er begab sich nach unten in den Speiseraum und bestellte sich etwas zu essen – das Speisenangebot beschränkte sich auf eine Art Eintopf mit Stockfisch und Kartoffeln – recht schmackhaft zwar, aber er hatte keinen Hunger und ließ die Hälfte auf dem Teller zurück. Er trank ein paar Gläser Rotwein und kehrte auf sein Zimmer zurück.

Gegen elf Uhr klopfte es an der Tür, und ein Junge mit einem Schielen teilte ihm mit, unten sei *»un Ingles«*.

Dort stand Caldwell in der kleinen Diele, mit zwei abgenutzten Lederkoffern. Gabriel beglich seine Rechnung, und sie gingen zum Wagen hinaus.

»Sind Sie noch mit von der Partie?«, fragte Caldwell. »Alles ist bereit, wenn Sie es sind.«

»Hier bin ich«, sagte Gabriel.

Nachdem sie die Koffer auf dem Rücksitz untergebracht hatten, beschrieb Caldwell ihm, wie er zu dem verabredeten Dock kam, und zwängte sich dann mühsam in den Kofferraum. Nur eine Vorsichtsmaßnahme, erklärte er.

Gabriel ließ den Motor an und fuhr nach Cádiz zurück. Er steuerte den Bahnhof an und bog dann ab zum Muelle Nuevo.

Der Hafen von Cádiz war riesig – eine natürliche Bucht, geschaffen von der Landzunge, auf der die Stadt errichtet worden war. Einige der Docks waren gesichert, das Muelle Nuevo aber, wo zahlreiche Fischtrawler vor Anker lagen, war frei zugänglich. Caldwells Schiff, ein kleiner polnischer Frachter, der mit einer Ladung Holz und Olivenöl nach Gdansk zurückkehrte, war an einem Kaiabschnitt weiter oben im Hafen vertäut, ein Stück von der Fischereiflotte entfernt, inmitten einiger weiterer Frachtschiffe.

Gabriel parkte den Simca im Schatten einer kleinen Lagerhalle. Hier und da brannten Bogenlampen, deren Schein Teiche aus hellem Licht erzeugte. An einem Fischerboot war jemand mit Schweißarbeiten beschäftigt, wobei Funken aufsprühten wie kleine Feuerwerke. Es war sehr still und sehr dunkel. Er half Caldwell aus dem Kofferraum, der sich zunächst reckte und streckte und mit den Füßen aufstampfte, bis er wieder Leben in seinen Gliedmaßen verspürte. Dann nahmen sie die Koffer aus dem Wagen und machten sich vorsichtig auf den Weg, den Kai hinauf.

Der Name des Frachters lautete MS *Sobieska II*. Ein stumpfer Bug, tiefliegend, mit einem Schornstein – aus dem

Dampf aufstieg – und einem rostfleckigen grauen Rumpf. Auf dem Hauptdeck brannten Lichter, und dunkle Gestalten wuselten hin und her. Eine schmale Gangway war auf den Kai hinabgelassen. Während sie sich näherten, zog Caldwell Gabriel unvermittelt in den Schutz eines Gebäudes.

»Ich muss im allerletzten Moment an Bord gehen, in der letzten Sekunde«, sagte Caldwell. »Während sie schon die Gangway hochziehen. Sie geben uns ein Signal, aber wir müssen schnell sein.«

»Wir?«

»Na, ich kann doch nicht beide Koffer tragen und an Bord springen.«

»Ach so.«

Sie beobachteten, wie Besatzungsmitglieder die dicken Haltetaue loswickelten und dann einholten. Das rhythmische Stampfen des Schiffsmotors wurde lauter, und der Dampf quoll nun in mächtigen Wolken aus dem Schornstein. Dann ertönte unvermittelt die Schiffssirene, und die Gangway wurde in die Höhe gekurbelt, ein Stückchen nur, und verharrte dann in der Luft, etwa dreißig Zentimeter über dem Kai.

»Das ist das Signal!«, sagte Caldwell, und sie flitzten zusammen los.

Bei ihrem Auftauchen kamen zwei Männer die Gangway hinunter, um Caldwell behilflich zu sein. Caldwell übergab dem einen seinen Koffer, Gabriel reichte den anderen hinüber, und dann ging Caldwell eilig an Bord. Hastete die sich hebende Gangway hinauf und winkte Gabriel dabei noch einmal zu. Etwaige Abschiedsworte, die er dabei geäußert haben mochte, gingen im Lärm unter, da die MS *Sobieska II* nun zügig und lautstark Fahrt aufnahm und, noch ehe die Gangway vollständig eingezogen war, vom Kai ablegte und wendete, dem offenen Meer entgegen. Gabriel verkniff sich ein Abschiedswinken. Das hier war kein zärtliches Adieu.

Caldwell dampfte seinem neuen Leben in der Sowjetunion entgegen – da konnte man ihm nur viel Glück wünschen.

Gabriel kehrte zu seinem Auto zurück, beinahe fröstelnd von all dem Adrenalin, das ihm durch den Körper pumpte. Er beschloss, die Nacht hindurch zu fahren, Richtung Málaga. Es war sinnlos, sich noch ein Hotel zu suchen – schlafen würde er sowieso nicht können –, also besser nichts wie weg aus Cádiz, um möglichst viele Meilen weit entfernt zu sein, ehe Faith Green und Sefton dahinterkamen, dass aus dem Treffen mit Kit Caldwell am Fünfzehnten nichts würde. Der Vogel war ausgeflogen.

5

Skandal!

Gabriel besorgte sich sämtliche Zeitungen, als die Geschichte ans Licht kam. Einen Monat lang war es still geblieben, dann wurde die Neuigkeit in der *Prawda* verkündet, mit einem Foto von Premier Chruschtschow, der Caldwell mit dem Orden »Held der Sowjetunion« auszeichnete. Die britische Presse schäumte vor Wut und machte ihrer Empörung in riesigen Schlagzeilen Luft: »DIE CALDWELL-AFFÄRE! MI6-SCHANDE ENTHÜLLT! UNSER UNNÜTZER GEHEIMDIENST! TOP-SPION FLIEHT NACH MOSKAU!« Und dann noch jene, bei der Gabriel ein etwas mulmiges Gefühl beschlich: »WER WARNTE KIT?«

Von dem gescheiterten Plan, Caldwell in Cádiz zu verhaften, war nicht die Rede, ebenso wenig wie vom Institut für Entwicklungsstudien oder von Faith Green. In der Presse wurde der Fall als weiterer Beleg für das chronische Versagen der Regierung präsentiert, die unfähig war, ihren Geheimdienst unter Kontrolle zu bringen: Vetternwirtschaft, Elitedenken, selbstgefälliger Klüngel, Pflichtvergessenheit und Korruption des Establishments, all das wurde heftig angeprangert. Guy Burgess, Donald Maclean, George Blake und jetzt Kit Caldwell. Wie viele andere Verräter lauerten noch im zehntklassigen britischen Geheimdienst? Die Reaktion der Regierung fiel betont gelassen aus. Dieser Überläufer sei nur ein weiterer dekadenter kleiner Funktionär aus den Reihen des MI6, der die üble Lage, in die er geraten war, offenbar maximal auszuschlachten trachtete. Auch

Caldwells Rolle als Agent wurde extrem kleingeredet, ein durchsichtiger Fall von Schadensbegrenzung. Stationsleiter in Madrid, das sei nur ein unbedeutender Posten in einer Art Spionage-Walachei; Caldwell habe ohnehin bald in den Ruhestand verabschiedet werden sollen, seiner offenkundigen Trunksucht wegen; er habe geahnt, dass seine Zeit bald abgelaufen war, und daher entschieden, sich aus dem Staub zu machen. Der Subtext war klar: auf Nimmerwiedersehen! Nur ein weiteres schwarzes Schaf, das die schneeweiße britische Herde nicht länger belastete.

Gabriel las die Zeitungen und war verdutzt. Wenn man eine Geschichte besser kannte als die Medien, war das schon ein kleiner Schock. Angesichts der krassen Fehler, der Verdrehungen, der Unwahrheiten, der Übertreibungen und wilden Unterstellungen fragte er sich, wie jemand, der mit diesem Wissen im Hinterkopf Zeitung las, den derart berichteten und dargestellten »Fakten« jemals über den Weg trauen sollte. Mit seinem besonderen Wissen allerdings fühlte er sich angreifbar. Er merkte, wie der vertraute Verfolgungswahn des Spions wieder in sein Leben einsickerte. Beim Einkaufen, oder wenn er aus dem Haus ging, um sich mit Freunden zu treffen, oder Verlegern, oder Redakteuren, oder mit seinem Agenten, sah er sich unentwegt um und behielt seine Umgebung im Auge, aus Sorge, dass ihn jemand beschatten könnte. Er hatte den unguten Verdacht – was immer Faith Green auch über die Beendigung seiner Verstrickung mit dem Institut gesagt haben mochte –, dass die Sache noch nicht ausgestanden war. Dieses Gefühl von Beunruhigung begleitete ihn auf Schritt und Tritt.

Interessant fand er, dass er – Wochen später – nach wie vor null Schuldgefühle deswegen empfand, dass er Caldwell zur Flucht verholfen hatte. Man hatte ihn, Gabriel, in einem Komplott eingesetzt und manipuliert, um den Mann zu schnappen, und als er das Doppelspiel durchschaute, entband ihn das, seiner Auffassung nach, von jedem noch so nebulösen »Pflichtgefühl«, das er gehabt haben mochte, von jeglichen moralischen oder patriotischen Imperativen. Man hatte ihn belogen und benutzt, und nachdem er diesem miesen Spiel auf die Schliche gekommen war, fühlte er sich dazu berechtigt, unter diesen neuen Umständen nach eigenem Gutdünken zu handeln. Er rief sich das berühmte Zitat in Erinnerung, dem zufolge man, vor die Wahl gestellt, sein Vaterland oder seinen Freund zu verraten, hoffen würde – wie war noch der Wortlaut? –, »den Mumm zu haben, mein Vaterland zu verraten«. Dieser Maxime war er gefolgt. E.M.Forster, richtig, das war der Schriftsteller, von dem das Zitat stammte. Ein Kollege also, das war erfreulich – obendrein auch Reiseschriftsteller, wie er. Mit den richtigen Prioritäten, wie Caldwell ihm dargelegt hatte. Bei weiterem Nachdenken über die Entscheidung, die er in Cádiz getroffen hatte, kam er zu dem Schluss, dass es für ihn keine andere Option gegeben hatte, um seiner eigenen Individualität Geltung zu verschaffen, seiner Unabhängigkeit als denkender, funktionierender Mensch. Ob er anderen durch sein Handeln Ungelegenheiten bereitet, sie in eine peinliche Lage gebracht oder in irgendetwas hineingezogen hatte, war ihm einerlei. Er hatte eine Entscheidung getroffen und in die Tat umgesetzt. Derlei Gedanken gingen ihm unablässig durch den Kopf, während er sich auf sein Buch zu konzentrieren versuchte.

Victoria rief an, um ihn wieder mal zum Sonntagsessen einzuladen. Erst wollte er unter irgendeinem Vorwand ablehnen, sagte dann aber doch zu, aus Neugierde darauf, wie Sefton sich verhalten würde. Ob er irgendwie auf seinen Abstecher nach Cádiz zu sprechen käme, jetzt, da Gabriel über das volle Ausmaß seiner Verwicklung in die Caldwell-Affäre Bescheid wusste.

Das Essen selbst verlief angenehm. Das Rinderfilet war

köstlich, die Pommes dauphine riefen nach einem Nachschlag. Seine Idee für das neue Buch kam bei den Jungen gut an, und es schloss sich ein spontanes Gesellschaftsspiel um die Frage an, welche Flüsse vorkommen sollten und welche nicht. Nil und Amazonas wurden als »langweilig« eingestuft. Gabriel notierte sich brav einige ihrer gescheiteren Ideen.

Nach der Mahlzeit gesellte sich Gabriel zu Sefton unter die Pergola, wo Sefton seine Verdauungspfeife stopfte, in Gang hielt und rauchte – fast schon ein Ritual, dachte Gabriel. Er hatte ein volles Glas Brandy mit nach draußen gebracht und rauchte seine Gitanes. Mit dem Cognac trank er sich Mut an.

»Und, wie wird diese Caldwell-Sache im Außenministerium aufgenommen?«, fragte Gabriel betont beiläufig.

»Tja, gottlob nicht unsere Kacke, die da am Dampfen ist«, sagte Sefton. »Die MI6-Leute haben sich alle unter ihren Betten verkrochen.«

»Ich habe ihn gesehen, in Madrid. Caldwell«, sagte Gabriel. »Wir haben einen Abend zusammen verbracht. Ein überaus amüsanter Mensch.«

»Das ist es ja, weißt du«, sagte Sefton. »Es gibt immer irgendeine kunstvolle Fassade. So operieren die.« Er zog tief an seiner Pfeife. »Er war ein Homo, weißt du.«

»Ja und?«

»Irgendwer muss ihn erpresst haben, denke ich.«

»So, so.«

»Jedenfalls …« Sefton stieß eine erstaunlich dichte Rauchwolke aus, die einige Sekunden in der Luft hing, ehe sie von einem Windhauch zerstoben wurde. »Er war nur ein kleiner Fisch«, fuhr Sefton fort. »Kein George Blake, kein Burgess oder Maclean.«

»Einen guten Eindruck macht es trotzdem nicht«, sagte Gabriel.

»Überläufer machen immer einen schlechten Eindruck, bei allen – bei uns, bei der CIA, beim KGB«, sagte Sefton wegwerfend. »Aber Überläufer und Doppelagenten wird es immer geben – so wie die Armen.« Seine Witzelei gefiel ihm, er gluckste vergnügt vor sich hin.

»Komisch, dass er sich von Cádiz aus abgesetzt hat«, sagte Gabriel.

»Was ist daran komisch?«

»Weil ich auch in Cádiz war, kurz vor seiner Flucht – wegen einem meiner ›Jobs‹.«

»Ach ja?«

»Für den MI6. Für deine Freundin Faith Green.«

»Sie ist nicht meine Freundin. Ich kenne sie gar nicht.« Sefton stopfte an dem Tabak im Pfeifenkopf herum, mit einem speziellen kleinen Silberwerkzeug, das er dafür hatte, wie ein schmales Taschenmesser.

Lüge Nummer eins, dachte Gabriel.

»Jedenfalls, zu dem Zeitpunkt war ich längst abgereist.«

Sefton brummte.

»Ist schon eine tolle Stadt, Cádiz. Hat mir sehr gefallen dort«, fuhr Gabriel hinterhältig fort. »Tolle Atmosphäre. Diese Hafenstädte, weißt du, die haben schon was ganz Eigenes. Ein besonderes Lebensgefühl.«

»Spanien, wohin«, sagte Sefton, reichlich kryptisch.

Gabriel nippte an seinem Brandy.

»Schon mal da gewesen? In Cádiz?«

»War bloß mal in Gibraltar. Näher bin ich noch nicht gekommen.«

Lüge Nummer zwei, vermerkte Gabriel.

Er wechselte das Thema.

Als er wieder zu Hause war, nahm Gabriel Blancos Zeichnung von dem Sims über dem Gaskamin in seinem Wohnzimmer, wo er sie nach seiner Rückkehr aus Spanien aufgestellt hatte, und überlegte, was hier eigentlich vor sich ging, während er die abstruse Schirmpinie anstarrte. Sefton hatte gelogen – überzeugend –, was aber wohl nicht anders zu erwarten war. Er würde nie zugeben, dass er an der Faith Green/Blanco/Caldwell-Täuschung beteiligt war, worum immer es dabei gehen mochte. Er überlegte, ob es noch mehr gab, was er tun sollte. Sein Bruder war beteiligt, ja; sein Bruder gehörte offenbar dem Geheimdienst an, ja; und sein Bruder hatte fraglos eine maßgebliche Rolle dabei gespielt, ihn, Gabriel, in Richtung Faith Green zu lotsen, ja. Der nützliche Idiot, dachte er, wieder einmal. Und Idioten sind nützlich, weil sie nie das größere Bild sehen können.

Er durchquerte das Zimmer und setzte sich an den Schreibtisch. Auf seinem Schreibmaschinenmanuskript befand sich Mäuse-Kot. Na schön, dachte er, ab jetzt herrscht Krieg. Umfassend und erbarmungslos.

*

Seine Reise nach Dublin, im Juli, nach Chapelizod, war überraschend erfolgreich. Dass die Liffey in Chapelizod sonderlich malerisch oder außergewöhnlich wirkte, ließ sich nicht behaupten, der Ort aber weckte eine Fülle von Assoziationen: literarisch, historisch, politisch. In Chapelizod wurde die Liffey tideunabhängig. Eine Theorie besagte außerdem, dass sich hier in grauer Vorzeit, lange vor den Wikingern, die erste menschliche Siedlung befunden hatte und eine Furt quer durch den Fluss angelegt worden war. Für Gabriel noch wichtiger, in Chapelizod hatte James Joyce in *Finnegans Wake* die Familie Earwicker verortet, die dort in ihrer Kneipe lebte. In vieler Hinsicht war die Liffey der ideale Fluss für sein Buch: prototypisch. Es war eine Art Offenbarung, dachte er. Er sollte definitiv noch mehr sondieren, das wusste er, weitere Flüsse testen – auch unbekannte oder nicht weiter bedeutende Flüsse vielleicht –, ehe er seine endgültige Auswahl traf.

In Chapelizod stieg er nicht in einem Hotel ab, sondern in einer Frühstückspension, geführt von einer Witwe, einer Mrs Doreen Byrne, einer Frau in ihren Fünfzigern mit einem energischen, blassen Gesicht und dichtem, widerspenstigem, grau meliertem Haar. Sie war kurz angebunden, trocken und abgeklärt, und im Lauf der Tage, die er bei ihr wohnte – während er Chapelizod und Umgebung erkundete – erinnerte sie ihn mehr und mehr an Faith Green, als wäre sie Faith Greens irische Tante. Es kam zu freundschaftlichen Begegnungen und kurzen Gesprächen zwischen ihnen, morgens am Frühstückstisch oder später, wenn er von seinen Streifzügen durch die Nachbarschaft zurückkam und sich ihre Wege kreuzten. Je länger er mit Doreen Byrne zusammenstand und mit ihr plauschte – jedes Mal ein verschmitzter, spöttischer Schlagabtausch –, desto mehr begann Faith Green seine Gedanken zu beherrschen, wenn er sich mit seinen Reiseführern und dem Fotoapparat in der Stadt umtat, fast so, als würde sie ihn heimsuchen.

Einmal war er in einem dunklen Pub in der Dubliner Innenstadt, Donovan's in der Grafton Street – ein uriger, origineller Laden mit geschwärzter Wandtäfelung und einer durchhängenden, verfärbten, cremefarbenen Decke – fast so, dachte er, als würde man in einem riesigen Glas Guinness sitzen. Die Pubs in Dublin gefielen ihm – die Zecher dort waren freundlich, neugierig, immer zu Gesprächen aufgelegt, und sobald sie erfuhren, warum er in Dublin war, sprudelten die teils völlig konträren Ratschläge zu den Vorzügen und Nachteilen seiner Erkundungen der Liffey bei Chapelizod nur so aus ihnen heraus. Und wenn er sich gerade nicht unterhielt, hörte er den Plaudereien und Scherzen zu – fast wie eine Darbietung, die für den Besucher von außerhalb inszeniert wurde. Ein einsilbiger, wortkarger Dubliner, ob es so etwas gab?, fragte er sich. Es war eine gute Stadt zum Alleinsein, weil man wusste, dass man jederzeit Gesellschaft finden konnte, wenn man das Alleinsein satthatte. Jener Tag in dem Pub in der Grafton Street, das sollte ihm später klar werden, war eine Art Wendepunkt.

Er ging zum Tresen, um sich noch einen Jameson's zu bestellen. Während sein Drink eingeschenkt wurde, fiel ihm in einer düsteren Ecke neben der Kasse eine verstaubte Dubonnet-Werbung ins Auge, die dort mit Heftzwecken an der Wand befestigt war. Unversehens, von einem Moment auf den anderen – in einer Art Epiphanie à la Joyce, überaus passend – fühlte er sich nach Cádiz zurückversetzt, zu seinem letzten Treffen mit Faith Green in der Hotelbar. Jenes Treffen, bei dem sie die Eiswürfel in ihrem Dubonnet umgerührt und danach ihren Finger abgelutscht hatte. Er schloss die Augen, und es war, als würde er eine Kinoversion jenes Moments vor sich sehen, in Großaufnahme, lebendig und unmittelbar. Ihr blasses Gesicht, das Rühren im Getränk, wie sich ihre Lippen eng um den Finger schlossen, das Lutschen, die kleinen Fältchen in ihrer Oberlippe, das Aufblitzen ihrer feuchten, rosaroten Zunge, ihr träges Lächeln. Ein Frösteln lief ihm über die Schultern, in seinem Nacken machte sich die vertraute Anspannung bemerkbar. Es war wie ein Damaskus-Erlebnis. Er begriff auf unwiderlegliche Art, dass Faith Green, ob es ihm gefiel oder nicht, zu einem untrennbaren Teil seines Lebens geworden war, und dass er, um in seinem Alltag bei Verstand zu bleiben, um sein Leben halbwegs ruhig und vernünftig führen zu können, irgendeine Art von bedeutsamer Beendigung ihrer Beziehung herbeiführen müsste.

Er kehrte mit seinem Whiskey an seinen Eckplatz zurück und schrieb gedankenlos ihren Namen in sein Notizbuch, in Großbuchstaben: FAITH GREEN. Gleichzeitig wurde ihm klar, dass er mit Katerina Haas über diese neue Obsession, diese neue Überzeugung reden musste. Alles, was ihm widerfahren war, seit er sie zum ersten Mal gesehen hatte, auf dem Flug von Léopoldville nach Brüssel, in sein Buch vertieft – vor beinahe zwei Jahre inzwischen –, hatte irgendwie mit ihrer Persona zu tun, mit ihrer Beziehung zu ihm und seiner zu ihr. Verwunderlich war nur, dass es so lange gedauert hatte – eine Art schleichender Obsession, die ihr emotionales Gewicht langsam, aber sicher ansammelte, wie eine sich anbahnende schlimme Erkältung oder Influenza. Man bemerkt die Anzeichen und Symptome, dachte er, und ignoriert sie, in der Annahme, dass das Immunsystem seine stille Pflicht tun und man das Virus schon loswerden wird, doch die Symptome halten an und werden stärker und lassen sich nicht länger ignorieren – das Virus sickert in den Blutkreislauf ein, und bald schon hat man hohes Fieber.

Er starrte die Wand gegenüber an und atmete ein. Die Dubonnet-Offenbarung, das musste er zugeben, hatte eine neue Dimension. Die Verbindung zwischen ihnen war professioneller Art, ja, und sie war natürlich auch persönlich – jetzt aber kam noch eine sexuelle Komponente hinzu. Seine Gefühle ließen sich nicht länger leugnen. Vielleicht war diese Komponente immer schon im Spiel gewesen, dachte er, und er hatte sie bloß nicht wahrhaben wollen. Aber warum? Was stimmte nicht mit ihm? Er versuchte, sie sich nackt vorzustellen – und scheiterte. Es war sehr einfach, sagte er sich. Ich muss sie wiedersehen, trotz allem, was sie getan hat.

6

Obsession

Nach seiner Rückkehr nach London versuchte er unverzüglich, einen weiteren Termin bei Dr. Haas zu vereinbaren. Sie sei im Sommerurlaub, hieß es, in Österreich, er müsse sich also gedulden, bis sie wieder da sei. Und wann sei sie wieder da? Das wissen wir nicht, sagte ihm die Sekretärin. Wir melden uns bei Ihnen, Mr Dax, sobald sie zurück in der Praxis ist.

Er rief Tyrone an und fragte, ob er Zeit habe, mal bei ihm vorbeizukommen. Eine vertrauliche Sache. Er könne sich etwas Geld verdienen. Tyrone war umgehend zur Stelle.

Gabriel hatte ihn seit einigen Monaten nicht mehr gesehen, und ihm fiel sofort auf, dass etwas an Tyrone anders war. Ja, sein Haar. Es war erheblich heller, blonder. Fast schon schwedisches Flachsblond.

»Hast du dir die Haare gefärbt?«, fragte Gabriel.

»Natürlich nicht.«

»Natürlich hast du sie gefärbt. Als ich dich letztes Mal gesehen habe, war dein Haar noch braun. Jetzt ist es blond.«

»Ich habe Ferien in Bournemouth gemacht. Zwei Wochen lang. Da war's kochend heiß. Sonne ohne Ende. Das muss die Erklärung sein.« Tyrone lächelte verkniffen. »Sei's drum, worum geht's denn? Was soll ich für dich erledigen?«

Gabriel legte in groben Zügen seinen Plan dar. Er wollte wissen, wo Faith Green wohnte. Er gab Tyrone die Adresse des Instituts für Entwicklungsstudien in der Long Acre.

Dann beschrieb er ihm sehr genau, wie Faith aussah, und schlug Tyrone vor, sich gegen Ende des Arbeitstags irgendwo gegenüber vom Haupteingang des Instituts zu postieren, unauffällig natürlich, um dieser Frau dann nach Hause zu folgen. Dabei müsse er vorsichtig sein. Sie arbeite in der »Sicherheitsbranche« – nähere Details nannte er nicht –, Tyrone müsse also sehr diskret und clever vorgehen. Wenn er ihm die gewünschte Information lieferte, sprangen dabei fünfzig Pfund für ihn heraus, zwanzig Pfund vorab, als Zeichen seines Vertrauens.

Tyrone nahm die vier Fünf-Pfund-Noten in Empfang und zählte sie demonstrativ zweimal durch, als wären sie nicht real, als handle es sich um eine Art Bargeld-Fata-Morgana.

»Schläfst du mit dieser Frau?« Tyrone beäugte ihn argwöhnisch. »Ich meine, es geht hier doch nicht um irgendeine Eifersuchtsgeschichte, oder?«

»Ich arbeite für sie. Sie ist meine ›Chefin‹, wenn du so willst«, sagte Gabriel. »Ich bin misstrauisch, das ist alles. Ich benötige gewisse Informationen.«

»Habt ihr Schluss gemacht, du und Lorraine?«

»Nein! Nein. Ich war verreist, in Spanien und Irland. Das hatte ich ihr auch gesagt.«

»Weil sie nämlich eine Stinklaune hat. Geht mir tierisch auf den Keks.«

»Ich hab viel zu tun, Tyrone. Ich versuche, ein Buch fertig zu schreiben. Das Leben ist nun mal kompliziert.«

»Wem sagst du das.« Tyrone schüttelte heftig den Kopf, als könne er durch diese Bewegung allein alle Komplikationen des Lebens loswerden. Dann lächelte er. »Okay, ich werde für dich rausfinden, wo diese Braut wohnt.«

»Ich bin dir sehr dankbar«, sagte Gabriel.

Tyrone wurde auf einmal nachdenklich; er wirkte scheu und verletzlich, für ihn ganz untypisch.

»Fällt das mit meinen Haaren so sehr auf?«

»Leider ja. Aber, weißt du was, Tyrone? Es steht dir irgendwie. Guter Look.«

»Scheiße, das ist doch ’ne Maus! Pfui Deibel!«

Die nächsten Tage verbrachte Gabriel damit, sein Kapitel über Chapelizod und die Liffey abzuschließen und zu überarbeiten. Er war bemüht, jeden Gedanken daran zu verdrängen, was in seinem Leben als Nächstes bevorstehen mochte, und konzentrierte sich mit einigem Erfolg auf das Hier und Jetzt. Lorraine rief an und fragte, ob sie vorbeikommen könne, für ein »ernsthaftes« Gespräch, aber er wimmelte sie mit der Lüge ab, er müsse noch einmal nach Irland. Er werde sich bei ihr melden, wenn er wieder da sei.

Am Anfang der Woche darauf rief Dr. Haas’ Sekretärin an und sagte, sie könnten nun einen Termin vereinbaren, Dr. Haas sei aus dem Urlaub zurück. Sie war ziemlich lange fortgeblieben.

AUSZÜGE AUS DER ABSCHRIFT VON SITZUNG 6

DR. HAAS: Haben Sie seit unserer letzten Unterredung irgendwelche Besserungen in Ihrem Schlafverhalten bemerkt? Ich hatte den Eindruck, wir hätten sehr vielversprechende Fortschritte erzielt.

GABRIEL DAX: Einige Tage lang habe ich schon besser geschlafen, das gebe ich zu – aber dann wurden Aspekte in meinem Leben sehr, äh, [räuspert sich wiederholt, hüstelt] stressig – und ich musste feststellen, dass ich in das alte Muster zurückverfallen war. Eine Stunde Schlaf, dann Träume von Feuer und ein jähes Erwachen. Danach nur noch ruheloses Hin- und Herwälzen.

DR. HAAS: Was hat denn den Stress verursacht?

GABRIEL DAX: Ich musste nach Spanien reisen, wegen einer Art Auftrag. Mal so gesagt, die Dinge sind nicht ganz nach

Plan gelaufen. Es war sogar ziemlich gefährlich, wird mir jetzt klar. Ich wollte, ich hätte mich nie darauf eingelassen.

DR. HAAS: Meine Güte, was Sie für ein Leben führen, Mr Dax! Wie dem auch sei, diese Geschichte können wir außer Acht lassen. Was Sie tun müssen, ist, sich auf Ihre Erinnerungen an die Nacht des Feuers konzentrieren, jetzt, wo Sie dieses neue Narrativ haben, diese neuen Informationen. Wenn Sie sich konzentrieren, können Sie die falschen Hypothesen austilgen, mit denen Sie bisher gelebt haben, die falschen Erinnerungen. Dann wird sich allmählich eine Art »wahrer« Erinnerung einstellen, eine, die Ihnen überzeugend erscheint. Und dann werden Sie besser schlafen können.

GABRIEL DAX: Ah ja. Ich verstehe, was Sie sagen. Die Logik jedenfalls leuchtet mir ein. Ich will's versuchen. Wobei, vielleicht sollte ich diesen Schadensabwickler noch mal aufsuchen und mit ihm reden, fällt mir jetzt auf. Vielleicht weiß er noch weitere Einzelheiten, die er mir nicht erzählt hat oder vergessen hat, mir zu erzählen.

DR. HAAS: Das halte ich für eine hervorragende Idee. Je mehr Fakten Sie sammeln, desto mehr wird sich Ihre Erinnerung diesen Fakten – wie sagt man noch? – unterordnen, genau, unterordnen. Manchmal ist es wichtig, die Erinnerung zu bändigen, zu unterwerfen – so paradox es klingen mag.

[PAUSE]

GABRIEL DAX: Es gibt da noch etwas anderes, das mir zu schaffen macht. Ich würde gern mit Ihnen darüber reden.

DR. HAAS: Mit dem Feuer und dem Tod Ihrer Mutter hat es nichts zu tun?

GABRIEL DAX: Nein, damit hat es nichts zu tun. Es ist etwas, das mir kürzlich klar geworden ist – vor ein paar Tagen. In Zusammenhang mit diesem Auftrag, diesem Job, dessentwegen ich in Spanien war …

DR. HAAS: Bitte, sagen Sie mir ganz offen, was Sie fühlen. Dafür bin ich ja da.

GABRIEL DAX: Ich kenne da diese Frau und arbeite auch für sie, seit fast zwei Jahren ... Wir haben eine seltsame Beziehung, eng, aber rein professionell. Ich bin ihr ... [Pause] Ich habe das Gefühl, sie benutzt mich, aber ich durchschaue nicht ganz, wieso. Kann das größere Bild nicht erkennen.

DR. HAAS: Ich sehe nicht, wo das Problem liegt.

GABRIEL DAX: Mir ist aufgefallen – oder vielmehr, ich hatte diese Offenbarung –, dass ich sie sexuell anziehend finde. Ungeheuer anziehend. Sie hat mich erschüttert, diese Offenbarung.

DR. HAAS: Wenn Sie all diese Zeit mit ihr in Kontakt waren, warum hatten Sie diese – diese »Offenbarung« – dann jetzt erst?

GABRIEL DAX: Keine Ahnung. Ich saß in einem Pub in Dublin, auf Recherche für mein neues Buch – und dann begriff ich auf einmal, aus heiterem Himmel, dass ich etwas für sie empfinde. Ich war nicht betrunken oder so. Mir fiel nur plötzlich auf, dass ich diese Empfindungen für sie hege, sexuell.

DR. HAAS: Hat sie irgendwie erkennen lassen, dass sie Ihnen gegenüber ähnlich empfindet?

GABRIEL DAX: Nein, überhaupt nicht. Wie gesagt, es ist eine Obsession von mir. Wenn überhaupt, ist sie mir gegenüber eher unterkühlt – sogar geringschätzig, mitunter.

DR. HAAS: Könnte das der Grund sein, warum Sie sie anziehend finden?

GABRIEL DAX: Ich bin doch kein Masochist.

DR. HAAS: Nein, natürlich nicht. Was ich meinte, war, weil sie unerreichbar ist. Weil das etwas ist, das niemals geschehen wird, niemals geschehen kann, Ihre Obsession.

GABRIEL DAX: Interessant. So habe ich das noch gar nicht betrachtet.

Gabriel suchte eine Eisenwarenhandlung an der King's Road auf und kaufte eine Dose Tischlerleim. Den hatte Tyrone ihm empfohlen, um sein Mäuseproblem zu lösen.

»Eine Londoner Maus, verstehst du, ist nämlich eine schlaue Maus«, hatte Tyrone gesagt, als hätte er es mit einem geistig Minderbemittelten zu tun. »Fallen, Gift – da lacht die Maus nur drüber. Ha, ha, als wenn ich so blöd wäre. Nein, da gibt es nur eine Lösung – Leim.«

»Leim?«

»Ja, und zwar nicht die Sorte, mit der man Bilder in sein Sammelbuch einklebt. Was du brauchst, ist Tischlerleim. Das Zeug, mit dem Stühle zusammengeleimt werden.«

Tyrone lieferte nähere Erläuterungen zu der Methode, und Gabriel hörte aufmerksam zu.

Wieder zu Hause schnitt er aus einem Pappkarton zwei Rechtecke heraus, etwa fünfundzwanzig mal zwölf Zentimeter. Dann öffnete er die Dose und bestrich die Papprechtecke mit einer Schicht Leim. Der Leim erinnerte an undurchsichtigen, dickflüssigen Honig, und Gabriel merkte sofort, wie klebrig er war, wie viel Haftvermögen darin steckte, als er ihn sorgfältig mit einem Buttermesser verstrich. Er lächelte. Schlaue Londoner Maus hin oder her, in der Leimfalle, da war er ganz zuversichtlich, würde das Nagetier seinen Meister finden. Er stellte die leimbestrichenen Papptafeln links und rechts vom Herd auf, direkt vor die Fußleiste. Das hatte ihm Tyrone nämlich auch erklärt – Mäuse hielten sich stets dicht an der Wand. Er trat zurück, um sein Werk zu betrachten. Der nie endende Krieg zwischen Mensch und Maus. Diese spezielle Schlacht in dem Konflikt, davon war er überzeugt, würde nun bald entschieden sein.

Er ging ins Wohnzimmer und setzte sich an den Schreibtisch, wo er sein Kapitel über die Liffey noch einmal las und einige Änderungen vornahm. Inigo Marcher, sein Lektor, hatte angefragt, ob er schon mal einen Blick in das in Ausführung befindliche Werk werfen dürfe. Er fand das Buchprojekt »spannend« und prophezeite ihm große Dinge. Gabriel überlegte, ob nun der Zeitpunkt gekommen war, die schon beendeten Kapitel abzuschicken. Von den geplanten Reisen in die USA und nach Südamerika rückte er langsam ab. Er war zu der Auffassung gelangt, dass er sich zuerst Europa vornehmen sollte, denn beim Studium einer Landkarte hatte er entdeckt, dass es in Österreich eine Stadt namens Krems gab, an der Donau. Etwas an dem Namen weckte sein Interesse – ein bisschen wie Chapelizod –, von diesem Krems hatte er noch nie gehört. Vielleicht kam eine Reise dorthin in Betracht, noch vor Jahresende, danach würde er die vier Kapitel einsenden – Inigo konnte ruhig noch etwas warten, das steigerte die Vorfreude. Er legte das Liffey-Kapitel in den Ordner mit den *Flüsse*-Manuskripten zurück und spannte ein neues Blatt Papier in die Schreibmaschine ein.

Bennet Strum hatte ihn um einen Beitrag über seine Reisen nach Andalusien gebeten, mit einem Fokus auf seinen Eindrücken vom Alltagsleben in Francos Spanien. »Nicht zu viel Kultur und Kathedralen«, hatte Bennet gesagt. »Wir wollen wissen, wie der alte Mistkerl das Land zugrunde richtet.« Gabriel freute sich über den Auftrag: Es war leichte und gut entlohnte Arbeit. Er zündete sich eine Zigarette an und fing an zu tippen, und dabei spürte er, wie ihn eine Art Zufriedenheit überkam. Das Intermezzo als nützlicher Idiot, als willfähriger Laufbursche war beendet. Er war zurück in seinem alten, gemütlichen Einsiedlerleben.

Tyrone erstattete eine Woche darauf Bericht über seine Beschattungsaktion. Sie gingen zusammen ins Goat and Crow, am Mittag, und Gabriel lud ihn zu einem Bier und einer Pastete ein. Er selbst trank einen großen Gin Tonic. Ihm wurde blümerant zumute, er bekam einen trockenen Hals, als Tyrone anfing, seine Erkenntnisse darzulegen. Nicht zum ersten Mal fragte er sich, ob es nicht etwas zu waghalsig war, eine Angehörige des britischen Geheimdienstes so ausspionieren zu lassen. Die ausspionierte Spionin. Aber mit Spionage hatte das nichts zu tun, beruhigte er sich, hier ging es um Gefühle, eine Angelegenheit des Herzens – seines Herzens.

»Also, ein paar Tage musste ich schon auf der Long Acre rumlungern, aber dann habe ich sie sofort entdeckt«, sagte Tyrone. »Stilvoll wirkende Frau, Gabriel. Ein Klasseweib. Gute Wahl. Hast du mit der, ähm, tatsächlich was laufen …?«

»Das tut nichts zur Sache, Tyrone. Erzähl mir einfach nur, was du herausgefunden hast.«

»Sie verlässt das Büro gegen sechs. Geht zur U-Bahn-Station Covent Garden. Dann nimmt sie eine Bahn nach Ealing Broadway, mit einmal Umsteigen in Holborn – was nur eine Haltestelle von Covent Garden entfernt ist. Schon etwas eigenartig. Hätte sie fast aus den Augen verloren.«

Tyrone fuhr fort. Sie sei am Bahnhof Ealing Broadway ausgestiegen, weil dort ihr Auto geparkt stand.

»Sehr nettes Gefährt. Ein Mercedes-Benz 190 SL. Das sag ich dir, Gabe, die verdient nicht schlecht.«

»Ich kenne den Wagen. Wie ging's weiter?«

»Ich war zu Fuß. Sie ist mir davongefahren.«

»Oh. Sie ist dir also entwischt.«

»Woher sollte ich denn wissen, dass sie da ein Auto stehen hat? Jetzt mach mal halblang.«

»Entschuldigung.«

»Tags darauf fahre ich also zur Feierabendzeit nach Ealing Broadway und parke gleich neben ihrem Wagen. Und Tatsache, da kommt sie auch schon aus dem Bahnhof, so kurz vor sieben. Steigt ein, fährt los. Ich ihr hinterher.«

Sie sei auf der A40 in Richtung Oxford gefahren, sagte Tyrone, habe die Autobahn dann verlassen und schließlich ein Dorf namens Great Missenden angesteuert, in den Chiltern Hills.

»Sie hat ein Haus an der High Street. Eher ein Häuschen, weiß gestrichen, mit Blumenkästen vor den Fenstern, zweistöckig. Wohnt allein da.«

»Woher willst du das wissen?«

»Ich hab eine Nachbarin gefragt. Hab gesagt, ich würde ein Pärchen suchen, das ich kenne. Die beiden würden hier im Dorf wohnen. Ich bin nicht auf den Kopf gefallen, Gabriel. Ich wäre auch ein prima Detektiv.«

»Das vertiefen wir besser ein andermal. Wie lautet die Hausnummer?«

Tyrone verriet es ihm. Gabriel zog los, um neue Getränke zu besorgen. Während er am Tresen stand, kamen ihm erneut Zweifel an der Sinnhaftigkeit dieser Aktion. Was wollte er mit dieser neuen Information anfangen? Nach Great Missenden fahren und an Faith' Haustür klopfen? Er meinte fast vor sich zu sehen, wie sie es aufnehmen würde, aufgespürt worden zu sein: erst verdutzt, dann ungehalten. Die Tatsache, dass ihr Arbeitsweg so umständlich war: Auto, dann U-Bahn, dann Umsteigen. Die Tatsache, dass Holborn nur eine Haltestelle von Covent Garden entfernt war, war bedeutsam: Sie hätte vom Institut aus direkt zur Station Holborn gehen können – nein, das hieß, dass es sich, mehr als alles andere, um eine Vorgehensweise handelte, eine Routinemethode zum Verwischen ihrer Spuren. Sie könnte auch in Great Missenden in einen Zug nach Marylebone steigen. Könnte ihr Auto ebenso gut in Covent Garden parken. Nein, es handelte sich um eine Vorsichtsmaßnahme. Sie würde nicht erfreut sein, ihn zu sehen.

Er kehrte mit den Getränken an ihren Tisch zurück.

»Prost. Ach ja, eins noch«, sagte Tyrone. »Diese Nachbarin, schon älter, so 'ne richtige Klatschtante, hat mir verraten, dass deine Miss Green in Urlaub fährt, für zwei Wochen. Und sie hat mir auch verraten, wohin.«

»Wohin denn?«

»Könnte ich erst die dreißig Piepen haben, die du mir noch schuldest?«

Darauf war Gabriel vorbereitet. Er zückte seine Geldbörse, gab Tyrone die sechs Fünf-Pfund-Scheine und sah dabei zu, wie das übliche, hoch konzentrierte zweimalige Durchzählen vorgenommen wurde. Tyrone faltete die Scheine zusammen und schob sie in eine Hosentasche.

»Der Ort hieß South…« Er hielt inne, legte die Stirn in Falten. »Wie war das noch? Irgendwas mit South, jedenfalls.«

»Southampton? Southend? Southsea? South Uist?«

»Southwold. Das war es.«

7
Southwold

Auf der Reise nach Southwold grübelte Gabriel darüber nach, ob er langsam nicht mehr ganz bei Verstand war. Darüber müsste er dringend mit Katerina Haas sprechen, bei einer nächsten Sitzung. Er nahm den Zug nach Norwich, von dort einen Bummelzug nach Aldeburgh. In Aldeburgh erwischte er einen Bus nach Southwold, wo er in einem großen Pub mit angegliederter Frühstückspension namens The Albion ein Zimmer ergatterte, ein paar Straßen vom Strand entfernt. Dort mietete er sich für eine Woche ein.

Nachdem Tyrone ihm seine Erkenntnisse mitgeteilt hatte, war er zunächst einige Tage untätig geblieben, bis ihm dann die Idee kam: Fahr nach Suffolk, fahr nach Southwold und mach sie dort ausfindig. In Southwold konnte eine solche Begegnung als Zufall durchgehen – weil in Southwold viele Leute Ferien machten. Er war selbst schon einmal dort gewesen, als Jugendlicher, und erinnerte sich dunkel an einen riesigen weißen Leuchtturm mitten im Ort, außerdem an den malzigen Duft, der die Straßen erfüllte, von einer Brauerei. Auch bunte Strandhütten waren ihm im Gedächtnis geblieben, ein Pier, seltsame offene Grünflächen in der Stadt, ein Sand-und-Kiesel-Strand sowie ein scharfer, sengender Wind von der Nordsee her. Es war kein großer Ort, es müsste also nicht weiter schwer sein, sie zu finden. Er packte seine Tasche und machte sich auf den Weg.

Am nächsten Morgen suchte er einen Zeitungsladen auf und schaffte es, einen lokalen Besucherprospekt inklusive Stadtplan aufzutreiben. Eher ein großes Dorf als eine Stadt, dachte er, als er den Plan entfaltete. Dann zog er los, um den Ort systematisch nach ihrem Mercedes abzulaufen, eine Straße nach der anderen.

Nachdem er den ganzen Tag gesucht und nichts gefunden hatte, wurde ihm klar, dass sie sich auch ein Cottage gemietet haben könnte, ein paar Meilen außerhalb der Stadt, mitten auf dem Land – es bestand kein Grund zu der Annahme, dass sie sich in Southwold selbst aufhielt. Ein deprimierender Gedanke, bei dem ihn erneut Zweifel an seinem Geisteszustand beschlichen. Aber, entschied er dann, wenn er seine Suche ausdehnen müsste, dann würde er das tun. Bei einem Schrotthändler erstand er für drei Pfund ein gebrauchtes Fahrrad und fing an, sich ins Umland von Southwold vorzuwagen.

Es war noch warm für Anfang September, nur die Kastanienbäume zeigten bereits ihr erstes herbstliches Gelb. Außerdem lag ein ständiges, von ferne klapperndes Brummen in der Luft, während er über die Landstraßen radelte, das Geräusch von Traktoren, die jetzt die abgeernteten Felder umpflügten. Auf den vielen silbrigen Bächen und Wasserwegen im Umland der Stadt waren kleine Jachten und Beiboote unterwegs, Kanus, Motorboote und lange, schmale Lastkähne. Die Vogelwelt hier draußen auf dem Land war erstaunlich: Enten, Gänse, Kiebitze, Möwen, Kormorane, Seeschwalben, Rotschenkel – und wusste der Himmel, was sonst noch alles. Langsam kam er sich selbst wie ein Urlauber vor und fing an, Gefallen an seinen Landpartien zu finden, auf seinem quietschenden Knochenschüttler von einem Drahtesel, vorbei an Cottages und Bauernhäusern, bei denen er darauf achtete, ob zufällig ein silberner Mercedes davor parkte. Southwold lag dicht bei der Mündung des

River Blyth, wo sich der Fluss in die Nordsee ergoss, und er spielte mit dem Gedanken, den Blyth in sein Buch aufzunehmen. Dann wäre die Reise mit ihren Kosten zumindest nicht ganz umsonst gewesen, für den Fall, dass Faith unauffindbar blieb.

George Orwells Familie hatte in Southwold gelebt, und Orwell selbst hatte in den 1920ern viele Monate in dem Ort verbracht. Diese literarischen Bezüge ließen es umso sinnvoller erscheinen, über den Fluss zu schreiben – der recht friedlich und undramatisch dahinströmte, zugegeben –, und der Blyth rückte in den Rang eines ernst zu nehmenden Kandidaten für sein Buch auf. Wenn er so durch die Gegend radelte, konnte es passieren, dass er die Suche nach Faith ein, zwei Stunden lang völlig vergaß, wobei ihm diese Bezeichnung für seinen Abstecher nach Southwold recht gut gefiel – »Die Suche nach Faith«. Faith, das hieß Glauben. Es klang wie eine religiöse Berufung, oder als wäre er ein fahrender Ritter, der auf seinem getreuen Ross nach seinem persönlichen Gral suchte. Würde Faith Green ihn vor sich selbst retten? Dann meldete sich der nüchterne gesunde Menschenverstand, und er tadelte sich für seinen mangelnden Ernst. Vielleicht drehte er wirklich langsam durch. Vielleicht sollte er nach London zurück.

Und dann, an seinem dritten Tag in Southwold, hörte er, als er gerade über die North Parade spazierte, einen PS-starken Motor, drehte sich um und sah den silbernen Mercedes 190, der soeben vorüberraste. Er spürte einen Adrenalinschub vor Euphorie, der sofort durch den Verdacht erstickt wurde, dass zwei Leute im Wagen gesessen hatten. Und warum auch nicht?, hielt er sich vor Augen. Warum sollte sie ihren Urlaub allein verbringen? Die andere Person – ob männlich oder weiblich, war auf die Schnelle nicht zu erkennen gewesen – war womöglich eine Schwester oder ein Cousin, oder eine Freundin. Völlig natürlich, normal, nicht weiter außergewöhnlich. Aber sie war hier – und sie kam in die Stadt.

Die nächsten Tage über begab er sich erneut auf Radtour, zielstrebig und planvoll diesmal. Unterwegs machte er bei Autowerkstätten und Tankstellen halt und erkundigte sich, ob jemand vielleicht einen silbernen Mercedes 190 gesehen hätte. Manche Leute bejahten die Frage – ein solcher Wagen verirrte sich selten in diese Breiten –, konnten aber sonst keine nähere Auskunft geben. Er strolchte in den größeren Straßen von Southwold herum – auf der High Street, dem Marktplatz, der Pier Avenue, der Victoria Street –, bezog Posten vor dem Supermarkt, dem Metzger, dem Schnapsladen. Wenn sie nicht verhungern wollte, musste sie einkaufen – vielleicht war dieser Ansatz aussichtsreicher, als ziellos kreuz und quer durch Suffolks flache, betörende Landschaft zu radeln.

Er begann wieder zu verzagen und versuchte, seinen Tag mit sinnvolleren Unternehmungen zu füllen. Wie er dem Besucherprospekt entnahm, gab es auch eine uralte Furt durch den Blyth. Vielleicht sollte er mal hinfahren und ein Foto machen. Er radelte los, auf der Straße nach Blackwater, mit dem festen Vorsatz, der Suche nur noch einen weiteren Tag zu opfern – und dann sah er ihn.

Der Mercedes stand in der Einfahrt eines recht gewöhnlichen Backsteinbungalows aus den 1930er-Jahren, mit Dachfenstern und einem riesigen Busch Pampasgras auf dem kleinen Rasen im Vorgarten – sehr Faith-Green-untypisch, dachte Gabriel –, und neben dem Mercedes stand ein Austin Cambridge. Das Auto der anderen Person, tippte er, wer immer er oder sie nun auch sein mochte. Er blickte sich um. Sie befanden sich am äußersten Stadtrand von Southwold. Die Straße hinauf erspähte er einen Bauernhof, und gegenüber auf der anderen Straßenseite stand ein Buswartehäuschen aus Holz – tagsüber war es wohl zu riskant, bei Nacht aber könnte er das Haus von dort aus problemlos observieren. Ein Stückchen die Straße hinunter befand sich ein Durchlass über einem Bach, mit recht üppiger Vegetation ringsherum, viele Ulmen und Eschen, reichlich Schösslinge, die gute Deckung boten – allemal dicht genug, um sich dort tagsüber zu verbergen und unbemerkt das Kommen und Gehen im Auge zu behalten. Wieder überkam ihn ein Hochgefühl. Er hatte sie gefunden. Er hatte Faith gefunden – jetzt musste er nur noch irgendwie ihre Begegnung arrangieren. Die Fahrt nach Southwold hatte sich also doch gelohnt, letzten Endes.

Früh am nächsten Morgen, nachdem er sich vergewissert hatte, dass ihn niemand sah, schob er sein Fahrrad in das Unterholz neben dem Bachdurchlass und ließ sich zwischen dem Gestrüpp am Boden nieder, wohlverborgen, um zu beobachten und abzuwarten. Zu dumm, dass er kein Fernglas hatte. Vielleicht ab morgen dann, dachte er. Wo könnte er in Southwold ein Fernglas auftreiben? Womöglich müsste er nach Aldeburgh fahren, die Küste runter, das war ein größerer Ort, weniger provinziell als Southwold. Vorläufig musste er sich mit seinen Augen begnügen.

Observieren war sehr langweilig, musste er sich nach zwei Stunden eingestehen. Wie lautete noch der amerikanische Ausdruck dafür? Ein »stake-out«. Er hatte Verpflegung dabei, da er mit längerem Warten rechnete. Er stärkte sich mit einem Käse-Tomaten-Sandwich. Trank einige Schlucke von der sprudelnden Cola, die er eingepackt hatte. Entleerte seine Blase in den Bach, der durch den Durchlass strömte. Kein Lebenszeichen vom Bungalow.

Gegen Mittag – Gabriel kam es vor wie nach drei Wochen – öffnete sich die Haustür, und Faith kam mit einem Mann heraus. Groß, schlank, dunkelhaarig – mehr konnte er aus der Entfernung nicht erkennen. Aber ihm ging durch den Kopf, ein Mann ... Er hatte eine große Golftasche übergehängt, die er im Kofferraum des Mercedes verstaute. Gabriel achtete auf die Körpersprache und hatte den Eindruck, dass sie sehr entspannt miteinander umgingen. Das war kein Cousin, kein alter Studienfreund. Vor Eifersucht kam ihm die Galle hoch, als die beiden in dem Mercedes davonfuhren, zum gemeinsamen Golfspielen. Gabriel entschied, dass er für den Tag lang genug auf Lauer gelegen hatte.

Am Morgen darauf fand er sich erst relativ spät beim Bungalow ein. Am Vorabend hatte er in der geräumigen Bar des Albion zu viel getrunken und bei mehreren Partien Billard vor Ungeschick fünfzehn Shilling verloren. Als er endlich sein Fahrrad ins Unterholz geschoben und, noch etwas verschlafen, seinen Posten bezogen hatte, ging ihm auf, dass vor dem Bungalow keine Autos standen – kein Mercedes, kein Austin Cambridge. Wo waren sie hin?

Er stieg aus seinem Dickicht und überquerte die Straße. Er klingelte an der Tür, im Vertrauen darauf, dass keine Reaktion erfolgen würde. Nachdem alles still geblieben war, folgte er einem Kiesweg, der seitlich ums Haus herumführte, wobei er unterwegs einen größeren Stein aufhob. Er könnte ein Fenster einwerfen, so seine Überlegung, und dann ins Haus einsteigen. Doch das war gar nicht nötig, die hintere Tür zur Küche war nicht verschlossen. So war das auf dem platten Land, in der englischen Provinz – nicht verschlossene Türen waren keine Einladung für Diebe, sondern ein Zeichen des gegenseitigen Respekts der Nachbarn untereinander. Recht herzlichen Dank, dachte er und stieß die Tür auf.

Er hielt sich nicht lange im Erdgeschoss auf, sondern stieg gleich die Treppe hoch, weil er oben das Schlafzimmer vermutete. Das hier war nicht Faith' Haus, das spürte er vom ersten Augenblick an – es musste dem Mann gehören. Es war zu langweilig, zu konventionell für Faith: ohne Seele, ohne individuelle Note. Gemusterte Teppichböden, unscheinbare Sofas und Sessel, kitschige Lampenschirme, ein Getränkewagen aus Messing, schlechte Landschaftsaquarelle an den Wänden. Kunstblumen! Oben im Schlafzimmer aber fanden sich weitere bittere Indizien dafür, dass der Mann und Faith offenbar miteinander schliefen. Das ungemachte Bett, die Vertiefungen in den beiden Kopfkissen – es erzählte seine eigene Geschichte.

Er setzte sich kurz aufs Bett, am Fußende, um das erst mal zu verdauen. Sie hatte einen Liebhaber; sie hatte ein Sexleben. Was eigentlich eine gute Neuigkeit war, sagte er sich – sie war eben nicht nur die supertüchtige, eiskalte, berechnende Agentenjägerin, als die sie vor dem Rest der Welt erschien – nein, sie war eine lebende, atmende, sinnliche Frau. Das war eine Art Trost, auch wenn ihre Sinnlichkeit nicht ihm galt.

Er stand wieder auf und nahm das Zimmer in Augenschein. Er zuckte vor Schreck zusammen, als er auf dem rechten Nachttisch eins seiner Bücher entdeckte. Es war sein zweites Buch, *Reisen ohne Karte*. Offenbar las sie es gerade, hatte es bis fast zur Hälfte durch – zwischen den Seiten steckte ein Kamm, als Lesezeichen. Er nahm es vom Nachttisch, um nachzusehen, bei welchem Kapitel sie war: Süditalien, Bari. Er legte es sorgfältig zurück. Er empfand eine Art widersinnige Dankbarkeit. Bei der Lektüre musste sie hin und wieder an ihn gedacht haben – noch war nicht alles verloren.

Auf einmal fühlte er sich wie überwältigt, und die Obsession meldete sich zurück, die sexuelle Obsession, die er in Dublin erlebt hatte. Vielleicht war das Bett der Auslöser, mit seinem Duft nach körperlicher Liebe. Er schloss die Augen und stellte sich Faith' Gesicht vor, ganz bildlich, lächelnd, mit vielsagend verengten Augen, als würde sie ihn prüfend ansehen, wie es ihre Art war … Er griff sich in den Schritt und berührte und befühlte sein anschwellendes Glied. Was ihn dazu veranlasste, war ihm schleierhaft – masturbieren würde er nicht, so viel stand fest –, doch er wollte dieses Gefühl anerkennen, als Zeichen seiner Anwesenheit, seiner männlichen, sexuellen Anwesenheit in diesem Zimmer, diesem Haus, das sie gegenwärtig bewohnte, auch wenn sie nie etwas davon erfahren würde; eine Art symbolischer, fleischlicher Gegenoffensive, gestartet gegen die klaren Indizien der Paarung, die hier stattgefunden hatte.

Er streifte ein Weilchen im Zimmer umher, nahm einen aquamarinblauen Pulli, der offenkundig ihr gehörte, von der Rückenlehne eines Stuhls und erschnupperte den Duft ihres Lavendelparfüms, der daran haftete. Er ging ins Badezimmer und sah ihre diversen Lotionen und Salben, säuberlich aufgereiht, entdeckte einen ihrer Haarreifen aus Samt, hob ihn hoch und legte ihn wieder hin. Dann erblickte er sich selbst im Spiegel, mit ihrem Pulli in der Hand, und schämte sich plötzlich, wie ein auf frischer Tat ertappter, widerlicher Perverser. Was für eine unheimliche Wirkung übte diese Frau auf ihn aus?, fragte er sich. Mein Gott, so etwas hatte er noch nie getan … Er forderte sich auf, sich zu beruhigen. Was fiel ihm ein, in ihrem Haus herumzuschleichen – oder dem Haus ihres Liebhabers? Was, wenn sie auf einmal zurückkamen? Er hängte den Pulli wieder über den Stuhl, so, wie er ihn vorgefunden hatte, ehe er nach unten hastete und das Haus durch die Hintertür verließ.

Er buchte noch drei weitere Tage im Albion. Es sei ihnen eine große Freude, ihn zu beherbergen, versicherten ihm die Angestellten. Er hatte in aller Bescheidenheit durchblicken lassen, dass er ein recht bekannter Schriftsteller sei, der mit dem Gedanken spiele, Southwold ein Kapitel in seinem nächsten Buch zu widmen, um auf diese Weise von dem eher nachgeordneten Promi-Status zu profitieren, den ein solcher Schriftsteller bei Nicht-Lesern genießen mochte. Bei einem Besuch in Southwolds einziger Buchhandlung stöberte er sogar, zu seinem Erstaunen, eine verstaubte Taschenbuchausgabe von *Das weindunkle Meer* auf. Er kaufte das Buch und widmete es dem Albion und seiner wundervollen Belegschaft, in ewiger Dankbarkeit, Gabriel Dax. Es wurde hinter dem Tresen aufgestellt, neben der Kasse, wo es alle Welt sehen und bewundern konnte.

Am Morgen darauf hockte er um kurz nach acht wieder an seinem Spähposten neben dem Bachdurchlass, wohlverborgen im Gestrüpp. Er hatte sich von Alex, dem Barmanager, ein Fernglas ausgeborgt und konnte nun die schattenhaften Umrisse von Faith und ihrem namenlosen Liebhaber erkennen, die sich durch die Räume des Bungalows bewegten. Nach einer Stunde sah er sie aus dem Haus kommen, beide in robusten Schnürstiefeln und mit Rucksäcken auf dem Rücken. Offenbar stand eine längere Wanderung auf dem Programm, dachte er, wie süß. Er beobachtete, wie sie auf der Straße Richtung Blackwater davonmarschierten, und sah, wie der Mann nach Faith' Hand griff. Es versetzte ihm einen scharfen Stich – fast schon einen Schmerz im Magen. Er stand auf. Sie würden wohl den größten Teil des Tages unterwegs sein, schätzte er. Einen Moment lang fühlte er sich versucht, noch einmal ins Haus zu gehen, um nachzusehen, wie viele Seiten von seinem Buch sie in der Zwischenzeit gelesen haben mochte, verwarf den Gedanken aber dann.

Er radelte nach Southwold zurück, tief in Gedanken. Die beiden waren ein Paar; und er war ein trauriger, einsamer Kerl, der verstohlen umherschlich, krank vor Liebe und abgewiesen – nein, nicht einmal abgewiesen –, und ein sinnloses Treffen zu arrangieren versuchte. Was Faith Green betraf, war er einfach nur der Verfasser des Buchs, in dem sie zwischendurch las, ehe es in die nächste Runde Liebe und Leidenschaft mit dem wirklichen Mann in ihrem Leben ging. Er kam sich lächerlich vor. Einen Tag würde er der Sache noch geben, dachte er, dann würde er nach Hause fahren und mit seinem neuen Buch weitermachen – mit seinem Metier, seiner Realität.

»Dummkopf!«, sagte er laut. Und setzte noch einen drauf, schrie es laut hinaus, dem gleichgültigen Himmel entgegen, während er auf seinem Rad dahinstrampelte: »Idiotischer, lächerlicher, verdammter DUMMKOPF!«

Um irgendwie den restlichen Tag herumzubekommen, fuhr er per Bus nach Aldeburgh, um sich ein eigenes Fernglas zu besorgen. Warum er noch keins hatte, war ihm selbst ein Rätsel. Gerade bei Reiseschriftstellern sollte so etwas ja wohl zur Grundausstattung gehören. Er würde sich etwas Gutes gönnen – es könnte sich auf seiner Reise nach Krems als nützlich erweisen. Er machte ein Fachgeschäft für Fotozubehör ausfindig, das außerdem auch Fernrohre und Ferngläser im Sortiment hatte. Natürlich, dachte er, Suffolk, Eldorado der Vogelbeobachter. Er kaufte ein kleines, aber leistungsstarkes Fernglas von Leica – nicht gerade billig, mattschwarz, schwer in der Hand liegend, wundervolle Bildschärfe. Er würde es morgen ausprobieren, bei Faith. Vielleicht könnte er sie nackt sehen, durchs Schlafzimmerfenster; kaum war ihm dieser Gedanke durch den Kopf gegangen, wurde ihm auch schon mit Beschämung klar, dass er nicht nur ein Stalker war, sondern jetzt auch noch ein potenzieller Spanner. Sein Abstieg in Verderbtheit und Verworfenheit nahm an Fahrt auf.

Er schlief nicht gut, wie üblich, und am Morgen fühlte er sich elend und reizbar. Es war schon weit nach neun, als er zu seinem Versteck am Bachdurchlauf kam. Von dem

Austin Cambridge fehlte zu seiner Überraschung jede Spur, während Faith' Mercedes wie gewohnt vor dem Haus parkte. Nach einer Stunde kam sie zum Vorschein und fuhr davon. Vierzig Minuten später war sie wieder da, mit einer Einkaufstüte. War der Mann fort? Das könnte sich als angenehmer Bonus erweisen, ja. Gabriel radelte nach Southwold zurück. Er würde später noch mal herkommen, abends – das würde den aufschlussreichen Beweis liefern.

Nach Einbruch der Dunkelheit setzte er sich für eine Stunde in das leere Wartehäuschen, mit einer Viertelliterflasche Whisky, aus der er ab und zu einen Schluck trank. Selten kam mal ein Bus des Weges, verlangsamte an der Haltestelle seine Fahrt und fuhr dann weiter, nachdem ihn niemand angehalten hatte. Gabriel rätselte, warum es hier eine Bushaltestelle gab, denn während seiner Überwachungsstunden hatte er nie eine Menschenseele gesehen, die hier gesessen und auf einen Bus gewartet hätte – und auch niemanden, der hier aus einem Bus ausgestiegen wäre, um dann nach Hause zu laufen.

Im Bungalow brannte Licht, aber der Austin Cambridge war noch nicht wieder zurück. Er spürte, wie er in eine etwas ängstliche, aber angenehme Hochstimmung geriet. Womöglich kam bei seinen scheinbar aussichtslosen Bemühungen doch noch etwas heraus. Vielleicht war sie allein – vielleicht war dieser Mann seiner Arbeit wegen abgereist, oder wegen eines Notfalls in seiner Familie, oder sonst was, und hatte Faith hier zurückgelassen. Vielleicht, dachte Gabriel, könnte er doch noch ein »überraschendes« Treffen planen und kuratieren. »Mein Gott, Faith! Was machen Sie denn hier? Wie erstaunlich!« Ihm kamen fast die Tränen dabei.

Später, als die Flasche leer war, überquerte er die Straße und spazierte einige Male am Haus vorbei, als wäre er ein zufällig vorbeikommender Passant. Die Vorhänge im ebenerdigen Wohnzimmer waren schlampig zugezogen, und auf einer seiner Runden erhaschte er durch die Lücke einen Blick auf Faith; sie stand mit einem Drink in der Hand da, erhellt von einem gelben Licht, ganz in Gedanken versunken, die andere Hand oben auf den Kopf gelegt. Es war eine so unschuldige, arglose Pose, dass er spontan Herzklopfen bekam vor ... Vor was?, überlegte er. Vor Liebe, vor Lust, vor Verlustschmerz?

Das nächste Mal, als er am Haus vorbeikam, waren die Vorhänge ganz geschlossen. Er holte sein Fahrrad, das er hinter dem Wartehäuschen abgestellt hatte, und fuhr zum Albion zurück. Es war erst neun Uhr – blieb also massig Zeit, sich noch richtig einen anzusaufen.

Als er am Morgen darauf dem Wirt des Albion eröffnete, dass er einen Tag früher abreisen würde als geplant – dass er nach London zurückmüsste, ganz überraschend –, erwiderte der Wirt, ein freundlicher Mann namens Neil Truelove, dass er dessen ungeachtet auch für die Übernachtung bezahlen müsse, die er gebucht hatte, ob er das Zimmer nun weiter nutzte oder nicht.

»Ich habe potenzielle Kunden abgewiesen, weil ich davon ausging, dass Ihr Zimmer vergeben war und weiter von Ihnen genutzt würde, Mr Dax.« Er lächelte. »Bei Ihrer vorzeitigen Abreise würde ich also draufzahlen.«

Gabriel ließ sich dazu bewegen, noch einen Tag zu bleiben.

Er brach zu einem Spaziergang nach Walberswick auf, der ihn über eine Fußgängerbrücke führte, die am Hafen den trüben Blyth überspannte. Am Zielort fand er einen Pub namens The Anchor, in dem er zu seinem Pint Adnams Ale einige Soleier verspeiste, gefolgt von einem weiteren Bier und, da er noch Hunger hatte, einem Käse-Schinken-Sandwich. Danach kehrte er nach Southwold zurück, wo er sich an den Strand setzte, bei den farbenfrohen Badehütten und ganz in der Nähe des Rettungsschwimmerhäuschens, sein Notizbuch aufschlug und den Versuch unternahm, eine neue Reiseroute für *Flüsse* zu planen. Seine Pläne für die Wolga und die Donau hatte er aufgegeben, nun, da Berlin seit dem Vorjahr durch eine Mauer geteilt wurde. Nach seinen brenzligen Abenteuern in Spanien war er derzeit etwas risikoscheu; da mochte Bennet Strum noch so vollmundig behaupten, dass ihm die Macht und der Einfluss der *Interzonal* jederzeit sicheres Reisen in kommunistischen Ländern garantieren könnten.

Er spazierte den Strand hinunter zum Wasser und blickte auf die Nordsee hinaus – grau und bewegt, unter einer dichten, zinnfarbenen Wolkendecke, die Regen verhieß –, mit dem Gefühl, dass diese Szenerie in idealer Weise den Zustand seines Lebens und seiner *joie de vivre* widerspiegelte. Kurz vor dem Nullpunkt, dachte er: grau, grau, grau. Und dann tadelte er sich für sein Selbstmitleid. Keine menschliche Empfindung ist nachsichtiger als das Selbstmitleid, hatte mal jemand geschrieben. Wer? Michel de Montaigne? Thomas Browne? Emily Dickinson? Er seufzte. Was war nur los mit ihm? Faith Green, die war los mit ihm. So einfach war das.

Er stapfte zurück, den Strand hinauf, und versuchte an anderes zu denken, um sie sich aus dem Kopf zu schlagen. Ein Strand, überlegte er, war wie der Bindestrich zwischen *Terra* und *Aqua*: Terra-Aqua. Weder Erde noch Wasser, weder fest noch flüssig. An dem Strand hier wuchs auch nichts, er war wie ein Streifen Wüste, ein Niemandsland zwischen der grünen, reglosen Erde und dem grauen Meer, das in ständiger Bewegung war, allerdings übersät mit dem üblichen Abfall, hinterlassen von seinen gedankenlosen menschlichen Besuchern – Zigarettenstummel, zerknüllte Papiertaschentücher, leere Flaschen, Eiscremestiele, eine kaputte Spielzeugschaufel aus lila Plastik, ein einzelnes Babyschühchen, apfelgrün.

Er drehte sich um und ließ den Blick über das bewegte Wasser schweifen, mit dem spöttischen Gekreisch der oberhalb kreisenden Möwen im Ohr. »Die rastlose See« – diese Wendung kam einem in den Sinn. Wer hatte das noch gesagt? Herman Melville, John Keats, Algernon Swinburne? Wieso dachte er jetzt an Schriftsteller? Womöglich bot sich hier Stoff für ein Buch – ein Buch über die großen Meere der Welt: das Mittelmeer, das Schwarze, das Kaspische, das Rote, das Asowsche Meer, das Weiße Meer, das Tote Meer, die Barentssee ... Durchaus eine anregende Idee, wie ihm auffiel – er musste sie unbedingt aufschreiben, das perfekte Nachfolgebuch zu *Flüsse*, möglicherweise. Eine kleine Hochstimmung machte sich in ihm breit. Sein Verstand funktionierte. Und er hatte zwanzig Minuten lang nicht an Faith Green gedacht.

Am Abend bestellte er sich in dem kleinen Speiseraum des Albion einen Krabbencocktail, Kassler mit Pommes frites und eine Flasche Chianti. Es war seine letzte Mahlzeit hier – also raus mit einem Knall, dachte er, nicht mit Gewimmer. Er entschied sich gegen Sirup-Torte oder Apfelstreusel und wählte stattdessen Käse zum Dessert: einfachen Cheddar und dänischen Blauschimmelkäse mit Salzkräckern dazu. Da die Flasche Wein kaum Wirkung zu zeigen schien, wie er irritiert feststellte, wechselte er noch in die Bar, auf einen Digestif oder zwei.

Er saß mit seinem Brandy da, rauchte eine Gitanes und stierte auf die Liste von Weltmeeren in seinem Notizbuch, als sei darin eine verschlüsselte Lösung für seine Probleme enthalten, als ihm, seltsam inspiriert, unvermittelt der Gedanke kam, ob er womöglich seine abgebrochene Laufbahn als Arzt wiederaufnehmen könnte. Vielleicht würde es einen anderen Menschen aus ihm machen, dachte er, seinem

Leben mehr Sinn verschaffen, wenn er sich einem helfenden Beruf verschrieb. Alles in seiner derzeitigen Situation würde …

Da kam Faith Green in die Bar des Albion und sah sich suchend um.

Sie entdeckte ihn und kam herüber. Sie setzte sich.

»Was für ein erstaunlicher Zufall«, sagte sie mit ihrer tonlosen, trockenen Stimme.

»Mein Gott«, sagte Gabriel. »Was für eine Überraschung! Was machen Sie denn hier …?«

»Ich habe Sie gestern Abend gesehen, als Sie etwa ein Dutzend Mal am Haus vorbeigestrichen sind.«

»Das war ich nicht.«

Sie beugte sich zu ihm vor. Dämpfte die Stimme.

»Verdammte Scheiße, Gabriel, was geht hier eigentlich vor? Ich gehe mal davon aus, dass Sie auch der Eindringling waren, der im Haus herumgeschlichen ist. Gegenstände verrückt hat.«

Er registrierte den Kraftausdruck. Er hatte sie bisher noch nie fluchen hören. Aber wie war sie ihm auf die Schliche gekommen? Routinemäßige Vorgehensweise, sagte er sich. Natürlich. Dinge, die in einer ganz bestimmten Lage zurückgelassen wurden. Also besser kein Buch hochheben und wieder hinlegen. Er hatte noch viel zu lernen.

»Entschuldigung. Ich hatte das Gefühl, ich müsste Sie sehen.«

»Ist irgendwas schiefgegangen? Stecken Sie in Schwierigkeiten?«

»Nein.« Er legte eine Pause ein. »Ich hatte nur – ähm – ich hatte nur eben das Gefühl, ich müsste Sie sehen.«

So, dachte er: das Bekenntnis.

Sie lehnte sich zurück und sah ihn an, mit schmalen Augen.

»Wollen Sie mich denn nicht zu einem Drink einladen?«

Sie bat selbstverständlich um einen Dubonnet, und er nahm noch einen Brandy. Sie plauderten eine Weile unverbindlich über Southwold und seine Reize, bis die Glocke für die letzten Bestellungen geläutet wurde.

»Wollen Sie noch mit zu mir kommen?«, fragte sie. »Ich habe zu Hause eine Flasche Whisky.«

»Gern«, sagte er. »Hervorragende Idee.«

8

Es geschah in einer Nacht

Auf der Zugfahrt zurück nach London und auch danach war Gabriel anderntags stundenlang damit beschäftigt, das Geschehen vom Vorabend zu rekonstruieren, denn durch den Chianti, den Brandy und den Whisky war seine Erinnerung leicht getrübt. Er hatte eine Reihe von Bildern und Gesprächsfragmenten im Kopf, ebenso wie Momente intensiver Empfindung. Durch konzentriertes Nachdenken füllte sich dieses Lückenbild nach und nach aus – mit Texturen, Nuancen, Ambivalenzen, Subtexten. Anamnese. Die Feststellung von Tatsachen.

Sie begannen im Wohnzimmer des Bungalows, wo sie Whisky tranken – Johnnie Walker Red Label, wie er sich entsann –, während sie ihn gezielt ausfragte, nach seiner Zeit in Southwold, und was er gesehen habe, und wie lange er sie schon heimlich beobachte. Er legte ein umfassendes Geständnis ab. Wie er in Southwold nach ihr gesucht und schließlich den Wagen entdeckt hatte. Auch von seinem Spähposten neben dem Bachdurchlauf erzählte er ihr, von der Bushaltestelle, dem Fernglas.

»Ein Spanner?«, fragte sie.

»Nein. Als ich gesehen habe, dass Sie hier mit jemandem wohnten, wurde mir klar, dass ich Abstand halten musste.« Er zuckte mit den Schultern.

»Übrigens, wo ist er denn hin?«, fragte er beiläufig. Nach Jakarta oder Melbourne oder Buenos Aires, seiner Arbeit wegen, hoffte er insgeheim.

»Zu einer Familienhochzeit. Seine Mutter heiratet wieder.«

»Ach so. Ich wollte nicht, dass Ihr Urlaub durch Ihre, ähm, Ihre berufliche Welt gestört wird.«

»Es mag Sie überraschen, Gabriel, aber wir sind auch Menschen. Wir haben ein Leben abseits des Instituts.«

»Selbstverständlich. Und darauf habe ich Rücksicht genommen.«

»Während Sie mich ausspioniert haben. Uns.«

»Dürfte ich fragen, wer dieser Mann war?«

»Nein, dürfen Sie nicht. Aber ich verrate es Ihnen trotzdem. Er ist ein Freund, ein enger Freund.«

Gabriel schwieg zunächst. Schlürfte seinen Whisky und genoss das milde Brennen in der Kehle. Ja, inzwischen war er nun doch ziemlich betrunken, auf jeden Fall. Umso besser – der Alkohol flößte ihm Mut ein.

»Gehört er zu unserer Welt?«

»Nein. Tatsächlich ist er Immobiliensachverständiger. Ich habe an meinem Haus einige Bauarbeiten vornehmen lassen. So haben wir uns kennengelernt.«

Diese Neuigkeit versetzte Gabriel in geradezu ausgelassene Stimmung. Ein Immobiliensachverständiger? Der Liebhaber von Faith Green? Dass ich nicht lache.

»Wie heißt er denn?«

»Geht Sie nichts an. Noch ein Tröpfchen Scotch?«

Als sie in den Pub kam, hatte sie eine dieser gewachsten dunkelgrünen Jagdjacken getragen. Nachdem sie diese nach der Rückkehr in den Bungalow abgelegt hatte, sah er, dass sie ein korallenrotes Kleid trug, aus einer Art elastischem Jersey, sehr figurbetont.

Sie nahm sein Glas vom Tisch und ging damit in die Küche, wo sich die Whiskyflasche und das Eis befanden. Er stand auf und folgte ihr.

»Ich möchte um Entschuldigung bitten«, sagte er. »Das war sehr ungehörig von mir. Wie man so sagt.«

»Ist nicht nötig. Solange Sie diesen Unfug künftig unterlassen.«

Sie wandte ihm den Rücken zu, während sie mit dem Hebel an der Eiswürfelschale kämpfte, so angestrengt, dass sich ihr Muskelspiel unter dem Jersey abzeichnete. Er streckte die Hände aus, legte sie erst flach auf ihre Schulterblätter und umfasste dann ihre Schultern.

Sie erstarrte. Und wandte sich gleich darauf um.

»Gabriel, nicht …«, sagte sie.

Und dann küsste er sie.

Danach klaffte eine Lücke in seinen Erinnerungen, die er beim besten Willen nicht zu füllen vermochte. Vielleicht der Whisky. Oder weil ihm das, was da passierte, zu unglaublich erschien. Weil es ihm vorkam wie etwas nur Erträumtes. Sie hatten sich wohl in der Küche ausgiebig geküsst. Gefummelt wurde dabei anscheinend auch, und viel gestreichelt. Dann lösten sie sich voneinander, kehrten ins Wohnzimmer zurück und tranken ihren Whisky, langsam und bedächtig. Sahen sich an, schweigend und ein wenig verwirrt.

»Und was machen wir jetzt?«, hatte er schließlich gefragt.

Dann erfolgte ein Zeitsprung, und sie lagen im Bett, beide nackt. Ihm fiel noch sein Buch auf dem Nachttisch ins Auge, ehe sie das Licht ausknipste – Dunkelheit war ihr lieber. Er war unglaublich erregt. Allein schon durch ihre Nacktheit, allein dadurch, dass er sie in den Armen hielt, durch das Gefühl ihres Busens an seiner Brust, während er ihren Hals küsste und spürte, wie sich ihre Hand in sein Haar grub, hinten im Nacken.

Er manövrierte sich behutsam auf sie. Dann das pragmatische Zurückweichen.

»Hast du ein Kondom?«

»Was?«, sagte er. »Nein.«

»Warte kurz.«

Sie schlüpfte aus dem Bett, verschwand kurz im Bad und

kehrte dann mit dem kleinen Folienpäckchen zurück. Sie reichte es ihm.

»Oder wäre es Ihnen lieber, Monsieur, wenn ich es Ihnen überstreife?«

Am Morgen darauf, als sie nebeneinander erwachten, warm und verwirrt, hatten sie noch einmal Sex. Er litt unter leichtem Kopfweh, das aber bald abklang. Dann ging er nach unten, um Kaffee zu machen, und kehrte mit den dampfenden Bechern zu ihr ins Schlafzimmer zurück. Die Erlaubnis, eine Zigarette zu rauchen, verweigerte sie ihm.

»Warum nicht? Eine Zigarette nach dem Geschlechtsverkehr gehört zu den großen Freuden des Lebens.«

»Weil Vivian Nichtraucher ist, genau wie ich, und es wäre ein bisschen verräterisch, wenn er in unserem Schlafzimmer französische Zigaretten riechen könnte. M-hm? Geh und rauch draußen im Garten, wenn es sein muss. Eklige Angewohnheit.«

»Vivian? Was ist denn das für ein Name für einen Mann?«

»Unsinnige Frage. Vivian ist ein völlig annehmbarer Männername, genauso wie Evelyn, Hilary und Jocelyn.«

»Trotzdem, äh, etwas eigenartig ist es schon. Wie nennst du ihn, sagst du Viv zu ihm?«

Sie boxte ihn gegen die Schulter, und zwar ziemlich fest.

Er ging erneut in die Küche, um weiteren Kaffee zu machen, außerdem Toast mit Marmelade. Als er mit den Tellern und Bechern auf einem Tablett wieder nach oben kam, fand er sie in sein Buch vertieft vor, mit einem Lächeln im Gesicht.

»Gefällt mir, dein Buch«, sagte sie. »Aber ein bisschen überfrachtet ist es schon.«

»Das nehme ich dir übel. Inwiefern?«

»Hör dir das an.«

Sie las einen Ausschnitt vor.

»Als ich in der Abenddämmerung wieder hügelabwärts schritt, dem Dorf entgegen, regten sich die Bäume im honigsüßen Halbdunkel und flüsterten: ›Bleib hier, bleib hier, bleib hier.‹ Ich blickte auf die wellenverwitterten Steine des Hafens und auf die weiß gemauerten Häuser dort, wo mir die Fenster nun als orange glimmende Augen zulächelten. Ich roch den süßholz-salzigen Geruch des Mittelmeers und empfand träumerisch die innige Sehnsucht nach einem Exil, fernab von allem, was vertraut, müde und abgenutzt war.«

»Was ist denn daran auszusetzen?«, fragte Gabriel, ein wenig beleidigt.

»Ich meine, ich bitte dich. Ist schon etwas üppig, oder?«

»So schreiben aber die meisten Reiseschriftsteller«, sagte er etwas kläglich. »Es geht darum, dem Nicht-Reisenden oder Möchtegern-Reisenden das volle, stellvertretende Vergnügen zu vermitteln. Wo wäre sonst der Sinn?«

Er berichtete ihr von seiner Zeit als Verkäufer in dem Buchladen in South Kensington, wie er damals eine Vorliebe für gewisse Reiseschriftsteller entwickelte. T. E. Lawrence, Charles Doughty, H. V. Morton, William Sansom, Lawrence Durrell, James Morris, Laurie Lee.

»Also, schau, nehmen wir mal Lawrence Durrell«, sagte er, noch immer gekränkt über ihren leisen Spott. »Den ich übrigens sehr verehre. Er hat gesagt, wenn man übers Reisen und über fremde Länder schreibt, müsse man dabei den ›vollen Plumpudding‹ liefern. Daran halte ich mich.«

»Ein Plumpudding voller Sultaninen, in Brandy getränkt und mit einer blassblauen Flamme flambiert.« Sie blätterte ein paar Seiten zurück. »Das hier ist noch besser. Hör zu.«

Sie las einen weiteren Auszug vor.

»Das Tal lag vor mir ausgebreitet, schwarz und trocken, lautlos backend im goldenen Leuchten des vergehenden Tages. Ein Streifen Zinnoberrot bedeckte den Horizont, brütend, bedrohlich. In mir kämpfte eine Vielzahl von Stimmen und rang darum, Ausdruck zu finden. Im Nomadenlager, gleich neben dem träge ausgestreckten Fluss, glomm der Schein von Laternen und rief mich zu sich, weiß und flackernd. Ein Nachtvogel schrie, und ich roch den teerigen, brackigen Rauch der Torffeuer.«

Sie sah ihn an und musste sich sichtlich das Lachen verkneifen.

»Mein Gott. Überfrachtet ist gar kein Ausdruck!«

Nun musste er auch lächeln.

»Na schön«, sagte er. »Ich gestehe. Solchen Kram kann ich im Schlaf runterschreiben, es fällt mir leicht – als würde man einen Wasserhahn aufdrehen –, aber entschuldigen werde ich mich nicht dafür.« Er drohte ihr scherzhaft mit dem Finger. »Du kannst spotten, so viel du willst. Genau darum geht's aber. Gib's zu – du hast jetzt eine Ahnung, ein Gefühl von diesem Ort, diesen Orten, wo du noch nie warst und auch nie hinfahren wirst. Hast du schon mal von einem Schriftsteller namens Lucian Applegate gehört?«

»Kommt mir bekannt vor.«

»Er ist mein Vorbild. Ihn habe ich als Ersten gelesen. Er hat mir den Weg gewiesen. Du solltest mal was von Applegate lesen. Gegen den bin ich geradezu einsilbig.«

Sie brach in Gelächter aus, legte das Buch auf den Nachttisch zurück und wandte sich ihm zu.

»Es ist nicht fair, dich so aufzuziehen«, sagte sie und streckte die Hand nach seiner Wange aus. Er küsste ihre Fingerspitzen. »Es gefällt mir«, setzte sie hinzu. »Wirklich.«

Die Morgensonne schien inzwischen durch die Vorhänge, und er konnte sie klar und deutlich sehen. Er küsste ihre Lippen, küsste ihre Brüste mit den kecken, kreisrunden, kleinen braunen Brustwarzen.

»Was sind das für Narben?« Er tippte auf die kleinen weißen Stellen, heller sogar als ihre helle Haut, die ungleichmäßig über ihre Brüste und Schultern verteilt waren. In der Nacht waren sie ihm nicht aufgefallen. »Pocken?«

Sie zog das Laken hoch, um sich zu bedecken.

»Nein.« Ihre Gesichtszüge strafften sich unmerklich. »Es sind …« Sie sah ihn direkt an. »Alte Brandwunden, von Zigaretten. Etwas, das mir widerfahren ist. Im Krieg.«

»*Was?* Mein Gott …«

»Ja. Es war schrecklich. Grauenhaft. Das Schlimmste, was ich je erlebt habe. Ich wurde gefoltert. Gefangen genommen und gefoltert.«

»Was soll das heißen? Du wurdest gefoltert?«

Dann erzählte sie ihm die Geschichte, emotionslos, mit ihrer tonlosen Stimme.

Als junge Frau, mit Anfang zwanzig, wurde sie 1943 von der Special Operations Executive rekrutiert. Ihre Mutter war Französin; sie, Faith, sprach fließend Französisch. Nach einer Ausbildungszeit war sie Anfang 1944 heimlich nach Frankreich eingeflogen worden, von einer einmotorigen Lysander, und hatte sich der Widerstandsgruppe CHOUCAS in Paris angeschlossen. Sie arbeitete als Kurierin und Funkerin, aber die Gruppe war von einem Spitzel verraten worden, und im August 44 waren alle Angehörigen restlos ausgehoben und inhaftiert worden, im Gefängnis Fresnes südlich von Paris. Bis auf Faith, die man in das berüchtigte Haus an der Avenue Foch 84 brachte.

»Ich glaube, sie hatten Verdacht geschöpft, dass ich Engländerin war, aber ich habe noch mal Glück gehabt«, sagte sie. »Ich wurde zwei Nächte lang verhört, mithilfe von Zigarettenglut. Und in der dritten Nacht waren alle fort, die Deutschen vom SD, von der SS und der Gestapo ebenso wie die Kollaborateure von der französischen Miliz – sie hatten Reißaus genommen. Es war der fünfundzwanzigste August. Paris war befreit worden.«

»Du lieber Gott«, sagte Gabriel, tief erschüttert bei der

Vorstellung, wie Männer auf ihrem Fleisch brennende Zigaretten ausgedrückt hatten, als wäre sie ein menschlicher Aschenbecher. Dass sie darüber so sachlich gesprochen hatte, so nüchtern, als ginge es um einen Zahnarzttermin, entnervte und beunruhigte ihn. Er wusste nicht, was er sagen sollte – wie widerwärtig, wie bestialisch, wie verachtenswert, wie »sonst was« –, jede Bekundung von Mitgefühl, wie aufrichtig auch immer, würde gegen die Realität dessen, was die junge Faith Green durchgemacht hatte, schlapp und banal wirken. Auch sie war plötzlich still geworden, als würde sie an das Erlebte zurückdenken. Ihre Miene allerdings blieb vollkommen ausdruckslos.

»Wollen wir ein bisschen spazieren gehen?«, sagte sie, indem sie sich ihm zuwandte. »Uns den Kopf durchpusten lassen, die Welt wieder in Ordnung bringen.«

Sie kleideten sich an und zogen los, die Straße hinauf, wobei Faith einen zielstrebigen Eindruck machte, als würde sie den Weg gut kennen. Es war ein kühler, bewölkter, windiger Tag, und Gabriel war froh darüber, Vivians Tweedmantel zu tragen, auch wenn ihm dabei nicht ganz wohl zumute war. Das Stück passte ihm wie angegossen.

Er wollte nach ihrer Hand greifen, aber sie gab ihm einen Klaps auf die Hand.

»Warum darf ich deine Hand nicht halten? Deinem Vivian hast du das erlaubt, ich hab's gesehen.«

»Vivian hat das Recht dazu. Er ist mein Kavalier.«

»Was bin dann ich?«

»Du?« Sie legte eine Pause ein. »Du bist mein Spion.«

Sie verließen die Straße und folgten einem sandigen Weg durch eine ausgedehnte, grasbewachsene Heidelandschaft mit großen Flächen voll Stechginster und Heidekraut. Faith machte ihn gelegentlich auf eine Pflanze aufmerksam – »Oh, schau nur, da ist eine Grasnelke«, oder, »Strandflieder, wie wundervoll« –, pflückte auch hin und wieder eine

Blume, um sie erst an ihre und dann an seine Nase zu halten.

»Was macht so ein Immobiliensachverständiger eigentlich?«, fragte Gabriel.

»Ach, ich glaube, ähm, er analysiert Baustrukturen, um Mängel ausfindig zu machen, sorgt dafür, dass die Kosten eingehalten werden, verwaltet die Bauverträge zwischen den verschiedenen Beteiligten an einem Projekt. All so etwas.«

»Faszinierend.«

»Sarkasmus steht dir nicht, Gabriel, mein Lieber.«

Mein Lieber, dachte er. Sie befanden sich nun inmitten der Heide, und er griff abermals nach ihrer Hand. Diesmal ließ sie ihn gewähren, und sie spazierten Hand in Hand weiter, zwei junge Liebende.

Sie zeigte mit der freien Hand nach oben.

»Sieh nur, ein Turmfalke!«

Gabriel hob den Blick. Der Vogel glitt auf der dürftigen Thermik dahin und hielt nach Beute Ausschau.

»Bist ja eine richtige Naturfreundin«, sagte er.

»Deswegen gefallen mir ja deine Reisebücher so.«

Reisebücher, dachte er. War das eine sanfte Kränkung?

Sie näherten sich einem Wäldchen aus Kiefern und Lärchen, hinter dem sich die Salzmarsch erstreckte, und jenseits davon befand sich der River Blyth mit seinen schimmernden, schlammigen Ufern und Prielen. Er konnte den oberen Teil des weißen Leuchtturms sehen, der mitten in Southwold stand. Vielleicht hatte sie vor, mit ihm die Stadt zu umrunden.

Im Wäldchen schlug sie eine kleine Verschnaufpause vor, und sie fanden eine Stelle mit trockenem Gras, wo sie sich niederlassen konnten. Gabriel verlangte es nach einer Zigarette, doch es verlangte ihn auch nach einem Kuss, und er wollte Faith nicht mit seinem Zigarettenatem vergraulen.

Er berührte ihr Gesicht mit den Fingerknöcheln.

»Ich stehe immer noch etwas unter Schock«, sagte er. »Wegen dem, was du mir erzählt hast, darüber, was in diesem Haus in Paris vorgefallen ist. Ich bin ganz traumatisiert irgendwie …«

»*Du* bist traumatisiert? Was glaubst du denn, wie ich mit diesen Erinnerungen fertigwerde?«

»Keine Ahnung. Ich weiß es nicht. Ehrlich.«

Er überlegte, ob er ihr von dem Brand und seiner Mutter erzählen sollte – von seinem eigenen Trauma, das ihm jahrzehntelang den Schlaf geraubt hatte. Er würde es sich für ein andermal aufsparen.

»Darf ich dich küssen?«, fragte er.

»Du darfst.«

Sie küssten sich behutsam, nur die Spitzen ihrer Zungen berührten sich dabei, und Gabriel spürte, wie ein Gefühl unbändigen Glücks in ihm aufwallte, bei dem sich ihm die Lunge weitete und die Anspannung aus seinen Schultern wich. Herzklopfen. Stirnhitze. Erektion.

Sie lösten sich voneinander.

»Gabriel, ich muss dich etwas fragen.«

»Nur zu.«

»Wo sind die Bänder?«

»Welche Bänder?«, fragte er ohne jede Überlegung zurück, so sehr war er in seinen Glücksmoment eingesponnen.

»Die Lumumba-Bänder.«

Damit war für ihn alles Schöne auf einen Schlag dahin. Ihr gemeinsames Gelächter, wie sie ihm ihr furchtbares Kriegserlebnis anvertraut hatte, die intime, fleischliche Vertrautheit, die sich zwischen ihnen entwickelte. Dabei war die ganze Zeit kühle Berechnung mit im Spiel gewesen, dachte er, nicht ohne Verbitterung.

»Darum also ist es dir gegangen, bei all dem?«, fragte er schroff.

»Falsch. *Du* bist mir nach Southwold gefolgt. Ich habe dich nicht hergelockt.«

Er legte die Arme um seine angezogenen Knie und dachte nach.

»Warum brauchst du diese Bänder so dringend? Es war doch nur ein Interview für eine Zeitung.«

»Erlaube, dass ich es dir erkläre«, sagte sie.

Sie erzählte ihm, dass Präsident Eisenhower persönlich 1960 die Ermordung Patrice Lumumbas genehmigt hatte. Ein CIA-Agent war mit vergifteter Zahnpasta nach Léopoldville entsandt worden, die in Lumumbas Badezimmer geschmuggelt werden sollte. Eine offizielle Mission, sagte sie, Codename »Operation Viking«. Es wurde dann eine gemeinsame Operation daraus, von CIA, MI6 und dem belgischen SGRS. Die belgische Operation trug den Namen »Barracuda«. Die Ziele waren identisch.

»Alle Parteien an einem Tisch«, sagte Faith. »Man war sich einig, dass Lumumba wegmusste, egal wie, so oder so.«

»Er musste ›weg‹? Netter Euphemismus.«

»Er konnte unmöglich Premierminister bleiben. Die Russen schickten massenhaft Militär und ›Berater‹ ins Land. Lumumba hatte eine Art geistigen Zusammenbruch erlitten …«

»Konnte ich an ihm nicht feststellen«, sagte er.

»So wurde es aber wahrgenommen. Im Westen. Der Kongo wurde als neues Kuba in Zentralafrika angesehen. Eine Insel des Kommunismus. Lumumba als der neue Castro. Du kannst dir vorstellen, was da alles für Szenarien durchgespielt wurden. Alarmstufe Rot.«

»Und wieso warst du in die Sache verwickelt?«

»Ich hatte einen Informanten in seinem Haushalt platziert, einen Agenten. Jemanden, der ihm nahestand.« Sie hielt inne, als kämen ihr plötzlich Bedenken, ob sie das alles ausplaudern sollte. Dann fuhr sie fort. »Im September, nachdem du ihn getroffen hattest, nach dem sogenannten, na ja, Mobutu-Putsch, war er praktisch ein Gefangener in seiner eigenen Residenz, bewacht von UN-Soldaten. Über meine Quelle erfuhr ich, dass seine Flucht unmittelbar bevorstand und dass er nach Stanleyville fliehen wollte, einer Hochburg, wo er seinen stärksten Rückhalt hatte. Also habe ich den CIA-Agenten darüber in Kenntnis gesetzt.«

Sie rupfte an einigen Gräsern herum, zerkrümelte die Samen zwischen den Fingern, während sie nachdachte.

»All das sollte ich dir gar nicht verraten«, sagte sie. »Aber ich weiß, dass du es für dich behältst.«

»Wem sollte ich schon davon erzählen? Ich schreibe Reisebücher.«

»Er musste auf der Flucht geschnappt werden, ehe er Stanleyville erreichte. Sonst hätte die ganze Kongo-Situation eskalieren können. Wäre völlig außer Kontrolle geraten.«

»Hast du ihn umbringen lassen?«

»Nein! Natürlich nicht. Das haben die Belgier übernommen, wenn du es unbedingt wissen musst, für die CIA.« Sie zuckte die Achseln. »Aber jetzt ist mir klar, dass sie ihn nie hätten gefangen nehmen können, wenn ich ihnen nicht gesteckt hätte, dass er entkommen war.« Sie faltete die Finger zusammen. »Letzten Endes hatte ich also schon eine Art Schlüsselrolle gespielt.« Sie sah ihn ungerührt an. »Aber es musste sein. Ich habe keine Gewissensbisse. Und ich werde nicht um Entschuldigung bitten.«

Er sah die Härte in ihr. Vielleicht wurde man so, wenn man von Männern zwei Tage lang mit Zigaretten gefoltert wurde.

»Aber warum sind meine Bänder so entscheidend? Die Sache ist doch gelaufen. Euer Typ, wie heißt er noch? – Mobutu – hat faktisch das Sagen. Alle sind zufrieden mit dem neuen pro-westlichen Regime. Lumumba ist Geschichte.«

»Nicht ganz. Du wusstest nichts davon, aber während du

euer Interview aufgenommen hast, hat Lumumba dasselbe getan. Wir haben die Bänder nach seiner Flucht in der Residenz gefunden, nach seiner Inhaftierung.« Sie lächelte entschuldigend. »Deine Bänder, deine Lumumba-Bänder, sind also jetzt die einzige Aufzeichnung von diesem Gespräch an dem Tag damals. Und der Inhalt ist teils – wie soll ich sagen? – sehr, sehr heikel.«

»Die Namen.«

»Genau.«

»Hillcrest, Sykes und Dupetit.«

»Gut gemerkt.«

»Warum sind die so brisant?«

»Hillcrest ist ein direktes Bindeglied zu Eisenhower. Sein, ähm, ›Vollstrecker‹, sein Bindeglied zu Allen Dulles und der CIA. Sein Mann im Feld. Hat ihm unmittelbar Bericht erstattet.«

»Eisenhower ist inzwischen Ex-Präsident …«

»Und sehr um sein Vermächtnis besorgt. Um nicht zu sagen, davon besessen.«

»Dupetit wird wohl der Belgier sein.«

»Richtig.«

»Und wer ist Sykes?«

Nach kurzer Überlegung sah sie ihn freimütig an.

»Ich bin Sykes.«

»Oh, verflucht. Jetzt kapiere ich.«

»Das war meine Tarnung. In Léopoldville war ich ›Imogen Sykes‹.«

Gabriel sann darüber nach. Er ging davon aus, dass es sich um eine stark gefilterte, stark redigierte Version der tatsächlichen Geschehnisse handelte, die aber auch unverkennbar glaubhafte, ehrliche Elemente enthielt. Warum sollte sie ihm das sonst erzählen? Ihn über Hillcrest und Eisenhower aufklären?

»Warum verrätst du mir diese Geheimnisse?«, fragte er.

»Weil ich dir vertraue.«

Weil ich dein Spion bin, dachte er.

»Hast du deswegen mit mir geschlafen?«, fragte er nochmals.

»Nein.« Sie griff nach seiner Hand und drückte sie kurz. »Ich habe mit dir geschlafen, weil ich das wollte.«

Sie stand auf.

»Wollen wir unsere Runde mal abschließen? Vivian kommt heute zurück, um die Teestunde herum.«

Gabriel erhob sich. Ach, was soll's, dachte er.

»Die Bänder sind bei mir im Garten vergraben, unter einer Stechpalme.«

Sie blickte ihn an – voller Wärme, dachte er, mit leuchtenden Augen.

»Danke, Gabriel.«

»Ich werde sie ausbuddeln und dir vorbeibringen, im Institut.«

Sie spazierten weiter, in Richtung Southwold.

»Das ist die richtige Entscheidung«, sagte sie. »Dann beruhigen sich alle wieder. Schluss mit all dem Sturm und Drang. Es nimmt dich aus der Schusslinie.«

»Oh. Schön. Gut zu wissen.«

Sie wechselte bewusst das Thema und fragte ihn nach seinem neuen Buch. Er schwatzte drauflos, schilderte ihr seine kleinen Verlegenheiten, die wechselnden Reiserouten. Sie schien aufmerksam zuzuhören und warf hin und wieder eine Bemerkung ein, während sie am Ufer des Blyth entlangspazierten, bis sie wieder in Southwold waren. Als sie die North Parade erreichten, blieb sie stehen.

»Geht's hier auf der Straße nicht zu deinem Pub?«

»Was? Ja. Ja, stimmt.«

»Wie praktisch. Dann sage ich hier mal Adieu, Gabriel. Danke. Für alles. Das werde ich dir nicht vergessen.«

Sie küsste ihn auf die Wange und ließ ihn stehen.

Was wird sie nicht vergessen?, fragte er sich, ein wenig säuerlich. Ihr gemeinsames Liebesspiel? Oder die Tatsache, dass sie nun wusste, wo seine Lumumba-Bänder waren?

Sie kehrte um und kam noch mal zurück.

»Äh, Vivians Mantel«, sagte sie, leicht gequält. »Sonst würden einige Erklärungen fällig.«

Er zog den Mantel aus und überreichte ihn ihr. Dann blieb er noch einige Momente stehen und sah ihr nach, während sie davonging, zurück zu ihrem »Kavalier«, ihrem Liebhaber, ihrem Immobiliensachverständigen, ehe er sich auf den Weg zum Albion machte, ein Stück die Straße hoch, um zu packen und seine Rechnung zu begleichen.

Gleich nach seiner Rückkehr in die Redburn Street nahm er seine Schaufel zur Hand und ging mit einer Taschenlampe in den Garten hinaus. Vor der Stechpalme angelangt, sah er sofort, dass die Erde in der Rabatte bewegt worden war. Das Graben konnte er sich sparen, so viel war klar – sie waren ihm zuvorgekommen. Schnelle Arbeit. Sehr beeindruckend. Er spuckte aus.

Er kehrte in die Wohnung zurück, mit dem Gefühl, jetzt einen Schluck nötig zu haben. Als er in der Küche ein Glas holte, stellte er fest, dass Tyrones patentierte Leimfallen beide vollkommen mäuselos waren, mäusefrei. So viel also zu dem großen Experten. Im Wohnzimmer, wo der Gaskamin bereits bullerte, goss er sich drei Fingerbreit Whisky ein, zündete sich eine Zigarette an und setzte sich, um seine Zeit mit Faith Green in Southwold noch einmal Revue passieren zu lassen. Dabei fiel ihm zweierlei auf.

Erstens, sie hatte nicht gefragt, woher er wusste, dass sie in Southwold war, wie er sie dort aufgespürt hatte. Ein kleines Versehen womöglich, überlegte er. Später allerdings, davon ging er aus, würde ihr das garantiert einfallen.

Zweitens, sie hatte Caldwell und seine erfolgreiche Flucht

mit keiner Silbe erwähnt. Klar, er ebenso wenig, doch er hatte das Thema ganz bewusst nicht angeschnitten – um mit dem Vorfall erst gar nicht in Verbindung gebracht zu werden. Diese Unterlassung durch Faith aber war ein anderer Fall – sehr viel verblüffender. Es hätte zwischen ihnen fast das erste Gesprächsthema sein müssen. Er nippte an seinem Whisky. Und ihr Schweigen dazu, dachte er, war beunruhigend. Sie hätte es zur Sprache bringen müssen; es ergab keinen Sinn, das zu unterlassen …

Was konnte er daran ändern? Nichts. Er schloss die Augen und versuchte, sich möglichst genau an seine Liebesnacht mit Faith Green zu erinnern. Alles fiel ihm wieder ein, in allen verlockenden Einzelheiten.

Das Telefon klingelte, und er entschied, ranzugehen. Vielleicht war es ja Faith.

»Hallo?«

»Gabriel – ich bin's, Lorraine. Kann ich dich sehen, Schatz? Wir müssen reden.«

9

Die Transformation

Er suchte sein gewohntes Reisebüro auf und buchte für Mitte Oktober seine Reise nach Krems. Er hatte sich entschieden, nach Wien zu fliegen, dort einen Wagen zu mieten und an der Donau entlang gemächlich zu der Stadt hinunter zu mäandern, die auch deswegen berühmt war, weil sich Burg Dürnstein ganz in der Nähe befand, wo man Richard Löwenherz nach seiner Gefangennahme zwischen 1192 und 1193 als königliche Geisel gehalten hatte.

Seine Stimmung hellte umgehend auf, wie jedes Mal, wenn er eine Reise plante. Sobald das Krems-Kapitel geschrieben war, würde er Inigo das »in Ausführung befindliche Werk« zuschicken, um ihm Appetit auf mehr zu machen: die Themse, der Tweed, die Liffey, die Donau – sein neues Buch nahm sehr ansprechende Gestalt an, fand er.

Er hatte sich mit Lorraine für mittags halb eins im Goat and Crow verabredet, weil er noch immer davor zurückscheute, sie zu sich nach Hause einzuladen und so womöglich in ihren Einzugsplänen zu bestärken. Tatsächlich graute ihm etwas vor dem Treffen, nach Southwold, daher war er etwas früher im Pub, um seine Nerven mit einem Gin Tonic zu stärken.

Lorraine war pünktlich. Sie küssten sich, und er ging zum Tresen, um ihr einen Bacardi Cola zu besorgen. Sie sah irgendwie anders aus. Er sah sich zu ihr um und stellte fest, dass ihr Haar um einiges kürzer und blonder war – sie folgte wohl dem Beispiel ihres Bruders, dachte er.

Er kehrte mit ihren Getränken an den Tisch zurück. Lorraine nahm eine seiner Gitanes an, und sie zündeten sich beide eine an.

»Ich weiß nicht, wie ich dir das sagen soll, Gabe«, fing sie an.

»Was sagen?«

»Ich werd's einfach rausplappern.«

»Einverstanden.«

»Ich hab jemand anderes kennengelernt. Während du weg warst.«

Gabriel spürte, wie sich sein Rückgrat spontan versteifte.

»Was? O nein, Lorraine, bitte!« Er gab sich alle Mühe, möglichst aufgebracht zu klingen.

»Tut mir leid, Schatz. Ich hätte ja selber nie damit gerechnet. Nie und nimmer.«

Sie holte zu einer Erklärung aus. In der Wimpy Bar in der Fulham Road habe es einen Koch gegeben – einen gewissen Ken Lubbock –, von dem sie wusste, dass er ein Auge auf sie geworfen hatte. Seit der Laden dichtgemacht hatte und sie beide entlassen worden waren, hätten sie sich hin und wieder auf ein Glas getroffen, um gemeinsam Trübsal zu blasen. Dann habe Ken einen kleinen Laden in der Clipstone Street gepachtet, gleich hinter der BBC, um dort eine Sandwichbar zu eröffnen. Er habe Lorraine gefragt, ob sie die Bedienung übernehmen und als Geschäftspartnerin einsteigen wolle. Sie könnten den Laden »Lorraine's« nennen, habe er vorgeschlagen. Sie hätten sich einige Male getroffen, um alles Nähere zu besprechen, und, na ja, eins habe dann eben zum anderen geführt.

»Das schockt mich jetzt«, sagte Gabriel, eilig improvisierend. »Darauf war ich nicht gefasst, Lorraine.«

»Ich ja auch nicht. Aber erstens brauchte ich einen Job, und, ähm, Ken ist schon echt goldig. Könnte ich noch so einen haben, Gabriel? Bitte?«

Gabriel zog erneut los zum Tresen. In gewisser Hinsicht war das der bequemst mögliche Ausweg aus einer misslichen Lage. Dann bekam er wegen seiner Ungerührtheit sofort ein schlechtes Gewissen. Denn er wusste auch, dass ihm Lorraine fehlen würde, und nicht nur der wilden Sexnächte wegen. Sie brachte bei ihm etwas Natürliches zum Vorschein, etwas Unverbildetes. Sie war äußerst pflegeleicht im Umgang, musste er sich eingestehen – in ihrer Gesellschaft wurde er ganz er selbst, kurioserweise. Dieser Ken Lubbock war ein verdammter Glückspilz.

»Ich wünsche dir alles Gute, Lorraine«, sagte er, als er wieder zurück am Tisch war. »Wir bleiben doch hoffentlich Freunde.«

»Och klar, 'türlich. Tyrone hat ja neulich auch was für dich gearbeitet, hat er mir erzählt. Wir bleiben in Verbindung, Gabe, ganz sicher.«

Er blickte sie über den Tisch hinweg an und fragte sich unvermittelt, ob er jemals irgendwen so vollständig gekannt hatte wie Lorraine Rogan. Sie hatten mehr Intimitäten miteinander geteilt als die meisten Paare, jede Wette. Aber nun hatte er Faith Green. Und das änderte alles; dadurch war nichts mehr wie zuvor. Und dann schalt er sich selbst einen Dummkopf: dass er Faith Green »hatte«, davon konnte nicht die Rede sein. Trotzdem, den Southwold-Moment würde es immer geben. Niemand konnte bestreiten, dass es diese Nacht …

»Worüber lächelst du denn so, Gabriel Dax?«

»Ich denke nur gerade daran, wie viel Spaß wir zusammen hatten. Mehr nicht.«

»Aber du warst doch dauernd weg. Was hattest du denn in Suffolk zu suchen?«

»Äh, ich hab recherchiert. Für mein Buch.«

»Siehste? Bald schwirrst du wieder ab, und dann bekomm ich dich zwei oder drei Monate nicht zu sehen. So kann man keine, äh, richtige Beziehung aufbauen. Kann kein richtiges Paar sein.«

»Dem kann ich nicht widersprechen. An mir ist Hopfen und Malz verloren. Ohne mich bist du besser dran.«

Sie plauderten weiter. Über dem Laden befand sich eine Wohnung, erzählte sie. Dort würde sie mit Ken zusammenziehen. Gabriel meinte schon in der Ferne Hochzeitsglocken zu hören.

Beim Abschied draußen vor dem Pub sagte Lorraine, dass sie ihm gern noch einen letzten Kuss geben würde. Sie verzogen sich in ein Gässchen, und dort küsste sie ihn, heftig, mit der Zunge tief in seinem Mund.

»Du vergisst mich doch nicht, Gabriel, oder?«, sagte sie mit einem vielsagenden Lächeln, ehe sie davonschritt.

Gabriel war angenehm melancholisch zumute, während er seine Einkäufe in der King's Road erledigte und dabei im Geist seine leidenschaftlichen Erinnerungen an Lorraine Revue passieren ließ. Es hätte gar nicht besser enden können, das spürte er; manchmal reichte das Leben einem die Lösung wie auf einem Silbertablett, einfach so. Damit endete wohl ein Kapitel, dachte er mit einem Anflug von Reue. Sie hatte ihm den Laufpass gegeben, und das war nie ein angenehmes Gefühl, bei aller Erleichterung.

Er machte sich auf den Rückweg zur Redburn Stree, die Smith Street hinunter und rechts ab in die St Leonard's Terrace, bis er zum Tedworth Square kam. Dort fiel ihm der silberne Mercedes ins Auge, geparkt am Straßenrand.

Er klopfte ans Fenster und freute sich, als er sah, wie Faith vor Schreck zusammenzuckte.

»Suchst du mich?«, fragte er.

In seiner Wohnung unternahm sie ihren üblichen kleinen Rundgang, um sich alles anzusehen. Sie trug ein zweifarbiges Tweedkostüm – Biskuit und dunkle Schokolade, mit einem Persianerkragen. Er folgte ihr mit bewunderndem

Blick und dachte, ob ich versuchen soll, sie zu küssen? Bei unserem letzten Zusammensein haben wir miteinander geschlafen.

»Wer hat das gemalt?« Sie deutete auf eine kleine Zeichnung von einem brennenden Haus in einer nächtlichen Landschaft, beschienen vom Vollmond, der am Himmel stand.

»Ein Freund von mir. Ein Dichter. Ich habe es bei ihm in Auftrag gegeben.«

»Sehr hübsch. Es gefällt mir. Sehr Paul-Klee-mäßig«, sagte sie. »Apropos Kunst … hast du noch diese Blanco-Zeichnung?«

Er deutete zu dem Sims über dem Gaskamin. Sie nahm die Zeichnung herunter.

»Gut.«

»Du hast doch gesagt, ich könnte sie behalten. Als Andenken.«

»Ich weiß. Aber jetzt benötigen wir sie.«

»Ach so, okay. Sie gehört ja wohl euch, nehme ich an.«

»Ja, sie gehört uns. Und wir hätten gern, dass du sie nach Warschau bringst.«

»Tut mir leid. Bei mir steht eine Reise nach Österreich an.«

Sie sah ihn an, mit ihrem typischen kühlen, direkten Blick, dem Blick, mit dem sie wortlos ihre Instruktionen erteilte und ihm nun klarmachte, dass Österreich bei einer Entscheidung zwischen Warschau und Österreich an zweiter Stelle käme.

»Du bekommst deinen üblichen Lohn. Die hier bringe ich morgen zurück«, sagte sie und hielt die kleine Zeichnung in die Höhe. »Dann erkläre ich dir auch alles Weitere.«

»Na schön«, sagte Gabriel, ein bisschen eingeschnappt. »Ich bin dein Untertan und Sklave.«

»Nein, das bist du nicht«, sagte sie. »Du bist mein Spion. Schon vergessen?«

Er begleitete sie noch zur Tür. In seinem kleinen Flur unternahm er einen Überraschungsangriff und versuchte, sie zu küssen. Sie hielt ihn sich vom Leib, indem sie ihn mit beiden Händen von sich stieß.

»Gabriel, nein.«

»Warum denn nicht?«

»Das war Southwold. Hier geht es ums Geschäft.«

»Ja und, verdammt noch mal? Wir sind doch Liebende, rein technisch gesehen.«

Sie streckte ihm die linke Hand entgegen. Am Ringfinger erblickte Gabriel einen Ring: einen Diamantring an ihrer für gewöhnlich ringlosen Hand.

»Jetzt sag bitte nicht …«, fing er müde an.

»Doch. Vivian hat mir einen Antrag gemacht. Wir sind jetzt verlobt und werden heiraten.«

Anderntags stand sie um zehn Uhr morgens wieder auf der Matte, nachdem sie sich telefonisch vorab vergewissert hatte, dass er zu Hause war. Sie gab ihm die Zeichnung zurück, auf der sich nun, wie schon bei der letzten, eine mit Tinte gekrakelte Botschaft oberhalb von Blancos Signatur befand. *»Para el corazón immortal de mi vida.«*

»Was geht hier vor?« Er übersetzte den Wortlaut: »Für das unsterbliche Herz meines Lebens.« Er betrachtete die überschwängliche Widmung, ohne wirklich mit einer Antwort zu rechnen.

»Caldwell erklärt es dir«, sagte sie.

»Caldwell?«

»Mit ihm wirst du dich in Warschau treffen.«

»Aber Caldwell ist doch ein Verräter. Ein Doppelagent. Ein Überläufer.«

»Ja. Genau das soll alle Welt von ihm denken.«

Gabriel dachte nach.

»Er ist also gar nicht …«

In seinem Kopf überschlug sich alles, während er diese unvermutete Wendung der Geschehnisse nachzuvollziehen versuchte, die sie so beiläufig offengelegt hatte.

»Caldwell ist also einer von uns. Weiterhin einer von uns«, sagte er langsam. »Irgendwie …«

»Ja. Die möglicherweise wertvollste Ressource von allen in der Welt der westlichen Nachrichtendienste.«

»Du lieber Himmel.«

»Held der Sowjetunion. Russlands ›Superspion‹. Dreißig Jahre Verrat, mitten im britischen Geheimdienst.« Sie lächelte spöttisch. »Und keiner hatte auch nur die leiseste Ahnung. Der gute alte Kit. Nein. Wir haben jetzt unsere eigene Termite – in Moskau.«

Gabriel setzte sich, dachte fieberhaft nach.

»Und was hatte es dann mit dieser Geschichte in Cádiz auf sich?«, sagte er.

»Die hat dem Ganzen einen realen Anstrich verliehen. Sehr real.« Sie lächelte. »Das war der Sinn der Übung. Denk doch mal nach. Caldwell wurde vorab gewarnt. Dem MI6 wurde ein Strich durch die Rechnung gemacht, aus dem Plan, ihn festzunehmen und vor Gericht zu bringen, wurde nichts. Und dann diese Empörung in der Presse. Die Schuldzuweisungen, die Ausreden, die Vorwürfe. Perfekt.«

»Und ich wurde raffiniert reingelegt. Der alte Trick mit dem zurückgelassenen Seidentuch.« Er konnte einen bitteren Unterton nicht ganz unterdrücken. Es war schon alles sehr, sehr clever.

»Du solltest uns eigentlich alle im Speiseraum antreffen, beim Abendessen – das war der Plan –, deswegen waren wir etwas in Sorge, als du nicht aufgetaucht bist. Dann hat Caldwell uns erzählt, was passiert ist.«

»Du lieber Himmel.« Er spürte, wie ihm die Schamröte ins Gesicht stieg. Rückblickend, weil er sich so leicht hatte manipulieren lassen.

»Hör zu«, sagte sie in tröstendem Tonfall. »Du hast erheblich dazu beigetragen, wie Caldwells Flucht von außen wahrgenommen wurde. Was du getan hast, alles, hat ihm zu großer Sicherheit verholfen. Es war lebenswichtig.«

»Auch einen Drink?«, fragte er. »Ich brauch jetzt einen.«

»Bisschen früh noch, aber was soll's. Hast du Dubonnet da?«

»Nur Whisky. Aber Whisky kann man zu jeder Tageszeit trinken, sogar zum Frühstück. Sagt man so, in Schottland.«

»Na schön. Einen ganz winzigen. Um dir Gesellschaft zu leisten.«

Gabriel goss ihre Drinks ein. Seiner fiel recht groß aus – er gab Wasser dazu.

Sie stießen mit ihren Gläsern an. Es war, als hätten sie nie miteinander geschlafen, dachte er, nie eng umschlungen im Bett gelegen, nackt. Wie konnte das sein? Dieser verfluchte Vivian, der Verlobte.

»Du wirkst irgendwie verstimmt«, sagte Faith.

»Nicht im Geringsten.«

»Wenn ich darf, erzähle ich dir etwas über Caldwell. Es könnte deine Laune heben.«

»Meinetwegen.«

»Caldwell ist umgedreht worden, 1940.«

»›Umgedreht‹? Wie ist das zu verstehen?«

Er sei seit Mitte der 1920er russischer Agent gewesen, sagte sie, aber nur auf unterster Ebene. Angeworben während seines Studiums in Cambridge. Später indes, im Spanischen Bürgerkrieg, habe er sich ganz der antifaschistischen Sache verschrieben. Sie nippte an ihrem Whisky.

»Und weil er zu der Zeit schon beim SIS war, wurde er zu einem wichtigen Aktivposten der Russen – für das NKWD, wie der Dienst damals noch hieß. Dann flog er auf und wurde verhaftet, und er legte ein Geständnis ab.«

Sie erläuterte, wie es weiterging. Anstelle eines Gerichtsverfahrens und einer möglichen Hinrichtung wegen Hochverrats bot man ihm die Gelegenheit, zum Schein weiter als russischer Agent zu agieren – als Verbindungsmann, über den der SIS der Gegenseite jede beliebige Information zuspielen konnte. Dazu hatte Caldwell sich bereit erklärt und erhielt dafür Immunität.

»Also wurde er einer von uns«, sagte Gabriel. »Wieder.«

»Und zwar mit Begeisterung. Ihm drohte die Hinrichtung als russischer Spion und Hochverräter. Für ihn kam es einer wundersamen Begnadigung gleich, und er hat sich dann als überaus nützlich erwiesen, nach dem, was ich gehört habe«, sagte Faith. »Mitunter gibt es Dinge, die man bewusst durchsickern lässt, damit der Feind davon Kenntnis hat. Oder glaubt, davon Kenntnis zu haben. Caldwell wurde zu einem großartigen Lieferanten derartiger Informationen. Eine sehr ergiebige Quelle für den KGB.«

»Woher weißt du das alles?«

»Man hat mich dazu eingewiesen – als ich mit dem Aufbau des Instituts begann, vor etwa fünf Jahren. Zu der Zeit bin ich ihm zum ersten Mal begegnet – Caldwell. Ein reizender, interessanter Mensch, war mein Eindruck.«

Gabriel dachte über die Schichten des Doppelspiels nach, das im Fall Kit Caldwells betrieben wurde. Er merkte, wie sich Nebel über sein Hirn senkte.

»Verstehe«, sagt er lahm. »Mein Gott.«

Faith lächelte ihm in seiner Verwirrung zu, mitfühlend, wie ihm schien. Der neue Rekrut, der sich mühsam in die komplizierte Materie einarbeitete.

»Wie dem auch sei, du reist jedenfalls nach Warschau«, sagte sie. »Caldwell wird dort mit dir Kontakt aufnehmen und dir den Treffpunkt nennen. Dann gibst du ihm die Zeichnung. Dürfte nicht weiter schwierig sein.«

»Warschau ist nicht Spanien.«

»Stimmt …«

»Es befindet sich hinter dem Eisernen Vorhang. Im kommunistischen Ostblock, und so weiter.«

»Ja, schon klar, Gabriel.«

»Also möchte ich bewaffnet sein, wenn ich dort hinfahre.«

»Im Klartext bitte?«

»Ich möchte eine Kanone. Eine Waffe.«

»Warum?«

»Weil ich mich dann sicherer fühle.«

»Davon würde ich eher abraten.«

»Ansonsten fahre ich nicht.«

»Schon gut, schon gut. Wir kümmern uns drum.« Sie lächelte, aber es wirkte unaufrichtig. »Hast du denn schon mal eine Pistole abgefeuert?«

»Ich war bei mir an der Schule im Kadettenkorps. Wir haben mit Gewehren geschossen, auf Schießplätzen. Und mit meinem Onkel bin ich hin und wieder losgezogen, um Tauben zu schießen.«

Sie schloss die Augen.

»Überlass das mir. Du erhältst dann eine Adresse und eine Telefonnummer. Dort vereinbarst du einen Termin und sagst denen, was du gern hättest.«

»Wie komme ich denn nach Polen?«, fragte er. »Brauche ich da kein Visum?«

»Das wird alles für dich geregelt. Deine Tarnung wird perfekt sein.«

Bennet Strum reichte ihm sein Pressedossier, das Dokument, das ihn zu Reisen im Ostblock befugte, sowie seine Akkreditierung als offizieller Journalist für die Reise nach Warschau.

»So, damit gehst du ins polnische Konsulat. Dein Visum liegt dort schon für dich bereit. Solche Reisen führen wir andauernd durch.«

Bennet hatte angerufen, kaum zwei Stunden, nachdem Faith die Wohnung verlassen hatte, und ihm eine Reise nach Polen vorgeschlagen, um für *Interzonal* über die offizielle Eröffnung einer neuen Musterwohnsiedlung in einem Vorort von Warschau zu berichten. Gabriel begriff sofort, dass hier die Tentakel des Instituts für Entwicklungsstudien und des MI6 am Werk waren.

Bennet brachte es nicht ganz fertig, ihm in die Augen zu sehen.

»Die finanzieren euch, habe ich recht«, sagte Gabriel.

»Wie sollten wir uns wohl sonst diese Räumlichkeiten leisten können?«

»Aber geht es hier nicht eher um Prinzipien?«

Er konnte sehen, wie Bennet sich vor Unbehagen wand.

»Die Zeitschrift würde sonst nicht existieren. Und außer mir weiß niemand davon – gut, du jetzt auch. Ist es nicht besser, zu veröffentlichen und unsere Autoren gut bezahlen zu können, als nicht?« Nun versuchte es Bennet mit einer Trotzhaltung. »Unsere Inhalte werden davon nicht berührt. Spielt es wirklich eine Rolle, wo das Geld herkommt?«

»Aber springen müsst ihr schon, wenn sie es von euch verlangen.« Gabriel schwenkte sein Akkreditierungsschreiben.

»Was da im Einzelnen vor sich geht, weiß ich nie«, sagte Bennet. »Und es interessiert mich auch nicht. Ich befolge nur meine Anweisungen.«

Gabriel sagte nichts darauf. Wenn Bennet ein so anpassungsfähiges Gewissen hatte, war das wohl seine Sache.

Im polnischen Konsulat dauerte es eine halbe Stunde, bis man ihm das Visum in den Reisepass klebte und abstempelte, und danach stieg er in eine U-Bahn nach Leyton weit draußen im Osten Londons, praktisch schon im ländlichen Essex, ein merkwürdiger Standort für eine Waffenkammer, wie ihm schien. Ein Taxi beförderte ihn dann zu einem abgelegenen Geflügelhof in der Nähe von Chadwell Heath, wo ihn ein beleibter und wortkarger junger »Bauer« namens Eric in einem Blaumann in Empfang nahm und zu einem niedrigen, etwa fünfzig Meter langen Schuppen aus holzgeteerten Brettern und mit einem Dach aus Teerpappe führte. Im Inneren lag der beißende Ammoniakgeruch von Hühnermist in der Luft, doch von Hühnern war weit und breit nichts zu sehen.

In dem Schuppen war ein Schießstand eingerichtet – ein Zementboden und eine Wand aus Sandsäcken am hinteren Ende. Das an einer Aufhängung befestigte Ziel, in diesem Fall eine schlichte Schießscheibe, konnte mit einer Art Flaschenzug vor und wieder zurück bewegt werden.

»Gibt es hier denn auch Hühner?«, fragte Gabriel, rein gesprächshalber.

»Nein«, sagte Eric und reichte ihm einen altmodisch wirkenden Revolver. Er lag ihm schwer in der Hand.

»Ein Webley Mark Six Revolver«, erklärte Eric. »Standardausführung. Eine schlagkräftige Handfeuerwaffe.«

»Ich brauche etwas viel, viel Kleineres«, sagte Gabriel. »Eine Waffe, die in eine Jackentasche passt.«

»Was Sie haben wollen, wissen wir, Sir. Wir haben Ihr Gesuch erhalten. Der hier ist nur für eine grundlegende Einführung.«

Er bewegte das Ziel etwa sechs Meter vor. Nachdem Eric Gabriel erklärt hatte, wie er sich hinstellen musste, dass er die Arme lang ausstrecken und den Abzug nicht zu flüchtig bedienen, sondern ordentlich drücken und dem Rückstoß keinen Widerstand leisten sollte, setzten sie beide Ohrenschützer auf.

Gabriel zielte und schoss gemäß Erics Anweisungen, leerte den gesamten Zylinder. Eric bewegte das Ziel zurück. Es enthielt drei Einschusslöcher, recht wahllos verteilt.

»Nun, verwundet hätten Sie ihn auf jeden Fall, Sir.« Eric

rang sich ein Lächeln ab. »Nicht schlecht für ein erstes Mal. Wie war es für Sie?«

»Prima«, sagte Gabriel lässig, dabei hatte er beim Abdrücken des Revolvers echte Schauer der Erregung verspürt.

»Dann wollen wir mal die ideale Waffe für Sie finden, Sir.« Eric führte ihn in ein kleines Büro vorn am Eingang des Schuppens.

Auf einem Tisch aus Kiefernholz lag ein billig wirkender Pappkoffer mit rotem Schottenkaro. Eric klappte ihn auf und entnahm drei Automatikpistolen, die er auf einem weißen Handtuch aufreihte. Er deutete auf eine nach der anderen.

»Sie haben um eine sehr kleine Automatikpistole ersucht. Hier sind die kleinsten, die wir auf Lager haben. Nummer eins, hier hätten wir eine Beretta 70, ›Puma‹. Die da, Nummer zwei, ist eine Pistole aus der Tschechoslowakei, eine CZ-45 – und zu guter Letzt noch die FN-VP ›Baby Browning‹. VP steht für *vest pocket*, die Westentasche.«

Die FN-VP war die kleinste der drei Kleinpistolen, etwa zehn Zentimeter lang. Gabriel deutete auf sie.

»Die dürfte ideal sein.«

»Die heißen bei uns ›Notnagel‹-Pistolen, Sir. Oder auch ›Damenpistolen‹. Eine gute Wahl.«

Eric nahm die FN Baby Browning, ging damit zum Schrank und schob einen Ladestreifen ins Magazin.

»Sechs Schuss. Patronen Kaliber .25 ACP. Benötigen Sie noch mehr Munition, Sir?«

»Ich hab ja gar nicht vor, sie zu gebrauchen. Ist nur für alle Fälle. Nur zur Sicherheit. Nur, damit ich das Gefühl habe, nicht … nicht ungeschützt zu sein. Ein Ladestreifen wird reichen.«

Eric zeigte ihm, wie man die Pistole sicherte und entsicherte. Sehr unkompliziert, mit dem Sicherungshebel dicht beim Abzug.

»Wollen Sie sie mal ausprobieren?«

»Nein, danke«, sagte Gabriel mit der kleinen Waffe in der Hand. Sie sah zwar wie ein Spielzeug aus, aber ihr Gewicht unterstrich irgendwie ihr tödliches Potenzial.

Dann klappte Eric den Koffer erneut auf und zeigte ihm ein Geheimfach unter dem doppelten Boden.

»Hier verstauen Sie die Pistole unterwegs auf der Reise. Da drin ist sie für Kameras, Röntgengeräte und dergleichen unsichtbar.«

»Wollen Sie damit andeuten, dass ich mit diesem Koffer hier reisen muss?«

»Ja. Das ist unsere Empfehlung.«

»Nicht ganz mein Stil, leider Gottes.«

Eric ging auf die scherzhafte Bemerkung nicht ein.

Gabriel betätigte den Sicherungshebel, klappte das Fach auf und schob die Pistole unter den schlichten Klappbügel, der als Halterung diente. Er klappte erst das Fach und dann den Koffer zu und ließ die beiden Verschlüsse zuschnappen.

»Prima, Eric, vielen Dank. Jetzt fühle ich mich schon viel sicherer.«

»Alles Gute, Sir.«

»Können wir ein Taxi rufen, das mich nach Leyton zurückbringt?«

Auf der Heimfahrt nach Chelsea kam es Gabriel irgendwie sonderbar vor, mit dem karierten Koffer zu seinen Füßen, in dem sich die Pistole befand, in der U-Bahn zu sitzen. Er musterte die Fahrgäste um sich herum, die ahnungslos Zeitung lasen, einen Imbiss zu sich nahmen, miteinander plauderten, vor sich hin stierten. Wenn die wüssten, dachte er. Wie lautete noch Faith' Bezeichnung? »Du bist mein Spion«, hatte sie gesagt. Zum ersten Mal fühlte er sich auch wie einer.

Gabriel saß in der Abflughalle des Londoner Flughafens und wartete auf den Aufruf für seinen Flug nach Stockholm, wo er zum Weiterflug nach Warschau in eine Maschine der polnischen Fluggesellschaft LOT umsteigen würde. Er hatte seinen rot karierten Koffer eingecheckt und ging davon aus, dass dieser nun – mit seiner Pistole – unterwegs zum Flugzeug war. Er stand auf, um seinen Mantel aus schwerem grauem Tweed mit Fischgrätmuster abzulegen. Es war sehr warm in der Halle. Er trug seinen alten Anzug aus dunkelblauem Serge mit doppelreihigem Sakko, ein weißes Hemd und eine rote Krawatte und fragte sich, ob das vielleicht etwas zu auffällig war. Drauf gepfiffen, dachte er. Wie üblich reiste er mit leichtem Gepäck. Ein Mantel, ein Anzug, drei weiße Hemden, zwei Unterhosen, zwei Paar Socken und hundert Dollar in bar – sein finanzielles Sicherheitsnetz, das er für Notfälle immer dabeihatte. Er plante keinen längeren Aufenthalt, nachdem seine »Mission« erledigt war.

Und wieder einmal grübelte er, wie um alles in der Welt er in seine gegenwärtige Lage hatte geraten können. Ob es jemals einen Spion, Kurier, Laufburschen, nützlichen Idioten gegeben hatte, der sich auch nur annähernd so widerwillig in seine Rolle fügte? Es hätte ihn gewundert. Und dennoch saß er nun hier und führte wieder einmal aus, was Faith Green von ihm verlangte. Irgendwie, überlegte er, musste er für sie von besonderem Nutzen sein, obwohl sich ihm einfach nicht erschließen wollte, warum. Er musste lediglich die Zeichnung übergeben. Konnte das nicht ebenso gut irgendein Bote von der Botschaft in Warschau übernehmen? Konnte man Caldwell die Zeichnung nicht sogar per Post schicken, von Warschau aus? Ihm wollte kein überzeugendes Motiv einfallen, so sehr er sich auch den Kopf zerbrach.

Caldwell. Wenn das kein Schock war, sagte er sich. Eine völlige Kehrtwende und Neubewertung: Nicht im Geringsten der Mann, für den Gabriel ihn gehalten hatte. Positiv war natürlich, dass er nun kein schlechtes Gewissen mehr zu haben brauchte, weil er einem sowjetischen Doppelagenten zur Flucht verholfen hatte. In Wahrheit hatte er eine zwar kleine, aber wesentliche Rolle dabei gespielt, einen britischen Agenten mitten im KGB-Apparat zu platzieren. Er blinzelte verdattert vor sich hin, während er zurückdachte und die alternativen Verästelungen zu ergründen suchte. Ob Faith Green gewusst hatte, dass er …

»Verzeihung, sind Sie Gabriel Dax?«

Er sah auf und erblickte eine junge Frau mit Brille in einem ziemlich schlecht sitzenden grauen Flanellkostüm mit einer kurzen Jacke. Sie war groß und spindeldünn, etwas unansehnlich. Er war sofort auf der Hut – Nancy-Jo Berndlinger, die Zweite, dachte er. Dann aber beruhigte er sich, als er das Namensschild sah, das die Frau an der Jacke trug: »C. Bird. *Daily Worker.*«

»Ja, der bin ich«, sagte er.

»Ihr Name kam mir bekannt vor. Ich habe bei Ihrer Zeitschrift angerufen.«

»Aha. So, so. Ich bin aber bloß freier Mitarbeiter. Kein Redaktionsmitglied.«

»Darf ich mich zu Ihnen setzen? Wir haben dasselbe Reiseziel, die Eröffnung der Wohnsiedlung in Warschau. Die Person bei der Zeitschrift war sehr entgegenkommend. Hat mir alles über Sie erzählt.«

»Gut. Ich freue mich auch sehr, für sie schreiben zu dürfen.« Was sollte er auch sonst sagen? »Bin sehr froh über diese unglaubliche Gelegenheit. Bitte, nehmen Sie doch Platz.«

Sie setzte sich zu ihm auf die lange Couch.

»Nun … Sie sind nicht die Sorte Mensch, mit der ich bei so einer Reise rechnen würde, offen gesagt. Ich mach so was ständig, für den *Worker.*«

»Ist meine erste Reise dieser Art«, sagte Gabriel. »Darf ich fragen, wofür das ›C‹ steht?«

»Celia.«

»Sehr erfreut, Celia.«

Sie schüttelten sich die Hände.

»Warum tragen Sie denn Ihr Namensschild nicht?«, fragte sie. Sie hatte einen ausgeprägten Liverpooler Akzent, wie ihm auffiel.

»Damit warte ich bis zur Ankunft in Warschau, habe ich mir gedacht«, sagte er. »Wozu es jetzt schon tragen, am Londoner Flughafen?«

»Weil das Schild uns als Angehörige einer Delegation ausweist. Als offizielle Besucher. Wir sind keine Touristen.«

»Gibt es denn Touristen in Warschau?«, fragte er. »Nur so, der Neugier halber.«

Sie sah ihn bloß an, mit leicht geschürzter Oberlippe, als sei seine Frage nicht wert, einer Antwort gewürdigt zu werden. Ehe sich die Stimmung zwischen ihnen noch weiter eintrüben konnte, fragte er, ob sie gern einen Kaffee oder Tee hätte, um die Zeit zu überbrücken, bis ihr Flug aufgerufen wurde. Kaffee, danke, mit Milch und zwei Stück Zucker, sagte sie. Er machte sich auf zum Tresen und kehrte mit zwei Bechern auf einem Plastiktablett zurück. Er bot ihr eine seiner französischen Zigaretten an, aber sie rümpfte die Nase und sagte, sie rauche lieber ihre eigenen. Sie kramte einen Tabaksbeutel und Blättchen aus der Tasche und rollte sich routiniert eine dünne, perfekt proportionierte Selbstgedrehte. Dann rauchten sie, tranken ihren Kaffee und plauderten ein wenig befangen. Sehr bald stellte sich heraus, dass sie in der Tat aus Liverpool stammte, aber jetzt in London lebte – als Osteuropakorrespondentin des *Daily Worker*.

»Offen gestanden, London gefällt mir nicht besonders«, sagte sie. »Aber was soll ich machen? Die Arbeit ist nun mal hier.«

»Es hat doch sicher auch seine Vorzüge«, sagte Gabriel.

Etwas an seinem trägen Tonfall missfiel ihr wohl, denn

ihre Stimmung schlug sofort wieder um, wurde hörbar gereizt.

»Waren Sie schon mal in Liverpool, Gabriel?«

»Äh. Nein. Jetzt, wo Sie fragen.«

»Interessant. Und trotzdem schimpfen Sie sich einen Reiseschriftsteller.«

»Mag sein, aber ich behaupte ja nicht, schon jeden einzelnen Ort der Erde bereist zu haben.«

»Liverpool ist eine bedeutende Stadt in Großbritannien.«

»Waren Sie denn schon mal in Léopoldville?«, konterte er.

»Nein.«

»Ich schon.«

Ist doch lächerlich, dachte er: Wie komme ich dazu, mit dieser Person zu wetteifern? Wieso ist sie so feindselig?

Kurz darauf wurde glücklicherweise ihr Flug aufgerufen, und sie begaben sich zum Abfluggate. Gabriel war heilfroh, dass er und der »Seevogel«, wie er sie im Stillen getauft hatte, wegen der klanglichen Übereinstimmung von »C. Bird« und *»seabird«*, im Flugzeug nicht nebeneinandersaßen.

Als sie in den Landeanflug zum Warschauer Flughafen übergingen, befestigte er das Namensschild an seinem Revers. Gabriel Dax, *New Interzonal Review*. Er verspürte eine gewisse Anspannung. Von jetzt an müsste er vorgeben, ein interessierter, engagierter linker Journalist zu sein, dabei war er tatsächlich im Begriff, Kontakt mit Großbritanniens neuestem, berüchtigtem Verräter aufzunehmen. Es sei ganz simpel und unkompliziert, hatte Faith gesagt: Übergib ihm einfach die Blanco-Zeichnung. Allerdings ahnte er, dass es einen himmelweiten Unterschied machte, ob die Übergabe einer Zeichnung in einem Madrider Café erfolgte oder im polnischen Warschau. Er war froh, dass er auf einer Waffe bestanden hatte – und sei es nur, um dem Institut zu verstehen zu geben, dass er sich der möglichen Risiken in einem

Land jenseits des Eisernen Vorhang bewusst war. Er merkte, wie ihn auf einmal Nervosität beschlich, ein Gefühl von Unsicherheit.

Sie standen in der Gepäckhalle und warteten. Die Koffer und Taschen wurden von Hand abgefertigt, es dauerte also etwas länger. Er und der »Seevogel« waren wieder vereint. Die beiden einzigen britischen Journalisten, hatte sie ihm verraten, die man eingeladen hatte. Schon eine gewisse Ehre.

Celia Bird beäugte ihn unverhohlen.

»Was ist denn, Celia?«

»Waren Sie auf einer Privatschule?«

»Was tut denn das bitte zur Sache?«

»Sie waren in Eton, jede Wette«, sagte sie.

»Wette leider verloren. Aber ich gebe zu, ich war auf einer Privatschule. Namens Abbeyhurst College, falls es Sie interessiert.«

»Verzeihung, auf einer ›*public school*‹, wie Sie sagen würden. Von wegen öffentlich, pah. Hat man schon je so was Lächerliches gehört?«

»So heißt das nun mal. Kann ich nichts dafür.«

Da tauchte zum Glück ein junger Pole bei ihnen auf, der sich als Ryszard vorstellte und auf seine Anstecknadel deutete, örtlicher Vertreter der PZPR, der Polnischen Vereinigten Arbeiterpartei, die Gastgeber dieses speziellen Presseausflugs.

Gabriel schätzte ihn auf etwa fünfundzwanzig, ein schlanker, freundlicher junger Mann mit bereits schütterem blondem Haar in einem sehr abgetragenen braunen Dufflecoat. Sie schüttelten sich die Hände. In annähernd fehlerfreiem Englisch versicherte er ihnen, wie erfreut er sei, sie in Polen begrüßen zu dürfen, wie geehrt man sich fühle, er und seine Parteikollegen, zwei so hochrangige Vertreter der britischen Presse bei ihrer Versammlung dabeizuhaben.

Gabriel sah, wie sein karierter Koffer abgestellt wurde,

und nahm ihn beiläufig an sich. Minuten später wurde der erstaunlich voluminöse Koffer des Seevogels auf den Tresen gewuchtet. Ryszard bot an, ihn zu tragen. Er sorgte auch dafür, dass ihre Einreise reine Formsache war, man stempelte ihre Reisepässe ab und winkte ihr Gepäck beim Zoll einfach durch. Draußen vor der Ankunftshalle erwartete sie schon ein kleiner weißer Minibus, um sie zum Hotel zu befördern.

»Ein ganz neues Hotel«, sagte Ryszard. »Das Metropol. Sehr Luxus.«

Neu wirkte das Metropol, ein etwa zehnstöckiges Hochhaus aus Glas und Stahl, auf jeden Fall, befand sich aber für Gabriels Geschmack eine Spur zu dicht beim Flughafen, nur zwanzig Fahrminuten entfernt. Er hatte sich etwas in der Warschauer Altstadt erhofft, aber daraus wurde offenbar nichts. Celia Bird war mit der Unterbringung hochzufrieden, wie sie ihm später sagte, bei ihrem Wiedersehen in der Lobby, wo ein Begrüßungscocktail anberaumt war.

»Was ist denn das für ein Blatt, diese *New Interzonal Review*?«, fragte Celia hörbar skeptisch »Hatte noch nie davon gehört.«

»Nun, zunächst einmal ist es eine Monatszeitschrift, etwas hochglanzmäßig, aber extrem links, antifaschistisch, antiamerikanisch. Ein gehobenes intellektuelles Forum für Gleichgesinnte«, erklärte er aus dem Stegreif, eine für sein Empfinden sehr gelungene Zusammenfassung. »Ich sollte Sie mal mit dem Chefredakteur bekannt machen. Die bezahlen übrigens sehr gut.«

»Oh, ach so.« Celia dachte nach, wirkte mit einem Mal äußerst interessiert. »Das wüsste ich zu schätzen, Gabriel. Danke.«

»Schon so gut wie erledigt.«

Jetzt, wo er sich bei ihr beliebt gemacht hatte, wurde er sie nicht mehr los. Sie klebte die ganze Cocktailparty über an ihm wie eine Klette, stellte ihre hinterhältig aggressiven Suggestivfragen, machte ihre spitzen Bemerkungen, als er die grässlich aussehenden Schnittchen ablehnte. Es waren etwa zwanzig ausländische Journalisten versammelt, vor allem aus Frankreich und Italien, wo es erfolgreiche kommunistische Parteien gab. Außerdem war ein Exil-Spanier dabei, der sich in Argentinien mehr schlecht als recht über Wasser hielt, einige Anarchisten aus Holland und eine Schweizerin, die anscheinend einen eigenen radikalen Radiosender betrieb. Die Gruppe war eindeutig männlich dominiert – die weibliche Seite des publizistischen Quorums wurde nur durch Celia, die Schweizer Radiomacherin und einige Journalistinnen aus Italien vertreten.

Gabriel entwickelte sich rasch zum Stammgast an der Bar mit den Freigetränken. Er hatte beschlossen, seine Schlaflosigkeit mit polnischem Wodka zu bekämpfen, und freute sich auf einen tiefen, trunkenen Schlaf vor dem Besuch der Wohnsiedlung am kommenden Morgen und Nachmittag. Für die eingeladenen Journalisten war ein volles Drei-Tage-Programm vorgesehen – das Ryszard ihnen bei Betreten des Konferenzraums, in dem der Begrüßungsumtrunk stattfand, ausgehändigt hatte, auf Blättern aus dem Matrizendrucker. Neben dem eigentlichen Anlass – der Besichtigung der Wohnsiedlung – stand ein Fußballspiel an, der Besuch einer Automobilfabrik und eine Freilichtaufführung von Bertolt Brechts *Der kaukasische Kreidekreis*, dargeboten von Laienschauspielern in einem Park in der Innenstadt. Wie sollte es da zur Kontaktaufnahme mit Caldwell kommen?, rätselte Gabriel, während er erneut auf die Bar zusteuerte.

Jemand zupfte ihn von hinten an der Jacke. Er drehte sich um und lächelte, als er den Seevogel erblickte.

»Mal sachte, Gabriel. Sie wollen sich doch wohl nicht betrinken.«

»Vielleicht ja doch«, sagte er. »Anders stehe ich das hier nicht durch.«

»Blamieren Sie uns nicht«, sagte sie leise.

»Wen, uns?«

»Uns Briten. Wir dürfen die Gastfreundlichkeit hier nicht überstrapazieren.«

Sie nahm eine bereits vorgedrehte Zigarette aus der Handtasche. Gabriel bot ihr sein Feuerzeug an – das sie nicht ablehnte. Sie zündete ihre Zigarette an und wandte den Kopf zur Seite, ehe sie den Rauch ausstieß.

»Wir können von Glück sagen, dass wir hier sind«, sagte sie. »Eine außerordentliche Gelegenheit. Sehr selten. Das sollten Sie nicht verderben.«

»Das ist mir doch auch klar. Und ich habe nicht vor, es zu verderben.«

Sie sahen sich an.

»Ich könnte Ihnen Liverpool mal zeigen, Gabriel«, sagte sie. »Ihnen die Augen öffnen. Und zwar weit.«

»Wissen Sie was, das würde mir gefallen. Abgemacht, Celia. Ich bin dabei.«

Unter anderen Umständen, überlegte Gabriel – im Goat and Crow zum Beispiel –, hätten er und Celia Bird sich durchaus gut verstehen können. Sie war intelligent, sie war gewitzt, streitlustig. Sie verdiente ihr Geld mit Schreiben, wie er. Hier jedoch, wo sie offizielle Gäste der Regierung waren, im Rahmen einer staatlichen PR-Maßnahme, fehlte ihr jede Lockerheit, sie wirkte maßlos angestrengt. Celia nahm ihre Pflichten offenbar sehr ernst.

Sie setzten ihren Weg zur Bar fort, um sich neuen Wodka einschenken zu lassen. Gabriel kippte sein Gläschen auf ex hinunter und hielt es dem Barmann umgehend wieder entgegen.

»Bitte besaufen Sie sich nicht, Gabriel. Mehr sage ich doch gar nicht.«

»Von Besaufen kann keine Rede sein. Ich nehme die Gastfreundschaft an, die unsere Gastgeber uns bieten. Zelebriere sie. Sie halten selbst ein Glas Wodka in der Hand. Und es ist eindeutig nicht Ihr erster. Ja, ja, Celia, wer im Glashaus sitzt.«

»Ihr seid doch alle gleich, ihr Typen, Pack«, sagte sie mit tonloser Stimme. »Verwöhnte reiche Drecksäue. Sie sollten sich schämen.« Und marschierte davon.

Später wurden Ansprachen gehalten, und Gabriel verdrückte sich zur Toilette und kehrte nicht zurück. Als er durch die Lobby ging, den Fahrstühlen entgegen, steckte ihm ein Hotelpage ein klein zusammengefaltetes Stück Papier zu.

Zurück in seinem schachtelartigen Zimmer entfaltete er den Zettel. Er enthielt ein Wort auf Englisch, »Zahnarzt«, dazu eine Adresse und eine Zeitangabe: 10 Uhr, übermorgen. Caldwell hatte Kontakt hergestellt.

Der Seevogel war überraschend zerknirscht, stellte Gabriel fest, als sie am Morgen darauf in den Minibus stiegen.

»Tut mir echt leid wegen gestern Abend«, sagte sie mit dumpfer, monotoner Stimme. »Dafür ist eine Entschuldigung fällig. Ich hätte mich Ihnen gegenüber nicht so im Ton vergreifen dürfen. Ich hatte, glaube ich, etwas zu viel von dem Wodka intus.«

»Machen Sie sich keine Gedanken darüber«, sagte Gabriel. »Könnte nicht unwichtiger sein.«

Sie setzte sich neben ihn und stierte vor sich hin, als stecke sie in einer Art finsteren Depression. Sie musste ungefähr in seinem Alter sein, schätzte er, Anfang dreißig. Er musterte sie verstohlen, während die übrigen Journalisten – die alle recht angeschlagen aussahen – an Bord kamen. Sie hatte eine Stupsnase, und ihr mausbraunes Haar war zu einem ziemlich strengen Bubikopf geschnitten. Ihre Brille sah nach Krankenkassenmodell aus, von etwa 1930. Keine Spur von Schminke natürlich, wobei er allerdings schon mitbekommen hatte, wie sie sich mit einer Puderquaste an Nase und Wangen herumtupfte. Wenn sie doch nur weniger wütend wäre, dachte er, dann könnte sich bei ihr manches zum Positiven wenden, und unvermittelt sah er eine freiere, lächelnde Celia Bird vor sich, mit längeren, zerzausten Haaren, wie Faith, in denen ein Haarreifen steckte. Der Gedanke an Faith – und das Bild von ihr, das ihm spontan vor Augen stand – versetzte ihm einen leisen Stich, genau in dem Moment zufällig, als sich der Bus mit einem Ruck in Bewegung setzte. Faith, die Zauberin, die Puppenspielerin seines Lebens.

Die neue Wohnsiedlung befand sich in einem weiteren entlegenen Vorort. Sechs fünfstöckige Betonblöcke in parallelen Reihen zu je dreien, alle in unterschiedlichen Pastelltönen gestrichen – Zitronengelb, helles Terrakottabraun, Himmelblau, Blassrosa, Lindgrün und ein etwas ungünstiges Graubraun. Zwischen den Wohnblöcken waren Gärten und ein Park mit einem Kinderspielplatz angelegt. Man führte ihnen eine Musterwohnung vor, mit ebenso funktionalem wie stabilem Mobiliar und einer kleinen Küche mitsamt Kochherd und Spüle. Kein Kühlschrank, wie Gabriel auffiel.

»Wer wohnt denn gegenwärtig hier?«, fragte er Ryszard. »Die Siedlung wirkt insgesamt doch ausgesprochen leer.« Er hatte sein Notizbuch gezückt und tat so, als würde er Beobachtungen aufschreiben.

»Nicht viele Leute«, sagte Ryszard mit seinem treuherzigen Lächeln. »Die Siedlung ist noch ganz neu. Erst kürzlich fertiggestellt. Ich wohne hier mit meiner Frau. Meine Eltern haben auch eine Wohnung. Und mein Bruder und seine Familie.«

»Also hauptsächlich Parteifunktionäre, würden Sie sagen, und deren Angehörige.«

»Momentan ja.«

Celia ging dazwischen, um Fragen zur Miete und anderen Vergünstigungen zu stellen, und Gabriel verzog sich an ein Fenster, um von dort einen Blick auf das sozialistische Miniparadies zu werfen. Er rauchte eine Zigarette und dachte nach.

Die Mitteilung von Caldwell hatte ihn ausgenüchtert. Nach der Rückkehr in sein Zimmer hatte er drei große Gläser Wasser getrunken und einige Aspirin geschluckt. Folglich hatte er schlecht geschlafen, doch an das nahezu konstante Gefühl von Müdigkeit infolge seiner unruhigen Nächte war er ja gewöhnt. Die Zigarette half, und einen Wodka hätte er auch vertragen können.

Nach der Musterwohnung ging die Besichtigung weiter. Man führte ihnen die Sporthalle vor, das Schwimmbecken von olympischen Ausmaßen, die Fußballfelder und Tennisplätze.

»Schon toll, oder? Muss man ja wohl zugeben«, sagte der Seevogel, der sich nun wieder an ihn heftete. »In England gibt es für Arbeiter nichts dergleichen, *nichts*.«

Dann ging es weiter zum Kulturhaus, einer Kombination aus Theater und Kino, wo man die Bestuhlung entfernt und ein Büfett aufgebaut hatte, inklusive weiterem Gratis-Wodka, wie Gabriel erfreut feststellte. Er verspeiste ein Brötchen mit einem Aufstrich aus, seiner Vermutung nach, zerquetschtem Dosenlachs und stärkte sich mit einigen Drinks. Celia Bird sah ihn über ihr Glas Wasser hinweg an, voller Missbilligung. Er zweifelte nicht daran, dass sie ihn bestraft hätte, wenn sie dazu in der Lage gewesen wäre.

Er verzog sich ins Freie, um sich nicht länger ihren finsteren Blicken aussetzen zu müssen und in Ruhe zu überlegen, wie er sich am besten vor dem morgigen Programm drücken könnte, dem Besuch der Fabryka Samochodów Osobowych und des Fußballspiels zwischen Gwardia

Warszawa und Górnik Zabrze. Dann kam die Erleuchtung – Caldwells Mitteilung lieferte ihm die passende Ausrede. Er müsste einfach nur Zahnschmerzen vorschützen. Damit sein Leiden glaubhaft wirkte, entschied er sich, auf das gesellige Mahl in dem Restaurant mit »authentisch polnischer Küche«, das für die Gruppe am Abend geplant war, zu verzichten, und erklärte Ryszards Assistentin, einer jungen Frau namens Jadwiga, dass er sich unpässlich fühle.

Am Morgen darauf, in aller Frühe, ließ er von der Rezeption eine Nachricht an Ryszards Zimmer übermitteln: *Entschuldigung, Ryszard. Ich habe grässliche Zahnschmerzen. Ich muss zum Zahnarzt. Gabriel Dax.*

Dann, nach dem Frühstück, verließ er das Metropol und winkte eins der Taxis heran, die draußen parkten. Er zeigte dem Fahrer Caldwells Zettel mit der Adresse und wurde, soweit er es beurteilen konnte, in einen nördlichen Vorort von Warschau gefahren. Warschaus schäbiger, wenig reizvoller Rand jedenfalls wurde ihm immer vertrauter. Ob er je das historische Zentrum zu sehen bekäme, mit dem Königsschloss, der Johanneskathedrale, dem Barbakan, dem Marktplatz in der Altstadt?

Das Taxi setzte ihn in einer Straße mit schmuddeligen Nachkriegsbauten ab. Ein paar Geschäfte, ein Kino, weitere unansehnliche Wohnblöcke aus verwittertem, verschmutztem Beton. Das Gebäude an der von Caldwell übermittelten Adresse wirkte auf Gabriel wie eine Versammlungshalle oder ein überdimensioniertes Trafohäuschen, hoch, vierschrötig, schmucklos und mit wenigen Fenstern. Eine nicht abreißende Folge von Menschen strömte hinein. Handelte es sich möglicherweise um eine Zahnklinik?

Da es auf zehn Uhr zuging, beschloss er, sein Glück zu versuchen, und ging hinein. Neben einer offenen Doppeltür am Ende der düsteren Eingangshalle stand ein Mann. Er sagte nichts, reichte Gabriel bloß ein Pappkärtchen mit einer Zahl darauf: 649. Gabriel trat in einen großen Raum, in dem Dutzende Leute auf Formstühlen aus Holz saßen. Ein Wispern gedämpfter Gespräche war zu hören, insgesamt aber war die Stimmung melancholisch, ein fast religiöses Ambiente stillen Leidens. Gabriel begriff rasch, dass all diese Leute unter Zahnschmerzen litten, die einen mehr, die anderen weniger.

Er fand einen freien Stuhl ganz hinten im Raum und setzte sich. An der Wand neben der Tür, die aus dem Warteraum hinausführte, hing eine kleine Schiefertafel, auf der in weißer Kreide eine Nummer stand. Ab und zu tauchte eine Schwester in weißer Tracht auf, wischte die Tafel ab und beschriftete sie mit einer neuen Nummer. Der oder die Wartende mit der entsprechenden Nummer erhob sich daraufhin und begab sich durch die Tür in die Zahnarztpraxis – oder auch Praxen, mutmaßte Gabriel. Er sah auf die Nummer, die als Letztes angeschrieben worden war: 175. Sie hatte die 362 ersetzt. Das System mit den Wartenummern schien keiner erkennbaren Logik zu folgen. Was hatte sich Caldwell dabei gedacht? Was, wenn als Nächstes die 649 angeschrieben würde? Leise Panik beschlich ihn, er fragte sich, ob er in eine Art Falle gelockt worden war. Er ermahnte sich, Ruhe zu bewahren, nahm sein Notizbuch heraus und tat so, als würde er darin lesen.

Etwa zwanzig Minuten später ließ sich Kit Caldwell ohne großes Trara auf den Stuhl neben ihm gleiten, gemäß seinem üblichen Vorgehen. In seinem dunkelgrauen Anzug und dem weißen Hemd mit einer Krawatte des Marylebone Cricket Club gab er eine schmucke Erscheinung ab. Sein Haar war eingeölt und sorgfältig gescheitelt. Sie schüttelten sich herzlich die Hände.

»Gabriel, mein Lieber. Ich kann Ihnen gar nicht sagen, was es mir für eine Freude bereitet, Sie hier zu sehen. Läuft alles nach Plan?«

»Wenn ich wüsste, was der Plan ist, würde ich jetzt Ja oder Nein sagen.«

Caldwell gluckste vergnügt.

»Sehr gut. Hab's begriffen.«

Er ließ seinen Blick durch den Raum schweifen.

»Welche Nummer haben Sie?«

Gabriel zeigte ihm sein Kärtchen.

»Himmel, da könnten Sie noch Stunden hier sitzen. Müssten vielleicht sogar morgen wiederkommen. Das sind die idealen Treffpunkte. Keiner achtet auf seine Umgebung, alle sind ganz mit ihrem eigenen Leid beschäftigt.«

»Wie geht's Ihnen so?«, fragte Gabriel. »Wir haben uns ja das letzte Mal auf einem Kai in Cádiz gesehen. Kommt mir vor, als wär's zehn Jahre her.«

»Tja, wissen Sie, mir geht es gar nicht schlecht unter den gegebenen Umständen«, sagte Caldwell. »Ich lebe recht komfortabel. Bin für russische Verhältnisse ein reicher Mann. Ich habe eine große Wohnung, eine Haushälterin, eine Limousine und einen sehr attraktiven jungen Chauffeur, in den ich ein bisschen verschossen bin. Ich hege die Hoffnung, dass er meinem Charme noch erliegen wird. Alle Welt feiert mich, lässt mich hochleben. Russlands ›Superspion‹. Ich kann mich also nicht beklagen. Innerlich aber beklage ich mich natürlich schon – lieber wäre ich wieder in Madrid und würde mich jeden Abend volllaufen lassen.«

»Sie haben schon verdammt viel aufgegeben. Da stellt sich die Frage …«

»Es ist mein Job, Gabriel. Ich sehe mich selbst als Soldaten, der hinter feindlichen Linien kämpft. Das hält mich aufrecht.«

»Aber wie lange wird Ihr Krieg dauern?«

»Gute Frage.« Caldwell zündete sich eine Zigarette an, ehe er weitersprach. Gabriel folgte seinem Beispiel und bemerkte gleichzeitig, dass viele der Anwesenden in dem Wartezimmer ebenfalls rauchten.

»Eines Tages«, sagte Caldwell und dämpfte die Stimme, »wenn oder falls die Lage ungemütlich wird oder langsam ein bisschen brenzlig wirkt, wird der MI6 versuchen, mich hier herauszuschleusen, da bin ich mir sicher. Zurzeit kann ich ziemlich ungehindert reisen. Notfalls bis an die finnische Grenze. Sie könnten in der Hinsicht ganz nützlich sein, fällt mir bei der Gelegenheit ein, wenn es dann so weit ist.«

Gabriel schauderte vor Schreck zusammen und sagte nichts. Was? Wie? Nützlich?

»O ja, sicher, gewiss. Wie dem auch sei, hier ist die Zeichnung von Blanco.«

Er zog den Umschlag mit der Zeichnung aus seiner Manteltasche. Caldwell ließ ihn eilig in seiner Jacke verschwinden.

»Geschäft abgeschlossen«, sagte er. »Gut gemacht. Sehr, sehr wichtig.«

»Könnten Sie mir verraten – jetzt, wo wir im Wartezimmer einer Zahnarztpraxis in einem Vorort von Warschau sitzen –, was es mit diesen Zeichnungen eigentlich auf sich hat?« Gabriel ließ seine Zigarette auf den Fliesenboden fallen und trat sie aus. Es gab keine Aschenbecher, und der Boden war mit Zigarettenstummeln übersät.

»Sollte ich wahrscheinlich eher nicht. Aber – da Sie ja eigens den weiten Weg hergekommen sind …« Er sah sich kurz um. »Ihnen wird aufgefallen sein, dass der üblichen Signatur immer noch eine Widmung hinzugefügt worden ist.«

»Ja.«

»Die neuen Widmungen enthalten einen Mikropunkt. In der Regel ein i-Pünktchen. Der Mikropunkt enthält einen mikroskopisch kleinen, annähernd unsichtbaren Text. Wie die das machen, einfach erstaunlich. So übermittle ich ihnen meine Informationen, den Genossen, den Towarischtschi. Den ›Tows‹, wie ich sie nenne.«

Caldwell lieferte eine eingehendere Erläuterung. Auf diese Weise kommunizierte er mit den Russen. Caldwell war im Besitz einer beträchtlichen Anzahl Zeichnungen, Skizzen, Radierungen, Lithographien und so weiter, die sein Liebhaber Blanco ihm im Lauf ihrer fünfjährigen Beziehung geschenkt hatte, nicht selten mit überschwänglichen Widmungen versehen. Ein Mikropunkt ließ sich sehr leicht hinzufügen. Dann wurden die Zeichnungen an eine kleine Kunstgalerie in Moskau geschickt. Es handelte sich schließlich um echte Grafiken von Blanco – und zufällig gab es einen eifrigen Sammler in der Stadt. Den KGB.

»Es war eine todsichere Sache. Klappte wunderbar. Das Dumme war nur«, sagte Caldwell, »mir gingen die Grafiken aus. Über die Jahre hatte ich meine kleine Sammlung restlos aufgebraucht. Daher der Bedarf an neuen Zeichnungen.«

»Auftritt Gabriel Dax, Kunsthändler«, sagte Gabriel trocken.

»Faith Greens Idee. Dann sah sie ihr Potenzial.«

Caldwell schaute sich erneut um. Gabriel fragte sich, ob er nach jemand Speziellem suchte.

»Übrigens«, sagte Caldwell. »Hinter der Tür da befinden sich zehn Zahnärzte. Die wie besessen arbeiten.«

»Und was übermitteln Sie denen mit diesen Mikropunkten?«, fragte Gabriel, weil er spürte, dass Caldwell in redseliger, indiskreter Stimmung war.

»Also, in dem hier«, Caldwell klopfte mit der flachen Hand gegen seine Jackentasche, »befinden sich sämtliche Fotografien der verschollenen H-Bombe. Sie erinnern sich an unseren Ausflug zu dem Stützpunkt?«

»Ja, sicher.«

»Die Tows werden völlig aus dem Häuschen sein. Denen wird es die Sprache verschlagen.«

Gabriel schüttelte verwundert den Kopf.

»Mit anderen Worten«, sagte er, »der ›Las-Monteras-Zwischenfall‹ war also ein raffiniertes, abgekartetes Spiel?«

»Genau. Eine gemeinsame Operation von uns und der CIA. Alles sehr überzeugend allerdings, das müssen Sie ja wohl zugeben.«

»Welchen Nutzen hat das für uns …?« Gabriel legte eine Pause ein. »Dass Sie diese Informationen übermitteln, meine ich. Inwiefern hilft das dem Westen? Der ›freien‹ Welt?«

Caldwell ließ dicke Wolken von Zigarettenrauch in die Luft aufsteigen. Gabriels Eindruck nach genoss er es geradezu, Licht in dieses spezielle Dunkel zu bringen.

»Die Informationen, die sie von mir erhalten, laufen im Grunde alle auf dieselbe unleugbare Tatsache hinaus – unsere Bomben und Raketen sind funktionstüchtig. Und ihre sind es wahrscheinlich nicht. Oder werden nicht funktionieren. Oder jedenfalls nicht besonders gut.« Er schniefte, machte ein skeptisches Gesicht. »Russische Technologie mag ja imposant aussehen – wenn sie einmal im Jahr die glänzenden Raketen und frisch gestrichenen Panzer über den Roten Platz rollen lassen, mit all den im Stechschritt marschierenden Soldaten –, aber sie ist sehr unzuverlässig. Murks, in den meisten Fällen. Und das sage ich als stolzer Besitzer eines neuen ZIL-111. ›Russlands Mercedes-Benz‹, wie es so schön heißt. Unmögliches Fahrzeug – bleibt einmal die Woche liegen. Und diese Unfähigkeit kommt insbesondere bei ihrem Kernwaffenarsenal zum Tragen, so weit vorhanden. Es kann nämlich niemand garantieren, dass eine von Russland aus abgefeuerte Interkontinentalrakete ihr Ziel in den USA jemals erreichen würde. Oder, sollte ihr das auf wundersame Weise gelingen, dass sie detonieren würde. Ganz einfach.«

»Aber es ist riesig, deren Arsenal, oder?«

»Nun, mal so gesagt – Russland verfügt über etwa dreitausend Sprengköpfe, vielleicht auch ein, zwei mehr. Die USA haben über fünfundzwanzigtausend. Von Frankreich und Großbritannien ganz zu schweigen.« Caldwell zuckte die Achseln. »Ist alles andere als ausgewogen, das nukleare Wettrüsten.« Er schmunzelte. »Wie bei David und Goliath, wissen Sie. Goliath gegen David. Aber Russland ist ein David mit einer schlecht funktionierenden Schleuder, sozusagen. Wird nicht gut ausgehen für die alte UDSSR.«

Aus der Innentasche seines Sakkos brachte er einen silbernen Flachmann zum Vorschein, schraubte ihn auf und gönnte sich einen raschen Schluck, ehe er die kleine Flasche an Gabriel weitergab. Gabriel trank.

»Oh, wie herrlich, schottischer Whisky! Mir hängt der Wodka schon zum Hals raus.«

»Die höhergestellten Tows haben einen besonderen Laden nur für sich. Ähnlich wie Harrods – da gibt es alles.«

»Sehr interessant, das mit Russlands Bomben.« Gabriel gab ihm den Flachmann zurück. »Wenn man bedenkt, dass wir in ständiger Angst vor dem nuklearen Weltuntergang leben.«

»Es erklärt diese ganze Kuba-Sache«, stellte Caldwell sachlich fest und steckte den Flachmann wieder ein.

»Was für eine Kuba-Sache?«

»Ach ja. Natürlich. Davon weiß ja niemand was. Noch nicht. Aber da ist bald die Kacke am Dampfen, wie man so sagt. Russland ist dabei, nukleare Raketenbasen in Kuba zu errichten. Hundert Meilen vor der amerikanischen Küste. Auf die Distanz lässt sich das Ziel nicht verfehlen, nicht mal für sie.«

Gabriel sah ihn erschrocken an.

»Was? Mein Gott! Raketenbasen auf Kuba?«

»Sst, nicht so laut, Gabriel, alter Knabe.«

»Tut mir leid. Das macht mich nur etwas fassungslos.«

»Ja. Da steht uns eine Riesenkonfrontation ins Haus, kann

jetzt jeden Tag losgehen. Die Amis sind stinksauer. Wie Sie sich denken können.«

»Was wird passieren?«

»Der Dritte Weltkrieg? Vielleicht. Vielleicht auch nicht. Oder Amerika bombardiert die Basen kurz und klein. Und startet dann womöglich eine Invasion – wobei das ja beim letzten Versuch für sie nicht so gut gelaufen ist. Oder, das ist meine Theorie, die Tows packen alles wieder ein und kehren kleinlaut nach Hause zurück, jetzt, wo sie erwischt worden sind. Sie streiten natürlich alles ab, behaupten, es handle sich um Luftabwehrstellungen, zur Abschreckung von US-amerikanischen Aggressionen gegen Castro und sein Regime. Aber es liegen klare Beweise vor – Fotos. Luftaufnahmen von Aufklärungsflugzeugen. Russische Atomraketen in Amerikas Hinterhof. Es wird tränenreich enden, so oder so.«

Gabriel war ebenso beunruhigt wie verblüfft darüber, dass Caldwell diese geheimen Informationen so unbekümmert ausplauderte. Er sah sich im Warteraum um. Auf der Tafel stand nun die Nummer 17. Sie saßen ganz hinten, relativ isoliert von den übrigen potenziellen Zahnarztpatienten. Niemand achtete auf die beiden Engländer, die rauchend und trinkend beisammensaßen und sich leise unterhielten.

Dann sah er einen Mann in einem braunen Anzug, der in den Raum kam und sich suchend umsah, bis er Caldwell entdeckte. Caldwell winkte ihm kurz zu. Der Mann begab sich an einen Platz auf der anderen Seite des Raums, setzte sich und nahm eine Zeitung heraus.

»Wer ist das?«, fragte Gabriel erschrocken.

»Tow vom KGB«, erwiderte Caldwell gelassen. »Wollte nur mal nachsehen.«

»Verflucht!«

»Nur die Ruhe, Gabriel. Er weiß von meinem Treffen mit Ihnen. Er war neugierig – wollte sich bloß vergewissern.«

»Vergewissern? Worüber?«

»Dass Sie, ähm, einer von uns sind. Mein Londoner ›Kontaktmann‹ beim MI6.«

Gabriel merkte, wie sich sein Schließmuskel zu lösen drohte, und kniff ihn fest zusammen. Unter den Achseln brach ihm der Schweiß aus.

»Wovon in Gottes Namen reden Sie da, Kit?«

»Immer mit der Ruhe, mein Lieber. Die wissen, dass Sie derjenige waren, der mich gewarnt hat. Der mir ermöglicht hat, einige Tage früher ›überzulaufen‹. Die haben Sie auf dem Kai in Cádiz gesehen, als Sie mir geholfen haben, an Bord zu gehen. Ich habe ihnen alles erzählt, was Sie für mich getan hatten.«

Das ließ Gabriel kurz sacken. Er war zwar geschockt und verwirrt, aber sein Verstand funktionierte noch.

»Die halten mich also auch für eine Art Doppelagenten. So wie Sie.«

»Ja, dafür hält man Sie. Aber Sie sind es ja natürlich nicht. Für mich allerdings ist es sehr nützlich, dass die Sie dafür halten.«

Gabriel hob den Blick zur Decke. Er stieß die Luft aus und schauderte unwillkürlich zusammen.

»Das hat alles Faith Green eingefädelt, habe ich recht?«, sagte er. »Gehört alles zu ihrem Plan.«

»Durchaus, ja. Sie ist schon brillant, muss ich sagen. Unglaublich beeindruckend.«

Erklärungen fingen an, einzurasten, eine nach der anderen, wie Früchte in einem Spielautomaten.

Die gesamte Kunsthändler-Verbindung mit Blanco.

Die Treffen mit Caldwell.

Wie sie ihr Seidentuch in der Hotelbar zurückgelassen hatte, in der Gewissheit, dass er es ihr sofort bringen würde.

Und bei der Gelegenheit Sefton sehen würde.

Ja, Sefton gehörte auch dazu, eindeutig.

Sefton hatte ihn überhaupt erst in alles verwickelt.
»Mein Bruder, der Kurier. Der nützliche Idiot.«
Und Blanco mit seinem sogenannten »Geheimnis«. Seinem Deal. Ein einziger, offenkundiger Schwindel. Blanco gehörte von Anfang an dazu.
Und dann kommt Gabriel Dax dem Komplott »auf die Schliche« – und begreift, wie er benutzt worden ist.
Und in seiner Empörung darüber, um ihnen eins auszuwischen, warnt er Caldwell, dass sie ihm dicht auf den Fersen sind. Nichts wie weg, Kit. Sie müssen abhauen, jetzt.
Unfassbar ausgeklügelt, das Ganze, dachte er. Hätte es also nicht auch leicht schiefgehen können? Aber die Puppenspielerin hatte ihn richtig eingeschätzt. Sie hatte an den Strippen gezogen, und er hatte die gewünschten Bewegungen ausgeführt. Und nun war er hier in Warschau, noch immer an ihrem Spielkreuz zappelnd. Die perfekte Marionette, mustergültig.
Die Offenbarungen verursachten ihm Brechreiz.
»Sie sind ja so still auf einmal, alter Knabe«, sagte Caldwell. »Alles in Ordnung?«
»Könnte ich noch was von Ihrem Whisky haben?«
Caldwell händigte ihm den Flachmann aus. Gabriel nahm einen tüchtigen Schluck und kostete das Brennen in seiner Kehle aus. Es half. Er fühlte sich wieder etwas mehr im Gleichgewicht.
»Was, wenn ich Sie nicht gewarnt hätte?«, fragte Gabriel, während er sich die Logik durch den Kopf gehen ließ. »Wenn ich einfach aus Cádiz abgereist wäre? Schon etwas riskant, oder?«
»Dann wäre Plan B aktiviert worden. Faith hatte an alle Eventualitäten gedacht. Was alles danebengehen könnte.«
»Was war denn Plan B, wenn ich fragen darf?«
»Wenn Sie mich nicht gewarnt hätten, hätte ich mich direkt an Sie gewandt, um Sie um Ihre Hilfe als Freund zu

bitten. Mit einem direkten Appell. Helfen Sie mir beim Überlaufen.«

»Und wenn ich abgelehnt hätte?«

»Lustigerweise war ich mir irgendwie sicher, dass Sie nicht Nein sagen würden. Ich hatte Sie schätzen gelernt. Sehr. Ich dachte, wir seien Freunde. Geistesverwandte.«

»Aber jetzt mal nur dem Argument zuliebe, was, wenn Plan B fehlgeschlagen wäre?«

»Dann wäre ich Plan C gefolgt. Ich hätte Ihnen alles gestanden. Den dreifachen Bluff. Hätte die Karten auf den Tisch gelegt.«

»Verstehe. Sie hatte an alles gedacht.«

»Genau. Letzten Endes war es ja nicht notwendig.«

»Ja. Sie hatte mich hervorragend eingeschätzt.«

Gabriel ließ sich den Vorgang erneut durch den Kopf gehen. An Caldwells »Überlaufen« wäre er auf jeden Fall beteiligt gewesen, so oder so. Er wäre immer noch nach Warschau gefahren. In den Augen des KGB war er nun Caldwells lebenswichtige Verbindung nach London, komme, was da wolle.

Er reichte den Flachmann zurück, noch immer etwas bestürzt über diese Schlussfolgerung, diese Enthüllung. Caldwell steckte den Flachmann ein und reichte ihm dafür ein Streichholzbriefchen. Auf der Innenseite der Klappe stand eine Reihe von Zahlen, die wie Telefonnummern wirkten.

»Würden Sie das hier Faith Green geben, wenn Sie wieder in London sind?«, sagte Caldwell. »Sehr wichtig.«

»Was hat es damit auf sich, wenn ich fragen darf? Sagen Sie es mir nicht, wenn es streng vertraulich ist.«

»Mal so gesagt, eine meine anderen Aufgaben, solange ich hier bin, besteht darin, herauszufinden, was für Termiten in unseren Geheimdiensten lauern könnten: im MI5, MI6. Die Tows nehmen mir gegenüber kein Blatt vor den Mund, wegen allem, was ich an der Atombombenfront für sie getan habe. Sie erzählen mir alles Mögliche. Ohne dass ich zu fragen bräuchte.« Caldwell gluckste vergnügt vor sich hin.

»Haben Sie schon eine Termite gefunden?« Gabriel ließ das Streichholzbriefchen in der Innentasche seines Sakkos verschwinden.

»Ich glaube schon. Faith wird wissen, was zu tun ist.«

»Die Termitenjägerin par excellence.«

»Allerdings.«

Gabriel war noch immer mit Nachdenken beschäftigt, über Faith' raffinierte Machenschaften. Das größere Bild, das ihm so lange verborgen geblieben war, setzte sich nun zusammen. Alles, was geschehen war, was er erlebt hatte – *alles* –, zielte einzig darauf ab, Caldwell irgendwie in Moskau zu platzieren. Und zwar so, dass ihm die Russen vertrauten, ohne Wenn und Aber. Caldwell, gefeiert und geehrt – aber auf unserer Seite. Von Anfang an, seit dem Tag, an dem Faith Green mit der Bitte an ihn herangetreten war, nach Cádiz zu reisen und Blanco eine Zeichnung abzukaufen, war alles daraufhin konzipiert und konstruiert, diese Lage der Dinge herbeizuführen. Nein, dachte er – nun ganz in die wimmelnden Komplexitäten vertieft, die kennzeichnend für die Arbeitsweise des Instituts waren –, womöglich hatte alles schon früher angefangen. Auf jenem Rückflug aus Léopoldville womöglich, als sie ihm aufgefallen war, weil sie sein Buch las …

»Ich sollte mal besser los«, sagte er, mit einem Gefühl von Übelkeit dabei, wie sich eine Enthüllung an die andere reihte.

»Wir sehen uns wieder, ganz bestimmt.« Caldwell lächelte.

»Meinen Sie?«

»Da bin ich mir ziemlich sicher. Auf die eine oder andere Weise.«

»Natürlich. Ich bin ja Ihr Londoner ›Kontaktmann‹.«

»Es ist alles sehr, sehr schlau aufgezogen«, sagte Caldwell.

Er machte einen zufriedenen Eindruck. »Ich bin sehr froh, dass wir zusammenarbeiten, Gabriel. Da schlafe ich nachts gleich viel ruhiger.«

»Und doch werde ich das Gefühl nicht los, dass ich von Anfang an manipuliert worden bin. Vom ersten Tag an.«

»Schauen Sie. In diesem Geschäft werden wir doch alle manipuliert.« Caldwell zuckte gleichgültig die Achseln. »Die Hälfte der Zeit über merken wir bloß nichts davon.«

Gabriel stand auf und zog seinen schweren Mantel an. Caldwell quälte sich mit einem übertriebenen Ächzen vom Stuhl hoch, und sie schüttelten sich die Hände.

»Weiter viel Glück«, sagte Gabriel.

»Sie sind mein Glück, Gabriel, altes Haus. Sie ahnen ja nicht, wie wichtig Sie sind.«

»Ein Trost immerhin, dafür, dass ich so geleimt worden bin.«

»Für eine gute Sache. Vergessen Sie das nicht.«

Gabriel machte sich auf den Weg zur Tür, wo er kurz stehen blieb, um den Raum noch einmal ins Auge zu fassen – um ihn sich einzuprägen. Er sah, wie Caldwell auf den Mann im braunen Anzug zuging. Dann wandten sich beide zu Gabriel um. Er hob die Hand zu einem kurzen Gruß – jawohl, ich bin's, ich bin derjenige welcher – und ging dann hinaus.

Tags darauf ließ Gabriel wie benebelt den *Kaukasischen Kreidekreis* über sich ergehen. In Gedanken war er noch immer mit all dem beschäftigt, was er von Caldwell erfahren hatte, mit dem Versuch, Geschehnisse zusammenzufügen und sich über ihr wahres Gewicht und ihre Bedeutung klar zu werden. Er erstellte eine Chronologie der Situationen und Begegnungen, die er erlebt hatte, und sah jetzt – im Nachhinein –, wie sie in Faith Greens ausgeklügelten Plan hineinpassten. Oder auch nur beinahe hineinpassten, sagte er sich. Wie hing das Ganze mit Patrice Lumumba und seiner brutalen Ermordung zusammen? Was hatte jenes Geschehen im Kongo mit Kit Caldwell und seinem großartigen Täuschungsmanöver zu tun? Es wollte sich ihm einfach nicht erschließen, also gab er es auf, weiter darüber nachzugrübeln.

Da es den Morgen über heftig geregnet hatte, war die Brecht-Aufführung vorsichtshalber in das Kulturhaus der Musterwohnsiedlung verlegt worden. Das Stück wurde auf Polnisch gegeben, in einer minimalistischen Inszenierung, Gabriels Verwirrung war also annähernd komplett, und bei der Sache bleiben konnte er ohnehin nicht. Symbolisch gesehen allerdings war es ganz passend, da Verwirrung ja gegenwärtig sein normaler Geisteszustand war. Es gab Musiker und einen Sänger, der eine Art Rahmenerzählung zu liefern schien, aus der er nicht schlau wurde. Und es gab eine Figur, die anscheinend ein Richter war. Und eine junge Wäscherin und jemanden, der offenbar aufgeknüpft werden sollte, aber dann begnadigt wurde. Möglicherweise. Zum Schluss wurde noch ein bisschen getanzt. Es schien gar kein Ende nehmen zu wollen.

Nach der Vorstellung ging es zurück ins Metropol, wo zu seiner freudigen Überraschung eine letzte abendliche Zusammenkunft mit Büfett für die Journalisten anberaumt war, ehe sie am kommenden Tag alle die Heimreise antreten würden. Er hatte Hunger und verzehrte eine Art Pastetchen mit Huhn und Reis, um seine etlichen Wodkas aufzusaugen. Er becherte deswegen so eifrig, weil er seine dauernd wechselnden Stimmungen nach dem Treffen mit Caldwell nicht analysieren konnte: Wut – ja, auf jeden Fall –, dazu Beschämung über seine Gefügigkeit, darüber, wie leicht er sich hatte an der Nase herumführen lassen. Hilflosigkeit auch. Besorgnis – die ebenfalls. In was für eine Rolle war er unversehens gedrängt worden? Welchen ungeahnten Gefahren hatte Faith Green ihn ausgesetzt, indem sie an seinen Strippen zog?

Er sah den Seevogel auf sich zukommen und wappnete sich. Er setzte ein breites Lächeln auf.

»Hi, Celia. Na, wie geht's?«

»Immer trifft man Sie an der Bar an. Sind Sie sicher, Gabriel, dass Sie nicht so was wie ein Alkoholiker sind?«

Unglaublich, wie diese Aggression einfach so in ihr hochbrodelte – als könnte sie nichts dafür. Irgendwie musste er eine toxische Wirkung auf sie haben; war wohl eine dauernde Provokation für sie, ein Juckreiz, ein Steinchen in ihrem Schuh.

»Nein«, sagte er ruhig. »Ich bin kein Alkoholiker. Bloß betrübt darüber, dass das unser letzter gemeinsamer Abend ist. Ich ertränke meinen Kummer.«

»Ja, sicher doch. Wo waren Sie eigentlich gestern? Wir hatten einen herrlichen Tag in der Fabrik. Faszinierend. Ein Knaller. Und dann noch ein echt bombiges Fußballspiel. Sie stehen nicht so auf Fußball, Gabriel, oder? Jede Wette.«

Sie nahm ein gefülltes Wodkaglas vom Tresen und trank ein Schlückchen.

»Die Wette haben Sie verloren«, sagte er. »Ich bin Chelsea-Fan.«

»Und, wo waren Sie nun?«

»Ich hatte grässliche Zahnschmerzen, musste dringend zum Zahnarzt.«

»Wie haben Sie denn hier einen Zahnarzt ausfindig gemacht?«

»Ich habe an der Rezeption gefragt.«

Sie sah ihn an, voller Misstrauen, und kippte ihren restlichen Wodka hinunter.

»Was haben Sie wirklich getrieben? Mir können Sie es verraten, nur zu.«

»Ich war bei einem Zahnarzt. Eine große Füllung. Bloß Karies.«

»Ich glaube Ihnen nicht.«

Das war kühn, dachte er. Fast schon eine Kampfansage.

»Wissen Sie, Celia, ob Sie mir glauben oder nicht, ist mir völlig einerlei. Das sollte doch wohl klar sein mittlerweile, hätte ich gedacht.«

Dass er seine gewohnte Höflichkeit kurz ablegte, schien sie etwas aus dem Tritt zu bringen.

»Ich habe Ihnen über die Schulter geschaut, hab Ihr Notizbuch gesehen. Statt Notizen zu machen, haben Sie nur vor sich hin gekritzelt.«

»Ich habe meine eigene persönliche Kurzschrift.«

»Was machen Sie wirklich hier in Warschau, Gabriel?«

»Dasselbe wie Sie.«

»Lügner.«

Nun stand für ihn fest, dass sie betrunken war. Das war schon dreist.

Sie starrte ihn an, heftig blinzelnd, irgendwie hasserfüllt, dachte er. Dann ging sie wortlos davon, etwas wacklig auf den Beinen.

Gabriel wandte sich um und nahm noch einen Wodka vom Tresen. Lieber noch was essen, dachte er und begab sich ans Büfett. Es gab Störrogen auf Blinis, mit Sauerrahm, einige zweifelhaft aussehende, farblose Würstchen und die üblichen pappigen Brötchen mit Käse ohne Geschmack. Er entschied sich für ein Käsebrötchen. Beim Gedanken an den Rückflug nach London merkte er, wie sehr ihm jetzt schon davor graute: der Zwischenstopp in Stockholm – mögliche Verspätungen – Stunden in der Gesellschaft des Seevogels … Dann aber kam ihm, in aller Klarheit, der rettende Einfall. Es gab noch einen anderen Ausweg.

Er machte sich auf die Suche nach Ryszard und erspähte ihn am anderen Ende des Konferenzraums, mit ernster

Miene in ein Gespräch mit Celia Bird vertieft. Es ging um ihn, da war er sich annähernd sicher. Ach, na wenn schon, dachte er und steuerte auf die beiden zu. Als Celia ihn kommen sah, tuschelte sie Ryszard etwas zu und verzog sich eilig. Ja, dachte er, sie hatte über ihn geredet, keine Frage.

Ryszard aber war so freundlich wie immer, als wäre Celias giftiges Gerede wirkungslos an ihm abgeperlt. Er erkundigte sich nach Gabriels Zahnschmerzen. Das Problem ist gelöst, sagte Gabriel. Dann fragte er Ryszard, ob für ihn die Möglichkeit bestand, ein paar Tage länger im Metropol zu bleiben. Ob sein Flug umgebucht werden könne.

»Das dürfte nicht weiter schwierig sein«, sagte Ryszard.

Gabriel erzählte ihm von seinem Buch, *Flüsse*, und dass er gern ein Kapitel über Warschau und die Weichsel verfassen würde.

»Das wäre wundervoll, Mr Dax.«

»Ich zahle auch gern für die zusätzlichen Tage.«

»Ja, das wäre leider unvermeidlich. Erlauben Sie, dass ich das mit dem Hotel für Sie regle. Ihren Flug buche ich um auf …«

»Sagen wir Freitag.«

»Ist mir ein Vergnügen, Mr Dax.«

»Bitte nennen Sie mich Gabriel, Ryszard.«

»Selbstverständlich, ist mir eine Ehre, Gabriel.«

Gabriel genehmigte sich noch einen Wodka an der Bar, bemerkte, dass Celia Bird wie vom Erdboden verschluckt war, und begab sich zu den Aufzügen, um sich in sein Zimmer zurückzuziehen. Aus seiner spontanen Planänderung ergaben sich alle möglichen Vorteile, kalkulierte er. Nicht zuletzt konnte er sich so dem Spießrutenlauf am Warschauer Flughafen entziehen, jetzt, wo der Seevogel Verdacht geschöpft und ihn mutmaßlich angeschwärzt hatte. Er war selbst ganz verblüfft über seine Geistesgegenwart. Ja, er lernte schnell dazu. Er würde die Erwartungen Lügen strafen.

*

Am Morgen darauf beobachtete er von seinem Fenster aus, wie Celia Bird und die anderen Journalisten unten vorm Hotel in den Minibus stiegen, der sie zum Warschauer Flughafen Okęcie bringen würde. Er würde ihnen in Kürze folgen.

Er wartete eine Stunde und verstreute dann seine Anziehsachen im Zimmer. Anzeichen von jemandem, der noch länger bleiben würde. Nachdem er sich rasiert und die Zähne geputzt hatte, ließ er seinen Rasierer und die Zahnbürste gut sichtbar am Waschbecken liegen. Dann entnahm er dem Geheimfach in seinem Koffer seine FN Baby Browning und platzierte den Koffer, geöffnet, auf dem Klappständer fürs Gepäck. Die Pistole steckte er in seine Manteltasche. Er würde alles, was er brauchte, bei sich tragen: Unterlagen, Geld, Zigaretten, Hausschlüssel, Reiseschecks, Dollars, Führerschein, Reisepass – Kanone.

Er legte seinen Hotelschlüssel auf den Nachttisch und hängte das »Bitte nicht stören«-Schild an den Türgriff, als er das Zimmer verließ. Dann nahm er die Treppe nach unten, ging quer durch die Lobby und hinaus in den armseligen Garten, der zum Swimmingpool führte. Von dort aus begab er sich um das Hotel herum zum Taxistand, wo er einen Fahrer bat, ihn zum Flughafen zu bringen.

Vor Nervosität und Aufregung durchlief ihn immer wieder ein kleines Zittern, während er die verschiedenen Aspekte seines neuen Plans durchging. Er hatte kein gutes Gefühl bei dem Gedanken gehabt, den Flughafen passieren zu müssen, mit all den Kontrollen und Überprüfungen dort, den Barrieren und abgesperrten Bereichen, wo man so leicht beiseitegeführt werden konnte, um verhört oder verhaftet zu werden – das hatte er schließlich schon mal am eigenen Leib erfahren, in Madrid. Was für Unterstellungen

Celia Bird gegen ihn vorgebracht haben mochte, wusste er zwar nicht, hielt es aber dennoch für ratsam, besser kein Risiko einzugehen und den Flughafen zu meiden.

Sofern seine kleine List aufging, käme niemand auf den Gedanken, dass er schon abgereist war. Vielleicht würde das Reinigungspersonal des Metropol am Abend darauf bestehen, seine Tür zu öffnen, vielleicht warteten sie damit auch bis zum kommenden Morgen. Gleichwohl, er hatte in jedem Fall einen Vorsprung von zwölf bis vierundzwanzig Stunden, ehe irgendjemand Verdacht schöpfte und entdeckte, dass er über alle Berge war.

Am Flughafen unterschrieb er in der Wechselstube einige Reiseschecks und tauschte sie gegen Zlotys ein. Neben der Marotte, nie ohne Reisepass das Haus zu verlassen, war es eine seiner Angewohnheiten als Reiseschriftsteller, stets mehr Geld einzustecken, als er voraussichtlich benötigen würde, egal auf welcher Reise, eine Vorsichtsmaßnahme, die sich schon oft als nützlich erwiesen hatte. Jetzt verfügte er über ein ganzes Bündel Bargeld, mehr als genug, nicht zu vergessen die US-Dollars, die er obendrein dabeihatte, für alle Fälle. In der Flughafenbuchhandlung besorgte Gabriel sich Straßenkarten von Polen und Ostdeutschland und steuerte dann die Cafeteria an, um dort, bei einer Tasse Kaffee und einem Schinkensandwich, seine Reiseroute zu planen. Derart gestärkt, brach er schließlich auf, um in der Flughafenhalle eine Autovermietung zu suchen.

Er entschied sich für die kleinste, die er finden konnte, namens »SZYBKI Autoverleih«. Der Wagen, den man ihm anbot, war ein Warszawa 200, ein großes, schwerfällig anmutendes Fahrzeug, feuerwehrrot lackiert. Es störte ihn nicht. Die Mitarbeiter bei Szybki waren hocherfreut, als er die Leihgebühr für zwei Tage im Voraus entrichtete, noch dazu in bar.

Er machte sich mit der Bedienung und den Bestandteilen

des Wagens vertraut – weiter keine Besonderheiten – und fuhr dann los. Er hatte eine Route geplant, die ihn durch Nordpolen und den Norden Ostdeutschlands führen würde, unter weiträumiger Umgehung des pulsierenden Hotspots Berlin. Von Warschau nach Stettin, von dort aus weiter nach Rostock in Ostdeutschland, und dann nach Selmsdorf in der Nähe von Lübeck, wo er hoffentlich die Grenze nach Westdeutschland überqueren konnte, und dann weiter nach Hamburg. Seinen Berechnungen nach würde die Fahrt etwa vierzehn Stunden dauern, und er wollte sie in zwei Etappen absolvieren, mit einer nächtlichen Rastpause dazwischen, die er im Wagen zu verbringen beabsichtigte, irgendwo abseits der Straße geparkt.

Es herrschte wenig Verkehr auf der Straße, und er kam gut voran – der Literverbrauch des Warszawa pro hundert Kilometer allerdings war nicht eben gering, er musste alle paar Stunden nachtanken. Aber diese Gelegenheiten nutzte er dazu, sich an den Tankstellen mit Süßigkeiten, Schokolade und grellfarbiger Limonade einzudecken, als kleine Stärkung für zwischendurch.

Die ostdeutsche Grenze hinter Stettin, wo er sich einer kleinen Warteschlange aus PKWs und Lastwagen anschloss, passierte er ohne weitere Probleme. Sein Reisepass und die Akkreditierung als Journalist schienen größeres Gewicht zu besitzen als sein polnisches Visum, und die Grenzposten und Zollbeamten winkten ihn auf die Straße in Richtung Rostock durch.

Während der Fahrt durch eine Landschaft aus flachem Ackerland und Kiefernwald, auf Fernstraßen, die ihn quer durch Provinzstädtchen und kleine, armselig wirkende Dörfer führten, kam ihm der Gedanke, dass es sich förmlich anbot, diese transeuropäische Reise zu einem interessanten Beitrag für die *Interzonal* zu verarbeiten. Ja, spare in der Zeit, so hast du in der Not. Er blickte mit ganz neuem Interesse aus dem Fenster und fing an, im Kopf schon den einen oder anderen Absatz vorzuformulieren …

»Die Kiefernwälder waren nasskalt und regendurchtränkt, die schwarz-grünen Nadelbäume eng aneinandergeschmiegt wie Flüchtlinge oder Gefangene, die es nach Körperwärme verlangt. Die schmutzigen, ärmlichen Dörfer schienen mir bittere Vorwürfe zu machen, wenn ich achtlos durch sie hindurchraste, ohne jede Anteilnahme für ihr wortloses Leiden. In der Abenddämmerung überzog Regen den Asphalt mit einer feinen Schicht aus Nässe, und die dicken Autoreifen zischten durch die Pfützen. Der Fahrdamm war in Finsternis gehüllt, kaum erhellt vom trüben Schein der funzligen Straßenbeleuchtung. Mir war, als wäre ich auf der Flucht vor etwas Dunklem, Schrecklichem, voll Sehnsucht nach dem hellen Licht des freien Europas …«

Ja, dachte er – der volle Plumpudding. Er meinte Faith' breites Lächeln vor sich zu sehen, und dabei lächelte er selbst vor sich hin, beglückt darüber, an sie zu denken: seine Peinigerin und sein Trost.

Mit Einbruch der Dunkelheit spürte er, wie ihn langsam Müdigkeit überkam. Bei einem Städtchen namens Gnoien bog er von der Hauptstraße ab und fand einen überwucherten, von herbstlichen Ahornbäumen überwölbten Feldweg bei einem Wasserturm. Er parkte unter dem größten Baum und stapfte auf dem matschigen Weg zurück, um sich zu vergewissern, dass das Auto von der Straße aus nicht zu sehen war. Er aß einen schwer verdaulichen Krapfen mit Marmeladenfüllung, trank etwas Cola und verriegelte die Türen, ehe er auf den Rücksitz des Warszawa kroch. Da es kalt war, wickelte er sich zum Schlafen in seinen Tweedmantel ein. Die FN Baby Browning drückte unangenehm an seine Hüfte, deshalb nahm er sie aus der Tasche und legte sie in den gummiausgekleideten Fußraum neben seinem Kopf. Er war froh, dass er auf einer Waffe bestanden hatte – mit der

Pistole fühlte es sich sicherer an, im Auto zu übernachten, sie verringerte seine Verletzlichkeit, und sei es auch nur sinnbildlich.

Er erwachte bei Tagesanbruch und stellte fest, dass er dieses Jahr bisher selten so gut geschlafen hatte wie in dieser Nacht, paradoxerweise, zusammengerollt auf dem harten Rücksitz. Er stieg aus dem Wagen aus, entleerte seine Blase, sprang auf und ab und ließ energisch die Arme in der Luft kreisen, ehe er seine Fahrt Richtung Rostock fortsetzte.

Für den Grenzübergang in Selmsdorf hatte er sich entschieden, weil er wusste, dass dieser allen Reisenden offenstand – andere Grenzübergänge in den Westen waren Deutschen vorbehalten –, und als er sich in die lange, äußerst zähflüssige Warteschlange einreihte, entdeckte er zu seiner Freude weitere Autos und LKWs mit ausländischen Kennzeichen – aus Polen, der Tschechoslowakei und Ungarn, sogar eins aus Italien.

Als er an der Reihe war, musste er den Warszawa über eine Grube fahren, weil man die Wagenunterseite inspizieren wollte. Dann wurde das Wageninnere gründlich durchsucht. Seine Papiere wurden eingehend studiert, mitgenommen, um abgestempelt zu werden, und ihm dann wieder ausgehändigt. Der schwere Schlagbaum hob sich, und er fuhr hindurch nach Westdeutschland, wo er von britischer Militärpolizei in Empfang genommen wurde.

Hier allerdings wurde er mit sehr viel mehr Argwohn behandelt, trotz seines britischen Reisepasses. Man winkte den Warszawa auf einen kleinen Parkplatz, wo er ein weiteres Mal durchsucht wurde, und ihn führte man in einen fensterlosen Raum im Zollgebäude, wo ihm sein Pass und die Papiere abermals abgenommen wurden. Er hatte schon drei Zigaretten geraucht, ehe ein junger Lieutenant von den Green Jackets, der sich nicht vorstellte, hereinkam und ihn einer kurzen Vernehmung unterzog.

Gabriel gab wahrheitsgemäß Auskunft, bis zu einem gewissen Grad. Lügen, so viel wusste er, waren nur dann überzeugend, wenn sie ein Körnchen Wahrheit enthielten. Er sei im Auftrag einer britischen Zeitschrift, der *New Interzonal Review*, in Warschau gewesen, erklärte er dem Offizier, um über einen offiziellen Anlass zu berichten – wie sich seiner Akkreditierung leicht entnehmen lasse –, und die Rückreise per Auto durch Polen und Ostdeutschland sei Teil seines Auftrags, um Material für einen Artikel über das Leben im Ostblock zu sammeln. Er fühlte sich erstaunlich ruhig – immerhin war er nun im Westen –, und notfalls konnte er immer noch vorschlagen, dass sie sich mit dem Institut in Verbindung setzten, um zu überprüfen, wer er war.

Der Lieutenant verließ den Raum – vermutlich, um einige Anrufe zu tätigen, dachte Gabriel. Faith Green, davon ging er aus, würde schon in Kürze von seiner Ankunft in Westdeutschland erfahren. Er war nicht länger inkognito – er war wieder auf dem Radar. Eine Zigarette später erhielt er seinen Pass zurück und durfte seine Fahrt nach Hamburg fortsetzen.

Er stellte den Warszawa auf einem Langzeitparkplatz am Hamburger Flughafen ab und begab sich zum Flughafengebäude, wo er einem Taxifahrer zwanzig Dollar dafür anbot, wenn er ihn nach Cuxhaven brachte, drei Fahrstunden entfernt, an der Elbmündung. Der Anblick der beiden Zehndollarscheine löste sichtlich Freude aus. Gabriel stieg hinten in den alten Mercedes-Benz ein und merkte, wie erstmals die permanente Anspannung von ihm abfiel, die ihn seit seinem Aufbruch aus dem Metropol nicht mehr verlassen hatte. Er lehnte sich auf dem Sitz zurück und schloss die Augen. In Cuxhaven könnte er die Nachtfähre nach Harwich erwischen – mit etwas Glück würde er morgen Mittag wieder zu Hause in Chelsea sein.

Gabriel stand auf dem Oberdeck, als sich die DFDS-Fähre in Bewegung setzte und vom Kai in Cuxhaven aus Kurs auf die Nordsee nahm. Beim Anblick des gewaltigen Mündungsgebiets der Elbe, über dem eben die Sonne unterging, erfüllten ihn ähnliche Empfindungen wie seinerzeit in Léopoldville, als er über die riesige Fläche des Kongo-Flusses zum fernen Brazzaville hinüberstarrte: Ehrfurcht, ein Gefühl von Bedeutungslosigkeit, eine sonderbare Demut angesichts der Dimensionen der Natur. Hier in Cuxhaven konnte er vom nördlichen Ufer, das meilenweit entfernt war, nicht viel erkennen – nur einen niedrigen, dunklen Umriss mit den Lichtern von Städten und Dörfern, die nun nach und nach aufblinkten und in der Dämmerung leuchteten. Er merkte, dass er Hunger hatte. Nach zwei dürftigen Tagen mit Süßkram und Sandwiches verlangte es ihn nun dringend nach herzhafter, wärmender Kost. Er wandte sich um und machte sich auf die Suche nach der Cafeteria.

Er gönnte sich ein Steak mit Pommes frites und zum Dessert Apfelstreusel, hinuntergespült mit einer halben Flasche Rotwein. Dann ging er in die Bar und bestellte sich einen Verdauungsbrandy. Um ihn herum drängten sich britische Soldaten, Angehörige der Besatzungsarmee in Deutschland, die lautstark ihren Aufbruch in den Heimaturlaub feierten. Als sie auch noch in Gesang ausbrachen, entschied er, wieder an Deck zu gehen, um frische Luft zu schnappen.

Draußen im Freien nieselte es inzwischen, daher suchte er sich einen Unterstand und fand ihn auf einem Achterdeck, wo er eine Zigarette rauchte und beobachtete, wie das hell schäumende Kielwasser der Fähre vom Dunkel verschluckt wurde. Er schlug den Mantelkragen hoch und band seinen Schal fester. Ein kalter Abend, dachte er, Vorbote des Winters; womöglich sollte er statt Krems lieber einen Fluss in wärmeren Breiten als Reiseziel in Betracht ziehen. Den Nil, dachte er, oder den Orinoco vielleicht, oder sogar den Murray River in Australien. Auf der südlichen Halbkugel war Sommer, wenn in Europa Winter herrschte. Etwas Sonnenschein könnte er gut vertragen …

»Ah. Da sind Sie ja, Mr Dax. Der schwer fassbare Mr Dax. Endlich.«

Gabriel erstarrte; der Akzent war amerikanisch, und die Stimme kam ihm bekannt vor. Er wandte sich langsam um. Vor ihm stand Raymond Queneau, mit einem Lächeln im Gesicht. Er griff in seinen Mantel und brachte eine große Pistole zum Vorschein, eine Automatik.

»Gehen wir ein wenig spazieren, ja? Um ein trautes Pläuschchen zu halten. Sagt man nicht so bei euch in England?«

»Kann sein. Hab ich selbst noch nie sagen hören.«

Queneau geleitete ihn behutsam eine Treppe hinunter auf das hinterste Achterdeck, oberhalb des Kielwassers, das nun, in der schwarzen, mondlosen Finsternis der Nacht noch weißer wirkte, wie Gabriel auffiel. Der Himmel war dicht bewölkt. Wo steckte Gabriels Mond?, fragte er sich. Irgendwo hinter den Wolken, hell leuchtend?

Die Nacht war stürmisch, und der ungleichmäßige Regen fühlte sich kälter an, jetzt, da sie auf dem offenen Meer waren, schlug ihm eisig ins Gesicht. Queneau trug einen Trenchcoat und einen braunen Filzhut. Sie standen an der hinteren Reling, Gabriel mit dem Wind im Gesicht, die Hände tief in den Manteltaschen vergraben. Auf einmal überkam ihn die kalte Gewissheit, dass Queneau beabsichtigte, ihn letzten Endes umzubringen, er musste also Zeit schinden.

»Wie zum Teufel haben Sie mich gefunden?«, fragte er.

Queneau zuckte mit den Schultern. Sein Arm mit der Waffe hing locker hinunter. In seinem Hemingway-Bart glitzerten Regentropfen.

»Wenn wir jemanden ernsthaft suchen, finden wir ihn in

der Regel auch«, sagte er tonlos. »Sie haben heute Vormittag gegen halb elf die Grenze nach Westdeutschland passiert. Ihr polnischer Wagen wurde gegen Mittag am Hamburger Flughafen entdeckt. Nettes Detail, das. Aber da Sie kein Flugzeug bestiegen hatten, war es am wahrscheinlichsten, dass Sie Ihre Reise nach England per Zug oder Schiff fortsetzen würden.« Er schniefte, wischte sich über die Nase. »Ihr Fährticket von Cuxhaven nach Harwich haben Sie nachmittags gegen vier gekauft. Mir blieb gerade noch die Zeit, herzukommen. Es war knapp. Aber, gottverdammich, hier bin ich.« Er lächelte ausdruckslos. »Ich hab's geschafft.«

»Warum haben Sie nach mir gesucht?« Gabriels Haar war inzwischen von kaltem Regen durchnässt. Er konnte spüren, wie ihm Tropfen übers Gesicht rannen.

Queneau lächelte erneut. Gabriels Frage schien er einfach zu überhören.

»Ach, danke übrigens für die Überlassung der Lumumba-Bänder. Wir sind Ihnen sehr dafür verbunden«, sagte er.

Gabriel dachte blitzschnell nach: analysierte, stellte Verbindungen her, folgerte. Woher wusste Queneau das mit den Bändern? Weil Faith ihm wahrscheinlich Bescheid gegeben hatte, dass sich die Bänder nun in ihrem Besitz befanden, ausgebuddelt aus dem Versteck unter der Stechpalme in seinem Garten.

»Wenn Sie mir dafür verbunden sind«, sagte Gabriel, in dem verzweifelten Bemühen, das Gespräch in Gang zu halten, »warum halten Sie dann eine Pistole in der Hand?«

»Weil die ganze Sache immer noch etwas, äh, unordentlich ist. Ich habe es aber gern ordentlich und kann Unordnung nicht leiden. *Je déplore désordre*«, setzte er mit seinem grässlichen Akzent hinzu.

Ja, Queneau war nicht zufrieden. In Queneaus Welt musste es sauber und aufgeräumt zugehen, ordentlich, und Gabriel war das Hundehäufchen auf seinem reinlichen

Bürgersteig, der ausgedrückte Zigarettenstummel in seinem Aschenbecher aus Kristallglas, der Vogelschiss auf seinem Autodach.

»Unordentlich?«, sagte Gabriel. »Geht es hier um die Bänder?«

»Drei Personen haben von diesen Bändern gewusst«, sagte Queneau. »Nur drei Personen waren bei dem aufgezeichneten Gespräch zugegen. Patrice Lumumba, Thibault N'Danza und Sie, Mr Gabriel Dax.«

»Ja. Na und?«

»Lumumba ist tot. N'Danza ist tot. Sie aber sind noch quicklebendig. Und leider kennen Sie auch die Namen, die auf den Bändern erwähnt wurden.«

»Thibault ist tot? Wie ist denn das passiert?«, fragte Gabriel bestürzt. Der kluge, liebenswerte, schlaksige Thibault.

»Er hatte einen tödlichen Autounfall, in Nairobi. Sehr bedauerlich.«

»Hören Sie zu, Queneau, ich habe mich freiwillig von diesen Bändern getrennt. Unter anderem, weil Faith Green gesagt hat, es würde mich ›aus der Schusslinie nehmen‹, okay?«

»Das hier hat mit Faith Green nichts zu tun. Sie hätte Ihnen das nicht sagen dürfen. Das war ein Fehler von ihr.«

Gabriel starrte ihn an – und da kam ihm die Erleuchtung.

»Sie sind Hillcrest, habe ich recht?«, sagte er spontan, weil er auf einmal alles begriff. »Sie sind das Bindeglied zu Eisenhower. Sie sind der verdammte Hillcrest! Natürlich, natürlich. Darum also geht es hier. Um die Hillcrest-Verbindung. Um Sie.«

Queneau/Hillcrest war über seine Enttarnung offenbar nicht amüsiert.

»Sie sind so ein richtiger Klugscheißer, hat Ihnen das schon mal jemand gesagt?«, sagte er kalt. »Hm? Das kann bei Menschen auch eine Schwäche sein.«

Queneau hob seine Automatik und richtete sie auf Gabriels Gesicht. Er lächelte.

»War nett, Ihre Bekanntschaft zu machen, Mr Dax. Aber man sollte nie ...«

Gabriel schoss durch die Manteltasche auf Queneau, wobei die FN Baby Browning einen kurzen, trockenen Knall vernehmen ließ, wie ein losgehender Chinakracher. Die Kugel traf Queneau irgendwo in der Leistengegend, und er ging sofort mit einem dumpfen Aufstöhnen zu Boden und ließ dabei die Pistole fallen, die klappernd auf dem Deck landete. Tot war er nicht, aber die Wunde hatte ihn anscheinend fast völlig außer Gefecht gesetzt. Er zuckte, er wand und krümmte sich und ließ ein leises Quieken vernehmen, von ganz hinten im Hals. Gabriel handelte, ohne nachzudenken, rein instinktiv und von Adrenalin befeuert. Er hievte Queneau in die Höhe, als würde er kaum etwas wiegen, und kippte ihn halb über die Reling. Er durchsuchte eilig seine Taschen, stellte seine Geldbörse und die Dienstmarke sicher und warf sie aufs Deck. Dann packte er ihn an den Fußknöcheln und wuchtete ihn ganz über die Reling.

Statt des erwarteten Platschens hörte er es krachen, als der Körper auf etwas Festes knallte. Scheiße! Er spähte über die Reling.

Queaneu war auf der Kunststoffabdeckung eines an Davits aufgehängten Rettungsboots gelandet. Ein ganzes Stück weiter unten, außer Reichweite für Gabriel. Er beobachtete, wie Queneau sich regte, und hörte ihn dann schreien – bis sein Schmerzgeheul von einer Windböe davongetragen wurde. Queneau unternahm mühsam den Versuch, sich auf die Knie zu kämpfen, kippte aber sofort wieder um, und dabei verlor er den Halt und kugelte seitwärts über Bord. Gabriel hörte es zwar nicht platschen, aber Queneau war fort, so viel stand fest.

Gabriel taumelte von der Reling zurück, wie betäubt, mit

einer völligen Leere im Kopf. Er riss sich mit aller Macht zusammen. Denk nach, denk nach, befahl er sich. Er sah sich um – keine Zeugen, niemand sonst hier draußen im eisigen Regen. Dort am Boden lag Queneaus große Automatik. Er hob sie auf und schleuderte sie in hohem Bogen ins Wasser. Auch Queneaus Filzhut, der ihm vom Kopf gepurzelt war, als er zu Boden ging, ließ er über die Reling segeln, gefolgt von der Geldbörse und der Dienstmarke. Er nahm die FN Baby Browning aus der Manteltasche und warf sie ebenfalls über Bord. Dann knöpfte er seinen Mantel auf, um das von der Kugel verursachte Austrittsloch zu begutachten – so winzig, überlegte er kurz, dass es womöglich niemandem auffallen würde –, ehe er den Mantel zu einem Bündel verknotete und gleichfalls in der Nordsee versenkte.

Er suchte unter der Treppe Schutz vor dem Regen und sah sich schwer atmend in alle Richtungen um. Kein Mensch konnte sie gesehen haben – wer sollte sich in einer solchen Nacht an Deck verirren? Er fuhr sich mit den Fingern durchs nasse Haar und fragte sich, ob ihm wohl gleich das Herz bersten würde. Er bemühte sich, möglichst tief ein- und wieder auszuatmen. Er oder ich, sagte er sich dabei, er oder ich, er oder ich. Das Mantra beruhigte ihn allmählich; sein Atem ging wieder leichter. Er sah sich ein letztes Mal um. Nichts deutete darauf hin, dass sich auf dem regenglänzenden Achterdeck irgendetwas zugetragen hatte. Er stieg die beiden Treppen hinauf, öffnete die Schottentür, schritt den Korridor entlang, bog um eine Ecke und begab sich in die Bar.

Es war inzwischen nicht mehr ganz so voll, doch ein harter Kern von etwa einem Dutzend britischer Soldaten ließ sich nach wie vor volllaufen und spielte Karten. Der Mief hatte sich intensiviert – Bier und Zigarettenqualm, mit einer zarten Beimengung von menschlicher Transpiration und feuchter Kleidung. Gabriel bestellte einen dreifachen

Scotch mit Wasser und verzog sich damit in die hinterste Ecke des hell erleuchteten Raums.

Er musste noch einmal zum Tresen zurück, weil er Streichhölzer brauchte – sein Feuerzeug hatte sich in der Manteltasche befunden. Dann zündete er sich eine Gitanes an und schlürfte seinen Whisky. Er dachte über sich nach, und darüber, was er getan hatte. Sein Vorgehen in der Situation, in die er unvermutet geraten war, war einfach nur eine Reaktion auf unerwartete, gefährliche und letzten Endes tödliche Provokationen gewesen. Er hatte nicht nach Plan gehandelt, sondern ganz spontan, um sich gegen bedrohliche Umstände zur Wehr zu setzen, die sich seiner Kontrolle entzogen und für die er nicht verantwortlich war. Kampf oder Flucht? – die alten, prähistorischen Gebote. Diesmal war ihm nichts anderes übrig geblieben, als zu kämpfen. Schuldgefühle hatte er keine. Wenn er Queneau nicht umgebracht hätte, so viel war klar, hätte es Gabriel Dax erwischt, dann hätte Queneau ihm einen Kopfschuss verpasst und ihn anschließend über die Reling ins Meer gewuchtet. Er oder ich, hielt er sich erneut einige Male vor Augen. Das machte den gewichtigen Unterschied.

Bei weiterem Nachdenken jedoch wurde ihm klar, dass er als Mensch, als Individuum eine Art entscheidende Grenze überschritten hatte. Eine Einsicht, bei der ihn ein frösteliges, fast weinerliches Gefühl überkam. Er hatte einen Punkt in seinem Leben erreicht, von dem an es keine Rückkehr mehr gab, selbst wenn er es gewollt hätte. Was gerade geschehen war, daran führte kein Weg vorbei, hatte ihn auf tiefgreifende Weise verändert, auf essenzielle Weise, und alles an ihm war nun anders.

10

Chelsea

Er schritt die King's Road hinauf, von der U-Bahnstation Sloane Square herkommend – ohne Mantel, ohne Gepäck, schmuddelig, unrasiert, abgekämpft, aber dennoch mit einem seltenen Hochgefühl. Er war wieder zu Hause. Er hatte überlebt – und hatte sich in gewisser Hinsicht auch etwas Grundlegendes bewiesen. Allerdings hatte er, wie ihm erst später aufging, mit seinem Mantel auch seine Hausschlüssel über Bord geworfen, die in der linken Tasche gesteckt hatten. Glücklicherweise bewahrte er einen zweiten Satz in einem Notversteck auf, hinter einem losen Backstein im Schacht vor dem Kellerfenster.

Er schloss die Tür auf und betrat seine Wohnung. Machte Licht an, entzündete den Gaskamin, goss sich einen Scotch ein, nahm eine Zigarette aus der silbernen Schatulle auf dem Couchtisch und ließ sich in seinen Lieblingssessel plumpsen. Wo war sein Feuerzeug? In der Nordsee natürlich, zusammen mit seinen Hausschlüsseln. Er suchte seine Jackentaschen ab und stieß auf Caldwells Streichholzbriefchen. Er riss eins ab und zündete seine Zigarette an, und dabei betrachtete er die Reihen handgeschriebener Telefonnummern – irgendein Geheimcode, offensichtlich. Er legte die Streichhölzer auf den Kaminsims, dorthin, wo Blancos Zeichnung gestanden hatte. Er hatte es nicht eilig damit, sie an Faith Green zu übermitteln. Er rauchte seine Zigarette, trank seinen Drink, ging in sein Schlafzimmer und zog sich aus. Er nahm ein Bad und rasierte sich, hüllte sich in frisch gewaschene Kleidung und traf den Entschluss, sich mit dem teuersten Menü zu verwöhnen, das es im Café Matisse gab – drei Gänge und eine Flasche Wein. Auf dem Heimweg würde er dann Einkäufe erledigen. Sein Leben war zurück im gewohnten Gleis.

Er ging in die Küche, um nachzusehen, was er an Lebensmitteln benötigte, und dort fiel ihm sofort die Maus ins Auge. Die Maus, die Tyrones patentierter Leimfalle auf den Leim gegangen war. Er hockte sich hin, um sie genauer zu betrachten. Sie war sehr klein, sieben, acht Zentimeter vielleicht, nicht größer, den Schwanz nicht mitgerechnet, und klebte mit den Vorderpfötchen am Tischlerleim fest. Gabriel hob die Papptafel auf. Die schwarzen Knopfaugen der Maus schienen ihn kläglich anzustarren, und sie fing an, ein ganz leises Piepsen von sich zu geben, während sie sinnlos mit den Hinterpfoten strampelte. Was tun? Sollte er sie mit einem Ziegelstein erschlagen? In der Spüle ersäufen? Den Karton über sie klappen und dann drauftreten?

Er ging von der Küche in den Garten und legte die Leimfalle mit der Maus in die Mitte des kleinen Rasens. Er wickelte den Gartenschlauch los und drehte den Wasserhahn auf, erhöhte mit dem Daumen vor der Öffnung den Druck und richtete den Strahl auf die Maus, die innerhalb weniger Sekunden von der Tafel losgespült war. Sie saß noch einen Moment lang da, triefnass, zitternd, ohne zu verstehen – und huschte dann hastig davon, in die Rabatte.

»Und lass dich ja nicht mehr blicken!«, rief Gabriel ihr nach.

Tyrones Leimtafeln warf er in den Müll.

Faith Green vergeudete keine Zeit. Abends um sieben schellte es an Gabriels Tür. Er hatte, während der Fernseher lief, irgendeine Quizshow, auf dem Sofa vor sich hin gedöst, gesättigt von seinem Festschmaus im Café Matisse, und sich bemüht, die letzten Tage auszublenden und ganz im Hier und Jetzt zu bleiben, mit seinem angenehmen Nachgeschmack vom Essen und den Nachwirkungen des Alkohols.

Er ging zur Tür und öffnete. Vor ihm stand Faith, eine funkelnde Erscheinung in einem langen Abendkleid aus dünnem silbernem Satin und einer breiten Pelzstola, ebenfalls silberfarben. Silberfuchs?, überlegte er schlaftrunken. Ihr Haar war festlich frisiert, anders als sonst, eine Art starr wirkende Dauerwelle. Ein glänzendes, perfekt aufgetragenes Karmesinrot brachte ihre Lippen zur Geltung. Sie wirkte älter, respekteinflößender – weniger schön, irgendwie.

»Heiliges Kanonenrohr«, sagte er.

»Ich habe leider nur zehn Minuten. Ehe du fragst, ich bin unterwegs zu einem Festbankett in der Guildhall.«

Sie schritt an ihm vorbei in die Wohnung. Gabriel folgte ihr und registrierte die hohen Absätze ihrer ebenfalls silberfarbenen Schuhe.

Sie ging in sein Wohnzimmer und stellte sich an den Kamin, mit dem Rücken zum Feuer. Er schaltete den Fernseher aus.

»Magst du was trinken?«, fragte er.

»Ich brauche zunächst, was Caldwell dir gegeben hat.«

Gabriel nahm das Streichholzbriefchen vom Kaminsims und reichte es ihr.

Sie klappte es auf und studierte es kurz, ehe sie es in ihrer Handtasche verschwinden ließ.

»Fabelhaft siehst du aus, wenn ich mir die Bemerkung erlauben darf«, sagte er. »Anders, aber fabelhaft.«

»Danke, Gabriel. Ich glaube, einen kleinen Drink hätte ich doch gern. Diesen Malt, den du hast.«

»Glenfeshan.«

»Perfekt. Mit einem Eiswürfel, bitte.«

Er kredenzte ihr den Drink und schenkte sich seinerseits Whisky nach. Sie nahmen beide Platz und blickten sich kurz schweigend an.

»Wie geht's dir, Gabriel?«

»Prima. Ich freue mich, wieder zu Hause zu sein.«

»Ich hab auf dich gewartet, am Londoner Flughafen. Wir waren ein bisschen beunruhigt, als du nicht in dem Flieger warst.«

»Ich hatte die Befürchtung, kompromittiert zu sein«, sagte er. »Die andere britische Journalistin in Warschau, bei dem Presseausflug, hat, glaube ich, irgendwie Verdacht geschöpft und mich bei den staatlichen Stellen angeschwärzt, möglicherweise. Da wollte ich nicht das Risiko eingehen, am Flughafen verhört oder festgenommen zu werden. Jetzt, wo ich weiß, wie wichtig Caldwell für uns ist …«

»Immens wichtig«, sagte sie. »Unglaublich wichtig.«

»Genau. Also dachte ich mir, ich fahre lieber per Auto zurück. Schien mir sicherer. Ist auch alles glattgelaufen.« Er lächelte über seine Lüge hinweg. »Und da wäre ich nun.«

»Tja. Gute Vorgehensweise. Bravo.«

Ein seltenes Kompliment, dachte er. Er musterte Faith und entschied, dass diese aufgeputzte, gebieterische Version ihrer selbst ihren ganz eigenen Reiz hatte. Offenbar konnte er sich ihrer Wirkung – gefühlsmäßig, sexuell – nach wie vor nicht entziehen. Er ermahnte sich, bei der Sache zu bleiben. Rief sich in Erinnerung, dass sie auch nach wie vor ihre Spielchen mit ihm trieb, ihre Strippen zog.

»Übrigens.« Sie nippte an ihrem Whisky. »Hast du diesen Queneau getroffen, als du in Warschau warst?«

Gabriel zündete sich eine Zigarette an, um kurz seine Gedanken ordnen zu können. Mein Gott – was geht hier vor?, dachte er.

»Ach. Der sogenannte ›Raymond Queneau‹. Nein, den habe ich nicht getroffen. Wieso fragst du?«

»Weil er in Warschau war. Hat uns kontaktiert – wollte dich sehen.«

»Nö. Ist mir nicht begegnet. Er war in Warschau? Weshalb sollte er mich sehen wollen?«

»Ich habe keine Ahnung. Irgendeine CIA-Geschichte. Er scheint jedenfalls spurlos verschwunden zu sein, ganz plötzlich.« Sie lächelte ihr karmesinrotes Lächeln. »Hätte mich nur interessiert, ob er mit dir noch mal Kontakt aufgenommen hatte.«

»Tut mir leid. Da kann ich dir nicht weiterhelfen.«

Gabriel kam ein unangenehmer Gedanke. Hatte Faith Green, »Imogen Sykes«, Queneau/Hillcrest etwa losgeschickt, um ihn zu töten? Nein – er verscheuchte den Gedanken eilig –, das war unmöglich. So etwas würde Faith nie tun, nicht mit ihm.

Aber jetzt, wo sie Queneau erwähnt hatte, fiel ihm Queneaus Bemerkung auf der Fähre wieder ein. Natürlich, Faith Green/Imogen Sykes hätte ihrem alten CIA-Kollegen aus dem Kongo, Hillcrest, Entwarnung gegeben, dass die Lumumba-Bänder sichergestellt worden waren. Ganz so, wie Imogen Sykes Hillcrest auch darüber informiert hatte, dass Patrice Lumumba seinem Hausarrest entkommen und unterwegs nach Stanleyville war, seinem sicheren Zufluchtsort. Hillcrest wiederum hatte Mobutu alarmiert, dessen Soldaten Lumumba dann auf der Straße nach Stanleyville ausfindig gemacht, umstellt und verhaftet hatten. Problem sauber gelöst, nun musste die Sache nur noch zum Abschluss gebracht werden. Hillcrest beordert Dupetit also, die Exekution zu organisieren und Lumumbas Leiche verschwinden zu lassen. Die Belgier erledigen alles gewissenhaft. Damit ist die »Operation Viking« erfolgreich abgeschlossen. Hillcrest, Sykes und Dupetit. Die drei Namen. Lumumba hatte alles vorhergesehen.

»Fehlt dir was?«, fragte Faith. »Siehst ja so besorgt aus.«

»Entschuldige. Mir ist nur gerade etwas sehr klar geworden.« Er lächelte. »Ganz plötzlich. Ein Problem in meinem Buch, das mir Kopfzerbrechen bereitete.«

Sie stellte ihr Glas ab, lächelte ebenfalls, erhob sich.

»Klarheit ist immer begrüßenswert. Ich muss los. Danke für den Drink. Schön, dich zu sehen, Gabriel.«

Im Flur verstellte er ihr den Weg.

»Darf ich dich küssen?«

»Nein.«

»Wartet Vivian draußen im Auto?«

»Nein.«

»Brauchst du einen Begleiter? Ich habe ein Dinnerjacket.«

»Ha, ha. Wir bleiben in Verbindung.«

Er verabschiedete sie und schloss die Tür hinter ihr. Die unergründliche Faith Green. Und der mindestens ebenso unergründliche Gabriel Dax, dachte er. Zum ersten Mal hatte er das Gefühl, Faith Green irgendwie einen Schritt voraus zu sein, kein bloßes Objekt ihrer geheimen Machenschaften. Er wusste Dinge, die sie nicht wusste; er hatte Dinge getan, die sie nie von ihm erwartet hätte. Wichtiger noch, er wusste nun, dass zwischen den Lumumba-Bändern und den vielen Winkelzügen bei Caldwells Seitenwechsel kein Zusammenhang bestand. Kein Zusammenhang, abgesehen von Faith Green, die persönlich bei beiden dunklen Operationen ihre Finger im Spiel hatte. Faith Green – das Bindeglied.

Er war seltsam erleichtert darüber, dass er das hatte klären können – es hatte ihm seit Monaten keine Ruhe gelassen. Er kehrte ins Wohnzimmer zurück und schenkte sich einen weiteren großen Glenfeshan ein. Er hatte recht – er hatte sich grundlegend verändert, und diese Vorstellung fand er nicht etwa beunruhigend, sondern eher faszinierend. Was hatte dieses neue Selbstvertrauen zu bedeuten?, überlegte er. Und wie lange mochte es anhalten?

11

Kuba

RUSSLANDS ATOMWAFFEN 90 MEILEN VOR US-KÜSTE«, verkündete die Schlagzeile. Präsident Kennedys Fernsehansprache an die Nation – und die Weltöffentlichkeit – am 22. Oktober war wie ein Weckruf, der allen und jedem den gravierenden Ernst der Kubakrise vor Augen führte. Auch die Aufmacher aller anderen Blätter lauteten ähnlich, wie Gabriel beim Zeitungshändler feststellte. Caldwell hatte recht behalten – jetzt war die Kacke am Dampfen. Die Amis waren stinksauer.

Gabriel vertiefte sich bereits auf dem Heimweg in seinen *Evening Standard*, überflog den Artikel im Gehen, um den neuesten Stand der Dinge zu erfahren. Lorraine hatte ihn angerufen, völlig verängstigt.

»Was ist da los, Gabriel? Wird es Krieg geben? Den Dritten Weltkrieg? Sieht doch alles ganz danach aus …«

»Warten wir's ab«, hatte er gesagt. »Ich glaube, es wird eine Lösung gefunden. Nur keine Panik.«

»Nein. Wir überlegen uns schon, aus London wegzuziehen.«

Es war seltsam – und verständlich –, mitzuerleben, wie der öffentliche Diskurs nur noch von einem Thema beherrscht werden konnte, obsessiv geradezu, von Angst getrieben. Im Supermarkt, im Büro, auf der Post, im Pub – alle redeten über Kuba. Gabriel spitzte die Ohren und machte sich Notizen:

»Man stirbt wohl sofort, anscheinend. Wird zu Staub.«

»Nein. Strahlenkrankheit dauert Wochen. Wie Krebs.«

»London ist ein Ziel. Birmingham, Manchester, Edinburgh.«

»Aber sie blockieren Kuba doch jetzt. Es kommt nichts mehr rein oder raus.«

»Das ist eine weitere Provokation. Man sollte besser verhandeln.«

»Im Geheimen wird bestimmt schon verhandelt, keine Sorge.«

»Die USA haben Raketen in Italien und der Türkei.«

»Aber Kuba ist was anderes. So dicht vor der Küste.«

»JFK gegen Chruschtschow? Da gibt's nur einen Sieger.«

»Ein Luftangriff, und diese Raketen sind futsch. Ende.«

»Wo ist dann das Problem? Worauf warten die noch?«

»Es nennt sich Gegenseitig zugesicherte Vernichtung. Die Bereitschaft zum atomaren Gegenschlag«

»Millionen werden sterben. Milliarden.«

»Städte werden dem Erdboden gleichgemacht – da bleiben nur noch leere Wüsten zurück.«

»Ich würde mich vorher umbringen. Ja, auf jeden Fall.«

»Es ist ungefähr so, als hätte Schottland Raketen, die auf England gerichtet sind.«

»Kennedy macht keine halben Sachen, verstehst du. Der lässt nicht mit sich spaßen.«

»Amerikanische Bomber sind rund um die Uhr am Himmel unterwegs, pausenlos. Atomar bestückt.«

»Was bringt das denn den Russen? Nichts. Das Ende Russlands.«

»Du verstehst deren Denkweise nicht. Die sind anders.«

»Sie sind auch Menschen. Und die meisten Menschen wollen nicht sterben.«

»Sterben in einem nuklearen Holocaust. Das Ende der Welt.«

»Weißt du was? Ich hab angefangen, jeden Abend zu beten.«

»Du betest zu Gott? Welchem Gott?«

»Ja. Bitte mach, dass alles friedlich ausgeht, lieber Gott.«

Und dann, etwa zwei Wochen, nachdem es begonnen hatte, war alles wieder vorbei. Die Krise war abgewendet worden. Es wurde bekannt gegeben, dass Russland die Raketenbasen wieder abbauen und die Raketen abtransportieren würde, zurück in die Heimat. Die Welt beruhigte sich wieder, stieß einen kollektiven Seufzer der Erleichterung aus. Nach außen hin wirkte es so, als hätte sich Kennedy mit seiner Politik der kompromisslosen Härte durchgesetzt, während Chruschtschow und Russland eine Demütigung erlitten hatten. Hinter den Kulissen war sicherlich noch mehr vor sich gegangen, wovon die Öffentlichkeit niemals erfahren würde, dachte Gabriel, auch in Erinnerung an sein Gespräch mit Caldwell in Warschau. Die Tows, hatte er prophezeit, würden letzten Endes klein beigeben, alles wieder einpacken und nach Russland abziehen. David gegen Goliath, ein David mit einer schlecht funktionierenden Schleuder allerdings – kein wirklicher Wettstreit. Also trat David den Rückzug an.

Er fragte sich, welche Rolle Caldwells Geheiminformationen wohl bei der russischen Entscheidung gespielt hatten: die Tatsache, dass amerikanische Bomben und Raketen funktionierten und die russischen vielleicht eher nicht. Eine solche Überlegung konnte man nicht außer Acht lassen, wenn man kurz davor war, den atomaren Roten Knopf zu drücken. Dann blieb nur eine vernünftige Option – lieber am Leben bleiben, um ein andermal weiterzukämpfen. Und du, Gabriel Dax?, überlegte er. Ob du wohl auch dereinst zu einer geheimen Fußnote der Historie wirst, als Mikropunkt-Kurier wider Willen? Er hielt sich nicht lange mit dem Gedanken auf. Seine Zeit als Kurier war vorbei, sagte er sich, nun konnte er sich wieder seinem eigentlichen Beruf zuwenden – dem Schreiben. Er verfasste eine sorgsam bereinigte Schilderung seiner Autoreise durch Polen und Ostdeutschland für die *Interzonal*, entschied aber, dass es klüger wäre, mit der Veröffentlichung noch einige Zeit zu warten.

Anfang November dann traf ein Brief von Manley Dryden bei ihm ein.

Sehr geehrter Mr Dax,

bei neuerlicher Durchsicht meiner Akten – meine Brandermittlung auf der Yeomanswood Farm betreffend – habe ich kürzlich etwas entdeckt, das für Sie von Interesse sein könnte. Falls Sie mehr erfahren möchten, rufen Sie mich bitte an. Sollten Sie die Angelegenheit lieber als abgeschlossen betrachten, habe ich vollstes Verständnis dafür.

Mit freundlichen Grüßen,
Manley Dryden

Gabriel rief an und teilte Dryden mit, dass er ihn gern in Claverleigh aufsuchen würde; es sei ihm lieber, die Sache nicht am Telefon zu besprechen. Sie einigten sich auf einen Termin.

Gabriel saß in Manley Drydens Schuppen, während sein Gastgeber an einem seiner Aktenschränke stand und in einer Schublade kramte. Gabriel hatte einen ganz trockenen Mund vor Anspannung. Was mochte das für eine neue Information sein?, fragte er sich zum wiederholten Mal. Würde sie hilfreich sein oder eher hinderlich? Traf ihn irgendwie Schuld, oder war er unschuldig? Seine Erinnerungen an jene Brandnacht wollten einfach kein sinnvolles Ganzes ergeben, so sehr er sich auch abmühte, und dank Katerina Haas wusste er nun, dass dieses Versagen die Ursache seiner persönlichen psychischen Probleme war, seiner rastlosen, schlaflosen Nächte.

Dryden kehrte mit einer Art Zettel zurück, den er triumphierend in der Luft schwenkte.

»Es war zwischen zwei Akten gerutscht«, erklärte er. »Offensichtlich – sehen Sie nur den ausgefransten Rand – hatte ich dieses Blatt aus einem Notizbuch herausgerissen und einige Beobachtungen darauf festgehalten.« Er nahm an seinem Schreibtisch Platz und legte seine kalte, tabaklose Pfeife neben der Schreibauflage ab.

»Es ist datiert – mein erster Besuch – zwei Tage nach dem Brand. Erste Eindrücke offenbar, die ich mir notiert habe, ehe meine eher forensische Untersuchung stattgefunden hat. Soll ich es Ihnen vorlesen, Mr Dax?«

»Gern.«

Dryden räusperte sich.

»Außenseite, Küchentür. Küchentür von innen abgesperrt. Kein Schlüssel im Schloss. Bleifenster neben der Tür sperrangelweit offen. Vom äußeren Fenstersims hängend ein Telefonapparat, der noch damit verbundene Hörer liegt in der Gartenrabatte.« Er sah auf. »Sagt Ihnen das irgendetwas, Mr Dax?«

»Lassen Sie mich nachdenken.«

»Der Küchenbereich des Hauses hatte bei dem Brand nur geringfügig Schaden erlitten. War ein merkwürdiger Anblick, dieses herabbaumelnde Telefon, das muss ich schon sagen, fast surreal. Ich habe eine kleine Skizze angefertigt.«

Er hielt das Blatt Papier in die Höhe. Gabriel betrachtete die Zeichnung. Erinnerungen regten sich, wie Fische, die in einem tiefen Teich kreisen.

»Möchten Sie meine Schlussfolgerungen hören?«, sagte Dryden.

»Ja, gern. Interessiert mich sehr.«

»So müssen Sie aus dem brennenden Haus entkommen sein. Sie sind durch dieses Seitenfenster im Küchenbereich ins Freie gelangt. Was das Telefon damit zu tun hatte, weiß ich allerdings nicht.«

Unvermittelt hielt Klarheit Einzug, wie ein Stoß eisig kalter Zugluft. Erinnerungen fügten sich zusammen, er konnte sie aktiv aufrufen.

»Ich wollte die Küchentür öffnen – ja –, aber sie war abgeschlossen, und mir fiel nicht mehr ein, wo der Schlüssel aufbewahrt wurde. Also habe ich es dann am Fenster versucht. Aber …« Gabriel hielt inne. Es stand ihm fast bildlich vor Augen, wie er sich in seinem Schlafanzug am Fensterriegel abmühte. »Der Fensterriegel klemmte, ja …«, sagte er langsam. »Der Riegel saß fest, so fest, dass ich ihn nicht bewegen konnte. Also habe ich den Tisch, auf dem das Telefon stand, ans Fenster rübergezogen, mich obendraufgekniet und mit dem Hörer als Hammer auf den Griff eingeschlagen, bis er nachgegeben hat und das Fenster aufging. Ich hab das Telefon einfach rausgeworfen und bin ihm gefolgt.« Er schluckte. Die Erinnerung kehrte sturzflutartig zurück, und ungeheuer verstörend. »Dann bin ich gerannt, so schnell ich nur konnte, bis hinter den Fischteich.«

Er hielt sich die Hand vor den Mund, weil sich ihm jäh der Magen hob. Hustete, beruhigte sich etwas. Er blinzelte, spürte, wie ihm das Blut ins Gesicht schoss.

»Fehlt Ihnen was, Mr Dax? Ein Glas Wasser vielleicht?«

»Ja, bitte.«

Gabriel wusste, was gerade geschehen war. Verlorene Erinnerungen kehrten zurück. Seine verborgene Vergangenheit enthüllte sich ihm.

Er trank gierig einige große Schlucke von dem Wasser, das

Dryden ihm gereicht hatte. Sein Kopf war auf einmal randvoll mit Erinnerungen, Bildern, Empfindungen, Gefühlen. Eine Blockade war gelöst worden, ein Damm gebrochen. Er lag wieder in seinem Bett auf Yeomanswood Farm und roch den Rauch ... Sein Nachtlicht mit der Mondkugel brannte noch. Dann öffnete er die Zimmertür und sah den Rauch und die Flammen unten im Erdgeschoss. Er war wohl nach unten gelaufen, denn nun entsann er sich, wie er seine Mutter gefunden hatte, vor dem Spirituosenschrank liegend, mit dem Gesicht nach unten. Er erinnerte sich, sie berührt zu haben, genau, am Arm, aber sie rührte sich nicht, deshalb drehte er sie um und wusste, dass sie tot war. Ihre Augen standen halb offen. Sie war tot, und das Feuer war nun fast über ihm ...

»Darf ich fortfahren, Mr Dax?«

»Ja, selbstverständlich. Das ist aufschlussreich und aufwühlend. Es fällt mir gerade alles wieder ein, Mr Dryden. Wie ein Film, der in meinem Kopf abläuft.«

»Schon merkwürdig, wie wir dazu imstande sind ...« Dryden suchte nach einem neutralen Wort. »Unangenehmes zu vergessen. Wie wir die schlechten Erinnerungen verbannen. Sie auslöschen.«

»Zu unserem Schaden mitunter.«

»Natürlich. Wir sind nicht so stark, wie wir glauben. Als Spezies.«

»Ja, wie ich selbst nur zu gut weiß. Aber jetzt fühle ich mich wie befreit. Gott sei Dank, dass Sie diesen Zettel gefunden haben.«

»Tja, jetzt, wo Sie das bestätigt haben, ärgert mich am allermeisten, dass damit also bewiesen wäre, dass ich mit meiner Analyse richtig lag. Ihr Nachtlicht scheidet als Brandursache aus. Es hat *nicht* zuerst im oberen Stock gebrannt, sondern im Erdgeschoss, und das Feuer wurde vermutlich vorsätzlich gelegt. Sie sind vom oberen Stock nach unten gekommen und durchs Küchenfenster ins Freie gelangt. Was zu beweisen war.«

Gabriel entging nicht, wie sehr Dryden rückblickend in Rage geriet. Seine Stimme klang schrill, er zitterte fast vor Entrüstung.

»So erinnere ich mich jetzt daran, Mr Dryden, in nahezu völliger Klarheit. Der Nebel hat sich gelichtet. Sie haben eine Flut von Erinnerungen in Gang gesetzt. Kaum zu fassen eigentlich.«

»Umso besser, Mr Dax. Aber ich will auf etwas anderes hinaus – nämlich, dass meine Beurteilung des Yeomanswood-Brandfalls hundert Prozent korrekt war.« Dryden hielt inne, sichtlich um Fassung bemüht. Nahm seine Pfeife vom Tisch und legte sie wieder hin. Als er weitersprach, hatte er sich etwas abgeregt, seine Stimme klang wieder normal. »Die Versicherung hat mir aber keine Beachtung geschenkt – sie haben auf die Feuerwehr gehört, mit ihrem Unsinn über Ihren Mond, Ihr Nachtlicht. Es ist ein groteskes Unrecht. Nach diesem Brand hätten keine Gelder ausbezahlt werden dürfen. Kein einziger Penny. Auf keinen Fall.«

AUSZÜGE AUS DER ABSCHRIFT VON SITZUNG 7

DR. HAAS: Sie können sich also an die meisten Einzelheiten dieser Nacht wieder erinnern?

GABRIEL DAX: Ja, das kann ich jetzt – es ist ziemlich bemerkenswert. Ich brauchte bloß diesen Auslöser. Einen konkreten Beleg von jemand anderem. Das Telefon und das Küchenfenster. Das hat gereicht. Und dann habe ich mich erinnert. All die Bruchstücke haben sich zusammengefügt, fast alle Lücken sind aufgefüllt. Ich habe nun das Gefühl, zu wissen, was geschehen ist, in jener Brandnacht. Ich habe das Erlebnis als Teil meiner Vergangenheit wiedergewonnen. Das mag etwas bombastisch klingen, ich weiß, aber meine Erinnerungen kommen mir zum ersten Mal richtig vor, wahrheitsgemäß.

DR. HAAS: Die Erinnerung, mein Gott. Die Erinnerung gehört zu den unberechenbarsten aller menschlichen Attribute und Fähigkeiten. Sie ist verlogen und hinterlistig. Auch verhängnisvoll, mitunter. Unsere falschen Erinnerungen sind wie erfundene Geschichten – sie können uns zerstören.

GABRIEL DAX: Das weiß ich. Anamnese. Tatsachen gehen vor Erinnerungen. Tatsachen, die Erinnerungen anregen – Erinnerungen, die in uns schlummern, die wir aber vergessen haben. Ich danke Ihnen für diese Einsicht, Dr. Haas. Ganz ehrlich und aufrichtig.

DR. HAAS: Nun, wir tun unser Bestes. Das ist der Wert der Psychoanalyse – so gern man uns auch verspottet –, manchmal können wir Menschen wirklich helfen. Können Sie nun besser schlafen?

GABRIEL DAX: In der Tat, ich schlafe besser – die letzten Tage über, jetzt, wo ich mich offenbar wieder erinnern kann, was geschehen ist. Ich träume zwar immer noch von kleinen Feuern, aber sie erschrecken mich nicht mehr so sehr, jagen mir nicht mehr solche Angst ein. Ich wache auch nicht mehr ständig auf. Und wenn ich doch aufwache, kann ich mühelos wieder einschlafen. Ganz erstaunliche Fortschritte.

DR. HAAS: Nun, dann würde ich sagen, dass wir doch eine Art Heilung erzielt haben, sozusagen. Es ist eine interessante Reise gewesen.

GABRIEL DAX: Und ich möchte nicht, dass sie schon endet, wenn Sie nichts dagegen haben. Ich würde unsere Gespräche gern fortsetzen, ab und an. Denn offen gesagt, Dr. Haas, es fällt mir sehr leicht, mit Ihnen zu reden.

DR. HAAS: Danke. Mein Ansatz mag unorthodox erscheinen – wir haben auch unsere Schwierigkeiten gehabt, unsere Höhen und Tiefen, ich weiß –, aber die Beziehung zwischen Analysand und Analytiker steht im Mittelpunkt von allem, was wir tun. Sie ist grundlegend. Und Sie müssen zugeben, dass uns das gelungen ist – eine gute Beziehung herzustellen, meinem Empfinden nach.

GABRIEL DAX: O ja, auf jeden Fall. Sehe ich auch so.

DR. HAAS: Und wenn diese Beziehung nicht da ist, nicht besteht, könnte man auch ebenso gut mit … mit der Wand reden, oder mit einer Tischlampe, oder mit seiner Katze. Oder seine Kümmernisse auf der Straße hinausschreien.

GABRIEL DAX [lacht]: Ja, es ist sehr schön, ein neutrales, aber verständnisvolles Ohr zu finden. Ich habe das Gefühl – keine Ahnung –, das Gefühl, dass ein Kapitel meines Lebens zu Ende gegangen ist. Es ist, als hätte ich mich verändert – dass ich jetzt ein anderer Mensch bin als der, den Sie vor all den Monaten kennengelernt haben.

DR. HAAS: Auf gute Art?

GABRIEL DAX: Ich hoffe es. Wer weiß das schon?

DR. HAAS: Was wünschen Sie sich wirklich in Ihrem Leben, Gabriel? Wonach suchen Sie?

[LANGE PAUSE]

GABRIEL DAX: Ich weiß genau, was ich mir wünsche. Ich möchte jemanden lieben – eine Frau –, rückhaltlos, voll und ganz, mit meinem ganzen Sein. Und natürlich hätte ich gern, dass sie mich auch zurückliebt, auf dieselbe Weise. Und wenn das einträte, hätte ich das Gefühl, dass mein Leben nicht länger unvollständig wäre. Dass mein Leben einen Sinn hätte. Ich glaube, weil ich meine Mutter so früh verloren habe, gibt es da diese … ja, was? Abwesenheit, dieses riesige leere Loch in meinem Leben. Und das ist etwas, das ich lösen muss – oder auch füllen, wenn man so will. Ich fühle, dass ich viel Liebe in mir trage, und die möchte ich jemandem schenken – freigiebig, bedingungslos. Aber es muss die richtige Person sein. Das würde mir, glaube ich, ungeheuer helfen – warum, weiß ich nicht genau –, aber es hat sich zu einer Art Obsession entwickelt.

DR. HAAS: Wieso?

GABRIEL DAX: Weil ich glaube, diese Person gefunden zu haben. Eine Frau. Aber … [Pause] Es ist kompliziert.

DR. HAAS: Ist das die Frau, von der schon einmal die Rede war?

GABRIEL DAX: Ja. Faith Green. Sie ist diejenige, bei der ich das Gefühl habe, sie wäre genau die Richtige für mich.

DR. HAAS: Hegt sie Ihnen gegenüber ähnliche Empfindungen?

GABRIEL DAX: Ich habe nicht die leiseste Ahnung.

12

Das Dilemma

Gabriel war in der Dämmerung eines Novemberabends gerade auf der Tite Street in Richtung Tedworth Square unterwegs, als er ein Auto hupen hörte. Es war ein »Hallo«-Hupen. Ein sanft angetipptes Tüt-tüt. Er fand es seit jeher erstaunlich, was sich mit dem schlichten, monotonen Hornsignal eines Autos so alles zum Ausdruck bringen ließ: Todeswünsche, unbändige Wut, ätzende Häme, Dank, Warnungen, Ermunterungen, Weckrufe, Begrüßungen. Das Hupen jetzt besagte eindeutig »Hallo! Ich bin's!«.

Natürlich. Dort stand er, der silberne Mercedes 190.

Faith kurbelte das Fenster herunter.

»Gabriel. Wie schön, dich zu sehen.«

»Ich dachte, ich wäre im Ruhestand.«

»Ein letzter Auftrag. Bitte, bitte, bitte. Wir zahlen dir den üblichen Lohn. Und du brauchst nicht zu verreisen.«

Er sollte dankend ablehnen, das wusste er, und war sich zugleich darüber im Klaren, dass er, was Faith Green anging, nicht länger Herr seiner selbst war. Daran würde sich nie etwas ändern. Und irgendwie störte es ihn auch nicht. Er hatte sich in Warschau und danach bewiesen, was in ihm steckte. Auf seltsame Art fühlte er sich Faith nun ebenbürtig – ein selbstbewusster Anspruch, der umgehend durch die Einsicht ins Wanken geriet, dass er sich damit womöglich nur etwas vorgemacht hatte. Ein Hirngespinst.

Sie begleitete ihn nach Hause, wo sie ihn neuerlich zum Stil und Ambiente seiner Wohnung beglückwünschte.

»Schon wahr«, sagte sie. »Man kann nie zu viele Bücher im Haus haben. Je mehr, desto besser. Ich werde mir ein paar Bücherregale einbauen lassen.«

Er reichte ihr einen Glenfeshan, mit einem Eiswürfel.

»In Great Missenden?«, sagte er unüberlegt.

»Woher weißt du, dass ich in Great Missenden wohne?«

»Du hast es mir erzählt.«

»Tatsache? Daran kann ich mich aber nicht erinnern.«

»Dann war es wohl Harrison, der es mir gesagt hat. Denke ich.«

»Dazu hatte er verdammt noch mal kein Recht. Falls er das getan hat.«

»Davon geht doch die Welt nicht unter, oder? Herrgott, du weißt ja auch, wo ich wohne. Bist jetzt sogar hier, in meiner Wohnung.«

»Das ist nicht dasselbe, Gabriel. Nicht im Geringsten. Ich werde mit Harrison mal ein Wörtchen reden müssen.«

Sie setzten sich und schlürften ihren Whisky.

Sie trug eine dunkelblaue Nehru-Jacke, mit zahlreichen Knöpfen und einem hohen Stehkragen, dazu einen knapp überknielangen Bleistiftrock. Seidenstrümpfe; ihre spitzen Schuhe sahen aus, als wären sie aus Krokodilleder. Sie trug wieder ihre gewohnte Frisur – mädchenhaft zerzaustes Haar, diesmal mit einem Haarreifen aus Schildpatt. Solche Einzelheiten ihrer Erscheinung prägte er sich bei ihren seltenen Treffen gern ein, um später über sie nachgrübeln und phantasieren zu können. Wurde er langsam ein bisschen irre?, fragte er sich.

»Also«, sagte er, um auf andere Gedanken zu kommen. »Was hast du für einen neuen Auftrag für den Laufburschen?«

»Mach dich nicht kleiner, als du bist, Gabriel – du hast eine wichtige Rolle für uns gespielt, das weißt du.«

»Wie man's nimmt. Das ist deine Seite der Geschichte.«

»Sei nicht verbittert. Das passt nicht zu dir.«

»Ich bin nicht verbittert – ich sehe die Dinge nur so, wie sie sind.«

Sie seufzte, als sei er ein hoffnungsloser Fall, und trank ein Schlückchen von ihrem Whisky. Dann stellte sie das Glas ab und blickte ihn direkt an. Prompt überlief ihn das Frösteln, der Schauer sexueller Begierde. Ja – sie war für ihn genau die Richtige. Doch sie hatte sich für Vivian entschieden, den Immobiliensachverständigen. Sie trug seinen Ring am Finger – er konnte es in dem Diamanten gelb funkeln sehen, der winzige Abglanz des Gasfeuers im Schliff des Edelsteins.

»Es ist ganz unkompliziert«, sagte sie. »Wir möchten, dass du dich mit einer bestimmten Person triffst. Ihr führt ein Gespräch, und während dieses Gesprächs wird die Person das Wort ›flirrend‹ benutzen.«

»Flirrend?«

»Genau. Das kennst du doch wohl?«

»Na hör mal – ich bin Schriftsteller. Es mag dich erstaunen, aber dieses Wort habe ich auch schon selbst verwendet, hin und wieder.«

»Ach ja. Der volle Plumpudding.«

»Und was hat es zu bedeuten? Wenn diese Person den Ausdruck ›flirrend‹ benutzt?«

»Für uns bedeutet es etwas sehr Wichtiges.«

»In Ordnung. Verrat's mir nicht. Wie geht es dann weiter?«

»Wenn oder falls diese Person das Wort benutzt – es kann natürlich auch sein, dass es nicht benutzt wird, und sein Nichtgebrauch ist ebenso bedeutsam –, wickelst du deinen Schal los und bindest ihn neu. Du musst auf jeden Fall einen Schal tragen. Das ist unser Zeichen. Wir werden euch beide beobachten. Heimlich.«

»Ist das alles?«

»Ja. Danach geht ihr eurer Wege.«

»Wann soll das stattfinden?«

»In der nächsten Woche. Du wirst vorher angerufen, dann erfährst du alles Nähere.«

Sie nahm einen Umschlag aus ihrer Handtasche, den sie ihm reichte.

»Dein üblicher Lohn.«

»Sehr großzügig. Danke.«

Ihm kam der Gedanke, dass sein neues Buch komplett durch seine MI6-Einkünfte finanziert wurde. Orinoco, ich komme. Dieses Wissen half irgendwie.

Sie stand auf, erklärte, sie müsse nun gehen, und er begleitete sie noch zur Tür.

Ihr Beisammensein in seinem engen, dunklen Flur erregte ihn, wie jedes Mal. Das Gefühl, ihr körperlich so nahe zu sein, der Duft ihres Lavendelparfüms.

»Darf ich dich küssen, Faith?«

Er fragte immer. Ein Kind, das nicht fragt, bekommt auch nichts, wie Onkel Aldous so gern zu sagen pflegte.

Sie legte den Kopf schief und sah ihn auf ihre besondere Art an, während sie nachdachte.

»Ja. Na gut. *Un baiser nostalgique.*«

Er legte die Hände auf ihre Schultern, und ihre Lippen berührten sich, ganz zart, sanft zunächst. Er drückte fester, und seine Zunge stieß gegen ihre Zähne. Sie öffnete leicht den Mund, und ihre Zungen trafen sich. Er konnte ihre Hände am Rücken spüren, die ihn enger heranzogen. Dann brach sie den Kuss unvermittelt ab und stieß ihn von sich. Sie schien ein wenig aus der Fassung zu sein. Gut, dachte er. Vielleicht gab es noch Hoffnung. Wenn schon kein Sex, dachte er, dann doch zumindest ein vielsagender Kuss.

»Ich erwarte dann die Instruktionen«, sagte er, als er die Tür öffnete.

»Ganz recht. Danke.« Sie war aus der Fassung, auf jeden Fall.

»Du kannst bleiben. Wenn du magst. Das Bett ist frisch bezogen.«

»Ich muss los.«

»Ich bin dein Spion, Faith. Das weißt du.«

Sie ging ohne ein weiteres Wort. Gabriel schloss die Tür und sann darüber nach, was da gerade geschehen war. Seine letzten, bedeutungsschweren Worte hatte er mit Bedacht gewählt. Er fragte sich, ob er zum ersten Mal in den zwei Jahren ihrer engen und rätselhaften Beziehung kurz die Oberhand gewonnen hatte …

Drei Tage darauf erhielt er den Anruf aus dem Institut. Eine Männerstimme, die er nicht erkannte.

»Battersea Park. Die Esplanade beim Hauptparkplatz. Vier Uhr nachmittags. Dienstag nächste Woche. Die Person fährt einen Humber Hawk.«

»In Ordnung.«

»Wie Sie vorgehen sollen, wissen Sie?«

»Ja, ja. ›Flirrend‹, Schal loswickeln und neu binden.«

Klick. Gabriel legte den Hörer auf. Abermals spürte er, wie er in diese geheime, fremdartige Welt gezogen wurde, tiefer, als er es je gewollt hatte. Was konnte er tun? Wie konnte er sich daraus befreien? Immer schien es noch »einen letzten Auftrag« zu geben – und das angebotene Geld war natürlich verlockend. Das Geld war der Leim in der Falle, dachte er, und er lief langsam Gefahr, für immer daran festzukleben.

Am Dienstag darauf überquerte er die Themse auf der Albert Bridge. Es herrschte Flut, und die Themse wirkte wie ein richtiger, kraftstrotzender Fluss, randvoll mit Wasser, das bis dicht an die Mauern der Ufereinfassung schwappte und mit Überschwemmungen drohte.

Er betrat den Battersea Park. Die großen Londoner Platanen hatten inzwischen fast all ihre Blätter verloren, sodass die komplexe Geometrie ihres Geästs klar zutage trat, bis in die feinsten, spitzenähnlichen Verästelungen. Manchmal, dachte er, waren ihm Bäume im Winter sogar lieber als im Sommer, wenn sie voll belaubt waren – im Winter sah man ihre mächtigen Skelette, konnte ihre verblüffende Konstruktionsweise, ihre wahllos vorwärtstreibenden Wachstumsmuster besser erkennen; man begriff, was für erstaunliche Pflanzenlebewesen sie waren, wie alt, stark und beständig – und wie leichtfertig sie gemeinhin als etwas Selbstverständliches betrachtet wurden. Eine Londoner Platane von fünfundzwanzig Metern Höhe war ein Wunder, etwas Zauberhaftes. Die Leute sollten diesen Giganten in ihrem Alltagsleben mehr Beachtung schenken, fand er, mehr Anerkennung. Bot sich hier womöglich Stoff für ein Buch?, überlegte er. Große Bäume der Welt? Ein Baobab in Afrika, eine Eiche in England, ein Mammutbaum in Kalifornien, ein Eukalyptus in Australien, ein Olivenbaum in Spanien …

Er spazierte auf der menschenleeren Esplanade auf und ab und ermunterte sich dazu, die weiteren Möglichkeiten zu durchdenken, als Ablenkung von seiner zunehmenden Nervosität. Vielleicht könnten auf *Flüsse* ja *Bäume* folgen? Er warf einen Blick zurück zum Parkplatz, nahezu verwaist, jetzt, wo es bald dunkel wurde – ein Neuankömmling würde nicht zu übersehen sein.

Er schüttelte eine Zigarette aus seiner Weichpackung Gitanes und zündete sie an, inhalierte tief und kostete die berauschende Wirkung des Nikotins aus, während er nicht an Faith Greens Team zu denken versuchte, das ihn jetzt vom Ufer in Chelsea aus, oder wo sie auch sonst auf der Lauer liegen mochten, durch Feldstecher oder leistungsstarke Fernrohre beobachtete. Er trug seinen dunkelblauen Mantel und einen langweiligen, ziegelroten Schal – sei's drum, gut sichtbar sollte er auf jeden Fall sein, auch noch im schwindenden Licht.

Er vernahm das Motorgeräusch eines Autos, von der Parkzufahrt Höhe Chelsea Bridge her, und sah kurz darauf, wie ein renngrüner Humber Hawk auf den Parkplatz gefahren kam. Er warf die Zigarette fort und setzte sich in Bewegung – nicht zu hastig, alles sollte ganz zwanglos wirken. Die Wagentür ging auf, und ein Mann stieg aus.

Es war Sefton.

Gabriel kam kurz der Gedanke, kehrtzumachen und sich wieder zu entfernen, aber Sefton hatte ihn schon gesehen und hob grüßend die Hand.

»Hallo, hallo. Was machst du denn hier?«, sagte er.

»Ich gehe spazieren. Ich wohne direkt da drüben, wie dir ja wohl bekannt sein dürfte.« Er deutete in Richtung Chelsea. »Ich bin dauernd hier im Park. Mein Garten. Mein Landgut.«

Sefton gluckste vergnügt. Sie schlenderten gemeinsam los, quer über die Esplanade bis zum Fluss. Sefton stützte die Hände auf die Ufermauer und ließ seinen Blick übers Wasser schweifen. Gabriel erkundigte sich nach Victoria und den Jungs, nach ihrem Befinden. Alle wohlauf, sagte Sefton. Sie freuten sich schon auf Weihnachten und die Ferien.

»Herrliche Aussicht«, sagte er. »Die vornehmsten und teuersten Prachtvillen von Chelsea und als Bonus noch die flirrende Themse.«

Er wandte sich Gabriel zu und sah ihn direkt an.

»So lautet doch das Wort, nicht wahr?«, sagte er. »Flirrend. *Le mot juste.*«

Gabriel behielt die Hände in den Taschen.

»Ja«, sagte er nickend. »Genau.« Er dämpfte die Stimme. »Ich glaube, die sind dir auf der Spur, Sefton.«

Sefton lächelte. Er sagte nichts. Sie blickten einander an, die beiden Brüder.

»Immer schön, dich zu sehen, Gabriel. So, jetzt sollte ich mal lieber los, nach Hause.« Er klopfte Gabriel auf die

Schulter. »Komm am Sonntag zum Essen vorbei. Keine Ausreden, hörst du.«

Er kehrte zu seinem Wagen zurück. Seelenruhig, wie es schien. Die Gelassenheit in Person.

Gabriel beobachtete, wie er davonfuhr. Seine Kehle fühlte sich trocken wie Bimsstein an, und er bemühte sich, Speichel zu sammeln. Was hatte Sefton angestellt? Warum hatte Faith Green ihn nicht vorab gewarnt, dass es sich bei der Person, die er treffen würde, um Sefton handelte? Was für ein neues Spielchen trieb sie hier? Er fühlte ein Aufflattern von Panik in der Brust, spürte augenblicklich, dass es zu riskant wäre, in seine Wohnung zurückzukehren. Sie würde auf ihn warten, mit Sicherheit, in ihrem silbernen Flitzer, draußen vorm Haus. Kampf oder Flucht? Flucht.

13

Die Ewige Stadt

Gabriel saß auf der Außenterrasse einer kleinen Trattoria an der Piazza Navone. Es war kalt und nieselte, aber das störte ihn weiter nicht; unter dem Vordach saß er trocken, und dank Mantel und Schal brauchte er nicht zu frieren. Er rauchte eine Gitanes und hatte einen Campari Soda vor sich stehen. Es war sehr ruhig in Rom, nur wenige Touristen, wie ihm aufgefallen war; die Stadt befand sich spürbar in jener stillen Phase zwischen *Ognissanti* und *Natale*. Er drückte seine Zigarette aus und zündete sich gleich die nächste an. Natürlich, er rauchte zu viel – die Nerven, die permanente Unruhe darüber, was sich gerade in London tat, welche Auswirkungen sein plötzliches Verschwinden gehabt haben mochte, worüber im Institut geredet wurde, was Faith Green wohl nun über ihn dachte.

Nachdem Sefton weggefahren war, hatte Gabriel zügig den Park verlassen und an der Chelsea Bridge Road ein Taxi angehalten, um sich zu seiner Bank fahren zu lassen, wo er den Fahrer bat, kurz zu warten. Er hatte zweihundert Pfund von seinem Konto abgehoben und seine Fahrt anschließend fortgesetzt, zum Londoner Flughafen. Wieder einmal beglückwünschte er sich dazu, dass er nie ohne Reisepass das Haus verließ. Er überflog die verfügbaren Reiseziele und entschied sich für Rom. Er kaufte ein Flugticket, begab sich in die Abflughalle und war zwei Stunden später unterwegs.

Er fand eine kleine *pensione* in der Nähe der Piazza di Spagna – erstaunlich preisgünstig – und beschloss, die Sache erst mal auszusitzen. Einige Tage abzuwarten, bis sich die Wogen geglättet hatten, bis Sefton Ordnung in sein Leben gebracht hatte, was er auch angestellt haben mochte. Es war Seftons Problem und auch seine Buße, damit hatte er nichts zu tun. Nur gut, dass ihm Faith Greens Zorn erspart blieb.

Er ließ seine Tage in Rom nicht nutzlos verstreichen. Er unternahm weite Spaziergänge durch die Stadt, speiste gut, trank gut, besuchte unzählige Kirchen, streifte durch Kunstmuseen, stand inmitten antiker Ruinen. Er schlief auch ganz gut, für seine Verhältnisse, wachte nur ein-, zweimal in der Nacht auf – was aber wohl teilweise, wie er einräumen musste, auf die Mengen von Alkohol zurückzuführen war, die er im Lauf des Tages und abends konsumierte. Vielleicht hatte Katerina Haas seine Schlaflosigkeit letzten Endes doch kuriert, dachte er – und vielleicht würde sich auch sein Leben nun ändern.

An dem Samstag nach seiner Ankunft drängte es ihn auf seltsame Weise, an die Küste zu fahren. Er wollte das Meer sehen – und zu diesem Zweck gab es hier nur das Mittelmeer. Also nahm er einen Zug nach Civitavecchia, dem antiken Hafen von Rom, eine Stadt, die er schon immer mal hatte besuchen wollen, weil einer seiner Lieblingsschriftsteller, Stendhal – der auch als Reiseschriftsteller zu seinen Favoriten gehörte –, in den 1830ern einige Jahre in Civitavecchia gelebt hatte, als französischer Konsul. Stendhal war die Stadt tief zuwider gewesen, er nannte sie verpestet und ekelhaft. Gabriel entsann sich, mal einen alten Reiseführer gelesen zu haben, in dem stand: »Die Stadt enthält wenig Interessantes. Eine Mußestunde sollte der Reisende am besten mit einem Spaziergang am Kai verbringen.«

Dieser Empfehlung folgte er und blickte viele Minuten lang aufs Mittelmeer hinaus, um seine Sehnsucht nach Meer zu stillen. Die Brandung war eher bescheiden, das Wasser weiter draußen war bewegt und voller Schaumkronen. Es war dicht bewölkt, doch das perlmuttfarbige Licht ließ darauf hoffen, dass der Himmel später am Tag doch noch aufreißen könnte. Er dachte daran zurück, wie Inigo Marcher ihn nach dem riesigen Erfolg von *Das weindunkle Meer* gefragt hatte, ob ihm schon etwas für das nächste Buch vorschwebte, den so überaus wichtigen Nachfolger seines Debüts. Gabriel hatte ihm die Idee für ein Buch namens *Auf den Spuren Stendhals* unterbreitet. Stendhal sei sein Leben lang rastlos auf Reisen gewesen – Frankreich, Italien, Russland, Deutschland, England ... Stopp, hatte Inigo gesagt, ehe du weiterredest. Das kannst du vergessen. Davon würden wir drei Exemplare verkaufen. Stendhal, den kennt heute niemand mehr. Für den interessiert sich kein Mensch.

Gabriel aß zu Mittag, trank Wein, spazierte etwas ziellos um das gewaltige Forte Michelangelo und den Torre di Lazzaretto herum, einen noch erhaltenen Turm aus der Römerzeit, und überlegte, wie es als Nächstes weitergehen sollte. Morgen war Sonntag, vielleicht sollte er seine Reise gen Süden fortsetzen – nach Sizilien, oder weiter noch, nach Marokko, Tunesien ...

Dann bekam er ein schlechtes Gewissen, weil ihm unvermittelt Seftons muntere Einladung zum Sonntagsessen wieder einfiel. Am besten, er rief an und erklärte alles. Er machte das Postamt von Civitavecchia ausfindig und buchte ein Ferngespräch nach London. Er trat in die kleine Zelle und wartete darauf, dass die Telefonistin die Verbindung herstellte. Er schob den *gettone* in den Schlitz.

»Hallo? Victoria? Ich bin's, Gabriel. Es tut mir so leid wegen dem Mittagessen morgen, aber ich bin in Italien, in ...«

Er hörte nur ein Schluchzen. Nach Luft japsendes, die Kehle zerspaltendes Schluchzen.

»Er ist fort, Gabriel! Er ist fort! Ich versuche seit Tagen, dich zu erreichen! Wo bist du denn?«

»In Rom. Wie meinst du das, ›er ist fort‹? Hat er dich verlassen? Oder ist irgendwie verreist?«

»Er hat sich umgebracht!« Es entrang sich ihr als ein schmerzlicher Aufschrei.

Gabriel merkte, wie ihm eiskalt wurde. Als würde sich sein Blut um die lebenswichtigen Organe herum sammeln und seine Gliedmaßen kalt und tot zurücklassen.

»O nein. Mein Gott, nein ... Doch nicht Sefton ...«

Es dauerte eine Weile, aber Victoria schaffte es schließlich, immer wieder von Schluchzen unterbrochen, ihm zu schildern, was geschehen war. Am Dienstag – dem Tag ihres Treffens im Battersea Park – war Sefton zur gewohnten Zeit nach Hause gekommen, und alles schien in Ordnung zu sein. Abends hatte er sich nach dem Essen in sein Arbeitszimmer zurückgezogen, um einige Telefonate zu führen, und nachdem er ihr erklärt hatte, dass er noch zu tun habe, eine Mini-Krise im Büro, es könne spät werden, war sie schlafen gegangen. Am Morgen darauf hatte Cyril, der der Schule wegen schon früh auf war, seinen Vater gefunden, unter der Pergola baumelnd. Er hatte sich in der Nacht erhängt, mit einer Schlinge, die er aus einer Wäscheleine geknüpft hatte, ohne dass jemand von ihnen etwas gehört oder sonst wie mitbekommen hätte. Er hatte keinen Abschiedsbrief hinterlassen.

»Ich bin morgen wieder in London, Victoria. Bleib ganz ruhig. Ich werde da sein.«

Als Gabriel den Hörer einhängte, war ihm speiübel. Er dachte, Selbstmord? Oder als Selbstmord fingiert? In seinem Kopf überschlug sich alles, Komplott und Gegenkomplott, Theorie und Gegentheorie, ihm wurde fast schwindlig dabei. Die Einzige, die ihm Klarheit verschaffen könnte, das spürte er, war Faith Green.

Auf der Zugfahrt zurück nach Rom überkam ihn eine schleichende Traurigkeit. Er und Sefton hatten kein sonderlich enges Verhältnis – dazu waren sie zu verschieden, und das erkannten sie beide an –, aber jetzt, wo er tot war, wurde Gabriel bewusst, dass Sefton die einzige Verbindung zu dem Leben war, das sie auf der Yeomanswood Farm geführt hatten, vor dem Feuer. Sefton hatte Erinnerungen an ihre Mutter und ihren Vater, die besser und detaillierter waren als seine. Nun gab es nur noch seine Erinnerungen – bruchstückhaft und unvollständig; was seinen Vater betraf, sogar nichtexistent –, und es gab niemanden mehr, der ihm helfen konnte, sie zu überprüfen oder zu erweitern. Er empfand den Verlust und spürte dann, wie er wütend wurde. Wütend auf sich selbst, seiner Nachlässigkeit wegen – er hätte Sefton erzählen sollen, was er von Manley Dryden erfahren hatte, was jener für ihn nachgewiesen hatte, dass der Brand nicht von Gabriels Mond verursacht worden war – von seinem Nachtlicht. Aber was hätte das gebracht?, wandte eine andere Stimme in seinem Kopf ein. Sefton war nicht vor Ort gewesen, als Yeomanswood Farm niederbrannte, er war fort, in seinem Internat. Die Tatsachen jener Brandnacht gehörten einzig und allein ihm und seiner Mutter.

Noch ein anderer unguter Gedanke setzte ihm hartnäckig zu. War es richtig von ihm gewesen, im Park jene leise, zweideutige Warnung auszusprechen? Was, wenn er nichts gesagt hätte – wäre Sefton dann jetzt noch am Leben? Er hatte keine Ahnung. Er war seinem Gespür gefolgt, ganz spontan – und dafür sollte er sich vielleicht keine Vorwürfe machen. Trotzdem, die Zweifel blieben bestehen – damit war sein persönliches Elend komplett. Nun musste er Victoria und den Jungen durch die kommenden schwierigen und traumatischen Tage beistehen, das war das Mindeste, was er tun konnte. Es müsste als seine Art von Buße herhalten.

14

Das Krematorium und der Pub

Gabriel saß mit Victoria und den Jungen, Cyril und Nigel, in der vordersten Reihe der großen Kapelle des Krematoriums in Golders Green. Aldous saß ebenfalls bei ihnen. Damit waren die Überreste der Familie Dax vollzählig versammelt, auch wenn drei von ihnen Roscommon hießen. Hinter ihnen saßen Victorias Angehörige – ihre Eltern und ihre beiden Schwestern mitsamt Ehemännern, die Neffen und Nichten. Die Sitzreihen der Kapelle waren voll besetzt mit Freunden und Nachbarn aus Highgate. Auch das Außenministerium war zahlreich vertreten – viele Kollegen hatten den Weg nach Norden nicht gescheut. »Sefton war ein viel bewunderter und geachteter Mann«, wie es der parlamentarische Privatsekretär des Außenministers in seinem Nachruf ausgedrückt hatte.

Kirchenlieder wechselten sich mit Lesungen ab, das Adagietto aus Mahlers Fünfter ertönte etwas blechern aus der Lautsprecheranlage. Schließlich wurde der helle Eichensarg mit den Messinggriffen geräuschlos in den Einäscherungsofen gerollt und der Vorhang hinter ihm geschlossen. Gabriel legte den Arm um Victorias zuckende Schultern. Cyril und Nigel starrten benommen vor sich hin, verständnislos, noch immer bestürzt über den Selbstmord ihres Vaters.

Beim Verlassen der Kapelle entdeckte Gabriel ganz hinten fast die gesamte Belegschaft des Instituts für Entwicklungsstudien – Faith, Lee, Sirin, sogar Fuller. Faith war sichtlich bemüht, seine Aufmerksamkeit zu erregen, daher sah er sie mit unbewegter Miene an. Sie formte lautlos das Wort »draußen« mit den Lippen und deutete mit dem Finger zur Tür. Es gelang Gabriel nicht, so etwas wie Empörung aufzubringen. Die Leute vom Institut waren wohl Kollegen von Sefton, sagte er sich; es hätte sonderbar und gefühllos gewirkt, wenn sie nicht zu seiner Trauerfeier erschienen wären.

Im umfriedeten Gedenkgarten herrschte der übliche Auftrieb, während sich die Leute die aufgehäuften Blumengebinde ansahen und die beigefügten Botschaften lasen. Gabriel zündete sich eine Zigarette an und sah sich suchend nach Faith um. Sie stand am Eingang des Gartens, in ihrem teuren Alpakamantel. Er ging zu ihr.

»Herzliches Beileid«, sagte sie.

»Danke.«

»Wo warst du denn, verdammte Scheiße?«

Es war erst das zweite Mal, dass er sie so unflätig fluchen hörte.

»Ich war in Rom.«

»Einfach so?«

»Es hat mich dorthin gezogen, ganz plötzlich.«

»Wir müssen reden. Jetzt sofort.«

Er sah auf seine Uhr.

»Ich habe aber nur eine Stunde oder so. Dann findet bei meiner Schwägerin zu Hause so eine Art Leichenschmaus statt. Den darf ich nicht versäumen.«

»Es wird doch wohl so was wie einen Pub hier in der Nähe geben. Ich bin mit dem Wagen da.«

»Gib mir zwei Minuten.«

Er machte Aldous ausfindig und erklärte ihm, dass er zum Leichenschmaus in Highgate womöglich etwas später erscheinen würde. Es gehe um Seftons Arbeit und Kollegen von ihm. Halte du die Stellung, sagte er, ich komme in einer Stunde nach. Das Haus wird gerammelt voll sein, sagte Aldous, überlass das nur mir. Lass dir so viel Zeit, wie du brauchst.

Faith fuhr die Golders Green Road entlang, auf der Suche nach einem Pub, und sie fanden bald einen namens Duke of Atholl. Sie parkte den Mercedes-Benz, und sie betraten den Pub. Er war riesig – hier hätten locker hundert Gäste Platz gefunden, schätzte Gabriel, doch jetzt war er annähernd verwaist. Zwei alte Männer saßen in einer Ecke, mit großen Gläsern Guinness vor sich. Außerdem war gerade eine Partie Darts im Gange. Das Geräusch der Pfeile, die mit einem dumpfen Pochen auf die Zielscheibe aus Sisal trafen, bildete die gedämpfte Geräuschkulisse für ihr Gespräch, wie leise Paukenschläge im Hintergrund.

»Was möchtest du trinken?«, fragte Gabriel.

»Einen Gin Tonic bitte.«

Sie suchten sich einen Platz in Fensternähe aus. Ihnen blieben anderthalb Stunden, bis der Pub den Nachmittag über schloss. Gabriel bestellte ihre Drinks am Tresen und zahlte auch. Er entschied sich für einen dreifachen Scotch. Er kehrte mit den Gläsern an ihren Tisch zurück.

»Wo fangen wir an?«, sagte sie.

»Er hat das Wort ›flirrend‹ nicht benutzt«, log Gabriel.

»Spielt keine Rolle. Die Tatsache, dass er aufgetaucht ist, war für uns Beweis genug.«

Gabriel ließ es kurz sacken: wieder ein Beispiel für Faith Greens Manipulationen. All dieser Unfug mit dem Schal, den er loswickeln und neu binden sollte. Er bemühte sich, ruhig zu bleiben.

»Was hat Sefton sich denn zuschulden kommen lassen?«

»Er war eine Termite.«

»Mein Gott … für die Russen, nehme ich mal an.«

»Ja. Und er war verflixt gut. Ich hatte nicht den leisesten Verdacht. Und das, obwohl mir sonst so gut wie jeder verdächtig erscheint.« Sie nippte an ihrem Gin Tonic.

»Es war Caldwell, der uns vor ihm gewarnt hat«, fuhr sie fort. »Die wesentlichen Informationen standen in dem Streichholzbriefchen, das du aus Warschau mitgebracht hast.« Sie legte eine Pause ein. »Caldwell wusste übrigens nicht, dass Sefton dein Bruder war – wegen eurer unterschiedlichen Nachnamen.«

»Natürlich.«

Als Nächstes schilderte sie ihm die Ermittlungen, die daraufhin angestellt wurden. Sie hätten sofort angefangen, Sefton zu beschatten, seine Telefonate abzuhören, seine Kontakte zu überprüfen. Mitunter, sagte sie, sei es sinnvoll, einer Termite bei ihrer Termitenarbeit weiter freie Hand zu lassen – man könne sie dann benutzen, ihr gezielt Informationen zuspielen, deren Verbreitung erwünscht war. Sefton nutzte offenbar eine Methode, die sie als »Müllverteilen« bezeichnete. Auf Spaziergängen, gemeinhin auf Hampstead Heath, hatte er eine Zeitung dabei, in der sich die Information befand, die er weiterleiten wollte. Diese steckte er dann in einen Abfalleimer. Minuten später tauchte sein Kontaktmann auf und nahm die Zeitung an sich. Nur dass jetzt, wo sie wussten, dass er eine Termite war, immer ein Mann vom Institut die weggeworfene Zeitung sicherstellte.

»Und so fanden wir heraus, dass er in Sachen Caldwell Verdacht geschöpft hatte, das war das Beunruhigende«, sagte Faith. »In einer Mitteilung hat er den KGB dringend aufgefordert, Caldwell mal genauer unter die Lupe zu nehmen.« Sie runzelte die Stirn, dachte kurz nach. »Vielleicht waren wir in Cádiz nicht vorsichtig genug.« Sie legte eine Pause ein. »Wusste Sefton von deiner Reise nach Warschau?«

»Kann sein, dass ich es mal erwähnt habe. Ich weiß es nicht mehr.«

»Irgendwas hat ihn jedenfalls misstrauisch gemacht. Uns blieb keine Wahl.«

»Wie meinst du das?«

»Caldwell ist unsere wichtigste Ressource. Kostbarer als Rubine, wie es so schön in der Bibel heißt.« Sie zuckte die Achseln. »Wir mussten Sefton aus dem Verkehr ziehen – er sollte nach eurem Treffen im Park verhaftet werden –, aber er ist uns zuvorgekommen.« Sie starrte ihn eindringlich an. »Jemand muss ihn gewarnt haben.«

»Schau mich nicht so an. Ich war in Rom.«

»Ihr habt euch nicht sehr lange unterhalten.«

»Wir haben über Weihnachten gesprochen. Er lud mich für den Sonntag zum Essen ein.« Gabriel wappnete sich innerlich. »Das Wort ›flirrend‹ hat er kein Mal benutzt.«

»Und warum bist du dann nach Rom verduftet? Ohne irgendwem etwas zu sagen?«

»Mir war eine Idee gekommen. Für ein Buch.«

Sie schloss kurz die Augen und öffnete sie wieder. Wie um durch diese Bewegung irgendwie einen klaren Kopf zu bekommen, dachte Gabriel. Eine Tafel sauber zu wischen.

»Ich muss dir wohl glauben, nehme ich an«, sagte sie.

»Ich bin doch dein Spion. Schon vergessen?«

»Kann ich noch einen haben?«

Gabriel zog los, bestellte am Tresen ihre Getränke und dachte angestrengt nach. Die Caldwell-Information schien ihm den Ausschlag zu geben. Sefton hatte keinen Selbstmord verübt. Man – das Institut – hatte es bloß so aussehen lassen. Mitten in der Nacht hatte man ihn irgendwie aus seinem Bett gelockt, ihm die Wäscheleine um den Hals geschlungen und ihn an seiner Gartenpergola erhängt.

Er stellte ihren Drink vor sie hin.

»Wir haben Sefton nicht umgebracht«, sagte sie, als hätte sie seine Gedanken gelesen.

»Das unterstelle ich euch doch gar nicht«, sagte er. Hier saßen sie nun, dachte er, und belogen sich gegenseitig. Sie sah gut aus, fiel ihm auf – schön auf ihre unterkühlte Art, wie üblich –, er musste sich sehr zusammenreißen, um ihr zu widerstehen, wurde ihm bewusst. Nicht nur schön, sondern auch klug. Teuflisch klug und raffiniert.

»Wie geht's Caldwell?«, fragte er.

»Alles bestens – jetzt, wo Sefton keine Gefahr mehr darstellt …« Sie nippte an ihrem Gin Tonic. »Kann sein, dass wir ihn eines Tages rausholen müssen, weißt du. Du wirst uns dann überaus nützlich sein.«

»In diesen Belangen müsst ihr euch, glaube ich, jemand anderes suchen. Der mich ersetzt.«

»Lieber Gabriel«, sagte sie. »Dich kann niemand ersetzen. Weil du gut bist. Verdammt gut. Wie du dich aus Warschau abgesetzt hast, das war schon …« Sie suchte nach dem passenden Ausdruck. »Beeindruckend. Hat Initiative bewiesen. Scharfsinn.«

»Versuch nicht, mir zu schmeicheln. Die Komplimente nehme ich nicht an.« Dann wechselte er das Thema. »Wen hat Sefton denn verraten? Was genau werft ihr ihm vor?«

»Gute Frage. Wir sind noch dabei, das zu untersuchen. Vorfälle, bei denen in der Vergangenheit scheinbar etwas schiefgegangen ist – vermeintlich normale Pannen, Fehler, Unfälle, aus Unachtsamkeit –, vielleicht steckte doch mehr dahinter, als es den Anschein hatte. Vielleicht hatte Sefton dabei irgendwie seine Finger im Spiel.« Sie überlegte kurz. »Es gab diese Zeit, als er an der Botschaft in Genf war – damals könnte es passiert sein. Unserer Vermutung nach.«

»Was soll da passiert sein?«

»Sieht ganz so aus, als wäre er dort rekrutiert worden. Als habe man ihn in Versuchung geführt – und er hat nicht widerstanden.«

»Aber warum? Was hat ihn dazu veranlasst?«, sagte Gabriel.

»Warum werden Menschen ganz allgemein zu Verrätern?« Sie hielt drei Finger in die Höhe, die sie herunterzählte.

»Es gibt in der Regel drei Gründe dafür. Hass, Erpressung, Geld.«

»Hass?«

»Ja. Hass auf das eigene Heimatland, sein System, seine herrschende Klasse und ihre abstoßende, ungezwungene Selbstgefälligkeit. So was kommt vor. Sefton wurde nicht erpresst, da bin ich mir ziemlich sicher. In seinem Fall hat, glaube ich, Geld den Ausschlag gegeben.«

»Tatsache?«

»Er hatte über dreißigtausend Pfund auf seinem Bankkonto.«

»Du lieber Himmel.«

»Er wurde gut bezahlt. Daran gewöhnt man sich. Und wenn man erst mal drinsteckt, wenn man die erste Zahlung in Empfang genommen hat, kann man natürlich nicht mehr aussteigen. Dann gibt es keinen Ausweg mehr.«

»Er hat schon ganz gut gelebt, zugegeben.«

Er dachte an Sefton mit seinem großen Haus in Highgate, den Privatschulen der Jungen, den teuren Autos. Vielleicht …

»Wieso hast du mir nicht gesagt, dass ich Sefton dort treffen würde, im Battersea Park?«

»Weil du nicht hingegangen wärst, wenn ich dir das gesagt hätte. Oder?«

»Wusste er, dass er mich dort antreffen würde?«

»Natürlich nicht.« Sie schwieg kurz. »Weil wir ihm auf der Spur waren, konnten wir ihm einen neuen Müllsammler unterjubeln, sozusagen. So lief ja die Kommunikation mit seinem Betreuer: über diese Zeitungen, die er zu verabredeten Zeiten in Müllbehälter warf. Also haben wir ihm eine fingierte Botschaft zukommen lassen. Ein neuer Kontaktmann, Battersea Park. Benutzen Sie das Wort ›flirrend‹.«

»Er schien kein bisschen überrascht oder verwirrt darüber,

dass ich es war«, sagte Gabriel. »Hat sich absolut nichts anmerken lassen.«

»Wie gesagt, er war verdammt gut. Aber, ähm, dumm war er nicht – dich dort anzutreffen dürfte ihm klargemacht haben, dass er verloren hatte, dass das Spiel aus war.«

Gabriel fand es seltsam tröstlich, das zu erfahren. Vielleicht hatte er Seftons Untergang also doch nicht verschuldet. Er war nicht die Ursache gewesen, bloß das Signal.

»Darf ich dir ein paar Fragen zu Sefton stellen?«, sagte er.

»Fragen kannst du auf jeden Fall. Könnte nur sein, dass du keine Antwort erhältst.«

»Er hat mich dir empfohlen, habe ich recht? Ich war seine Idee.«

»Ja. Er hat sich sehr lobend über deine Fähigkeiten geäußert.«

»Wann war das?«

Sie dachte kurz nach.

»Um die Zeit herum, als du in Léopoldville warst. Wir waren beide in der Stadt, gleichzeitig.«

»Du hattest ein Auge auf mich.«

»Unter anderem.«

Gabriel lehnte sich auf seinem Stuhl zurück, rief sich alles noch mal in Erinnerung.

»Nichts war ein Zufall«, sagte er. »Du im Flugzeug, mit meinem Buch als Lektüre …«

»Deine Hochstufung in die erste Klasse.« Sie lächelte. »In unserem Geschäft mögen wir keine Zufälle.«

»Als ich Sefton gefragt habe, ob er dich kennt, hat er das verneint.«

»Selbstverständlich. Was hast du erwartet?« Sie sah ihn auf ihre ironische, durchdringende Art an, mit schiefgelegtem Kopf. Gabriel wandte sich dem Fenster zu, fast so, als wollte er ihrem Blick ausweichen. Er hörte ein Geräusch wie von Fingernägeln, die sachte ans Glas pochten, und merkte erst jetzt, dass es regnete, große Tropfen, die vom Wind gegen die Scheibe geklatscht wurden und in schwerfälligem Zickzack nach unten rannen. Das Licht war trüb und düster – als wäre es nicht Mittag, dachte er, sondern schon früher Abend: Es war, als würde sich in der Welt da draußen seine Stimmung widerspiegeln.

»Und, was genau war seine Rolle im Institut?«, fragte er, nun wieder bei der Sache.

Sie dachte erneut kurz nach.

»Er war, sagen wir mal, unser Verbindungsmann zum Außenministerium – zur Regierung. Wir brauchen manchmal eine Erlaubnis für das, was wir tun, eine stillschweigende Genehmigung. Müssen manchmal Bescheid geben, was wir so vorhaben.«

»So wie Caldwells vermeintliches Überlaufen.«

»Oh, die glauben schon, dass er übergelaufen ist. Die Wahrheit über diese spezielle Episode kennen nur ganz wenige.«

Und ich bin einer davon, gestand Gabriel sich ein, mit einem unklaren Gefühl von Beunruhigung.

»Der arme Sefton. Alles sehr traurig.« Es klang etwas formelhaft, aber er meinte es ernst. Sehr traurig. Der scheißdumme, bedauernswerte Sefton.

»Ich sollte mal langsam zum Leichenschmaus«, sagte er.

»Ich kann dich hinbringen.«

Sie gingen hinaus auf den Parkplatz. Es tröpfelte immer noch, ganz vereinzelt. Der Himmel hatte sich verdüstert, und die Straße war in kränkliches, uringelbes Licht getaucht. Regen, dachte er, gut: Dann hielten sich in Highgate alle drinnen im Haus auf, hinter zugezogenen Vorhängen, damit die Pergola im Garten nicht zu sehen war.

»Ach, übrigens«, sagte Faith, während sie die Tür auf der Fahrerseite öffnete. »Haben dich deine Reisen schon mal nach Guatemala geführt?«

»Nein. Wieso fragst du?«

»Würde dich eine Reise dorthin reizen? Für einen Artikel für die *Interzonal*? Komplett auf unsere Kosten.«

»Nicht besonders. Wie es sich trifft, stecke ich mitten in meinem nächsten Buch. Hab sehr viel zu tun. Warum?«

»Wir glauben – wir haben guten Grund zu der Annahme –, dass der Präsident von Guatemala bald ermordet wird. Da hätten wir gern jemanden vor Ort. Einen Beobachter mit einer, äh, perfekten Tarnung.« Sie lächelte. »Irgendwie musste ich da gleich an dich denken.«

Gabriel lachte auf, und gleichzeitig verschlug es ihm den Atem angesichts ihrer Frechheit, ihrer Unverfrorenheit.

»Du begreifst es nicht, Faith, oder? Es ist vorbei. Aus und vorbei. Ich höre auf.«

»In diesem Geschäft hört niemand einfach so auf, Gabriel. Ich dachte, das wüsstest du.«

Drei Tage nach Seftons Beerdigung saß Gabriel mittags im Café Matisse. Er hatte gerade eine Portion Lasagne verspeist und mit seiner üblichen Karaffe Rotwein aufs Beste hinuntergespült. Sein Teller wurde abgeräumt, er bestellte sich einen doppelten Espresso und zündete sich eine Zigarette an. Am kommenden Tag stand endlich seine Abreise nach Österreich an, nach Krems, um für sein Donaukapitel in *Flüsse* zu recherchieren. Sein Leben schien also wieder im alten Gleis zu sein, aber er war in grüblerischer Stimmung, nach wie vor aufgewühlt wegen Seftons Tod und seinen düsteren Mehrdeutigkeiten. Und auch wegen seiner versehentlichen Verantwortung dafür. Was, so fragte er sich noch immer, wenn er bei Erwähnung des Wortes »flirrend« anweisungsgemäß seinen Schal losgewickelt und neu gebunden hätte? Wäre Sefton dann verhaftet worden? Wäre er noch am Leben – wenn auch hinter Gittern? Immer noch besser, als tot an der eigenen Gartenpergola zu hängen …

Ihm fiel eine junge Frau in einem Pelzmantel von der Farbe reifen Weizens auf, die in den Restaurantbereich gekommen war und sich suchend umblickte. Sie nahm ihre Sonnenbrille ab. Sie hatte ein scharf geschnittenes slawisches Gesicht, wie er feststellte – die hohen Wangenknochen, die schmalen Augen. Blondhaarig, schlank. In den Dreißigern, schätzte er. Dann sah sie ihn, lächelte und steuerte auf ihn zu.

Ein weiterer Fan. Er lächelte zurück.

»Mr Dax. Verzeihen Sie die Störung, Entschuldigung.«

Ihr Akzent war russisch.

»Bitte, nehmen Sie doch Platz«, sagte er.

Sie setzte sich ihm gegenüber, und sie schüttelten sich über den Tisch hinweg die Hände. Aus irgendeinem Grund beschlich Gabriel ein mulmiges Gefühl.

»Ich bin Natalia Arkadina – Kulturattaché an der Botschaft der UDSSR.«

»Freut mich, Sie kennenzulernen.«

»Ich wünsche nur, Ihnen ein Geschenk zu übergeben, mit unserem Dank und Bewunderung für Ihre Schriftstellerei.«

Sie griff in ihre Handtasche und zog ein buchförmiges Päckchen in braunem Packpapier heraus, verschnürt mit einer roten Schleife. Sie reichte es ihm hinüber.

»Nur ein Buch. Aber ein Buch von einem unserer großen russischen Schriftsteller – Anton Tschechow.«

»Ich verehre Tschechow«, sagte Gabriel. »Danke. Sehr freundlich.«

Sie gab ihm ihre Visitenkarte.

»Sollten Sie je meine Hilfe brauchen, können Sie mich hier anrufen. Jederzeit. Bei Tag und bei Nacht.«

»Wird sicher nicht nötig sein. Trotzdem danke.«

Er wusste genau, was das hier war: die Caldwell-Verbindung. Er war Caldwells Londoner Kontaktmann, und genau das setzten die Tows in die Tat um: Sie stellten Kontakt mit ihm her, ließen ihn wissen, dass sie im Bilde waren.

Sie stand auf und lächelte.

»Ich hoffe, Sie wiederzusehen, Mr Dax. Ich wünsche Ihnen einen guten Tag.«

Dann setzte sie ihre Sonnenbrille auf und verließ das Café.

Gabriel betrachtete das Päckchen auf dem Tisch, als wäre es eine Bombe, die jederzeit hochgehen konnte.

Als er wieder zu Hause war, legte er das Päckchen auf seinen Schreibtisch. Er trank ein Glas Wasser, gegen seine leichte Übelkeit. Ist doch nur ein Buch, ermahnte er sich, bleib mal locker. Er löste das Geschenkband und riss das Packpapier auf. Anton Tschechow, *Ausgewählte Erzählungen*, übersetzt von Constance Garnett. Die englische Ausgabe, in einem recht geschmacklosen Einband aus weinrotem Kunstleder mit eingeprägter Goldschrift. Er schlug das Buch aufs Geratewohl auf und fand eine Zehn-Pfund-Note.

Das Buch enthielt insgesamt einhundert Zehn-Pfund-Noten, einzeln zwischen die Seiten geschoben. Er suchte einen wattierten Umschlag heraus, steckte das Geld hinein und beschriftete ihn, unter Zuhilfenahme der Visitenkarte, mit Natalia Arkadinas Namen und Adresse. Dann begab er sich schnurstracks zur Post und stand bereits in der Warteschlange am Schalter, um die Sendung frankieren zu lassen, als er innehielt und dachte, nein, es wäre voreilig, das Geld zurückzugeben – Caldwell hatte ihnen offenkundig Zusicherungen über seinen »Mann« in London gegeben. Um Caldwell nicht zu gefährden, musste er sich notgedrungen damit abfinden, dass es nun einen neuen Zahlmeister in seinem Leben gab. Er verließ die Post unverrichteter Dinge und kehrte einigermaßen verbittert nach Hause zurück. Er hatte nie darum gebeten, in diese verstörende, missliche Lage versetzt zu werden, aber seit ihm Faith Green auf jenem Flug aus Léopoldville zum ersten Mal aufgefallen war, vertieft in sein Buch, war sein Leben zunehmend von außen gekapert worden, auf eine Art und Weise, die er nicht ganz durchschaute. Er fragte sich, ob es noch einen Ausweg gab …

Er schenkte sich ein Glas Glenfeshan ein, mit einem Eiswürfel, und ging damit in seinen kleinen Garten hinaus. Er zündete sich eine Zigarette an, trank den Whisky, rauchte. Dort war die Stechpalme, unter der er die Lumumba-Bänder vergraben hatte. War es dieses zufällige Ereignis – der Umstand, dass er sich in Léopoldville aufhielt und Thibault N'Danza kannte –, das die sich potenzierenden Komplikationen in seinem Leben in Gang gesetzt hatte? Eine unvorhersehbare Katastrophe, dachte er. Anderenfalls aber hätte er auch Faith Green nie kennengelernt, hielt er sich vor Augen und erinnerte sich plötzlich an Southwold, an ihre gemeinsame Nacht. Er dachte daran zurück, wie sie sich geliebt hatten – zärtlich, aufrichtig –, und an das obszöne Leopardenmuster der weißen Brandnarben auf ihrer Haut, auf ihren Brüsten, ihrem Bauch, ihren Schultern. Welche Auswirkungen hatte ein solches Erlebnis auf einen Menschen?, überlegte er. Wie wurde man dadurch verändert? Wie überlebte man so etwas, wie wurde man damit fertig? In der Beziehung, so viel war klar, war er nun auch kein unbeschriebenes Blatt mehr, immerhin hatte er einen Mann auf dem Gewissen – Hillcrest alias »Raymond Queneau«. Dieser Vorfall, das war das Merkwürdige, belastete ihn weit weniger, als er erwartet hätte. Etwas war in den vergangenen zwei Jahren mit ihm geschehen, und die Folgen hatte er noch immer nicht ganz bilanziert. Womöglich könnte Katerina Haas ja helfen. Er seufzte – was soll man machen? Ins Unausweichliche muss man sich fügen. Wer hatte das noch gesagt?

Er ging in seine Wohnung zurück und dachte dabei, noch einen Whisky, und dann arbeiten – schreiben. Das Heilmittel gegen alle Schmerzen.

EPILOG

London

1963

Inigo Marcher war von dem neuen Krems-Kapitel mehr als angetan. Das Buchkonzept gehe hervorragend auf: Wie sich der altbekannte Fluss und der eher unbekannte Ort ergänzten, das sei schon einmalig, hochinteressant, sagte er. Und er klang aufrichtig dabei.

»Sehr pfiffig, Gabriel. Du bist schon ein pfiffiger Bursche, was?«

Gabriel sagte nichts. Neigte nur leicht den Kopf, zum Zeichen, dass er das Lob mit aller schuldigen Bescheidenheit annahm.

Inigos Büro bei Mulholland & Melhuish war geräumig und sagte mit seiner Gestaltung alles aus, was man über seinen Bewohner wissen musste, über seinen Geschmack, seine Persönlichkeit, seinen Intellekt. Hohe Bücherstapel türmten sich überall. An der einzigen Wand, die nicht von vollgestopften Bücherregalen verdeckt wurde, hingen die Schwarz-Weiß-Fotografien zahlreicher berühmter Autoren, nicht geleerte Aschenbecher balancierten auf den Bücherstapeln, auf dem Teppich lagen Manuskripte verstreut, es gab einen kleinen Kühlschrank (olivgrün gestrichen, passend zur Farbe des Teppichs, so weit sichtbar), auf dem ein Silbertablett voller Flaschen stand. Inigo wurde langsam fett, dachte Gabriel, während er seinen Lektor betrachtete, der nun vor das Getränketablett getreten war und mit zuckenden Fingern nach der gewünschten Flasche suchte; seine laut gemusterte Tweedweste spannte sichtlich über seinem stattlichen Bauch.

Inigo goss ihnen beiden einen Scotch ein und fügte noch einen Spritzer Soda hinzu.

»Eis?«, fragte er.

»Gern. Nur einen Würfel.«

Sie stießen an.

»Auf *Flüsse*«, sagte er. »Das wird ein Riesenerfolg, mein Junge. Das spüre ich, in meinen *cojones*.«

Inigo zündete einen der kleinen, knubbligen Stumpen an, die er mit Vorliebe rauchte, und ließ sich in einem Ledersessel nieder.

»Daumen drücken«, sagte Gabriel, aufrichtig erfreut. Inigo schaffte es irgendwie immer, ihn aufzumuntern.

»Und, wohin geht's als Nächstes? An welchen Fluss?«

»Zum Mississippi«, sagte Gabriel. »In eine kleine Stadt namens Hattiesburg.«

»Perfekt!« Inigo brach in brüllendes Gelächter aus. »Ich meine, ›Hattiesburg‹ – so was könnte man sich unmöglich ausdenken.«

Gabriel kam unvermittelt die arme, bedauernswerte, tote Nancy-Jo Berndlinger in den Sinn – die Person, die ihm von Hattiesburg erzählt hatte. Der Gedanke an sie erinnerte ihn auf unangenehme Weise an die dunkleren Unterströmungen in seinem eigenen Leben. Apropos Flüsse, dachte er – durch sein Leben strömte auch ein Fluss, unterirdisch, eher ein Abwasserkanal als ein Fluss, gefährlich, schädlich …

»Alles in Ordnung, Gabriel? Du siehst ja plötzlich so ernst aus. Als wären dir die Gesichtszüge erstarrt.«

»Mir ist nur gerade jemand wieder eingefallen. Eine junge Amerikanerin, die gestorben ist. Ihretwegen weiß ich überhaupt von diesem Ort.«

»Nun, ich kann's kaum erwarten, über Hattiesburg zu lesen. Wann geht's los?«

»Nächste Woche.«

»Du Glückspilz. Ihr Autoren, ihr führt schon ein Leben.«

Inigo begleitete ihn noch nach unten zur Tür. Mulholland & Melhuish war in einem neuen Gebäude aus rotem Backstein ansässig, am oberen Ende der Floral Street in Covent Garden, gerade fünfzig Meter von der U-Bahn-Station entfernt – und gar nicht weit weg vom Institut für Entwicklungsstudien, wie Gabriel auffiel, seinem zweiten Zuhause. Seinem ehemaligen zweiten Zuhause, berichtigte er sich. Was ihn betraf, waren das Institut und er geschiedene Leute, und zwar endgültig. Es war ein kalter Januartag, mit am Himmel dahineilenden, zerklüfteten Wolken, zwischen denen es hie und da blau hervorblitzte. Er schüttelte Inigo zum Abschied die Hand und machte sich auf den Weg zur U-Bahn zurück nach Chelsea.

Er stand auf dem Bahnsteig und wartete auf seine Bahn. Es war eine tief liegende Station, Covent Garden, und der Geruch hier unten auf dem Bahnsteig vermittelte irgendwie auch einen Eindruck von dieser Tiefe – nach Ruß, Asche, feuchter Erde –, ein Gefühl von etwas Uraltem, Fauligem, Verwesendem.

Aus irgendeinem Grund kam ihm auf einmal Faith Green in den Sinn – ihr blasses Gesicht mit seinem wissenden Ausdruck, ihr offenes, zerzaustes Haar –, wahrscheinlich, weil er eben an Nancy-Jo und das Institut gedacht hatte. Die arme, todgeweihte Nancy-Jo. Ein weiteres Opfer, das man den anderen hinzufügen musste: Lumumba, Thibault, Sefton … Er fröstelte, fühlte sich traurig und verwirrt. Wie hatte ihm das alles widerfahren können? Wie hatte seine glückliche, nicht weiter bemerkenswerte Existenz auf solche Abwege geraten können? Wie hatte Faith das nur hinbekommen?, rätselte er. Was für eine dämonische Macht hatte sie in sein Leben gebracht? Beim Gedanken an sie, mit ihrem Bild vor Augen, verspürte er mit einem Mal Sehnsucht nach ihr, ein unerträgliches Verlangen, wie einen stechenden Schmerz in der Brust. Lag es daran, dass sie ihn besser verstand, als er sich selbst verstand? Möglicherweise … Vielleicht hatte sie ihn so dazu bringen können, ihr zu Willen zu sein, immer weiter in dem Labyrinth umherzuirren, das sie für ihn konstruiert hatte, vertrackt und quälend – und aus dem es keinen Ausweg gab.

Er hörte seinen Zug heranrauschen und spürte augenblicklich, dass er nicht länger tief unter der Erde bleiben wollte, in diesem weiteren Labyrinth, das unter den Straßen Londons angelegt war. Er brauchte jetzt die kalte, frische Januarluft, den Wintersonnenschein, das Licht, das scharf von Fenstern und Windschutzscheiben absplitterte, lange, schroffe Schatten, die frostige Kälte beim Einatmen, eine tief stehende Sonne, die im Auge brannte. Hingerissen von seiner Vision der oberirdischen Winterwelt beschloss er spontan, per Bus heimzukehren, und setzte sich in Bewegung, zurück zu den Aufzügen. Um den dumpfigen Tunneln mit ihren unguten Gerüchen und Assoziationen rasch zu entkommen, bahnte er sich eilig einen Weg durch die aufreizend langsam dahinschlendernden Pendler – bis jemand sanft nach seiner Hand griff und ihn festhielt.

»Sagst du deinen alten Freunden nicht mehr Hallo?«

Er wandte sich um und erblickte sie, erblickte ihr blasses, wunderschönes Gesicht, das ihn anlächelte.

Es war Faith.

Weitere Kampa Bücher stellen wir Ihnen auf den folgenden Seiten vor. Das Gesamtprogramm finden Sie auf: www.kampaverlag.ch

Wenn Sie zweimal jährlich über unsere Neuerscheinungen informiert werden möchten, schreiben Sie uns bitte an: newsletter@kampaverlag.ch oder Kampa Verlag, Hegibachstr. 2, 8032 Zürich, Schweiz

WILLIAM BOYD

im Kampa Verlag

All die Wege,
die wir nicht gegangen sind

Aus dem Englischen von Ulrike Thiesmeyer

Armadillo

Aus dem Englischen von Chris Hirte

Blinde Liebe

Aus dem Englischen von Ulrike Thiesmeyer

Brazzaville Beach

Aus dem Englischen von Gertraude Krueger

Der Mann, der gerne Frauen küsste

Aus dem Englischen von Heinz Müller
und Ulrike Thiesmeyer

Der Romantiker

Aus dem Englischen von Ulrike Thiesmeyer

Die blaue Stunde

Aus dem Englischen von Matthias Müller

Die neuen Bekenntnisse

Aus dem Englischen von Friedrich Griese

Eine große Zeit

Aus dem Englischen von Patricia Klobusiczky

Eines Menschen Herz

Aus dem Englischen von Chris Hirte

Einfache Gewitter

Aus dem Englischen von Chris Hirte

Ruhelos

Aus dem Englischen von Chris Hirte

Stars und Bars

Aus dem Englischen von Hermann Stiehl

Trio

Aus dem Englischen von Patricia Klobusiczky
und Ulrike Thiesmeyer

Unser Mann in Afrika

Aus dem Englischen von Hermann Stiehl

Wie Schnee in der Sonne

Aus dem Englischen von Hermann Stiehl

Weitere Titel in Vorbereitung